grafit

Chemnitzer Str. 31, 44139 Dortmund
Internet: http://www.grafit.de
E-Mail: info@grafit.de

Druck und Bindearbeiten: CPI – Clausen & Bosse, Leck
ISBN 978-3-89425-446-9
1. 2. 3. / 2016 15 14

Sebastian Stammsen

Affenfutter

Kriminalroman

grafit

Sebastian Stammsen, geboren 1976 in St. Tönis am Niederrhein, studierte Psychologie. Er arbeitet für die Unfallkasse Nordrhein-Westfalen und lebt mit seiner Frau und zwei Kindern in Tönisvorst.

Seine Reihe um die Kriminalkommissare Markus Wegener und Nina Gerling startete mit *Gegen jede Regel.* Es folgte *Kettenreaktion.* Auch mit neuem Personal beweist Stammsen in *Endlich sind sie tot!* sein Talent für ungewöhnliche Plots und authentisch-spannende Ermittlungsarbeit.

www.sebastian-stammsen.de

Dienstag

»Ein Puzzlespiel ist nichts dagegen«, brummte Karl und schob einen durchgeweichten Papierschnipsel zur Seite. Er deutete auf ein längliches, vielleicht sieben Zentimeter langes rotbraunschwarzes Objekt.

»Was um alles in der Welt ist das nun wieder?«, murmelte ich von hinten über seine Schulter.

Dr. Karl Konermann war der diensthabende Gerichtsmediziner. Ich bin Kriminalhauptkommissar Markus Wegener und wir befanden uns an dem wohl ungewöhnlichsten Tatort, der mir in elf Jahren Mordermittlungen untergekommen war: im Affentropenhaus des Krefelder Zoos. Im Schimpansengehege, um ganz genau zu sein.

Elen, eine Kollegin der Spurensicherung, kniete sich neben Karl und schoss eine Serie von Fotos.

Karl nahm das blutige Etwas vom Boden auf und tütete es ein. »Ich halte es für den rechten Zeigefinger«, verkündete er nüchtern.

Das Gehege war halbkreisförmig angelegt und wurde von einer weitläufigen Holzkonstruktion beherrscht, die wohl an einen Wald erinnern sollte und in der die Schimpansen an normalen Tagen in ihren Hängematten lagen oder durch die Äste turnten. An diesem Morgen befanden sich auf dem Klettergerüst, halb aufgespießt von einem der obersten Äste, die Reste eines menschlichen Körpers – ohne Gliedmaßen und mit entstelltem Gesicht.

Zwei weitere Kollegen der Spurensicherung hocktenknieten-krochen in weißen Schutzanzügen auf der Suche nach den noch fehlenden Körperteilen herum. Sie nahmen Objekte, Schnipsel, Fetzen und Partikel auf, prüften sie, tüteten einige ein und legten andere wieder zurück. Das Blitzlicht von Elens Kamera zuckte fast ohne Unterbrechung. Karl verstaute seinen Fund in einer Plastikbox, in der er schon drei andere Finger und den Teil eines Fußes gesammelt hatte.

»Was ist das da?«, fragte ich und zeigte Karl ein ebenso schmales schwarzbraunes Ding. »Noch ein Finger?«

Er betrachtete meine Entdeckung prüfend, dann schüttelte er den Kopf. »Kot.«

»Oh.«

»Mach dir nichts draus, Markus«, sagte Karl müde. »Hier liegt so viel Zeug rum, dass ich mich langsam frage, ob wir die Leiche überhaupt jemals vollständig zusammensetzen können.«

Nur quälend langsam meldeten die Kollegen das Auffinden weiterer Teile. Hier ein halber Armknochen, dann wieder Teile eines Organs, Muskelfasern oder einfach undefinierbares organisches Material, das man erst im Labor würde identifizieren können.

»Mein Gott, Markus«, hörte ich Evas Stimme hinter mir, ungewohnt schwach und ein wenig zittrig. »Was ist denn das hier?« Kriminaloberkommissarin Eva Kotschenreuth war seit drei Wochen meine neue Partnerin.

»Das ist unser neuer Tatort«, erwiderte ich matt. Was hätte ich auch sagen sollen? Aufmerksam beobachten und flach atmen war das Gebot der Stunde.

Eva stand neben mir und ich konnte erkennen, wie blass sie hinter der Gesichtsmaske und unter der Kapuze war. Ich dachte lieber nicht daran, wie ich aussehen musste. Aber zum Glück fand der Schönheitswettbewerb der Polizei ja erst in ein paar Wochen statt.

Vor uns grunzte Karl mit grimmiger Genugtuung. »Na bitte, hier haben wir den rechten Daumen. Damit sind alle Finger komplett.«

»Gibt es draußen etwas Neues?«, fragte ich Eva.

Sie schüttelte den Kopf. »Wir sind immer noch dabei, das Personal zu sortieren.«

Für die polizeiliche Absperrung war der Zoo ein dankbares Objekt – vollständig umzäunt und mit weniger als einer

Handvoll Zugangsmöglichkeiten. Umso unübersichtlicher gestaltete sich dafür das Personal.

Karl stand auf und streckte sich. »Mein Gott, der arme Kerl ist so gründlich zerlegt worden, als wäre er in einer Fleischerei gelandet.«

»Und das waren die Affen?«, fragte Eva ungläubig.

»Es sieht so aus«, bestätigte Karl.

»Schimpansen«, präzisierte ich das Offensichtliche, weil wir ja in ihrem Gehege standen.

»Aber ...«, setzte Eva an. Sie wurde von einem Ruf aus dem Graben unterbrochen. »Ich habe den Arm. Hier ist der linke Arm.«

»Das nenne ich eine gute Nachricht«, kommentierte Karl und wir folgten ihm die drei großen Betonstufen hinunter in den Graben, der das Gehege von den Aussichtsplattformen der Besucher trennte.

»Fotografiert?«, vergewisserte sich Karl.

Elen nickte zur Bestätigung. Der Gerichtsmediziner hob den Arm auf und drehte ihn behutsam in seinen Händen. Er betastete vorsichtig den Oberarmknochen, wo er im Schultergelenk vom Rumpf abgetrennt worden war. »Riss- und Beißwunden«, murmelte er gedankenverloren.

»Grauenvoll«, meinte Eva.

»So, wie der Körper auf diesem Klettergestell liegt, können wir davon ausgehen, dass er davon nicht mehr viel mitbekommen hat«, beruhigte sie Karl. Er hielt den abgetrennten Arm nachdenklich in die Höhe und studierte ihn mit gerunzelter Stirn.

»Es gibt nur einen Schnitt«, bemerkte ich.

Karl nickte nachdenklich. Am rechten Arm hatten wir vier Einschnitte entdeckt, die allesamt tiefer waren. »Falls das tatsächlich Abwehrverletzungen sind, war er wahrscheinlich Linkshänder.«

Eva stand schweigend neben uns, aber ihr Gesicht verriet mir, dass mit dieser Information ihre bisher ungestellte Frage beantwortet war: Eine Leiche allein, selbst wenn sie zerlegt im Schimpansengehege des Krefelder Zoos aufgefunden wurde, rechtfertigte noch nicht das ›große Besteck‹, also ein Großaufgebot der Spurensicherung mit allen Schikanen und das Einleiten einer Mordermittlung. Wenn das Opfer aber Schnitte an den Unterarmen aufwies, die mit hoher Wahrscheinlichkeit Abwehrverletzungen waren, sah das Ganze sofort anders aus.

Wir stiegen die Stufen aus dem Graben wieder nach oben und gingen vorsichtig zur Leiche. Dem Gesicht des Toten waren keine Informationen mehr zu entnehmen. Die Ohren fehlten und anstelle der Nase klaffte nun ein blutiges Loch zwischen Augen und Mund.

»Wir brauchen eine Aufnahme vom Gesicht«, sagte ich zu Elen.

Sie schoss eine Serie weiterer Fotos aus verschiedenen Winkeln, wobei sie sich ganz schön ins Zeug legen musste, um zwischen den Ästen durchzukommen. »In fünf Minuten auf Papier«, erklärte sie schließlich.

»Hast du schon …?«, begann ich die übliche Frage an Karl, doch er schnitt mir mit einer Geste das Wort ab.

»Frag mich heute Mittag. Mit etwas Glück kann ich dir dann sagen, ob er am Sturz gestorben ist oder ob die Schimpansen ihn umgebracht haben.«

Und mehr war auch nicht zu erwarten. Karl verstaute den Arm sorgfältig bei den anderen Körperteilen in seiner Plastikbox. Wahrscheinlich kam es nicht allzu häufig vor, dass er an einem Tatort seine Leiche erst einmal Stück für Stück aufsammeln musste, bevor er sie untersuchen konnte.

Wir betrachteten langsam den Umkreis der Leiche. Ein Kollege hatte den Unterschenkel des rechten Beins hinter der Holzverkleidung der Panoramawand an der Rückseite des Geheges entdeckt, die anderen arbeiteten sich weiter über den Betonboden, um jedem Millimeter den noch so kleinsten Spurenpartikel abzuringen.

Neben der erschreckenden Brutalität, zu der die Schimpansen anscheinend fähig waren, war das einzig Offensichtliche an diesem Tatort der Weg, auf dem der Körper in das Gehege gelangt war. Als wir neben dem Geäst standen, über dem der Rumpf der Leiche hing, sahen wir, dass direkt darüber das Dach des Affenhauses geöffnet war. Die großen Paneele aus mehr oder weniger transparentem Kunststoff erinnerten an ein Gewächshaus und waren im Abschnitt über dem Schimpansengehege zur Seite gefahren. Das Netz, das die Vögel im Affenhaus daran hindern sollte, das Weite zu suchen, war direkt senkrecht über der Leiche zerrissen. Die schwarzen Fransen tanzten im Luftzug, als wollten sie uns zuwinken.

»Zumindest das ist klar«, brummte ich.

Bisher ungeklärt war natürlich, wie es zum Sturz des Mannes vom Dach in das Schimpansengehege gekommen war. Die erste Streifenwagenbesatzung hatte festgestellt, dass das Dach über stählerne Laufstege aus Gitterrost zu begehen war und dort normalerweise nur Personen Zugang hatten, die im Zoo arbeiteten.

Eva deutete mit einem Kopfnicken zum Ausgang. Ich folgte ihr durch die schmale Stahltür und einen engen Gang in den rückwärtigen Bereich des Affenhauses, wo sich kleinere Käfige befanden, wahrscheinlich für den Fall, dass die Affen genug von den Besuchern hatten und lieber unter sich sein wollten. Auch hier fanden sich astähnliche Strukturen, Schaukeln und Hängematten. Durch die massiven Gitterstäbe und die Enge hatten diese Boxen allerdings eher den Charme einer Gefängniszelle.

»Das reicht nicht«, hörte ich Reinholds Stimme. »Dieser Bereich muss geräumt werden.« Der Erste Kriminalhauptkommissar Reinhold Bühler war der Leiter des Kriminalkommissariats 11 und damit Evas und mein direkter Vorgesetzter. Seine Anwesenheit unterstrich die Bedeutung des Falls. Sein Gesprächspartner war ein hohlwangiger Mann mit silberfarbener John-Lennon-Brille, Dreitagebart und Pferdeschwanz, der ihn ratlos anschaute.

»Diese Käfige müssen geräumt werden. Und zwar sofort«,

präzisierte Reinhold seine Forderung. Er deutete auf die Boxen neben uns, in denen die Schimpansen außer Rand und Band von Ast zu Ast sprangen, sich gegen die Gitter warfen, schrien und kreischten. Zwei von ihnen schienen besonders aufgebracht zu sein und zeigten uns abwechselnd ihre Muskeln und ihre Zähne. Es war dabei offenkundig, woher die roten Schlieren auf ihrem Gebiss stammten. Mir lief ein eiskalter Schauer über den Rücken.

»Außerdem«, fügte Reinhold hinzu, »müssen wir jedes einzelne Tier untersuchen.«

»Was soll das heißen?«, fragte der Mann verständnislos. Er kam mir vage bekannt vor, aber ich konnte ihm keinen Namen zuordnen.

Von der Seite kam Ralf hinzu. »Das bedeutet, wir untersuchen die Affen auf Spuren, die uns etwas darüber verraten, was hier passiert ist«, erklärte er. Ralf Menzel war der Leiter der Spurensicherung.

»Wir suchen nach Faserresten, Blutspuren, Haaren, Hautschuppen des Opfers. Außerdem benötigen wir Gebissabdrücke von allen Schimpansen.«

Erkennungsdienstliche Behandlung nannte man das beim Menschen. Alles wurde unter die Lupe genommen und eingetütet: der Staub auf der Schulter, der Dreck unter den Fingernägeln, Speichelprobe, Fingerabdrücke.

Hatten Affen überhaupt Fingerabdrücke?, schoss es mir unwillkürlich durch den Kopf, obwohl die Frage natürlich im Moment absurd unwichtig war.

»Und eine Blutprobe«, schob Ralf noch hinterher. »Wir müssen feststellen, ob die Affen unter dem Einfluss von bestimmten Substanzen stehen.«

Der Mann vom Zoo war offenbar zu sehr mitgenommen, um mehr als ein Kopfnicken zustande zu bringen. Er erhielt Unterstützung von einer geschäftsmäßig gestylten Frau mit blauem Hosenanzug und braunem Pferdeschwanz. Vielleicht die vom Zoo vorgegebene Frisur, ging es mir durch den Kopf, als ich die beiden nebeneinanderstehen sah.

»Lass uns die Gorillas ausquartieren und die Schimpansen erst einmal dort unterbringen«, schlug sie ihm mit einer Mischung aus Pragmatismus und Mitgefühl vor und legte ihm dabei beruhigend die Hand auf den Rücken. Sie mochte Immobilienmaklerin sein oder Filialleiterin einer diskreten Privatbank. Da sie im Zoo arbeitete, war sie aber vermutlich keins von beidem.

Der Mann nickte geistesabwesend. »Ich hole das Blasrohr.« Er schlurfte mit unsicheren Schritten davon. Die Frau bewegte sich einige Schritte abseits und inspizierte die Käfige im hinteren Bereich.

»Wie sieht es drinnen aus?«, wollte Reinhold von uns wissen.

Wir schoben unsere Kapuzen zurück und streiften Mundschutz und Handschuhe ab. »Grauenhaft«, antwortete Eva.

»Kettensägenmassaker«, präzisierte ich.

Reinhold verzog das Gesicht. »Danke, sehr anschaulich.«

Wir standen in einem schmalen Gang zwischen dicken Käfiggittern, Lagerräumen und einer Art Küche mitten im geschäftigen Treiben. Die Schimpansen tobten immer noch hinter den Gittern, vielleicht in der Hoffnung, einen von uns irgendwie anlocken und genauso in Einzelteile zerlegen zu können wie ihr erstes Opfer. Ich drehte ihnen demonstrativ den Rücken zu.

»Es sind noch nicht alle Leichenteile gefunden«, erklärte ich nun sachlich. »Ich schätze, für das Gehege brauchen die Kollegen noch mindestens drei Stunden.«

»Das würde ich auch sagen«, schaltete sich Ralf ein. »Und dann noch die Boxen im Innenbereich, die Tiere selbst und der Rest vom Haus. Und natürlich das Dach.«

»Ein Großprojekt.«

»Ein spurentechnischer Albtraum«, korrigierte mich Ralf.

»Was wissen wir bis jetzt?«, fragte Reinhold.

»Eine männliche Leiche. Mit hoher Wahrscheinlichkeit ein Sturz von oben durch die offene Dachkonstruktion in das Schimpansengehege. Abwehrverletzungen an beiden Unterarmen, die darauf hindeuten, dass er vor seinem Tod mit einem Messer angegriffen wurde. Es ist plausibel zu vermuten, dass er hinuntergestoßen wurde. Der Körper landete auf einem Geflecht aus Holzbalken. Ob er noch bei Bewusstsein oder bewegungsfähig war, kann ich noch nicht sagen. Danach haben die Schimpansen den Körper zerrissen. Alle Gliedmaßen sind abgetrennt, der Kopf ist entstellt. Spuren, die darüber Aufschluss geben könnten, was vor seinem Sturz geschehen ist, werden wir erst im Labor suchen können.«

Reinhold brummte bei Ralfs Schilderung unverständlich. Tiefe Falten gruben sich in seine Stirn. »Wir müssen den Mann identifizieren.«

»Wir sollten uns gut überlegen, wem wir ein Foto vom Kopf zeigen«, gab ich zu bedenken.

Und wie auf ein Stichwort kam ein Kollege der Spurensicherung von draußen zu uns. »Ich habe die Fotos, die du wolltest.«

»Danke, Simon.« Er war unser Spezialist für elektronische Geräte und zweifellos über irgendeine drahtlose Technologie seines Druckers mit Elens Kamera verbunden. Wie auch immer er es gemacht hatte, er hielt mir einige farbenprächtige Ausdrucke des toten Gesichts hin.

»Ach du meine Güte«, keuchte Reinhold.

Ich nahm die Papiere, wählte das präsentabelste Bild aus und faltete den unteren Rand nach hinten, sodass zumindest die Bisswunden am Hals nicht mehr sichtbar waren. »Damit sollte es gehen, oder?«, fragte ich in die Runde. Zur Antwort erhielt ich skeptische Blicke, aber keinen Widerspruch.

Im nächsten Moment kam der Mann mit der John-Lennon-Brille zurück. Auch seine Kollegin im Hosenanzug gesellte sich wieder zu uns, nachdem die Inspektion anscheinend abgeschlossen war. John Lennon trug einen schmalen schwarzen Koffer, in dem sich frisch gewaschene und gebündelte Geldscheine oder auch ein Scharfschützengewehr befinden mochten. Er stellte den Koffer auf dem Boden ab. Aber bevor er dazu kam, ihn aufzuklappen, dröhnte eine polternde Stimme durch das Affenhaus. »Was um alles in der Welt ist denn hier los?«

Ich vermutete, dass sogar die Gorillas hochgeschreckt waren. Umso mehr waren wir alarmiert vom Auftritt des großen schwarzhaarigen Mannes, der mit raumgreifenden Schritten die Entfernung von der Tür zu uns überwand und sich direkt vor Reinhold aufbaute. Ich kannte den Zoodirektor Dr. Uwe Haddenhorst nur aus der Zeitung. So, wie er sich hier präsentierte, mit zurückgegelten Haaren, perfekt getrimmtem Schnurrbart und teurem Anzug, wäre er auch als Direktor der Bank durchgegangen, deren Filialleiterin ja schon vor uns stand. Ich vergewisserte mich mit einem kurzen Blick über die Schulter, dass hinter den Gittern weggeschlossen immer noch die Schimpansen lauerten und keine Finanzhaie.

»Was geht hier vor?«, verlangte der Direktor erneut zu wissen.

Ich sah, wie sich Reinhold unmerklich versteifte. »Guten Tag, mein Name ist Reinhold Bühler von der Kriminalpolizei«, sagte er kühl und streckte seine Hand aus.

Die Blicke der beiden Männer fanden und verhakten sich. Haddenhorst war größer als Reinhold, aber der ließ sich nicht einschüchtern.

Schließlich schüttelten sie sich die Hände. »Haddenhorst. Zoodirektor.«

»Es freut mich sehr«, behauptete Reinhold.

»Was geht hier vor?«, wiederholte Haddenhorst.

»Wir sperren das gesamte Gelände ab, um es untersuchen zu können.«

»Was?! Aber das geht doch nicht. Der ganze Zoo …«

»… bleibt geschlossen, bis die Spurensicherung beendet ist.«

Das glatte Gesicht des Zoodirektors gewann einige Schattierungen an Röte. »Das können Sie nicht machen. Sie befinden sich in *meinem* Zoo, Herr Bühler.«

Reinhold zog gekonnt eine Augenbraue hoch und ließ den

Mann eiskalt auflaufen. »Im Moment«, erklärte er betont freundlich, »befinden Sie sich an *meinem* Tatort, Herr Haddenhorst.«

Der Direktor wurde noch röter, presste die Lippen zusammen, schluckte dann aber seine Entgegnung herunter. Und plötzlich war die Auseinandersetzung so schnell beendet, wie sie begonnen hatte. Haddenhorst zauberte ein verbindliches Lächeln auf sein Gesicht und sagte eilig: »Natürlich. Selbstverständlich. Wie gedankenlos von mir. Das muss wohl der Schock sein, verstehen Sie.«

»Wer wäre bei so einem Ereignis nicht schockiert«, gab sich Reinhold entgegenkommend. Und bevor der andere sich wehren konnte, fügte er hinzu: »Sobald wir gesicherte Erkenntnisse haben, werden wir Sie sofort informieren. Aber im Moment helfen Sie uns am meisten, wenn Sie uns einige Ansprechpartner zur Verfügung stellen.«

»Ähm, ja«, sagte Haddenhorst überrascht, aber er reagierte schnell. Ein Profi, dachte ich, sah man von seiner Eröffnung einmal ab. »Nun, Dr. Kaden scheint ja schon instruiert zu sein«, sagte der Direktor mit Blick auf den Mann mit dem schwarzen Koffer.

Bei diesen Worten erinnerte ich mich. Ich kannte den Mann aus einer Reportage im Fernsehen. Dr. Frank Kaden war der Tierarzt des Zoos.

Nun deutete der Direktor auf die geschniegelte Frau im blauen Hosenanzug, die aussah wie seine Finanzberaterin. »Am besten ist, Sie halten sich an Frau Alders, unsere Pressesprecherin, sie hat den besten Überblick über den gesamten Zoo.«

Ich betrachtete die Frau skeptisch. Wir waren Polizisten und keine Reporter.

»In Ordnung«, beeilte sich der Direktor dann, »ich schaue mal, ob ich Ihren Kollegen draußen helfen kann. Sie kümmern sich um die Herrschaften von der Polizei, Frau Alders?« Es war eine rhetorische Frage, denn er war schon auf halbem Weg zur Tür.

Die Pressesprecherin blieb zumindest äußerlich ungerührt. »Wenn ich Sie richtig verstanden habe, sollen die Schlafbox der Schimpansen geräumt und die Tiere einzeln untersucht werden«, vergewisserte sie sich sachlich bei Reinhold und Ralf, die das bestätigten. Zu mir sagte Reinhold: »Markus, ich stelle die Kommission zusammen, du übernimmst hier.«

Vielleicht hatte er sich den Direktor zum Vorbild genommen, denn im nächsten Augenblick war er auf demselben Weg und ebenso schnell nach draußen verschwunden.

Unter gegenseitigem Händeschütteln holten Eva und ich unsere offizielle Vorstellung bei dem Tierarzt und der Pressesprecherin nach. Kaden wirkte nun etwas gefasster als zuvor, die Alders zeigte immer noch professionelle Haltung.

»Was passiert jetzt?«, fragte ich.

Der Tierarzt kniete sich hin und öffnete seinen Koffer. Darin befanden sich, eingebettet in schwarzen Schaumstoff, ein langes Rohr und einige kleine Pfeile. Spritzen mit langer Nadel und rot-gelben Stabilisatoren, um genau zu sein.

»Dr. Kaden wird jetzt die Schimpansen betäuben, damit sie untersucht und in ein anderes Gehege gebracht werden können«, erklärte Claudia Alders.

Der Inhalt des Koffers ging also eindeutig mehr in Richtung Scharfschützengewehr. Kaden holte eine gläserne Ampulle aus seiner Jackentasche hervor, zog das Betäubungsmittel auf eine Spritze und füllte damit den vorderen Teil des Geschosses. Danach presste er mit einer dritten Spritze Luft in den hinteren Teil.

»Wozu ist das denn?«, fragte Eva.

»Die Druckluft presst das Mittel in den Muskel des Tiers, nachdem die Nadel eingedrungen ist«, brummte John Lennon.

»Wie lange wirkt das Mittel?«, wollte Ralf wissen.

»Unterschiedlich«, nuschelte Kaden. »Aber diese Dosis auf jeden Fall eine Stunde.«

Ralf nickte. »Das wird reichen.«

Die Pressesprecherin nahm ihn beim Arm. »Die Wirkungsdauer lässt sich nicht hundertprozentig vorhersehen. Wir können Ihnen zur Untersuchung im Aufenthaltsraum der Pfleger einen Platz einrichten, der befindet sich in einem Container direkt hier vor der Tür.«

»Sehr gut, das schaue ich mir sofort an.« Und mit diesen Worten war auch er verschwunden.

Der Tierarzt schob den Pfeil in das Rohr und trat an das Käfiggitter.

»Das ist wie im Dschungel, oder?«, fragte ich.

Aber Kaden reagierte nicht darauf. Stattdessen fragte er: »Welchen zuerst?«

»Den hier vorne mit den blutigen Zähnen«, schlug Eva vor, was sicherlich ganz im Sinne von Ralf war.

»Das ist Gombo«, sagte die Pressesprecherin.

»Im Fernsehen heißen Schimpansen immer Charly«, kommentierte ich.

»Ja, ganz genau«, antwortete sie gedehnt.

Waren die Schimpansen bisher schon außer Rand und Band gewesen, wurden sie nun rasend vor Wut, als der Tierarzt sich näherte. Er richtete aus sicherer Entfernung die Spitze des Blasrohrs auf den Käfig und nahm Gombo ins Visier. Der Affe starrte auf die Mündung, bleckte seine Zähne und fuchtelte mit seinen Armen, als wolle er dem Tierarzt den Kopf abreißen. Kaden holte tief Luft, stieß in das Rohr und im nächsten Augenblick steckte der Pfeil in Gombos Schulter. Der Affe riss sich die Spritze aus dem Körper und schleuderte sie zurück zum Tierarzt. Das gefährliche Geschoss verfehlte Kaden nur um Zentimeter. Ein anderer Schimpanse kam schreiend vorgeschossen und versuchte, durch das Gitter zu greifen. Kaden beobachtete den Vorgang ungerührt. In der ganzen Gruppe im Käfig schwoll ein Kreischen an, das bald ohrenbetäubend wurde.

Der Tierarzt wandte sich an uns. »Sie warten am besten draußen, bis das Mittel wirkt.«

Ich verstand das nicht so ganz, aber die Pressesprecherin sagte sofort: »Natürlich, Frank.«

Unter beängstigendem Gruppenkreischen der Schimpansen folgten wir ihr bereitwillig. »Das scheint den Affen nicht zu gefallen«, meinte ich, als die Tür hinter uns zufiel und wir auf dem schmalen Schotterweg für das Personal standen.

»Ihnen würde es auch nicht gefallen, mit einem Blasrohr betäubt zu werden«, beschied mich die Alders kühl und musterte mich dabei von Kopf bis Fuß.

»Ein Punkt für Sie.«

»Warum sollen wir draußen warten?«, fragte Eva.

»Damit das Mittel wirkt, müssen die Tiere ruhig sein. Wenn die Affen zu aufgeregt sind, muss die Dosis so weit erhöht werden, dass es gefährlich werden kann.«

Und tatsächlich schien der Geräuschpegel im Affenhaus zu sinken, sobald wir außer Sicht waren.

»Durch fremde Personen werden die Affen unruhig?«, hakte ich nach.

»Richtig«, bestätigte die Alders. Angesichts der Leiche im Schimpansengehege schien sie mir immer noch ziemlich cool, andererseits für eine Pressesprecherin auch ziemlich kurz angebunden.

»Aber die Schimpansen sind es doch durch die Besucher gewohnt, oder? Ich meine, wie viele Besucher hat der Zoo an einem schönen Sonntag?«, bohrte ich weiter.

»Zwischen vier- und fünftausend.«

»Wow!«, sagte Eva.

»Und das macht die Affen nicht unruhig?«

Sie musterte mich mit einem Blick, als wollte sie mein Vorwissen abschätzen, um dann passend auf meine Frage reagieren zu können. »Natürlich werden die Schimpansen dann auch unruhig. Und die anderen Affen auch. Aber es ist etwas anderes, ob sich fremde Menschen auf den Besucherterrassen aufhalten, wo die Schimpansen das gewohnt sind, oder ob fremde Menschen im hinteren Bereich auftauchen, der für die Tiere ein sicherer Rückzugsort sein sollte.«

Das leuchtete mir natürlich ein. Und offenbar hatte sich unser Warten schon gelohnt. Die Metalltür zum Affenhaus schwang auf und heraus kam der Tierarzt mit Simon und Elen. Die drei trugen Gombo mit vereinten Kräften auf einer Plastikplane über den Weg. Wir machten ihnen Platz und als sie an uns vorbeizogen, sah ich, dass der Affe immer noch irgendeinen blutigen Fetzen an sich drückte wie einen wertvollen Schatz, den er erbeutet hatte. Die Geste wirkte kindlich, aber ich entdeckte auch die grauen Haare im Gesicht des Affen.

»Wie alt ist Gombo eigentlich?«, fragte ich.

»Er ist einer der beiden ältesten Schimpansen im Zoo, er ist in diesem Jahr achtunddreißig geworden«, erhielt ich Auskunft, als sei ich ein Reporter.

»Und wie alt ...?«, wollte ich weiterfragen.

Ich war anscheinend sehr berechenbar, denn sie unterbrach mich und erklärte: »... bis zu fünfzig Jahre.«

Gombo war inzwischen am Ort seiner Untersuchung angelangt. Ralf hatte sich mit seinem mobilen Labortisch und einigen Koffern mit Ausrüstung im Container der Tierpfleger ausgebreitet. Wir standen neben Ralf, als er sich über Gombo beugte.

Zunächst betrachtete er den Schimpansen sorgfältig, ohne ihn anzufassen. Dann wies er Elen an, verschiedene Stellen in Nahaufnahme zu fotografieren: Hände, Arme, Füße und das Gesicht. Ralf zog die Lippen des Affen zurück, entblößte sein Gebiss und Elen drückte erneut den Auslöser. Dann entfernte Ralf das Objekt aus den Händen des Affen, hielt es vor Elens Linse und tütete es ein. Danach folgten Spurenproben der Hände, der Fingernägel, von Kinn, Wangen, Hals. Schließlich kam die Blutprobe an die Reihe. Gombo schlief tief und fest und ließ die Prozedur widerstandslos über sich ergehen.

»Jetzt wird es kompliziert«, brummte Ralf und drückte die Kiefer des Tieres auseinander. Er leuchtete mit einer Taschenlampe in die Mundhöhle und fischte dann mit einer langen Pinzette einzelne Partikel heraus, die ich überhaupt nicht vom Zahnfleisch oder der Schleimhaut hätte unterscheiden können.

Schließlich holte er zwei kleine Metallpfannen aus einem Koffer. »Danach sind wir fertig«, erklärte Ralf. Er öffnete eine weiße Dose mit Schraubverschluss, in der sich eine zähe rosafarbene Masse befand, die ekelhaft nach Zahnarzt roch.

»Muss das denn auch noch sein?«, fragte die Alders.

Ralf hielt die Pfanne an den Kiefer, um die Größe abzuschätzen, dann spachtelte er das klebrige Zeug hinein. »Ja, leider«, sagte Ralf. »Es kann sein, dass wir die Abdrücke nicht brauchen, aber jetzt habe ich den Affen einmal hier, dann ist der Aufwand geringer. Auf diese Weise können wir später die Bissspuren zuordnen.«

»Aber das macht den Mann doch auch nicht wieder lebendig«, wandte die Alders ein. »Ist es denn so wichtig, welcher Affe wo zugebissen hat?«

Ich musste die Vorstellung einer Horde Schimpansen, die sich im Blutrausch über den Körper in ihrem Gehege hermachten, gewaltsam verdrängen. Ralf schob derweil die Metallpfanne in den Mund des Affen und drückte sie gegen den Oberkiefer. »Wir müssen ausschließen, dass jemand anders das Opfer gebissen hat«, erklärte er geduldig.

Als sie verstand, worauf er damit hinauswollte, weiteten sich ihre Augen, dann hob sie ihre Hand vor den Mund und drehte sich eilig weg. Ich fand es beruhigend, ihre menschliche Seite kennenzulernen.

Ralf löste die obere Pfanne, dann kam Gombos Unterkiefer an die Reihe.

Ich nahm Claudia Alders am Arm und führte sie behutsam einige Schritte zur Seite. »Ich möchte Sie noch um etwas bitten«, sagte ich leise zu ihr. »Sie kennen doch die Mitarbeiter des Zoos?«

»Ja«, erwiderte sie tonlos.

»Wir haben ein Foto des Toten, aber sein Gesicht ist ziemlich … entstellt.« Ich überließ ihr die Schlussfolgerung.

Sie nickte, nun wieder so gefasst wie zuvor. »Zeigen Sie schon her.«

Ich hielt ihr das Foto hin. Ihr Erkennen war offensichtlich. Mit vor Schreck aufgerissenen Augen und stockender Stimme sagte sie: »Das ist Peter. Kunze. Ein Tierpfleger.«

Ich angelte mein Handy aus der Tasche, drückte Reinholds Kurzwahl und gab die Information gleich weiter. »Frau Alders hat gerade das Opfer identifiziert. Peter Kunze, ein Tierpfleger aus dem Zoo.«

»Verstanden, danke«, lautete Reinholds knappe Antwort. Während wir weiter vor Ort tätig waren, konnte er im Präsidium die Datenbank befragen, Adresse und Angehörige des Opfers ermitteln und ein Foto des lebendigen und unversehrten Peter Kunze auftreiben, mit dem wir die Identifizierung vorläufig bestätigen konnten.

Die Pressesprecherin war fassungslos. »Er ist … er war … ich habe ihn doch gestern noch gesehen«, stammelte sie, aber die dicke Schicht Make-up auf ihrem Gesicht verbarg wirkungsvoll alle anderen Regungen.

»Er war gestern bei der Arbeit?«, fragte Eva.

»Ja … ich …«, setzte die Alders an.

Und gerade als ich dachte, sie könnte vielleicht ein paar ruhige Minuten gebrauchen, um sich zu sammeln, stürmte ein kleiner bärtiger Mann mit imposantem Bauch auf uns zu. »Claudia, meine Güte, ich habe es gerade erst gehört …« Er erreichte uns, prallte auf die Pressesprecherin, umschloss sie mit seinen Armen und redete aufgeregt weiter, ohne Luft zu holen. »… das ist ja furchtbar, grauenvoll, mein Gott, was sollen wir denn jetzt nur machen?«

»Manfred …«, sagte die Alders verlegen und befreite sich aus dem Griff des Bärtigen.

»Das ist ja ein Albtraum, und das in unserem Zoo. Ogottogottogott«, sprudelte der Mann. Ich vermutete, dass er an normalen Tagen mit Bauch, Bart und Lachfalten eine gemütliche Erscheinung abgab, aber im Moment hüpfte er von einem Bein aufs andere, suchte mit sprunghaften Blicken seine Umgebung ab und wirkte mit den hektischen Flecken im Gesicht wie die leibhaftige Panik.

Ich räusperte mich und gewann so seine Aufmerksamkeit. Vielleicht war in diesem Moment sogar ein Anflug von Dankbarkeit im Gesicht der Pressesprecherin zu erkennen. »Mein Name ist Wegener von der Kriminalpolizei, das ist meine Kollegin Frau Kotschenreuth.«

»Ja. Natürlich. Wie dumm von mir«, sagte er und rollte auf uns zu. »Manfred Weinmann.«

Sein Händedruck war weich und feucht vom Schweiß. »Und was ist Ihre Aufgabe im Zoo?«, fragte ich.

»Ich bin ... der zoologische Berater.«

Was auch immer das bedeuten mochte, bei diesen Worten kam der Mann wieder auf den Teppich. Die Flecken in seinem Gesicht verschwanden. »Was ist denn hier passiert?«, fragte Weinmann, nun bedeutend ruhiger.

»Es ist Peter ... Herr Wegener hat mir ein Foto gezeigt«, sagte die Alders.

Ich nutzte die Gunst der Stunde und hielt ihm ebenfalls das Foto hin.

Er schluckte, dann nickte er. »Das ist Peter Kunze. Einer unserer Tierpfleger. Und er ist tot?«

»Die Schimpansen haben ... Hat dir der Chef nichts gesagt?«, fragte Claudia Alders.

Weinmanns Miene verdüsterte sich. »Du kennst ihn doch ... der sagt mir nie was freiwillig.«

Meine Neugier war geweckt. »Warum nicht?«, fragte ich möglichst unschuldig.

»Weil ich Biologe bin«, entgegnete Weinmann barsch.

Ich war ziemlich stolz auf meine Selbstkontrolle, aber der Pressesprecherin war mein überraschter Blick nicht entgangen. »Es ist ganz hilfreich, wenn man bei der Arbeit weiß, was man tut«, erklärte sie.

»Was man nicht von jedem hier behaupten kann«, brummte Weinmann.

»Und deshalb erfahren Sie zu wenig?«, wunderte sich Eva.

»Herr Dr. Haddenhorst wägt sorgfältig ab, wem er welche Informationen zukommen lässt«, erklärte Weinmann steif.

»Der Zoodirektor ist kein Biologe«, tippte ich.

»Er ist Betriebswirt«, bestätigte Weinmann, als sei dieser Beruf etwas Unanständiges. Was auf einen offenen oder verdeckten Krieg der Professionen im Zoo hindeutete. Sehr interessant.

»Damit sind Sie unzufrieden«, vermutete ich.

Er hatte den Mund schon geöffnet, um mir zu antworten, überlegte es sich im letzten Moment aber anders. Aus den Augenwinkeln sah ich die Pressesprecherin kaum merklich den Kopf schütteln. Vermintes Gelände, dachte ich.

»Es bringt einige Schwierigkeiten mit sich«, formulierte es Weinmann schließlich diplomatisch.

Ich betrachtete ihn einige Sekunden und versuchte abzuwägen, welches Vorgehen für uns zweckmäßig wäre. Den Krieg der Berufsgruppen erforschen oder zuerst den Hintergrund des Opfers und den Tatort?

Eva schien zu demselben Ergebnis gekommen zu sein wie ich, denn sie fragte: »Sie haben doch bestimmt eine Personalakte über Peter Kunze?«

Die Pressesprecherin nickte. »Selbstverständlich. Ich hole sie Ihnen.« Und dann stöckelte sie in Richtung der Verwaltungsgebäude am Haupteingang davon.

»Arme Claudia«, murmelte Weinmann, als er der Pressesprecherin hinterherschaute.

»Sie ist ziemlich mitgenommen«, versuchte ich, ihm mehr Details zu entlocken.

»Die beiden kannten sich gut«, verriet Weinmann.

»Frau Alders und Peter Kunze?«, fragte ich erstaunt. Eine Reaktion hatte ich bei ihr zwar bemerkt, aber damit hätte ich nun nicht gerechnet. Die Selbstbeherrschung der Alders war geradezu phänomenal.

»Ja, er hat ihr mal bei einem Forschungsprojekt geholfen. Das muss Jahre her sein«, sagte er gedankenverloren. »Und dann hatte Peter private Probleme …«

Wir warteten geduldig, aber er sprach nicht weiter. »Und sie hat ihm geholfen?«, vermutete ich.

»Ja. Peters Mutter ist sehr krank«, sagte Weinmann vage. »Jeder nimmt Rücksicht auf ihn.«

Da in dem Punkt aus Weinmann wohl nichts herauszubekommen war, wechselte ich das Thema. Zunächst hatte der Tatort Vorrang. »Wir benötigen einige Informationen über das Affenhaus«, verkündete ich.

»Ich kann Sie gerne rumführen«, erklärte Weinmann sich bereit.

Wir besorgten ihm einen schicken Ganzkörperanzug mit Überziehschuhen. Es kostete ihn einige Mühe, sich hineinzuzwängen, aber als der zweite Affe auf einer Plastikplane die Untersuchungsstation erreichte, war der zoologische Berater ordnungsgemäß eingetütet.

»Mein Gott«, brummte Weinmann, als er das blutverschmierte Gesicht des Affen sah. »Armer Limbo.«

»Die Schimpansen haben Ihren Pfleger Kunze zerfleischt«, gab ich angesichts dieses Mitgefühls zu bedenken.

»Schimpansen sind ganz friedliche Tiere«, behauptete Weinmann, während Ralf erneut mit seiner Untersuchungsprozedur begann.

Ich tauschte einen Blick mit Eva, aber die konnte sich darauf auch keinen Reim machen. Weinmann schien unsere Skepsis zu spüren. »Nur in solchen Situationen werden sie unberechenbar. Brutal.«

»Was sind das genau für Situationen?«, hakte Eva nach.

»Wenn sie einen hilflosen Körper antreffen.«

In den klassischen Detektivromanen überführten sich viele Verdächtige selbst, indem sie aus Unachtsamkeit Wissen preisgaben, über das nur der Täter verfügen konnte. Weinmann hatte deshalb augenblicklich unsere volle Aufmerksamkeit.

»Ein hilfloser Körper?«, fragte Eva arglos.

Weinmann nickte bestimmt. »Ja, etwas anderes ist vollkommen ausgeschlossen. Die Schimpansen hätten Peter niemals angegriffen. In freier Wildbahn jagen Schimpansen zwar und können auch Menschen angreifen, aber Peter … Sie kannten ihn doch.«

»Was genau bedeutet hilflos?«, hakte Eva nach.

»Das heißt, er lag auf dem Boden und konnte sich nicht mehr normal fortbewegen. Etwa wenn er gestürzt war und sich ein Bein gebrochen hatte. Von den Schmerzen benommen, sodass er wirklich hilflos war. So etwas ist schon vorgekommen.«

Der zoologische Berater gehörte wohl nicht zu den klassischen Verdächtigen, sondern vielleicht doch eher zu den Personen, die einfach mehr über Schimpansen wussten als wir. »Was ist mit einem bewusstlosen Menschen?«

Weinmann schüttelte den Kopf. »Ausgeschlossen. Einen Menschen, der sich überhaupt nicht mehr bewegt, würden die Schimpansen niemals anrühren.«

Spätestens jetzt war mir klar, dass ich mit meinem Erfahrungswissen über menschliches Verhalten bei den Schimpansen nicht weiterkommen würde.

»Das bedeutet, Peter Kunze war bei Bewusstsein, als die Schimpansen ihn angegriffen haben«, stellte Eva fest.

Obwohl er in seinem Anzug schwitzte, wurde Weinmann angesichts dieser Schlussfolgerung eine Spur blasser. »Ja, das heißt es wohl.«

»Dann lassen Sie uns doch schauen, wie das passiert sein kann«, schlug Eva vor. Sie ließ Weinmann absichtlich im Ungewissen, wie genau der Tatort aussah und worauf das hindeutete. Dass sie ihn zusätzlich mit einem ihrer berühmten Röntgenblicke fixierte, ließ dem armen Mann nur noch mehr Schweiß ausbrechen.

Wir näherten uns dem Affenhaus wieder über den Besucherweg. Am Abzweig zum Personalzugang blieben wir stehen. »Welche Möglichkeiten sehen Sie, nachts auf das Zoogelände zu gelangen, ohne groß aufzufallen?«

»Der Zoo ist ringsum eingezäunt«, sagte er nachdenklich und rieb sich mit einer professoralen Geste das Kinn. »Wenn man von außen kommt, müsste man also diesen Zaun überwinden. Sie könnten von der Berliner Straße kommen, durch diesen Personaleingang hier vom Grotenburgparkplatz oder durch die Gärten hinten von der Vaderstraße.«

Ich notierte mir eifrig die Möglichkeiten. In diesen Bereichen musste die Spurensicherung den Zaun ganz genau untersuchen, im restlichen Gelände reichte wahrscheinlich eine bloße Sichtkontrolle.

»Lassen Sie uns noch kurz draußen bleiben.« Ich deutete auf das Dach. »Wenn ich auf einen dieser beiden Stege kommen möchte, wo ist der einfachste Zugangsweg?«

Weinmann nahm wieder seine Grüblerpose ein. »Beide Stege laufen längs über das Dach. An jeder Längsseite führt eine Treppe nach oben. Wenn Sie die erreichen wollen, müssen Sie eine Leiter anlegen und können dann über die Treppe nach oben steigen. Oder Sie gehen zur nördlichen Giebelseite, dort befindet sich eine ausziehbare Leiter, die an der Wand installiert ist.«

Ich notierte das ebenfalls. Die Längsseite des Affenhauses, die zum Grotenburgstadion ausgerichtet war, erreichten wir in wenigen Schritten. Die Treppe begann an der Dachrinne in etwa drei Metern Höhe. Was mich direkt zu meiner nächsten Frage brachte: »Und wo bekomme ich eine Leiter her?«

»Ganz einfach«, erklärte Weinmann und marschierte zielstrebig zu einem kleinen Schuppen rechts der Personaltür. Hinter einer Holztür mit Vorhängeschloss sahen wir ein wildes Lager aus Eimern, Karren, Säcken – und eine Leiter.

Weinmann hatte seine Hand schon ausgestreckt, als ich sagte: »Stopp! Nicht anfassen.«

Der zoologische Berater zuckte erschrocken zurück und schaute mich schuldbewusst an. »Aber warum denn … Ach so. Natürlich. Fingerabdrücke.«

Ich hielt Elen an, die von der Schimpansenuntersuchungsstation zurück ins Affenhaus gehen wollte. »In diesem Verschlag ist eine Leiter, mit der man zu dieser Treppe dort kommt. Vielleicht gibt es auf dem Dach Spuren, die zeigen, dass hier diese Nacht einer hochgeklettert ist.«

Elen seufzte. »Geht in Ordnung, wir machen uns gleich dran.«

»Wie sieht es denn innen aus?«, fragte Eva.

Elen schüttelte den Kopf. »Uns fehlen immer noch der linke Fuß und ein Teil vom Unterschenkel.«

Weinmann starrte sie mit bleichem Gesicht an, ein Schrecken, den man nur sehr schwer spielen konnte. Ich gab ihm keine Möglichkeit, nachzufragen, sondern nahm ihn beim Arm. »Wollen wir einmal herumgehen? Wo war doch gleich die andere Leiter?«

Wir folgten dem Fußweg für Besucher und stiegen am Ausgang des Affenhauses über eine niedrige Wegeinfassung. Ich sah die Leiter sofort hinter Bäumen und Büschen an der vermoosten Betonfassade.

»Komisch«, meinte Weinmann. »Die müsste doch hochgezogen sein.«

Damit lieferte er mir ein neues Stichwort. Ich stoppte den Biologen mit meiner Hand auf der Schulter. »Was meinen Sie?«

»Das ist so eine Leiter zum Ausziehen. Normalerweise ist sie hochgefahren, aber jetzt ist sie unten, sehen Sie?«

Und ob ich das sah: Der bewegliche Teil der Leiter mochte, wenn er hochgefahren war, drei oder vier Meter vom Boden entfernt sein. Jetzt bot sie bequemen und kürzesten Zugang direkt zum Dach.

Ich nahm mein Handy. »Elen, vergiss den Schuppen für den Augenblick. An der Nordseite befindet sich eine Leiter. Mit der fangt ihr an.«

Zwei Minuten später kam sie mit zwei Kollegen durch das Gebüsch und sie begannen, die Umgebung abzusuchen. »Der Boden ist hier zwischen den Pflanzen noch recht feucht und weich«, meinte Elen nach einem prüfenden Blick. »Könnte sein, dass wir gute Spuren finden.«

»Und jetzt die dritte Seite?«, forderte Eva Weinmann auf.

Unter Elens strengen Blicken schlugen wir einen weiten Bogen zurück auf den Weg. »Am besten«, sagte Weinmann, »nehmen wir den Besuchereingang und dann einen der hinteren Notausgänge. Das geht am schnellsten.«

Der Mann war furchtbar blass und ich sah, wie seine Knie beim Gehen zitterten, aber er dachte mit, das musste ich ihm lassen. Wir folgten ihm in die schwüle Wärme des Affentropenhauses. Ein Betonweg schlängelte sich durch einen künstlichen Dschungel, manchmal als Steg geführt, an anderen Stellen als Holzbrücke über ein schmales Gewässer. Wir passierten das Gehege der Orang-Utans, dann das der Gorillas und erreichten schließlich das der Schimpansen.

Die Szene hatte sich kaum verändert, doch sie wirkte von der Besucherplattform aus seltsam unwirklich, fast wie ein schlechter Traum. Ich erkannte Karl, der sich gerade streckte, wahrscheinlich weil ihm das viele Knien auf den Rücken geschlagen war. Unsere Blicke trafen sich. Er winkte uns zu. »Gleich haben wir es!«, rief er herüber.

»Alles vollständig?«, fragte ich.

»Nein, aber alles abgesucht.« Er machte sich wieder an die Arbeit.

Der Rumpf von Peter Kunze hing immer noch im Geäst des Geheges und anscheinend gab dieser Anblick Weinmann den Rest. Er schlug zwar eilig seine Hand vor den Mund, doch das kam zu spät. Er drehte sich weg und erbrach sich unter heftigem Würgen auf zwei wehrlose Dschungelpflanzen.

Wir warteten einen Moment, bis die Krämpfe des Biologen nachließen, dann legte ich ihm eine Hand auf die Schulter. »Kommen Sie«, sagte ich und schob ihn zum Notausgang.

Obwohl es ja schon einige Jahre her war, erinnerte ich mich noch genau an meinen ersten Tatort mit Leiche. Ich hatte mein Frühstück ausgekotzt und war danach von den Jungs der Spurensicherung zur Schnecke gemacht worden. Von wegen Tatortkontamination. Kurzum: Ich fühlte voll mit Weinmann.

»Frische Luft hilft«, sagte Eva.

»Wie … furchtbar«, stammelte Weinmann unterdessen. »Was ist da passiert? Was ist da … bloß passiert?«

Genau das würden wir herausfinden. Die Notausgangstür schwang quietschend auf und wir traten nach draußen. Der Biologe sog gierig die Luft ein und schloss die Augen. Er öffnete sie direkt wieder. Wahrscheinlich hatte er – wie ich damals – sofort die Leiche vor Augen gehabt, wie eingebrannt in seine Netzhaut. Und das würde noch tagelang so bleiben. Zumindest wussten wir nun mit ziemlicher Sicherheit, dass Weinmann die Leiche gerade zum ersten Mal gesehen hatte. Um uns diese Reaktion vorzuspielen, hätte er über eine Abgebrühtheit verfügen müssen, die ich ihm nicht zutraute.

»Es geht schon wieder«, behauptete Weinmann schließlich tapfer. »Aber … mein Gott, ich dachte, vielleicht ist er noch einmal ins Gehege gegangen, ist gestolpert und …« Ihm versagte die Stimme.

»Mit Sicherheit ist Herr Kunze nicht gestolpert«, bestätigte ich. »Er ist vom Dach in das Gehege gestürzt.«

»Aber wie … ich meine, warum …?«

»Das werden wir herausfinden«, unterbrach ich ihn, denn wir wollten seine Ortskenntnisse nutzen und nicht, dass er sich in etwas hineinsteigerte, was weder ihm noch uns helfen würde. »Wo ist der nächste Zugang zum Dach?«

»Wie? O ja. Hier entlang.«

Wir folgten ihm wenige Schritte. Es war dasselbe wie auf der gegenüberliegenden Seite: Die Treppe begann an der Regenrinne und führte zum Steg auf dem Dach hinauf. Hier war die Leiter, mit der man das untere Ende der Treppe erreichen konnte, nicht in einem eigenen Holzverschlag verstaut, sondern sie hing offen sichtbar quer an der Wand. In ihrer Halterung gesichert mit zwei schweren Vorhängeschlössern.

»Wer hat einen Schlüssel dafür?«, fragte Eva.

Weinmann runzelte die Stirn. »Der hängt an einem Schlüsselbrett hinten bei den Tierpflegern im Affenhaus.«

»Also kann jeder, der dort arbeitet, sich leicht diesen Schlüssel besorgen?«

»Natürlich. Ich meine, es ist ja nicht so, dass es dort etwas zu klauen gäbe.«

Ich betrachtete die Leiter nachdenklich. Wer auch immer auf das Dach geklettert war, um Peter Kunze durch die offene Luke zu werfen, hatte wahrscheinlich die Leiter an der nördlichen Giebelseite benutzt. Die Spurensicherung würde sich das alles noch vornehmen, genau wie die Stege zur Öffnung beim Schimpansengehege. Mit diesem Teil mussten wir warten, bis die Kollegen fertig waren. Aber es gab einen Bereich, den wir jetzt schon anschauen konnten.

»Wollen wir wieder nach innen gehen?«, fragte ich.

Wir nahmen die Notausgangstür in die entgegengesetzte Richtung und gelangten wieder in den Besucherbereich des Affenhauses.

Weinmann schirmte mit einer Hand seine Augen ab und drehte den Kopf, damit er nicht mehr in das Schimpansengehege sehen konnte, schaute dadurch aber zwangsläufig auf sein eigenes Erbrochenes.

»Wie peinlich«, murmelte er.

»Das geht jedem so beim ersten Mal«, beruhigte ich ihn. Auf der anderen Seite des Grabens packte Karl seine Sachen zusammen und die Kollegen sammelten sich um das Holzgestell, auf dem immer noch der größte Teil der Leiche hing.

Wir folgten dem Weg diesmal in die andere Richtung bis zum Besucherausgang. Wir warfen einen Blick in den Container zu Ralf, der mit einem neuen Affen beschäftigt war, und erreichten wieder den Personaleingang. Neben den Zugangswegen zum Dach lag noch eine andere Frage auf der Hand, die ich nun an Weinmann weiterreichte. »Ist diese Tür normalerweise abgeschlossen?«

»Ja. Das macht der letzte Tierpfleger am Abend.«

»Und wer hat einen Schlüssel für diese Tür?«

»Die Tierpfleger«, sagte Weinmann. »Wir haben ein spezielles Schließsystem für unsere Häuser.«

Wenn die ausgezogene Leiter an der Giebelseite darauf hinwies, dass jemand auf diesem Weg auf das Dach geklettert war, besaß diese Person mit Sicherheit keinen Schlüssel. Denn warum hätte er klettern sollen, wenn er einfach die Tür aufschließen und sein Opfer ohne Gefahr und Anstrengung direkt ins Gehege hätte legen können? Auf der anderen Seite stellte sich die Frage, warum überhaupt irgendjemand auf diese Weise einen anderen Menschen hätte ermorden sollen. Warum ihn ins Schimpansengehege schmeißen und nicht direkt erstechen, wenn man das passende Messer sowieso schon in der Hand hielt? Oder erschießen, erwürgen, ja sogar ertränken wäre noch einfacher gewesen als die Akrobatik und die Unwägbarkeiten, die der Täter sich hier zugemutet hatte.

Ich schob die Gedanken beiseite, wir würden später in der Kommission darüber spekulieren und wir mussten jetzt vor allem die Fakten sichern. Ich warf einen Blick auf das Schloss, das keinen besonders soliden Eindruck machte. Aber Personen, die sich nicht damit auskannten, also keine professionellen Einbrecher waren, hätte es schon abgeschreckt. Es war scheinbar unbeschädigt.

Wir gingen durch den schmalen Flur und gelangten wieder zur Schlafbox der Schimpansen. Es befanden sich nur noch zwei Affen darin. Der Tierarzt zog das Betäubungsmittel auf einen weiteren Pfeil.

»Und es ist wirklich Peter?«, fragte er bedrückt.

Weinmann nickte. Ich zückte erneut das Foto. Je sicherer wir mit der Identifizierung im Zoo vorankamen, desto weniger mussten wir den Angehörigen zumuten.

»O mein Gott«, flüsterte der Tierarzt. Die Ampulle rutschte aus seiner Hand, fiel und rollte über den Betonboden davon. Er nahm es scheinbar überhaupt nicht mehr wahr, sondern starrte nur auf das Foto.

»Sie erkennen Peter Kunze?«, fragte ich sachlich.

Er riss sich mit sichtlicher Mühe von dem schrecklichen Anblick los. »Ja. Natürlich. Das ist Peter.«

»Er ist vom Dach in das Gehege gestürzt«, verriet Weinmann.

»Ich muss Sie bitten, Dritten gegenüber Stillschweigen zu bewahren. Nur die Informationen, die wir in der Pressekonferenz mitteilen, dürfen weitergegeben werden.«

Beide Männer nickten verstört.

»Selbstverständlich«, murmelte Kaden.

Aus der Tür zum Gehege tauchte Simon auf. »Was für ein Tatort …«

»Fertig?«, fragte Eva.

»Und wie«, meinte er und zog seine Gesichtsmaske herunter.

»Ich meine, sind alle Spuren gesichert?«

Simon nickte. »Alles abgesucht. Die Teile, die noch fehlen, müssen hier in der Box sein.« Er deutete mit dem Kopf auf die Schlafbox, in der die letzten beiden Schimpansen mit Drohgebärden durch die Gitterstäbe versuchten, den Tierarzt einzuschüchtern.

»Du kommst gerade recht«, sagte ich. »Ich glaube, jetzt wird es technisch.«

Simons Augen leuchteten kurz auf. »Dann lass mich mein Arbeitsgerät holen.« Er brauchte zehn Sekunden, dann stand er abmarschbereit mit seinem Aluminiumkoffer vor uns. »Technik sagst du? Wobei mir alles recht ist – Hauptsache kein Leichenpuzzle mehr.«

Der Tierarzt beschäftigte sich mit einer neuen Ampulle, der Biologe wusste nicht so recht, was er von uns halten sollte.

»Wo kann man das Dach öffnen?«, fragte ich.

»Dazu müssen wir nach oben«, erklärte Weinmann. »Das Dach und die gesamte Technik des Affenhauses werden zentral gesteuert. Folgen Sie mir.« Er führte uns durch einen schmalen Gang, vorbei an der Gorillabox, die inzwischen keine Gorillas mehr enthielt, sondern die von Ralf bereits untersuchten Schimpansen, die benommen gegen die Nachwirkungen der Betäubung ankämpften.

Wir kamen zu einer steilen Treppe, ohne dass die Schimpansen uns beachteten. »Seien Sie vorsichtig, die Stufen sind sehr schmal«, warnte Weinmann uns. Nicht ganz zu Unrecht, denn der Aufstieg ähnelte bei näherer Betrachtung eher einer Leiter als einer Treppe.

Dennoch erreichten wir alle unbeschadet die obere Ebene. Es war ein seltsamer Ort. Als Besucher wusste man zumindest theoretisch, dass es hinter den Gehegen, die von den Aussichtspunkten einsehbar waren, noch andere Räume geben musste. Wer sich gut auskannte, wusste wahrscheinlich, wie die Schlafboxen der Affen aussahen und was für Arbeits- und Lagerräume es für die Pfleger gab. Dass darüber noch eine zweite Etage existieren könnte, war etwas, worüber zumindest ich mir noch keine Gedanken gemacht hatte.

Der größte Unterschied zu unten war, dass es keine Wände mehr gab. Wir waren umgeben von den Kronen der Bäume, die von unten heraufwuchsen, ich sah die Futterschalen für die Vögel und rechts von uns eine Schlafbox von oben. Das Dach des Affentropenhauses schien zum Greifen nah. Über uns und über den Boden liefen einige Rohre und ich erkannte Töpfe und Beete mit Zöglingen tropischer Pflanzen. Weinmann führte uns über einen schmalen Steg ein paar Meter weiter.

Wir blieben vor einem schwarzen Kasten stehen. »Hier ist die Steuerungselektronik.«

»Das sieht nicht nach Elektronik aus«, unkte Simon. Und tatsächlich sahen wir einen altertümlichen Schaltkasten vor uns, überzogen mit einer schillernden Staubkruste, eingerahmt von Spinnweben. Lediglich die Schaltknöpfe, antike Modelle aus vorsintflutlicher Zeit, waren blitzeblank von den Fingern der Tierpfleger.

»Hier kann man die Fenster öffnen«, sagte Weinmann etwas irritiert. Und fuhr schon wieder seinen Arm aus.

»Nicht anfassen!«, riefen Simon, Eva und ich gleichzeitig.

Der Biologe zuckte zurück. »Ach, Verzeihung.«

»Zumindest solltest du gute Abdrücke bekommen«, meinte Eva.

Simon stellte seinen Koffer ab. »Das ist ja eine Kiste wie aus dem Museum«, brummte er.

»Baujahr 1975«, dozierte Weinmann.

»Erstschlagsicher«, konstatierte Simon. »Analoge Steuerungstechnik.« Er schoss eine Serie von Fotos.

»Funktioniert einwandfrei«, behauptete Weinmann hinter uns trotzig.

»Unverwüstlich«, bestätigte Simon. »Und hat keine Software, die abstürzen kann.«

»Aber auch keine Schnittstelle für deinen USB-Stick«, sagte ich.

Er verzog sein Gesicht. »Warum lasst ihr mich nicht meine Arbeit machen und stellt in der Zwischenzeit ein paar Ermittlungen oder so etwas an?«

»Der Tatort scheint ihn ganz schön mitgenommen zu haben«, flüsterte ich Eva zu.

»Das habe ich gehört!«, rief Simon uns hinterher.

Wir gingen mit Weinmann weiter, bis wir das Schimpansengehege erreichten. Wir schauten von oben in die Schlafboxen. Ein einzelner Schimpanse sprang rastlos von einer Wand zur anderen. Ralf arbeitete zügig.

Der Weg endete vor einer Bretterwand. »Was ist das?«, fragte ich.

»Das ist die Panoramawand der Schimpansen.«

Ich beugte mich über den Rand und konnte jetzt von oben in das Schimpansengehege schauen. Die Leiche war verschwunden, das Chaos im Gehege aber geblieben. Dann sahen wir nach oben. Das Loch im Netz war nun noch deutlicher zu erkennen.

»Warum?«, murmelte ich. »Warum klettert einer da rauf und schmeißt ihn runter?«

»Das wissen wir noch nicht sicher«, sagte Eva.

Und das war ein weiterer Punkt für die Mordkommission. Auch wenn es schwierig war, auf andere Weise zu erklären, wie der Körper von Peter Kunze auf das Klettergerüst der Schimpansen gelangt war, gab es doch mehrere Möglichkeiten. Natürlich hätte man den Körper auch von unten darauflegen können, aber dann wäre der Rumpf nicht so stark gequetscht gewesen. Hätte man von unserer Position aus geworfen, hätte ein Mann allein und auch zwei Männer einen Körper nicht so weit werfen können. Und dann war ja auch noch das Loch im Netz.

Ich schüttelte den Kopf. »Verrückt.«

Wir gingen wieder zurück zur Schaltzentrale, wo Simon sich um die archaische Elektronik kümmerte.

Er grinste zufrieden. »Ich habe wunderbare Abdrücke von dieser Antiquität bekommen. An irgendwelche elektronischen Spuren brauchen wir natürlich gar nicht erst zu denken.«

Bei vielen Gelegenheiten hatte uns das immer mehr um sich greifende weltweite Netz schon gute Dienste geleistet, Aktivitäten, die ständig von irgendwelchen automatischen Systemen aufgezeichnet wurden, ganz zu schweigen von gezielt suchenden Spionageprogrammen. Als die Steuerungsanlage des Affenhauses konstruiert und in Betrieb genommen wurde, hatten noch nicht einmal die kühnsten Visionäre diese Zukunft vorhergesehen, Dinge wie Systemprotokolle waren Science-Fiction und deshalb waren wir auf die klassischen Spuren zurückgeworfen: Fingerabdrücke und Zeugenaussagen.

»Wer öffnet denn die Dachfenster im Affenhaus?«, fragte ich unseren Begleiter.

»Das machen die Tierpfleger. Je nachdem wie die Witterungsverhältnisse sind. Es heißt zwar Affen*tropen*haus, aber es gibt schon Sommertage, da wird es drinnen unerträglich. Auch für die Affen.«

Ich dachte an den Sommer zurück, dessen heiße Phase mit dem Wort ›unerträglich‹ recht treffend beschrieben war. Inzwischen hatten wir Anfang Oktober. Das Wetter war immer noch sonnig, die Temperaturen mild.

Weinmann schien meine Gedanken erraten zu haben.

»Manchmal wird das Dach geöffnet, damit die Affen auch andere Witterungseinflüsse erleben können, zum Beispiel Wind oder Regen. Aber spätestens am Abend wird das Dach normalerweise geschlossen.«

»Und warum stand es dann letzte Nacht offen?«, stellte Eva die naheliegende Frage.

»Keine Ahnung«, gestand Weinmann. »Wir müssen die Tierpfleger fragen.«

Das würden wir tun. Und dank Simons Arbeit würden wir genau nachvollziehen können, welcher der Tierpfleger welchen Knopf gedrückt hatte.

Auf dem Rückweg mussten wir die Treppe rückwärts hinuntergehen, weil sie so steil war. Wir kamen trotzdem alle wohlbehalten unten an und fanden vor der nun leeren Schlafbox der Schimpansen einen niedergeschlagenen Tierarzt vor, der auf einer Holzkiste saß. Allein.

Manche Gelegenheiten mussten wir als Ermittler einfach nutzen. Ich verständigte mich stumm mit Simon, der unmerklich nickte.

»Kommen Sie, zeigen Sie mir doch mal den Zaun«, hörte ich ihn zu Weinmann sagen. Und schon entfernten sich die beiden.

Leere Kisten gab es im Lagerbereich in großer Zahl, also nahm ich mir auch eine und setzte mich neben den Tierarzt. Eva verschwand in Richtung Gehege, wahrscheinlich um nachzuschauen, was sich dort noch tat. Wir starrten eine Weile gemeinsam auf die Schlafbox, die leeren Hängematten, die massiven Gitterstäbe. Ich versuchte, mir vorzustellen, was im Kopf des Tierarztes vor sich gehen mochte, bildete mir aber nicht ein, damit erfolgreich zu sein.

»Ich habe so etwas noch nie gesehen«, flüsterte er schließlich.

»Dass Schimpansen so etwas getan haben?«, fragte ich.

Er nickte. »Ich meine, ich wusste natürlich, dass sie …« Er schüttelte den Kopf.

Ich schwieg verständnisvoll und wartete geduldig, was er als Nächstes sagen würde.

»Es wird lange dauern, bis sie sich wieder normal verhalten«, meinte Kaden schließlich melancholisch.

Die Sorge um seine Patienten ehrte den Mann, obwohl ich lieber an das menschliche Opfer und das damit verbundene Leid dachte. »Das machen sie nur mit hilflosen Personen?«, fragte ich, um auf unseren Todesfall zurückzukommen.

»Ja, dann können sie ...«, begann er.

Zu Bestien werden, beendete ich in Gedanken den Satz. Für menschliche Täter hatten Richter in diesen Fällen die besondere Schwere der Schuld und die anschließende Sicherungsverwahrung im Köcher der Rechtsprechung. Auf die Schimpansen würde das natürlich keine Anwendung finden. Aber vielleicht auf denjenigen, der Kunze durch die Dachluke geworfen hatte.

»Hat Kunze eigentlich hier gearbeitet?«, fragte ich.

»Im Affenhaus? Nein.«

Die Antwort kam schnell. »Sind Sie ganz sicher?«, hakte ich nach.

»Ich weiß es ganz sicher, weil er schon seit Jahren zu den Affen wollte. Er hat sich immer wieder um einen Wechsel bemüht. Er hat sogar auf eigene Kosten Fortbildungen besucht.«

Aus dem Augenwinkel sah ich Eva zurückkehren. Sie beobachtete uns unauffällig aus dem Hintergrund – etwas, das sie sehr gerne tat, wie ich inzwischen herausgefunden hatte. »Wo hat er denn gearbeitet?«, wollte ich wissen.

»Sein genaues Revier kenne ich nicht, aber ich weiß, dass er bei den Baumkängurus war.«

Das kam mir auf jeden Fall ungefährlicher vor als die Schimpansen. Allerdings hatte ich die bis heute Morgen auch für vollkommen harmlos gehalten. »Daran gibt es doch nichts auszusetzen?«, versuchte ich es.

»Das ist wie überall sonst auch. Es gibt persönliche Vorlieben. Der eine mag Raubtiere, der andere Kuscheltiere.«

Ich dachte an den Eisbären Knut in Berlin. »Haben die Tierpfleger denn auch besondere Beziehungen zu ihren Tieren?«

»Die meisten sicher.«

»Wie zu einem Freund?«

»So in etwa«, antwortete er, allerdings mit einem Gesichtsausdruck, der besagte, dass ich meilenweit danebenlag.

»Warum hat der Wechsel nicht geklappt?«

»Die Affen sind sehr gefragt. Niemand wollte tauschen. Sie wissen doch, wie das ist.«

Ich wusste inzwischen bei vielen Dingen, wie sie so waren und funktionierten, aber im Zoo kannte ich mich noch nicht aus. Deshalb fragte ich: »Und das ging schon ein paar Jahre?«

»Ja.«

»Geht denn dann nicht auch mal jemand in Rente oder in einen anderen Zoo, sodass ein Platz frei wird?«

»Klar.«

»Aber?«

»Es hat immer ein anderer den Platz bekommen.«

Ich sah keine Gefahr, den Tierarzt damit abzuschrecken, deshalb zückte ich mein Notizbuch und schrieb mir die wichtigsten Erkenntnisse auf. »Das stelle ich mir frustrierend vor.«

»Ja«, sagte Kaden nur.

»Kunze war doch geeignet, bei den Affen zu arbeiten?«

»Fachlich besser als die meisten anderen.«

»Aber man hat ihn dennoch nicht genommen.«

»Richtig.«

Lag es doch am Notizbuch? »Und warum?«, bohrte ich.

»Die Tierpfleger arbeiten in jedem Revier in kleinen Gruppen«, erklärte der Tierarzt. »Manche Teams sind schon jahrelang zusammen und sehr eingeschworen.«

Er sprach nicht weiter, deshalb tippte ich: »Die angestammten Pfleger wollten Kunze nicht dabeihaben.«

»Ja«, bestätigte Kaden.

Ich ließ diese Information auf mich wirken.

Eva nutzte die Pause, um sich zu uns zu stellen. »Gab es denn Konflikte zwischen Kunze und den anderen Pflegern?«

»Wahrscheinlich. Aber darüber weiß ich nichts«, sagte der Tierarzt hastig.

Ich verdrehte innerlich die Augen. Das klang nach endlosen Vernehmungen im Präsidium. Aber wozu waren wir schließlich da?

»Würden Sie sagen, Kunze hatte Feinde im Zoo?«, fragte ich.

Kaden schaute mich mit stumpfem Blick an. Es war schwer zu sagen, wie viel Berechnung darin lag, aber in jedem Fall war er nicht frei davon, als er antwortete: »Es gab die normalen Streitereien. Im Zoo arbeiten viele Menschen, wissen Sie?«

»Und außerhalb des Zoos?«, schaltete sich Eva ein.

»Das weiß ich nicht. Ich kannte ihn nicht so gut.«

Der Tierarzt wirkte nicht, als wollte er uns noch viel mehr mitteilen. Da er sowieso ganz oben auf der Liste von Personen stand, die wir in aller Ruhe im Präsidium befragen würden, sah ich keine Notwendigkeit, jetzt noch weiter nachzufassen.

In einem Mordfall gab es immer zwei Fragen, an denen wir uns von der ersten Minute an orientierten: Wie? und Warum? In vielen Fällen hingen beide Fragen zusammen und die Antwort auf eine von beiden führte fast sicher zum Täter.

Während wir beim Wie ziemlich gut vorankamen, wurde mir schon beim ersten Gedanken an das Warum schwindelig. Und die kurze Unterhaltung mit dem Tierarzt hatte noch mehr Möglichkeiten aufgezeigt – Langeweile musste die Mordkommission nicht befürchten.

Ralf übernahm Dr. Kaden mit dem Kommentar: »Ich habe noch ein paar Fragen zu den Affen.« Ich sah die beiden in Ralfs provisorischem Labor verschwinden.

»Und jetzt?«, fragte Eva.

Eine Stimme von der Seite nahm uns die Entscheidung ab. »Er wurde definitiv durch die Dachluke geworfen«, sagte

Elen, die mit zwei Kollegen im Schlepptau auf uns zukam. Sie stellten ihre Koffer auf den Weg und nutzten die Gelegenheit, einen Schluck Wasser aus ihren Flaschen zu nehmen.

»Ihr seid mit dem Dach schon fertig?«, fragte ich erstaunt.

»Weißt du immer noch nicht, wie schnell wir arbeiten?«, erwiderte sie.

»Ich bin bloß verblüfft.«

Elen schaute mich skeptisch an, dann fragend zu Eva, doch die zuckte nur mit den Schultern.

»Wir haben an der Kante der Dachluke Fasern gefunden, die genauso aussehen wie die von der Kleidung des Opfers.« Elen hielt einen durchsichtigen Beutel hoch.

Wenn die Fasern identisch waren, woran ich nicht zweifelte, war damit ziemlich sicher geklärt, wie es passiert war. »Die sind beim Fall des Körpers durch die Öffnung da hängen geblieben?«

»Ganz sicher«, bestätigte Elen. Sie brachte aus ihrem Koffer einen Tablet-PC zum Vorschein und rief einige Bilder vom Dach auf. Sie zeigte mir eines von der Kante. Die Ritzen im Metall, wo die einzelnen Dachelemente gegeneinander abschlossen, waren deutlich zu sehen. »Es sind genau die Ritzen betroffen, die bei einem Fall vom Dachsteg berührt werden. Und der Winkel stimmt exakt«, erklärte sie.

Ich folgte ihrem Finger und verstand, was sie meinte. »Also ist der Täter an dieser Seite des Affenhauses über die Leiter nach oben geklettert und hat Kunze dann durch das geöffnete Dach geworfen«, fasste Eva zusammen. Wie gesagt, beim Wie waren wir ziemlich gut.

»Dann müssen wir nur noch klären, warum er es getan hat«, unkte ich.

»Nichts leichter als das«, behauptete Eva.

»Gut«, sagte Elen. »Wenn du keine Fragen mehr hast, kümmern wir uns jetzt um diesen Abstellraum mit der Leiter.«

»Können wir aufs Dach?«, fragte ich.

»Keine Einwände«, meinte Elen, dann zog sie mit ihrem Trupp ab.

»Wollen wir?«, fragte ich. Fasern im Beweismittelbeutel und Fotos auf dem Tablet-PC waren schön und gut. Aber mir reichte das nicht.

»Nach dir«, sagte Eva zuvorkommend.

Die Leiter war kalt und hatte einige schlüpfrige Stellen, wo Moos oder irgendwelches andere Grünzeug versuchte, sie als Lebensraum zu erobern. Sie hatte eine angenehme Breite und die Sprossen waren genau im richtigen Abstand. Trotzdem hätte ich nicht mit einem bewusstlosen oder sich wehrenden Tierpfleger auf dem Rücken hinaufsteigen wollen. Ich zählte dreiundzwanzig Sprossen bis zum Dach. Dort angekommen, erlaubte das Geländer uns, bequem und sicher von der Leiter hinunter und auf den Metallsteg zu treten. Fünfzehn Schritte weiter befanden wir uns genau über dem Klettergerüst der Schimpansen, deren höchste Balkenverstrebung Kunze aufgefangen hatte.

»Hier muss er gestanden haben«, sagte ich. Ich spürte den Aufstieg in meinen Muskeln und war auch ein wenig außer Atem.

»Das Geländer ist ziemlich hoch«, stellte Eva fest.

Und tatsächlich reichte es mir bis zur Hüfte. Ich versuchte, die Bewegung nachzuvollziehen, die man machen musste, um einen Körper vom Rücken nach vorne und über das Geländer zu bringen. Es wurde eine ziemlich umständliche Drehung, ein echter Kandidat für einen Hexenschuss oder Bandscheibenvorfall.

»Ziemlich schwierig«, schnaufte ich und richtete mich bemüht langsam wieder auf.

»Du meinst, er hatte ihn auf dem Rücken?«

»Wie hätte er ihn sonst hier hochschaffen sollen?« Es gab nichts, was schwieriger zu transportieren war als ein Mensch, der sich wehrte oder sogar bewusstlos war. »Er muss ihn sich wie einen Rucksack auf den Rücken geschnallt haben, alleine schon, um ihn die Leiter hochzukriegen.«

Eva nickte langsam. »Es sei denn, Kunze ist aus eigener Kraft hochgestiegen und wurde dann runtergeschubst. Das

Problem ist, dass wir nicht wissen, wann Kunze angegriffen worden ist. Wurde er an einem anderen Ort mit dem Messer attackiert, wurde bewusstlos und der Täter musste ihn hierhintragen? Oder beide kletterten aus eigener Kraft auf das Dach und der Täter ging mit dem Messer auf Kunze los, woraufhin er hinuntergestürzt ist.«

Mir fiel keine Ausrede dafür ein, dass ich nicht selbst auf diese Idee gekommen war. Aber dafür waren wir schließlich zu zweit. Und hatten noch die ganze Mordkommission zur Verfügung. »Der Punkt geht an dich«, räumte ich ein. Ich ließ mir das Szenario ein wenig durch den Kopf gehen. Den arglosen Kunze, der genau an der Stelle stand, wo ich mich jetzt ans Geländer lehnte. Er schaute über die Baumwipfel und ahnte nicht, dass er nur noch wenige Minuten zu leben hatte.

»Dann könnte es jeder getan haben«, stellte ich fest. »Ich meine, der Täter muss gar nicht kräftig gewesen sein.«

»Überraschung reicht aus«, bestätigte Eva. Sie drehte sich blitzschnell zu mir um, ihre Hand erhoben, als wollte sie auf mich einstechen. Ich wich zurück, verlor das Gleichgewicht und prallte gegen eine Metallstange. Ich klammerte mich erschrocken an das Geländer.

»Siehst du«, grinste sie.

»So könnte es gewesen sein«, murmelte ich, während mein Herz sich wieder beruhigte. Es war einer der Momente, in denen ich merkte, dass ich nicht mehr mit Nina zusammenarbeitete. »Aber es gibt noch eine Möglichkeit«, trumpfte ich auf.

»Und die wäre?«, fragte Eva neugierig.

»Es war kein Einzeltäter.«

Sie schaute mich perplex an. »Eine Gruppe?«

»Warum nicht?«

»Ja, warum eigentlich nicht«, murmelte sie. »Das müssten uns die Spuren verraten.«

»Schuhabdrücke«, stimmte ich zu.

»Dann hätten sie Kunze überreden können, hochzusteigen. Oder seinen Körper hochgereicht«, meinte sie mit gerunzelter Stirn.

Ich zuckte mit den Schultern. Anscheinend war mein Stolz auf unsere Kenntnisse über das Wie ein wenig voreilig gewesen.

Eva brachte die Sache auf den Punkt: »Wir suchen also einen kräftigen Einzeltäter, eine Person, der er vertraut hat, die ihn aber tot sehen wollte, oder aber eine niederträchtige Gruppe, vielleicht aus seinem Bekanntenkreis, die es auf ihn abgesehen hatte.«

Ich seufzte theatralisch. »Es ist sowieso nicht gut, wenn man sich zu schnell auf einen bestimmten Tathergang versteift.«

Sie schaute mich skeptisch an, dann stiegen wir schweigend die Leiter wieder nach unten.

Kaum standen wir wieder auf dem Weg, hörten wir Simon rufen: »Markus, Eva! Das müsst ihr euch anschauen!«

Wir folgten seiner Stimme, entdeckten ihn aber schon nach ein paar Schritten mit seinem weißen Anzug im Gebüsch rechts vom Eingang. Etwa zwanzig Meter von der schmalen Hintertür für das Personal entfernt, gab es einen engen Trampelpfad durch Äste und bunte Blätter. Mit wenigen Schritten erreichten wir den Zaun und Simons Entdeckung.

»Die Schnittstellen sind frisch«, verkündete er stolz.

Der Zaun war hoch und bestand aus grün lackierten Stahlstreben. Es gehörte das passende Werkzeug und vor allem eine gehörige Portion Kraft dazu, ein Loch in das Metallgitter zu schneiden, wie wir es jetzt vor uns sahen.

»Von außen reingeschnitten?«, fragte ich.

»Eindeutig«, bestätigte Simon. »Das Schnittmuster lässt keinen Zweifel.«

»Wie hat er das gemacht?«, wollte Eva wissen.

»Mit einem Bolzenschneider.« Simon deutete auf die obersten Stahlstreben. »Siehst du hier? Das Metall ist gequetscht und dann zerrissen worden. Mit einer Säge sähe das ganz anders aus.«

»Das muss ein ziemliches Gerät gewesen sein«, meinte Eva nachdenklich.

»Selbst mit einem größeren Bolzenschneider ist das immer noch ziemlich schwer«, bestätigte Simon.

»Also doch der Muskelmann-Einzeltäter«, sagte ich, korrigierte mich aber sofort selbst. »Halt. Lass mich raten. Man kann auch zu zweit mit so einem Bolzenschneider arbeiten.«

»Das ist nicht ganz einfach, aber man kann es sicher machen«, stimmte Simon zu.

»Wo ist denn das fehlende Stück vom Zaun?«, fragte ich.

»Dort auf dem Boden.«

Tatsächlich. In zwei Metern Entfernung lag das ausgeschnittene Metallgitter zwischen den Büschen. Ich schätzte das Loch auf etwa einen halben Meter im Quadrat. Wenn es den Fall auch noch seltsamer machte, war die Entdeckung doch ein wichtiger Hinweis.

»Jetzt wissen wir, wie er reingekommen ist«, stellte ich fest.

»Und vielleicht noch mehr«, sagte Eva.

Wir schauten sie beide fragend an. »Na, wenn Kunze mit seinem Mörder zusammen hergekommen ist, warum haben die dann nicht die Tür genommen?«, half sie uns auf die Sprünge.

Das war anscheinend nicht mein Morgen. Vielleicht brauchte ich demnächst einen stärkeren Kaffee.

»Klar«, bestätigte Simon. »Ein Loch muss ich nur schneiden, wenn ich keinen Schlüssel für die Tür habe und einen Körper auf die andere Seite bringen will.«

»Aber sicher ist das nicht«, versuchte ich es. »Vielleicht hatte Kunze auch gar keinen Schlüssel für die Tür. Oder er hatte ihn nicht bei sich. Bei seiner Leiche wurde kein Schlüssel gefunden, oder?«

Eva und Simon nickten höflich, aber auch ich musste einsehen, dass die andere Variante einleuchtender war; schließlich war es naheliegend, dass das Personal zu einer Personaltür auch die Schlüssel besaß.

Nachdenklich schaute Eva den Zaun empor. »Wie hoch mag der sein? Drei Meter? Drei fünfzig?«

Simon hob triumphierend eine Hand. Dann zog er einen kleinen schwarzen Kasten aus seinem Koffer.

»Was ist das?«, fragte ich. »Dein Dosimeter?«

Simon rollte demonstrativ mit den Augen. Er drückte einen Knopf, woraufhin aus dem einen Ende des Geräts ein roter Laserstrahl schoss. Er stellte den Kasten neben den Zaun auf den Boden und nutzte ein vorspringendes Teil am Zaunpfosten als Endpunkt für seinen Laser. »Genau drei Meter und dreiundzwanzig«, verkündete er dann feierlich.

»Glatt und hoch«, murmelte Eva.

»Da müsste einer ziemlich fit sein, um da hochzuklettern«, gab ich zu bedenken.

»Möglich wäre es«, sinnierte Eva. »Aber die haben lieber ein Loch in den Zaun geschnitten.« Sie schüttelte den Kopf.

»Was ist mit Schuhabdrücken?«

»Alles aufgenommen«, teilte Simon mir mit. »Ich habe auch überlegt, warum die nicht geklettert sind. Aber auf der anderen Seite vom Zaun sitzt du mitten im Gebüsch, vollkommen unsichtbar vom Parkplatz oder der Straße. Wer über den Zaun klettert, wird wahrscheinlich genau von den Laternen erfasst. Zwar nur kurz, aber immerhin. Ach ja, und außerdem ist der Parkplatz videoüberwacht.«

»Das wäre ein Grund«, räumte ich ein. »Trotzdem brauchen wir auch die Spuren vom Eingang.«

»Weiß ich doch«, sagte Simon. »Bin schon unterwegs.«

»Was meinst du? Zeit für die erste Befragung, oder?«, schlug ich vor.

Ein kurzer Anruf bei Dirk, einem uniformierten Kollegen, bestätigte, dass Erwin Münzer im Verwaltungsgebäude auf uns wartete. Er war der Tierpfleger, der am Morgen als Erster im Affenhaus eingetroffen war und die Leiche von Peter Kunze gefunden hatte. Vielleicht hatte er sich inzwischen so weit beruhigt, dass wir ein paar Worte aus ihm herausbekamen.

Die Verwaltung des Zoos befand sich in einem weiß getünchten anderthalbgeschossigen Bauernhaus schräg gegenüber den Kamelen. Also mussten wir fast bis zum Haupteingang laufen. Wir gingen vorbei an Picknickplätzen, Flusspferden, Antilopen und Pinguinen. Ich dachte daran, wie lange ich nicht mehr im Zoo gewesen war. Vielleicht sollte ich das mit Nina am nächsten freien Tag mit gutem Wetter einmal nachholen. Das Affenhaus konnten wir ja auslassen.

Erwin Münzer wartete in einem kleinen Raum neben dem Büro der Pressesprecherin auf uns. In abgewetzter Hose, grobem Wollpullover, mit schütterem ergrauendem Haar, einem schmalen Gesicht und blutunterlaufenen Augen klammerte er sich an einen Becher mit dampfendem Kaffee.

»Guten Morgen, Herr Münzer«, sagte ich freundlich. »Mein Name ist Wegener von der Kriminalpolizei und das ist meine Kollegin, Frau Kotschenreuth.«

Ob er mich verstanden hatte, war nicht ersichtlich, aber immerhin schien er uns wahrzunehmen. Wir zogen uns zwei Stühle heran und setzten uns zu ihm. Eva lauerte, ich stellte die Fragen.

»Sie waren derjenige, der …«

Er nickte. »Ich habe ihn gefunden. Und es ist wirklich Peter?«

»Alles deutet darauf hin«, bestätigte ich. »Kannten Sie ihn gut?«

Sein Blick war leer. »Eigentlich nicht besonders. Wie man sich eben so kennt unter Kollegen.«

Es war nicht zu übersehen, wie mitgenommen er noch war. Falls er auch normalerweise nicht der gesprächige Typ war, verstärkte sich das in dieser Situation noch. Da half nur eins: plaudern. »Also ich habe Kollegen, die ich besser kenne als andere. Und manche kenne ich viel besser, als mir lieb ist.«

Er schaute mich an. Gut. Je mehr er bei mir war, desto weniger Chancen hatten die Erinnerungen an den zerschmetterten Körper seines Kollegen. »Also ... Ich weiß nicht. Wir hatten nicht viel miteinander zu tun. Wir hatten unterschiedliche Reviere.«

»Das heißt, Sie waren für andere Tiere zuständig?«

»Ja. Ich bin im Affenhaus, zusammen mit Irene, Dieter und Niklas. Peter war bei den Baumkängurus.«

»Und da hat man nicht viel miteinander zu tun?«, hakte ich nach.

»Nee, das sind ja völlig verschiedene Aufgaben.«

»Was ist mit den Pausen?«

»Wir machen schon gemeinsam Pause, aber ihm sind wir kaum über den Weg gelaufen.«

»Warum das?«

»Ich ... darüber habe ich mir noch keine Gedanken gemacht«, erklärte er.

Ich beließ es dabei, denn ich wollte lieber über ein anderes Thema weiterplaudern. »War Peter Kunze beliebt?«

Er schaute mich ratlos an. »Keine Ahnung.«

»War er denn manchmal im Affenhaus?«

»Ich habe gehört, dass er von Zeit zu Zeit nach Feierabend als Besucher durchging, aber das weiß ich nicht. Ich meine, von den Besuchern bekommen wir nicht viel mit.«

»Er mochte die Affen?«

»Ja. Es sieht so aus.«

Entweder lag es daran, dass ich vom Tierarzt schon viel mehr erfahren hatte, oder aber der Tierpfleger Erwin Münzer war plötzlich kurz angebunden.

»War er unzufrieden bei den Baumkängurus?«

»Das weiß ich nicht.«

»Weil Sie sich kaum kannten.«

»Richtig.«

»Hat er vielleicht den Wunsch gehabt, als Tierpfleger das Revier zu wechseln?«

»Davon weiß ich nichts«, behauptete Münzer steif.

Bei dem, was er durchgemacht hatte, verdiente er Rücksichtnahme und Entgegenkommen. Allerdings mochte ich es überhaupt nicht, wenn man mir etwas verheimlichte. Für den Augenblick beließ ich es dennoch dabei.

»Erzählen Sie doch mal, was heute Morgen passiert ist.«

Der Tierpfleger schaute mich mit großen Augen an.

»Wann sind Sie zur Arbeit gekommen?«, half ich ihm.

»Ich war ziemlich genau um sechs Uhr hier.«

»Wow!«, machte ich. »Das ist ja ganz schön früh.«

Münzer entspannte sich ein wenig. »Dienstbeginn ist eigentlich erst um acht. Ich bin einer der Ersten. Bis die anderen kommen, habe ich meistens schon das Futter vorbereitet.«

Ich dachte an die kleine Küche hinter den Schlafboxen und sah Münzer mit riesigen Schüsseln voller Obst und Gemüse vor mir. Und Affen an den Gitterstäben, denen das Wasser im Mund zusammenlief. Beim Anblick des Gemüses natürlich.

»Wann kommen die anderen denn?«, fragte ich.

»Das hängt vom Dienstplan ab. Irene kommt meist gegen halb acht. Häufig nimmt Niklas den späten Dienst bis abends und Dieter die Mitte von acht bis fünf.«

»Was ist dann passiert?«, kam ich wieder auf unser Gesprächsthema zurück. »Ich meine, nachdem Sie angekommen sind.«

Münzer verzog das Gesicht. »Ich habe gleich gemerkt, dass etwas anders ist.«

»Was genau war anders?«, fragte Eva.

»Schwer zu sagen. Ich glaube, es waren die Geräusche. Die Schimpansen waren außer Rand und Band.«

Das wäre ich natürlich auch gewesen, wenn ich gerade erst nach allen Regeln der Kunst einen Menschen zerlegt hätte. »Wie haben Sie reagiert?«

»Ich war mir unsicher, ob es die Schimpansen waren. Aber die anderen Affen waren alle in ihren Schlafboxen.«

»Dann schauten Sie nach?«

Er nickte. Dann schluckte er. Schließlich holte er tief Luft und sagte: »Ich habe es sofort gesehen, als ich die Tür geöffnet habe.« Münzers Hände begannen, leicht zu zittern.

»Was haben Sie dann getan?«

»Ich habe die Schimpansen in die Schlafbox gebracht.«

»War das denn nicht schwierig?«, fragte Eva erstaunt. »Ich meine, ließen die Affen sich einfach so von ihrer Beute trennen?«

Münzer wirkte ein wenig gekränkt, als er erklärte: »Ich bin jetzt fünfzehn Jahre im Affenhaus tätig. Wir sind wie eine Familie. Die Tiere vertrauen mir.«

»Hatten Sie überhaupt keine Angst?«, fragte Eva. »Immerhin hatten die Schimpansen ja gerade einen Ihrer Kollegen umgebracht.«

Münzer schüttelte den Kopf. »Aber die Affen können doch nichts dafür. Die armen Kreaturen. Wenn man richtig auf sie zugeht, sind sie ganz harmlos. Sehr intelligente und soziale Wesen sogar.«

Seine Worte erinnerten ein wenig an eine eigenwillige Liebeserklärung. Ob die Schimpansen intelligent und liebenswert waren, wenn sie gerade nicht über einen wehrlosen Menschen herfielen, konnte ich nicht beurteilen. Aber wir waren ohnehin erst einmal am Ablauf der Ereignisse interessiert. »Wie lange hat es gedauert, bis alle Affen in der Schlafbox waren?«

Münzer zuckte mit den Schultern. »Vielleicht zehn Minuten.«

Es war also doch nicht ganz so reibungslos gelaufen, notierte ich in Gedanken. »Was haben Sie danach gemacht?«, wollte ich wissen.

»Telefoniert.«

»Nicht mit uns«, tippte ich anhand seines Tonfalls.

»Mit Manfred. Weinmann.«

»Dem zoologischen Berater?«, vergewisserte ich mich.

»Ja.«

Interessant. »Warum gerade mit ihm?«

»Er kennt die Tiere und den Zoo am besten.«

»Aber er ist doch nicht der Einzige, der sich im Zoo auskennt?«

»Er ist … der Einzige, der uns ernst nimmt.«
»Die Tierpfleger?«
Münzer nickte stumm.
»Was haben Sie ihm gesagt?«
»Ich sagte, dass ein Körper bei den Schimpansen liegt.«
»Und wie hat er reagiert?«
»Er war außer sich.«
»Was heißt das?«
»Ich meine, er war erschüttert. Auf…« Er rang nach Worten.
»Aufgewühlt?«, schlug ich vor.
»Ja, das ist es. Und dann habe ich die Polizei gerufen.«
Ich überschlug die Zeitabläufe im Kopf. »Wann war das?«
Münzer zuckte wieder mit den Schultern. »Vielleicht um zwanzig nach sechs.«
Das stimmte ungefähr mit den Informationen der Leitstelle überein. Aber im Moment ging es mir um etwas anderes. »Das heißt, Weinmann wusste seit Viertel nach sechs Bescheid?«
»Ungefähr«, bestätigte Münzer.
Natürlich wussten wir nicht, ob er nach seiner Ankunft direkt zum Affenhaus gekommen war. Ob er nicht am Eingang aufgehalten worden war. Von uns. Oder vom Direktor. Trotzdem sagte ich: »Aber er war doch erst gegen acht Uhr hier.«
Münzer schaute mich ratlos an.
»Wo wohnt Herr Weinmann denn?«, fragte ich.
»In Emmerich«, sagte Münzer.
»Das sind gut und gerne neunzig Kilometer«, schätzte ich.
»Das kann sein«, antwortete Münzer vage.
»Pendelt er denn jeden Tag?«, fragte Eva.
»Manchmal. Er hat aber auch eine Wohnung in Krefeld.«
Wir ließen diese Erkenntnis eine Weile auf uns wirken. »Ein ganz schöner Aufwand«, meinte Eva dann.
Münzer zuckte wieder mit den Schultern.
»Wo wohnen Sie denn?«, fragte sie ihn.
»Berliner Straße.«

»Wie kommen Sie zur Arbeit?«

»Zu Fuß.«

»Oh, das ist praktisch«, sagte Eva. Normalerweise wirkte ihre unbefangene Art sehr gut – wenn sie sich einmal entschlossen hatte, in eine Befragung einzugreifen.

»Wie man es nimmt«, brummte Münzer.

Eva ließ sich nicht beirren. »Wie kommen Sie dann in den Zoo? Sie müssen doch nicht um das ganze Gelände herum zum Haupteingang?«

Münzer lächelte. »Es gibt einen Eingang direkt beim Affenhaus. Nur für Personal.«

Was wir natürlich schon wussten, denn wir hatten die graue Metalltür ja gerade gemeinsam mit Simon sorgfältig begutachtet. »Diesen Eingang haben Sie auch heute Morgen benutzt?«

»Ja.«

»Und wer besitzt einen Schlüssel für diesen Eingang?«

Münzer schaute nachdenklich an die Decke, ein Zeichen dafür, dass er seine Worte sorgfältig abwog. »Der Eingang wird eigentlich nur von uns benutzt. Also jeder, der im Affenhaus arbeitet, hat einen Schlüssel.«

»Sonst niemand?«, hakte ich nach. »Was ist mit Peter Kunze?«

»Ich weiß nicht …« Münzer wirkte ratlos. Wahrscheinlich würden wir dazu jemand anderen befragen müssen.

»Und der Generalschlüssel?«

»Ja, der müsste da natürlich auch passen.«

»Ist Ihnen denn am Eingang oder am Zaun heute Morgen etwas Ungewöhnliches aufgefallen?«

»Nein, alles war wie immer«, sagte er stirnrunzelnd.

»Gut«, sagte ich. »Ihre Aussage wird im Präsidium noch aufgenommen und danach können Sie nach Hause.«

Die Aussicht auf das Präsidium schien ihn nicht aufzumuntern, aber er fügte sich in sein Schicksal. Gerade als wir uns verabschieden wollten, ließ uns lautes Gebrüll zusammenzucken.

»Verdammt noch mal, das kann doch unmöglich dein Ernst sein!«

Der Zoodirektor Dr. Uwe Haddenhorst mochte Betriebswirt sein, doch als wir in den Eingangsbereich des Verwaltungsgebäudes traten, musterte er seinen zoologischen Berater mit kalten, zu Schlitzen zusammengekniffenen Augen wie eine Gottesanbeterin ihre Beute. Er hob sogar die Arme ein wenig, als wolle er sein Opfer im nächsten Moment verspeisen. Manfred Weinmann, mit hochrotem Kopf, in die Hüften gestemmten Händen und einem Speichelfaden am Kinn, war eindeutig der Urheber des Gebrülls. Um die beiden hatte sich eine kleine Traube aus Zoomitarbeitern gebildet, nur die Anfeuerungsrufe blieben aus. Ich erkannte auch die Pressesprecherin.

»Du musst endlich lernen, dich zu beherrschen, Manfred«, zischte der Direktor.

Manche Menschen zeigten wie Weinmann die sprichwörtliche Zornesröte, andere wurden kalkweiß wie Haddenhorst, wenn sie wütend waren. Von Freundschaft oder auch nur Kollegialität zeugte die Szene jedenfalls nicht.

»Du kannst nicht über die Affen sprechen, als wären sie irgendwelche Gegenstände!«, brachte Weinmann lautstark hervor.

»Ruh dich erst mal aus, Manfred, wir sprechen später darüber«, entgegnete der Direktor gepresst.

»Du wirst die Affen nicht abschieben! Sie sind für den Zoo …«

»Schluss jetzt! Sprich gefälligst in einem anderen Ton mit mir.«

»Ich spreche mit dir, wie es mir passt!«, brüllte Weinmann.

Die Umstehenden schauten betreten auf ihre Füße oder Hände, aber niemand wirkte alarmiert oder besorgt. Vielleicht pflegten die beiden immer so einen Umgangston.

Was wir dann taten, war klassische Polizeiarbeit. So hatte

jeder von uns irgendwann einmal angefangen. Bei Eva war es nicht ganz so lange her. Weil Weinmann in dieser Situation eindeutig die größere Gefahr darstellte, packten wir ihn ohne großes Aufheben und führten ihn höflich, aber bestimmt in den Nebenraum, den wir zuvor für unser Gespräch mit dem Tierpfleger Münzer genutzt hatten.

Eva bugsierte den aufgebrachten Biologen auf einen Stuhl. Wir verständigten uns mit Blicken darauf, dass Eva bei ihm bleiben und ich mich um Haddenhorst kümmern würde. Natürlich waren wir keine Babysitter, aber der Streit, den wir mitbekommen hatten, versprach tiefere Einsichten in das Innenleben des Zoos, die uns bei unseren Ermittlungen sehr hilfreich sein konnten. Deshalb galt es, die Gelegenheit zu nutzen.

»Warum gehen wir nicht in Ihr Büro?«, fragte ich den Direktor, der mit geballten Fäusten und zitternden Armen immer noch dort stand, wo wir ihn stehen gelassen hatten.

Er schreckte hoch wie jemand, der tief in Gedanken versunken war, vielleicht fantasierte er ja von sich und Weinmann in einem Boxring.

»Hier entlang«, sagte er tonlos und verschwand in einem kurzen Flur.

Ich konnte mich noch an eine Zeit erinnern, als das Haus dem Zoodirektor als Wohnung gedient hatte. Jetzt fungierte ein ehemals größerer Wohnraum als Büro. Haddenhorst bat mich an seinen Besprechungstisch, ich ließ mir von ihm einen Kaffee einschenken. Als er sich zu mir setzte, hatte er seine Fassung wiedererlangt.

Ich nahm die Tasse und schaute ihn über den Rand hinweg fragend an. Er verstand die Aufforderung. »Es ist sowieso kein Geheimnis, dass wir uns nicht verstehen«, seufzte der Direktor.

Ich wartete.

»Es ist … Wissen Sie, ich muss an den Zoo denken. Wie wird es weitergehen …« Er strich sich fahrig durch die Haare. »Was wird passieren, wenn das alles bekannt wird …«

Es war nicht klar, ob er mit mir oder mit sich selbst sprach. »Was meinen Sie?«, fragte ich.

»Stellen Sie sich die Schlagzeilen vor. Killeraffen. Mörderschimpansen.«

»Davon ist auszugehen«, bestätigte ich. Es war interessant, wer sich im Zoo worum Gedanken machte.

»Wir müssen sofort etwas vorbereiten«, entfuhr es ihm plötzlich und er sprang auf. »Schadensbegrenzung. Claudia soll sofort ...«

Mit einer Handbewegung brachte ich ihn dazu, sich wieder hinzusetzen. »Herr Haddenhorst, bitte überstürzen Sie jetzt nichts. Es ist sowieso ratsam, wenn Sie sich mit der Pressestelle der Polizei abstimmen. Es wäre ungünstig, wenn Sie unbeabsichtigt Informationen preisgeben, die unsere Ermittlungen behindern könnten.«

»Natürlich, selbstverständlich«, sagte er hastig. »Es ist nur ...«

Ich schwieg.

Er wirkte tatsächlich verzweifelt. »Es ist diese ganze Sache. Einfach furchtbar. Ich weiß genau, was die Presse daraus machen wird. Und die Politik. Mein Gott. Wir können froh sein, wenn wir das Affenhaus behalten können.«

Der Gegensatz zu dem, worum Weinmann sich gesorgt hatte, hätte nicht größer sein können. »Warum das?«, fragte ich.

»Stellen Sie sich nur vor, was das für einen Aufruhr geben wird. Die Presse wird sich darauf stürzen und den Tod noch aufbauschen. Und dann werden sie alle kommen: blutrünstige Gaffer, die einen Blick auf die Mörderaffen werfen wollen.«

»Aber die Besucherzahlen werden steigen«, warf ich ein.

»Irrelevant«, schob er meine Worte beiseite. »Sonst sind wir für jeden Besucher dankbar, aber diese Publicity können wir uns nicht leisten! Haben Sie überhaupt eine Ahnung, wie viel Geld wir in den letzten Jahren in das Image des Zoos investiert haben? Ich werde mich im Stadtrat sehr kritischen Fragen stellen müssen. Wenn wir jetzt nicht schnell handeln, sind nicht nur diese Investitionen verloren, sondern der Zoo steht insgesamt vor dem Aus. Einfach so.« Er schnippte mit einem Finger.

»Und Herr Weinmann ...?«

»Ich verstehe es einfach nicht. Ich habe ihm dasselbe erklärt wie Ihnen jetzt. Zumindest wollte ich es. Aber er ließ mich kaum zu Wort kommen.«

Wahrscheinlich weil Weinmann mit den Schimpansen fühlte und nicht darüber nachgrübeln wollte, dass sie eine schlechte Presse bekommen und vielleicht eine neue Heimat würden finden müssen.

»Was wird mit den Schimpansen geschehen?«, fragte ich.

Haddenhorst presste die Lippen aufeinander und schüttelte den Kopf.

»Die würde doch bestimmt ein anderer Zoo aufnehmen?«

Haddenhorst schüttelte abermals den Kopf. »Killerschimpansen. Die sind für immer verbrannt.«

»Dann in die Freiheit?«, versuchte ich es.

»Würden sie nicht überleben«, erklärte der Direktor knapp.

»Also schlechte Aussichten.«

»Und dabei haben wir doch gerade so viel investiert. Wir haben noch so große Pläne. In Millionenhöhe«, sagte er und fuhr mit seinem Zeigefinger durch die Luft, als wollte er das letzte Wort unterstreichen.

Haddenhorst lehnte sich zurück und nahm einen Schluck Kaffee. Sein Blick ging in die Ferne, wo er wahrscheinlich unruhige Zeiten für seinen Zoo heraufziehen oder die Millionen davonschwimmen sah.

»Hat der Zoo denn Gegner?«, fragte ich, einer plötzlichen Eingebung folgend.

»Wie bitte?«, fragte er.

»Wenn ich Sie richtig verstanden habe, wird der Todesfall für den Zoo ernste Konsequenzen nach sich ziehen. Es geht um hohe Geldsummen, die investiert wurden, aber nun vielleicht verloren sind.«

»Das stimmt«, bestätigte der Direktor.

»Könnte jemand diese Situation herbeigeführt haben, um dem Zoo zu schaden?«

Haddenhorst wirkte beruhigend menschlich, als nun sein Kinn nach unten klappte. »Sie meinen …«

Ich überließ ihn für einen Moment seinen eigenen Schlussfolgerungen.

»Ich könnte mir nicht vorstellen, wer …«

»Personen, die gegen den Ausbau des Affenhauses, gegen den Gorillagarten oder die geplante Orang-Utan-Oase waren«, half ich ihm. »Oder vielleicht gibt es andere Personen oder Gruppen, die Ihnen irgendetwas vorwerfen?« Schließlich gab es die bei fast jeder Organisation.

»Ich … Es tut mir leid, aber diese Vorstellung ist einfach ungeheuerlich.«

Anscheinend verließ ihn hier seine Fantasie, die bei der Vorwegnahme der Negativschlagzeilen so einwandfrei funktioniert hatte.

»Wie ist das eigentlich«, hakte ich nach. »Der größte Schaden würde Ihnen doch entstehen, wenn Sie die Gorillas weggeben müssten, oder? Der Gorillagarten und die neue Gorillagruppe.«

»Ja.«

»Wenn ich das erreichen wollte, müsste ich doch am besten dafür sorgen, dass die Gorillas einen Menschen töten.«

Er nickte langsam, den Schrecken in den Augen. »Eine perfide Logik. Aber Sie haben recht.«

»Würden die Gorillas denn auf einen hilflosen Menschen genauso reagieren, wie die Schimpansen es getan haben?«

»Ich …« Er stockte. Dann räumte er ein: »Ich weiß es nicht.«

Weinmann konnte mir die Frage später sicherlich ohne Probleme beantworten. Mich interessierte noch etwas anderes. »Streiten Sie sich eigentlich öfter?«

»Ja. Leider. Immer wieder. Weinmann und ich haben immer wieder Differenzen.«

»Wie funktioniert dann die Zusammenarbeit überhaupt?«

Der Direktor seufzte. »Sehr schwer. Am besten klappt es, wenn wir nur schriftlich kommunizieren. Aber das ist eben nicht immer möglich.«

»Wie lange arbeiten Sie schon zusammen?«

»Sieben Jahre.«

Das war eine ziemlich lange Zeit, wenn man sich nicht ausstehen konnte und doch jeden Tag irgendwie miteinander zu tun hatte.

»Denkt Herr Weinmann vielleicht an einen Wechsel?«, fragte ich.

»Wie kommen Sie denn darauf?«, fragte Haddenhorst mit einem Gesichtsausdruck, in dem ich einen kleinen Funken Hoffnung zu sehen glaubte.

»Er wohnt doch in Emmerich«, erklärte ich. »Und wenn Sie so ein schlechtes Verhältnis haben ...«

»Sie unterstellen mir doch nicht gerade etwas, Herr Wegener?«, fragte er mit spitzen Lippen.

»Ich unterstelle niemandem irgendetwas, ich zähle nur eins und eins zusammen.«

Er schaute mich misstrauisch an. Dann erklärte er: »Herr Weinmann verfügt über eine kleine Wohnung in Krefeld. Er übernachtet dort unter der Woche häufig.« Und nach einer kleinen Pause schob er hinterher: »Von seinen beruflichen Zukunftsplänen habe ich keine Kenntnis.«

Ein wunder Punkt, dachte ich. Es würde interessant werden herauszufinden, ob Weinmann ähnlich empfindlich reagierte. Auch wenn ich noch nicht wusste, was das alles mit dem Tod des Tierpflegers Peter Kunze zu tun hatte, beschlich mich doch das Gefühl, dass dieser Punkt uns noch beschäftigen würde.

»In Ordnung«, lenkte ich ein. »Wir benötigen noch die Personalunterlagen von Herrn Kunze. Seinen Dienstplan und eine Liste mit allen Tierpflegern, mit denen er zusammengearbeitet hat.«

Der Direktor nickte knapp. »Selbstverständlich.«

»Und ich hätte gerne noch eine Zusammenstellung aller Tierpfleger, die im Affenhaus tätig waren. Von dem Zeitpunkt an, wo Herr Kunze im Zoo angefangen hat, bis heute.«

Haddenhorst runzelte die Stirn, erklärte aber verbindlich: »Bitte wenden Sie sich an unsere Sekretärin, Frau Kobler. Sie wird Ihnen alles heraussuchen.«

Eva wartete im Flur auf mich. »Und, hat er sich wieder beruhigt?«, fragte ich.

Sie rollte mit den Augen. »Er und Haddenhorst haben ein echtes Problem miteinander«, erklärte sie.

»Blutfehde wäre vielleicht passender.«

»Trotzdem ist Kunze tot und nicht einer der beiden«, gab Eva zu bedenken.

Ich nickte. »Der Direktor sagte, der Zoo muss vielleicht alle Affen abgeben.«

»Ich weiß, was meinst du, wie oft Weinmann mir das erklärt hat?«

»Und über seinen Chef geschimpft«, tippte ich.

»Nicht zu knapp. Aber er hat mich auf eine Idee gebracht: Wenn der Zoo durch diesen Mord eines seiner Wahrzeichen verliert ...«

»... könnte das ein Motiv sein«, beendete ich den Satz.

Eva sah mich perplex an. »Mensch Markus, wie lange arbeiten wir jetzt zusammen? Ein paar Wochen? Und schon sind wir vollkommen gleichgeschaltet.«

»Das liegt nur an meinem guten Einfluss«, erklärte ich lapidar.

»Wenn wir immer dieselben Gedanken verfolgen, übersehen wir vielleicht irgendwann entscheidende Hinweise«, zweifelte Eva.

»Möchtest du wieder wechseln?«, bot ich an.

»Hmm«, machte sie. »Ich könnte mit Egon tauschen.« Egon Kamenik und seine Partnerin Marla Schickel waren das *Duo infernale* des Kommissariats. »Dann kannst du deinen guten Einfluss bei ihm wirken lassen.«

Ich hob abwehrend beide Hände. »Okay, vergiss es. Ich bin ab sofort grundsätzlich nicht mehr deiner Meinung.«

Eva grinste mich voller Freude über ihren Sieg an. Ich beschloss, mit demonstrativer Professionalität das Thema zu wechseln. »Haddenhorst konnte mir weder sagen, ob der Zoo Feinde hat, noch ob die Gorillas den Tierpfleger auch so zerpflückt hätten.«

Eva grinste. »Zum Glück hatte ich denselben Gedanken und habe Weinmann danach gefragt. Und er wusste es.«

»Dann spann mich nicht auf die Folter.«

»Es gab in den letzten Jahren einige Drohungen gegen den Zoo. Aber er wusste nichts Genaues und hat mich an die Pressesprecherin verwiesen. Und die Gorillas hätten Angst vor einem hilflosen Menschen. Oder einer Leiche. Die Orang-Utans wären neugierig, aber nicht gewalttätig.«

Ich hob eine Augenbraue. »Das passt doch.«

»Ganz hervorragend sogar«, bestätigte Eva. »Ein Blutbad bei den Affen ist nur mit den Schimpansen zu haben.«

»Dann gehen wir zur Sekretärin und besorgen uns die Unterlagen. Danach kümmern wir uns um die Drohungen.«

Einen Augenblick später standen wir vor der Sekretärin Sandra Kobler, die mit einem rosafarbenen Kleid, weißblonden Haaren, Sonnenbankbräune und einem gebleichten Lächeln an ihrem Arbeitsplatz hinter einer Art Empfangstresen im Eingangsbereich der Verwaltung saß.

Eva stellte uns vor und erklärte unser Anliegen. Die Kobler lächelte und reichte uns eine Mappe. »Hier ist die Personalakte von Herrn Kunze. Für die Listen brauche ich ein paar Minuten.«

Damit wandte sie sich ihrem Computer zu und klickte sich zielstrebig durch ein paar Programmfenster. Die Akte brachte wenige neue Informationen. Wir erfuhren, dass Kunze vor sechs Jahren von Göppingen in den Krefelder Zoo gewechselt hatte.

»Ich frage mich, ob er vorher vielleicht mit Affen gearbeitet hat«, murmelte ich.

»Er mochte Affen für sein Leben gern«, sagte die Kobler, ohne von ihrer Tastatur aufzublicken, in die sie nun mit Lichtgeschwindigkeit etwas eingab. »Er wollte immer dorthin wechseln, aber sie haben ihn nicht gelassen. Es hat ihm das Herz gebrochen.«

Ich blätterte in der Mappe ein wenig nach hinten und fand drei Anschreiben für interne Bewerbungen als Tierpfleger im Affentropenhaus.

»Haben Sie auch Unterlagen darüber, wie über die Bewerbungen entschieden wurde? Und aus welchen Gründen?«

»Ich werde nachsehen«, versprach die Sekretärin. »Die Aufstellung der Tierpfleger im Affenhaus ist schon fertig«, verkündete sie dann. Der Drucker begann zu summen, dann hielten wir eine detaillierte Personalaufschlüsselung in den Händen.

»Als er hier angefangen hat, vor sechs Jahren, gab es keine freien Stellen im Affenhaus«, erkannte ich. Die Stellen, die seitdem neu ausgeschrieben worden waren, hatten andere ergattert.

»Sind die Affen denn sehr beliebt?«, fragte Eva die Sekretärin.

»Ja, die Tierpfleger arbeiten sehr gerne dort«, antwortete Sandra Kobler, ohne am Computer erkennbar an Geschwindigkeit zu verlieren.

»Die letzte Stelle im Affenhaus ist frei geworden, weil ein Tierpfleger in Rente gegangen ist«, entdeckte ich.

»Richtig«, bestätigte die Sekretärin, ohne den Blick vom Bildschirm zu nehmen.

Ich dachte an die Aussagen des Tierarztes und des Tierpflegers Münzer. Mein Gefühl, dass die beiden uns längst nicht alles gesagt hatten, was sie wussten, wurde durch die Akte des Opfers bestätigt. »Unmöglich, dass die davon nichts gewusst haben, so was spricht sich doch rum«, meinte ich zu Eva.

Sie nickte und fragte die Sekretärin: »Gibt es eigentlich unter den Tierpflegern eine starke Konkurrenz?«

Der Drucker begann zu summen und die Kobler widmete uns ihre ganze Aufmerksamkeit. »Nein, die meisten verstehen sich gut. Irgendwie muss man ja als Tierpfleger auch ein besonderer Mensch sein.«

»Um sich den Tieren widmen zu können? Wenig Geld, harte Arbeit, keine Feiertage?«

»Richtig. Von Konkurrenz weiß ich nichts.«

Ich war mir unschlüssig, ob wir ihr das abnehmen sollten. Vor Kurzem hatte ich von einem Kollegen erfahren, dass sogar in Kindertageseinrichtungen unter Erzieherinnen erbitterte Konkurrenz herrschen konnte. Und dabei sollte doch dort wirklich alles rosarot und eitel Sonnenschein sein.

Eva nahm die Listen an sich. Auf ihnen würden wir die Namen von einigen Personen finden, mit denen wir uns unterhalten mussten.

Ich legte die Akte beiseite. »Kannten Sie ihn gut?«

»Er kam ab und zu vorbei. Manchmal hat er sich mit Claudia getroffen.«

»Der Pressesprecherin?«

»Genau. Wir haben dann ab und an geplaudert. Er hatte es nicht leicht. Mit seiner kranken Mutter.«

Wir bedankten uns und klopften bei der Pressesprecherin.

Ihr Make-up war immer noch perfekt werbespottauglich, nur die geröteten Augen verrieten sie. Sie wies uns zwei Stühle an. Ihr Büro war so schmal, dass wir uns kaum mehr bewegen konnten, als wir einmal saßen.

»Das war ja ein ganz schöner Aufruhr«, sagte ich zum Auftakt.

»Die beiden Herren waren ziemlich aufgebracht«, fügte Eva hinzu. »Es hat eine Weile gedauert, bis Weinmann sich wieder gefangen hat.«

Die Lippen der Pressesprecherin wurden zu einem schmalen Strich. »Er nimmt sich das sehr zu Herzen«, kommentierte sie bitter.

»Diese ständigen Rangeleien mit Haddenhorst müssen sehr aufreibend sein«, ermunterte ich sie.

»Ja, er leidet unter der Situation. Aber er spricht nie darüber«, antwortete sie leise.

Wir schwiegen einen Moment. Dann stellte Eva fest: »Ihnen geht dieser Streit auch sehr nah.«

Die Alders nickte.

Ich fragte unverblümt: »Wie ist Ihre Beziehung zum Direktor?«

Sie senkte den Blick. Fast sah es so aus, als schämte sie sich. »Sie werden es sowieso erfahren«, sagte sie dann. »Der Direktor ist nicht unbedingt beliebt, aber am schlimmsten ist es mit Weinmann. Die beiden geraten ständig aneinander. Manfred denkt an die Tiere, der Chef ans Geld. Das kann nicht gutgehen.«

»Sie müssen doch noch viel mehr mit dem Direktor zu tun haben.«

»Ich habe mich mit dem Chef arrangiert. Er ist eben ein Kaufmann und denkt ganz anders als der Rest von uns. Aber ich schätze, das muss er auch.«

Ich betrachtete sie eine Weile, die feinen Gesichtszüge, das professionelle Outfit, der entschiedene Auftritt. Ihre menschliche und vielleicht verletzliche Seite schimmerte – wenn überhaupt – nur flüchtig durch dieses toughe Äußere.

Eva schlug den Bogen zurück zu unserem eigentlichen Anliegen. »Der Direktor hat uns mit unserer Frage an Sie verwiesen.«

»Lassen Sie hören«, sagte die Pressesprecherin, offenbar erleichtert, dieses schwierige Thema hinter sich lassen zu können.

»Gibt es Gegner des Zoos? Feinde? Oder Drohungen gegen das Affenhaus?«

Die Pressesprecherin musste nicht lange überlegen. »Hinter Ihnen im Schrank steht ein roter Aktenordner«, sie wedelte mit ihrem Zeigefinger und dirigierte Eva zu einem Ordner, der die Aufschrift *Kurioses* trug. »Ja, genau der.«

Eva reichte ihr das Objekt über den Tisch. Die Alders schlug den Ordner auf und blätterte gezielt zu einer Registerkarte in der Mitte. »Hier sind alle Drohungen gesammelt, die der Zoo in den letzten zehn Jahren erhalten hat.«

Eva nahm den Ordner wieder entgegen, ich rückte meinen Stuhl heran. »Der Zoo wird tatsächlich bedroht?«, fragte ich ungläubig.

»Das gehört wohl zum Geschäft«, meinte die Alders achselzuckend.

»Stimmt, hatte ich vergessen«, räumte ich ein. Je größer und bekannter die Organisation, desto mehr Spinner rief sie auf den Plan.

Eva blätterte langsam durch die Drohbriefe. Manche waren aus Zeitschriften zusammengeschnipselt, andere ausgedruckt, ganz wenige handgeschrieben. Es handelte sich um vage Drohungen gegen den Zoo, einzelne Tiere oder den Direktor.

»Nicht sehr spektakulär«, stellte ich fest.

Die Alders winkte ab. »Alles Spinner.«

Dann entdeckten wir etwas mit dem Affenhaus. »Eine Drohung, das Affenhaus niederzubrennen«, sagte Eva.

Die Pressesprecherin stieß einen leisen Zischlaut aus. »Das ist leider nichts Besonderes. Wenn Sie weiterblättern, finden Sie solche Drohungen gegen alle Großtiergehege. Die Raubtiere freilassen und die anderen Gehege abbrennen, solche Drohungen kommen öfter.«

»Aber die Gehege sind doch recht modern und groß, die Tiere haben mehr Platz«, wunderte sich Eva. »Das sah früher noch ganz anders aus.«

Die Alders seufzte. »Wir haben es manchmal mit sogenannten Tierschützern zu tun, die generell die Gefangenschaft von Tieren ablehnen.«

»Auch wenn Sie die Bedingungen für die Tiere verbessern?«

Die Alders zuckte mit den Schultern. »Fundamentalisten.«

Vielleicht war es ja wirklich so einfach. Eva schlug jedenfalls genau in diesem Moment eine Seite mit einem passenden Computerausdruck auf. Der Zoo wurde verdammt, alle Mitarbeiter als Verbrecher beschimpft, die ihrer gerechten

Strafe nicht entgehen würden. »Und die würden vielleicht auch Todesopfer in Kauf nehmen«, klärte uns die Alders auf.

»Sie meinen tote Menschen«, vergewisserte ich mich.

»Selbstverständlich«, bestätigte sie.

»Wir müssen die Drohbriefe mitnehmen«, teilte Eva der Pressesprecherin mit.

»Natürlich.«

»Was haben Sie denn noch Kurioses gesammelt?«, fragte ich.

Eva blätterte weiter. »Bewerbungsschreiben«, stellte sie fest.

»Nur die ganz besonderen«, nickte Claudia Alders.

Ich sah Eva lächeln. »So wie die hier, meinen Sie? *Ich möchte mich im Tso bewerben?*«

»Ehrenwerter Tso klingt wie ein Kung-Fu-Meister«, murmelte ich.

»Und worum geht es hier?« Eva zeigte auf eine weitere Sammlung von Dokumenten.

»Das sind Anfragen, um unsere Tiere auszuleihen.«

Ich zog den Ordner ein bisschen mehr zu mir hin und las eine E-Mail, in der ein Herr sehr höflich darum bat, das Nashorn aus dem Zoo für die Geburtstagsfeier seiner Frau ausleihen zu dürfen, weil die sich so sehr wünschte, es einmal mit Seifenschaum abzuschrubben.

Die Arbeit bei der Polizei bringt es mit sich, dass man allen möglichen sonderbaren Sachverhalten oder Menschen begegnet und manchmal Dinge erlebt, die ich nur als bizarr bezeichnen kann. Am faszinierendsten fand ich aber die Tatsache, dass es selbst nach so vielen Jahren der Ermittlungsarbeit noch vorkam, dass ich aufs Neue verblüfft war.

Ich tauschte einen Blick mit Eva. »Der Ordner trägt seine Aufschrift zu Recht«, sagte sie ebenso beeindruckt. Die Drohbriefe wanderten in einen braunen Umschlag, der Ordner wieder zurück ins Regal.

»Diese Anfragen ...«, begann ich, »... sind die denn ernst gemeint?«

»Todernst«, versicherte die Alders.

Ich stellte mir die Ziegen aus dem Zoo in meinem Garten vor. Ich würde nie wieder den Rasen mähen müssen. Dafür aber wahrscheinlich die Blumenbeete einzäunen.

»Aber Sie machen das nicht, oder?«

Die Alders musterte mich erschrocken. »Selbstverständlich nicht.«

Wenn es um die Tiere ging, verstand sie keinen Spaß, so viel stand fest. »Wissen Sie denn, wer hinter diesen anonymen Drohungen gegen den Zoo steckt?«, kam ich zu unserem Thema zurück.

Die Pressesprecherin schnaubte. »Es gibt eine Gruppe Aktivisten, auf deren Kappe gehen wahrscheinlich die meisten Briefe. *Die Wahren Tierschützer Krefeld*.«

»Der Name hat schon etwas Fundamentalistisches«, sinnierte ich.

»Gibt es die *Wahren Tierschützer* auch in anderen Städten?«, erkundigte sich Eva.

»Die sind deutschlandweit organisiert und verfügen sogar über einen internationalen Dachverband.« Wir ließen uns die Daten des Vorsitzenden in Krefeld, eines gewissen Holger Mechel, geben.

»Wie steht es denn mit Peter Kunze? Hatte er Freunde im Zoo?«

»Ich ... Ja, ich weiß nicht. Kommt drauf an, was Sie unter Freunden verstehen. Aber warum wollen Sie das überhaupt wissen?«, fragte sie unwirsch zurück.

»Wir haben gehört, dass Sie sich ganz gut mit ihm verstanden haben«, entgegnete ich ruhig.

Es schien, als wollte sie aufbrausend antworten, aber dann seufzte sie und erklärte mit hängenden Schultern: »Das stimmt. Er hat mir oft von seinen Sorgen erzählt. Ich glaube ... er war ziemlich einsam.«

»Sie waren befreundet?«, schaltete sich Eva ein.

»Ja. Und bevor Sie fragen, wir waren nur befreundet. Auch wenn Sie Gerüchte hören.«

»Wir geben nichts auf Gerüchte«, behauptete ich. Was natürlich überhaupt nicht stimmte, denn ganz im Gegenteil fand ich Gerüchte immer höchst aufschlussreich und außerordentlich interessant.

»Was hatte er für Sorgen?«, hakte Eva nach.

»Seine Mutter ist sehr krank und muss gepflegt werden. Er verbringt ... verbrachte viel Zeit mit ihr, seine Frau hat ihn verlassen.«

Klingt fast wie bei einem Polizisten, lag es mir auf der Zunge.

Die Alders fuhr fort: »Und hier lief es ja auch nicht gut für ihn. Er wollte schon lange ins Affenhaus wechseln, aber man hat ihn nicht gelassen.«

»Also hatte er hier keine Freunde? Außer Ihnen?« Eva verfolgte ihre ursprüngliche Frage beharrlich, registrierte ich zufrieden.

»Es gab schon zwei andere, mit denen er sich öfter ... mit denen er ... sich abgab.« Claudia Alders schien nicht wohl bei diesen Worten zu sein.

»Zwei andere Tierpfleger?«, vergewisserte Eva sich.

Die Pressesprecherin nickte und schaute zu Boden.

»Aber Ihnen gefiel das nicht«, tippte ich.

»Nein.«

»Warum nicht?«

»Es sind ... Die beiden sind seltsam. Klüchtig.«

»Verraten Sie uns die Namen?«, bat ich.

»Sven Helling und Dennis Hocke.«

Ich notierte sorgfältig. Seltsame Freunde eines Mordopfers waren genau das, wonach wir als Ermittler suchten. »Was genau ist seltsam an ihnen?«, erkundigte ich mich.

Die Alders blickte abwägend an die Decke. Allerdings hatte ich jetzt den Eindruck, sie suchte nach passenden Worten und nicht nach einer Möglichkeit, uns etwas zu verschweigen. Schließlich schüttelte sie den Kopf. »Ich kann es nicht erklären. Ich habe einfach ein ungutes Gefühl bei denen. Verstehen Sie mich nicht falsch, es sind gute Tierpfleger und sie sind immer sehr höflich.«

»Wenn wir die anderen Tierpfleger nach den beiden fragen, was werden die uns erzählen?«

»Dasselbe. Wer kann, macht einen Bogen um die.«

Ich legte nachdenklich den Kopf zur Seite, während ich notierte. »Aber Peter Kunze ist ihnen nicht aus dem Weg gegangen. Warum?« Ich hoffte nicht, dass wir nun wieder die kurz angebundene Pressesprecherin vor uns hatten.

Sie hob die Schultern. Ihr »Ich weiß es nicht« wirkte aufrichtig auf mich.

»Passten die drei denn nicht zusammen?«, fragte Eva.

»Ich finde nicht. Bei Peter hatte ich nie so ein komisches Gefühl.«

»Das heißt, dass die anderen Tierpfleger Peter Kunze auch gemieden haben?«

»Das kann sein«, sagte die Alders mit einer Spur Verblüffung in der Stimme. »Jetzt wo Sie es sagen. Ja. Es passt zusammen.«

»Eine Gruppe Außenseiter?«, setzte Eva nach.

Die Pressesprecherin bestätigte die Einschätzung.

Für uns wurde es Zeit, zu gehen. Vor dem Verwaltungsgebäude atmeten wir tief durch. Ich schaute zu den Kamelen, den Ponys und den Ziegen, deren Gehege seit meiner Kindheit praktisch unverändert geblieben waren. An wie vielen Sonntagen hatten meine Eltern mich als Kind mit in den Zoo genommen? Was ich fühlte, war mehr als eine angenehme Vertrautheit. Der Zoo war eine Institution, ein Ausflugsziel, ein Ort, an dem man gerne war, an dem man Fotos machte, um sie hinterher seinen Freunden zu zeigen oder später seinen Kindern und Enkeln. Die Einblicke, die wir bis jetzt gewonnen hatten, zeigten jedoch mehr als deutlich, dass auch im Zoo mehr im Hintergrund ablief, als man sich gemeinhin vorstellte, wenn man als argloser Besucher über die Wege schlenderte und die Tiere betrachtete. Wie überall, wo Menschen tagtäglich zusammenarbeiteten, zeigten sich auch im Zoo Spannungen und Geheimnisse, die vielleicht die Grundlage für ein Mordmotiv bildeten.

»Unter der Oberfläche ist es hier nicht ganz so friedlich«, griff Eva meinen Gedanken auf, ohne dass ich ihn auszusprechen brauchte.

Ich gab ihr kommentarlos meine Liste mit Personen, die wir noch befragen sollten. Eva überflog sie kurz, dann nickte sie und gab mir den Zettel zurück. Auf dem Weg nach draußen drückte ich Dirk die Liste in die Hand. »Alles klar«, sagte er. »Verlasst euch auf mich, die schicke ich euch ins Präsidium.«

Bevor wir durch den Ausgang zum Parkplatz gingen, nahm ich mein Handy. Eine Kurzwahltaste später hatte ich Simon am Apparat. »Habt ihr schon jemanden verhaftet?«, wollte er wissen.

»Hast du noch etwas gefunden?«, fragte ich ebenso rhetorisch zurück.

»Markus«, antwortete er gedehnt. »Wir wissen schon, auf welchem Weg Kunze in den Zoo geschafft und wie er zu den Affen verfrachtet wurde. Sobald ich im Labor an meinem Computer sitze, kann ich dir sogar sagen, wer das Dach geöffnet hat.« Er machte eine theatralische Künstlerpause. »Du willst mir doch nicht etwa sagen, dass dir das nicht ausreicht?«

»Ich bin sogar begeistert«, gab ich zurück. »Ich wollte nur fragen, ob wir etwas verpassen, wenn wir jetzt zur Mutter fahren.«

»Nein, hier gibt es nur langweilige Spurensicherungsarbeit«, teilte Simon mit. »Ihr habt keine Ausrede.«

Es gibt Pflegeheime und es gibt Pflegeheime. Für Elisabeth Kunze, die einzige lebende Angehörige unseres Opfers, hatten die Kollegen als Anschrift das Tobiasstift in Hüls ermittelt. Wir fanden die Adresse nahe dem Hülser Berg in einer ruhigen Lage, die ein Makler vielleicht als diskret bezeichnet hätte. Schon als das schmiedeeiserne Tor vor uns lautlos zur Seite glitt, meinte ich: »Das ist sicher keine billige Verwahranstalt.«

»Seniorenresidenz heißt so etwas heute«, erwiderte Eva leise.

Ich lenkte den Wagen über einen schmalen, sanft geschwungenen Zufahrtsweg, der vor dem Haupteingang in einem kleinen Wendehammer endete, in dessen Mitte tatsächlich ein Springbrunnen mit klassisch-griechischer Marmorfigur thronte.

»Herrschaftlich«, meinte ich.

»Protzig«, entgegnete Eva.

»Teuer«, bot ich an.

»Einverstanden.« Da der Besucherparkplatz voll besetzt war, scherte ich in die letzte freie Lücke direkt neben dem Eingang ein. Als ich die Handbremse anzog, machte Eva mich auf ein Namensschild aufmerksam, das den Besitzer des Parkplatzes anzeigte. »Dr. Ernst Mondberger«, brummte ich.

»Du stellst dich ohne Skrupel auf einen fremden Parkplatz?«

»Traust du mir den Doktortitel nicht zu?«, fragte ich spitz.

»Heutzutage bekommt doch jeder einen, der gut genug abschreiben kann«, entgegnete sie trocken.

»Autsch.«

Wir stiegen aus und wandten uns zum Eingang. Portal wäre eigentlich die passendere Bezeichnung gewesen. Marmorsäulen, roter Teppich, automatisch aufschwingende Türen mit goldenen Beschlägen. Der Empfangsbereich öffnete sich hell und weitläufig, mit Ledersofas, einem offenen Kamin, dezenter klassischer Musik und einem mahagonivertäfelten Empfangstresen.

Mich erinnerte der Ort eher an ein Luxushotel als an ein Pflegeheim. Die Dame am Empfang knipste ein strahlendes Lächeln an, als sie uns sah. Sie trug zwar einen weißen Schwesternkittel, hätte es aber mühelos auf jedes Titelblatt gebracht. Ihr Namensschild wies sie als Karolin Kirch aus.

»Guten Tag«, sagte sie eine Spur zu überschwänglich. »Was kann ich für Sie tun?«

Solche Momente, in denen wir lässig unsere Dienstausweise zückten und andere Menschen überrascht die Augen aufrissen, waren am Anfang meiner Laufbahn als Kriminalbeamter noch aufregend gewesen, inzwischen aber längst Routine.

»Mein Name ist Wegener von der Kriminalpolizei und das ist meine Kollegin Frau Kotschenreuth«, verriet ich der strahlenden Schwester. »Wir möchten gerne zu Elisabeth Kunze.«

Ihr Lächeln kräuselte sich erst, dann schlug es Wellen, aber sie hielt mit aller Macht daran fest. »Das ist ... Sie sollten ... Vielleicht möchten Sie zuerst ...«

Eine ärgerliche Stimme schnitt ihr das Wort ab. »Karolin, was ist hier los?«

Wir drehten uns zu dem Neuankömmling, einem Mann mit angegraut blonder Fönfrisur, Maßanzug mit Seidenkrawatte und einem überbräunten Gesicht. Er erinnerte mich spontan an einen gealterten Volksmusikstar. »Irgend so ein Blödmann hat seine Schrottkarre auf meinem Parkplatz abgestellt«, polterte der Kerl nun, während er näher kam. Ich konnte seine Halsschlagader pochen sehen, als er vor uns stand. Jede andere Regung wurde von Bräune und gestraffter Haut verfremdet.

Karolin schien das sehr peinlich zu sein. »Das ... ich ...«, stammelte sie hilflos.

Ich machte einen Schritt auf den zornigen Mann zu und streckte meine Hand aus. »Guten Tag, mein Name ist Wegener von der Kriminalpolizei.« Und dann fügte ich verbindlich hinzu: »Ich glaube, der Blödmann bin ich und die Schrottkarre ist ein Zivilfahrzeug der Polizei.«

Er hatte reflexartig auch seine Hand ausgestreckt, sie hielt aber inne, als seine Mimik gefror, und setzte sich erst drei Sekunden später wieder in Bewegung, während er gleichzeitig schwer schluckte.

Wie die Empfangsdame besaß auch er ein Werbespotlächeln und konnte es ebenso auf Knopfdruck anschalten.

Zwar wirkte das ganze Gesicht jetzt wie eine Maske, aber immerhin war der feindselige Ausdruck verschwunden.

»Es freut mich sehr«, behauptete er tapfer. »Ich bin Ernst Mondberger. Bitte entschuldigen Sie meinen Ausbruch. Ich hatte einen schwierigen Morgen.«

Ich hätte entgegnen können, dass wir den auch gehabt hatten. Und der Sohn von Elisabeth Kunze noch dazu eine schwierige Nacht mit sehr unerfreulichem Ende, aber das hätte Mondberger wahrscheinlich nicht beeindruckt. Also entgegnete ich zuckersüß: »Ich muss mich entschuldigen, Herr Mondberger, schließlich habe ich Ihren Parkplatz besetzt.«

Er winkte ab. Eine lässige Geste, durch die trotzdem seine Unsicherheit zu sehen war. »Vergessen wir das Ganze doch einfach. Was führt Sie zu uns? Ach, wie unhöflich von mir.« Er streckte Eva die Hand entgegen.

»Kotschenreuth«, sagte sie knapp. Ein Zeichen, dass Mondberger bei ihr vollkommen unten durch war. Was der natürlich nicht wissen konnte.

»Es freut mich sehr«, wiederholte er artig, dann schlug er vor: »Möchten Sie vielleicht mit in mein Büro kommen?«

Kaum hatten wir uns in Bewegung gesetzt, erklärte Mondberger uns: »Ich bin Geschäftsführer dieser Seniorenresidenz. Wenn ich Ihnen irgendwie behilflich sein kann, lassen Sie es mich nur wissen.«

Eva setzte ihre berühmte undurchdringliche Ich-beobachte-Sie-und-kann-in-Ihnen-lesen-wie-in-einem-Buch-Miene auf, also war es an mir, mich unserem Gastgeber zu widmen. »Es wäre wirklich sehr hilfreich, wenn wir uns ein paar Minuten mit Ihnen unterhalten könnten«, sagte ich, als hätte erst Mondberger mich auf diese Idee gebracht. »Aber zuerst möchten wir zu Elisabeth Kunze.«

Er reagierte ähnlich wie die Schwester Kirch am Empfang. »Das ist …«, druckste er. Schließlich: »Darf ich fragen, warum?«

»Ihr Sohn ist tot«, teilte ich mit.

Mondberger stockte, seine Beine verhedderten sich. »Oh, das ist ja schlimm«, brachte er hervor. »Und Sie … O mein Gott.« Er schüttelte den Kopf.

Ich ging davon aus, dass er sich zusammengereimt hatte, dass Peter Kunze keines natürlichen Todes gestorben war.

Der Geschäftsführer seufzte. »Das wird schwer für Frau Kunze. Sehr schwer.« Er schüttelte abermals bedauernd den Kopf. »Es ist immer tragisch, wenn uns jemand verlassen muss. Keine Sorge, ich werde mich persönlich darum kümmern«, verkündete er, als sei das eine Gnade des Himmels.

Meine Zähne schmerzten. Anscheinend hatte ich sie brutal aufeinandergepresst, ohne es zu merken.

Eva sprang mir bei. »Finden wir Sie nachher in Ihrem Büro?«

»Selbstverständlich. Ich erwarte Sie. Aber Sie können nicht alleine zu Frau Kunze.«

»Warum nicht?«, fragte ich misstrauisch.

»Sie hat eine seltene Form der Demenz. Sie ist stark pflegebedürftig. Fremde ängstigen sie sehr. Wenn Sie einen Moment warten, werde ich eine Schwester rufen, die Sie begleitet.« Mondberger verschwand in seinem Büro, das so feudal eingerichtet war, wie alles andere im Tobiasstift vermuten ließ. Wir hörten ihn leise in sein Telefon sprechen. Etwa eine halbe Minute später stand eine Schwester vor uns. Mit einem freundlichen runden Gesicht, das sehr dezent geschminkt war, umrahmt von braunen Haaren mit einigen silbernen Strähnen, trug sie eine Uniform, die nicht wie frisch gestärkt aussah und sogar einen kleinen Fleck in Höhe ihres Bauchnabels aufwies. Ihr Namensschild wies sie als Marianne Huber aus.

Noch bevor Mondberger von seinem Schreibtisch zu uns kommen konnte, stellten wir uns vor. Schwester Huber war nicht übermäßig beeindruckt von unseren Dienstmarken, was mir sehr recht war.

»Die Herrschaften möchten gerne zu Frau Kunze«, erklärte Mondberger nun. »Ihr Sohn ist verstorben.«

Die Huber machte ein betroffenes Gesicht. »Das ist

schlimm«, sagte sie. »Sie hat sich immer so über seine Besuche gefreut. Sie hat doch sonst niemanden.«

Dies waren zweifellos mit die unangenehmsten Momente, die man als Polizist erleben konnte. Wir folgten Marianne Huber über einige Flure, die in warmen Pastelltönen gestrichen und mit geschmackvollen Ölgemälden ausstaffiert waren. Es erinnerte mich mehr an die Privatetagen des Helios-Klinikums als an ein Pflegeheim. Als wir schließlich vor einer Tür stehen blieben, verriet nur ihre Breite, dass sich dahinter kein gewöhnliches Zimmer befand.

»Am besten überlassen Sie mir die Vorstellung und wir sehen dann, wie sie reagiert«, sagte Schwester Huber mit gesenkter Stimme.

Wir hatten keine Einwände und folgten ihr durch die Tür. Der Eindruck eines Luxushotels setzte sich fort. Auch hier die warmen Farben und die Bilder. Dazu noch teure Möbel und ein Teppichboden, wie es ihn nur bei hochpreisigen Inneneinrichtern gab. Alles in diesem Gebäude roch nach Geld und die chronischen Finanznöte der Pflegeversicherung schienen am Tobiasstift spurlos vorübergegangen zu sein.

In einem Bett, das zweifellos auf mindestens siebenundzwanzig verschiedene Weisen verstellbar war, kauerte, halb verdeckt von violett geblümter Bettwäsche, eine schmale alte Frau mit einem Knoten grauer Haare und einem faltigen Gesicht. Die Schwester bedeutete uns, stehen zu bleiben, und ging zu dem Bett. »Frau Kunze?«, fragte sie behutsam. »Ich bin Schwester Huber.«

Elisabeth Kunze schaute ihre Pflegerin interessiert, aber verständnislos an.

Die Schwester zog sich einen Stuhl heran und setzte sich neben das Bett. Die beiden Frauen schauten sich an und wir betrachteten die Szene. Diese Todesnachricht zu überbringen, dürfte nicht ganz einfach werden.

Das Alter von Elisabeth Kunze zu schätzen, war fast unmöglich. Ihr Gesicht war faltig, die Haut blass und dünn wie

Pergament. Ihre Augen wirkten wach, auch wenn sie Marianne Huber nicht erkannten. Die Mutter von Peter Kunze mochte siebzig sein oder neunzig, ich konnte es nicht sagen.

»Schwester?«, fragte die Kunze schließlich.

»Huber«, half ihr die Pflegerin auf die Sprünge.

»Ja richtig. Schwester Huber. Natürlich. Wie schön.«

Ich hatte keine Ahnung von Demenz, aber ich kannte den Gesichtsausdruck eines ratlosen Menschen, der in seiner Hilflosigkeit eben so reagierte, wie es von ihm erwartet wurde.

Die Schwester lächelte. »Sie haben Besuch.« Sie stand auf und räumte den Platz, damit wir unserer Pflicht nachkommen konnten.

Wir hatten die informelle Arbeitsteilung, dass ich bei männlichen Angehörigen die Todesnachricht überbrachte und Eva bei Frauen. In diesem Fall war ich sehr froh darum.

»Guten Tag, mein Name ist Kotschenreuth von der Kriminalpolizei und das ist mein Kollege Wegener«, begann sie.

Frau Kunze nickte unbefangen, vielleicht weil von ihr nicht erwartet wurde, uns wiederzuerkennen.

»Wir kommen aus dem Zoo«, fuhr Eva fort. Sie hielt sich an unsere Richtlinie, möglichst direkt zur Sache zu kommen. »Ihr Sohn Peter Kunze ist heute Morgen im Affenhaus gefunden worden. Er ist tot.«

Schwester Huber schlug die Hand vor den Mund, wahrscheinlich weil der Todesort für sie neu war. Frau Kunze war schwer einzuschätzen. Sie schaute von einem zum anderen, bevor sie sich an Eva wandte. »Ich ... habe einen Sohn?«

Ich hatte schon viele Todesnachrichten überbracht, aber diese Erfahrung war neu für mich. Was sollten wir antworten? War die Nachricht überhaupt angekommen?

Glücklicherweise stand die Pflegerin uns zur Seite. Sie sagte mit sanfter Stimme: »Sie haben einen Sohn. Peter. Sehen Sie.« Sie zeigte auf ein Bild auf dem Nachttisch.

»Oh«, machte die Mutter überrascht, als sehe sie das Bild zum ersten Mal. Sie nahm den Rahmen und betrachtete das

Foto aufmerksam. In ihrem Gesicht spiegelte sich das vergebliche Bemühen, irgendwelche Erinnerungen damit zu verknüpfen.

Eva und ich tauschten einen ratlosen Blick. Ich fragte mich unwillkürlich, ob es unter diesen Umständen überhaupt ratsam war, auf dem formalen Überbringen der Todesnachricht zu bestehen. Warum sollten wir den Schleier, hinter dem die Frau lebte, brutal zerreißen, nur um sie mit einer schrecklichen Neuigkeit zu konfrontieren? Und wie die Dinge lagen, würde sie bei den Ermittlungen auch keine große Hilfe sein.

Elisabeth Kunze bemerkte, dass etwas nicht stimmte. Mit Trauer konnte ich inzwischen umgehen. Aber der Anblick der verständnislosen Mutter, dieser kleinen schmalen Person, die zerbrechlich und verloren in ihrem Bett kauerte, berührte mich. Unerwartet und mehr als ich wollte.

Doch damit nicht genug. Gerade als Eva mit der Pflegerin in einer lautlosen Verhandlung zu dem Ergebnis gekommen war, dass wir gehen und Frau Kunze in Ruhe lassen wollten, ließ die alte Dame den Rahmen mit dem Foto sinken, richtete ihren Blick auf mich und fragte: »Peter?« Der flehende Unterton gab mir den Rest.

Ich verkrampfte und stand regungslos da. In den Augen der Mutter schimmerten Tränen. »Du hast dich verändert, Peter«, sagte sie.

Beinahe wünschte ich mir, sie hätte eine Waffe gezogen, um auf mich zu schießen. Dann hätte ich wenigstens gewusst, wie ich reagieren musste. So starrten wir uns einfach nur an, Frau Kunze mit sehnsüchtigen Tränen, ich in hilfloser Lähmung.

Dann griff die Pflegerin ein und rettete mich. »Das ist nicht Ihr Sohn, Frau Kunze«, sagte sie geduldig.

»Nicht? Aber er sieht doch so aus.«

»Das ist nicht Peter«, erklärte die Huber.

»Wer ist Peter?«, fragte die Kunze verwirrt.

»Ihr Sohn ist nicht hier«, versuchte es die Pflegerin.

»Nein?«

»Wir unterhalten uns später darüber«, schlug Schwester Huber vor.

»Wenn Sie es sagen.«

»Wissen Sie was? Ich glaube, es ist wieder Zeit für die Malstunde«, verkündete die Schwester mit einem demonstrativen Blick auf ihre Armbanduhr.

»Sie malen?«, fragte Elisabeth Kunze neugierig.

»Nein, Sie malen«, entgegnete die Huber sanft.

»Ich?«

»Aber ja. Und zwar sehr gut.«

Nun lächelte Mutter Kunze. »Sie wollen mich wohl auf den Arm nehmen.«

»Aber nein«, erwiderte die Schwester und schlug die Decke zurück. Der Körper von Elisabeth Kunze war noch schmaler, als ich es von ihrem Gesicht her vermutet hätte.

Ich musste mich vom Geschehen losreißen. Wir verabschiedeten uns lautlos von der Schwester, während die Mutter ihre Beine über die Bettkante schwang.

Als wir an der Tür waren, hörten wir Elisabeth Kunze fragen: »Wer waren denn diese Leute?«

»Freunde.«

»Bestimmt von Ihnen. Ich bekomme keinen Besuch«, hörte ich die traurige alte Stimme.

Die Worte begleiteten mich über den Flur, bis wir wieder vor Mondbergers Büro standen.

»Unheimlich«, sagte ich nur.

»Grauenvoll«, stellte Eva fest.

Ich musste hart schlucken, um den Kloß im Hals loszuwerden. Dann klopfte ich an die Bürotür. Mondberger rief uns hinein und komplimentierte uns in seine lederne Sitzgarnitur, die zwar protzig, aber immerhin bequem war. Er bot uns einen Kaffee an, den wir ablehnten. Keiner von uns wollte länger bleiben als unbedingt erforderlich.

»Hat Frau Kunze Ihre Nachricht verstanden?«, erkundigte sich der Geschäftsführer.

»Nein«, antwortete ich. »Sie schien sehr verwirrt.«

Mondberger seufzte. »Wie ich befürchtet hatte. Das liegt an ihrem Krankheitsbild.« Er schüttelte bekümmert den Kopf. »Wissen Sie, solche Schicksale sind traurig, wirklich traurig. Wir unternehmen hier alles, um unseren Bewohnern ein erfülltes, selbstbestimmtes und menschenwürdiges Leben zu ermöglichen. Aber es gibt eben Fälle, in denen wir machtlos sind.«

Ich betrachtete den Geschäftsführer, der uns gegenübersaß und tatsächlich seine Faust ballte. Vielleicht war das eine Ansprache, die er ebenso wie sein Lächeln auf Knopfdruck abspulen konnte. Aber ich wollte nicht unfair sein. »Frau Kunze ist zum Malen unterwegs.«

Mondberger lächelte. »Das macht sie besonders gern. Und gut. Wir haben schon Ausstellungen organisiert und sie gehört zu den gefragtesten Künstlerinnen. Leider nimmt sie ihren Erfolg nur teilweise wahr.«

»Sie bieten noch andere Maßnahmen an?«, wollte ich wissen.

»Selbstverständlich. Wir haben ärztliche Betreuung, zum Beispiel, um die Medikation optimal anzupassen, Krankengymnastik, Bewegungstherapie, eine Vielzahl von Hobbygruppen, wir haben Programme mit Jugendlichen, mit Hunden und Pferden …«

Ich hob höflich die Hand. »In Ordnung, in Ordnung, ich bin beeindruckt.«

»Ich sage das nicht, um Sie zu beeindrucken, Herr Wegener. Unsere Mission ist es, unseren Bewohnern eine Heimat zu bieten und ihnen den Erhalt ihrer Würde auch in hohem Alter zu ermöglichen.«

Was zweifellos eine starke Ansage war. »Wie finanzieren Sie sich?«, fragte ich nüchtern.

Mondberger lächelte. »Das hat natürlich seinen Preis. Wir stellen nur hoch qualifiziertes Personal ein und nicht irgendwelche Hilfsarbeiter aus Polen, für die Pflege nur ein Job ist wie Fensterputzen, wenn Sie verstehen? Wenn Sie möchten, gebe ich Ihnen ein Programmheft mit.«

»Gerne.«

Er reichte uns ein dickes Heft, einen Hochglanzflyer und seine Visitenkarte.

»Das heißt, Sie rechnen nicht mit der Pflegeversicherung ab?«, hakte Eva nach.

»Doch, das tun wir. Aber die Differenz müssen die Bewohner selbst aufbringen.«

»Über welche Beträge sprechen wir hier? Im Fall von Frau Kunze?«

Mondberger war vorbereitet. Er schlug eine Akte auf und brummte: »Lassen Sie mal sehen. Frau Kunze hat Pflegestufe drei, also die höchsten Leistungen. Laut Pflegevertrag bleibt eine monatliche Differenz von rund dreitausendsechshundert Euro.«

Er schaute uns über den Rand der Akte an, aber uns fiel darauf keine Antwort ein.

»Ein nicht unerheblicher Betrag«, räumte der Geschäftsführer schließlich ein.

Zumindest wussten wir jetzt, woher der Maßanzug kam. »Das schränkt sicher den Kreis Ihrer Bewohner deutlich ein«, bemerkte ich trocken.

Mondberger hob die Schultern. »Qualität hat ihren Preis. Wir haben durchaus auch normal verdienende Angehörige, die sich zeitlich nicht um ihre Eltern kümmern können, aber sie auch nicht in ein staatliches Pflegeheim geben wollen, wo sie dann nur … abgestellt werden.«

Ich überschlug im Kopf, dass die Kosten für die Versorgung von Frau Kunze mein monatliches Nettogehalt überstiegen. Damit lag die nächste Frage auf der Hand.

»Wie um alles in der Welt konnte Kunze das bezahlen?«, fragte Eva, nachdem wir uns höflich verabschiedet hatten und zu unserem Auto gingen, das immer noch auf dem Parkplatz von Dr. Ernst Mondberger stand.

»Ich bin auf seine Kontobewegungen gespannt«, sagte ich, startete den Motor und schlug den Weg zum Präsidium ein.

»Mein Gott, ist das makaber«, platzte es aus Lars heraus, als Eva sagte, von wo wir kamen. Kriminalkommissar Lars Königs war der Partner von Kriminaloberkommissar Oliver Busch. Mit seinen siebenundzwanzig Jahren, einem echten Babygesicht und blondem Scheitel war er das Küken des Kommissariats.

Obwohl Eva auch nicht viel älter war. »Was meinst du?«, fragte sie.

»Tobiasstift«, wiederholte Lars. »Der heilige Tobias ist der Schutzpatron der Totengräber.«

»Hoppla«, meinte Reinhold überrascht. Alle anderen waren sprachlos.

Nur Egon lachte. »Die haben echt Humor da, oder?« Mit seinen ätzenden Kommentaren verdiente Egon sich seinen Ruf, der unerfreulichere Teil des *Duo infernale* zu sein, immer wieder aufs Neue. Wir ignorierten ihn.

»Könnte das nicht ein Versehen sein?«, fragte ich, weil ich in der Namensgebung keinen Sinn erkennen konnte. Mondberger mochte ein seltsamer Mensch sein, aber so weit würde er nicht gehen. Oder doch?

Lars schaute mich skeptisch an. »Der Name ist für so eine Einrichtung enorm wichtig. Er wird mit großer Sorgfalt ausgewählt. Ich glaube nicht, dass diese Bedeutungsebene übersehen wurde.«

»Ich wusste gar nicht, dass du dich mit Heiligen so gut auskennst«, brummte Oliver, anscheinend zwischen Anerkennung und Misstrauen schwankend.

»Ich bin katholisch«, erklärte Lars, als sei damit alles gesagt.

Denn katholisch war ich auch. Vielleicht fand ich auf dem Dachboden noch eine dicke Schwarte mit dem Gesamtverzeichnis aller Heiligen, wenn ich lange genug suchte, aber im Kopf hatte ich sie nicht.

»Der singt bestimmt auch im Knabenchor«, flüsterte Egon Marla zu, die daraufhin kicherte wie ein pubertierender Teenager. Auch wenn es schwerfiel – wir ignorierten die beiden weiterhin.

»Fangen wir doch an«, sagte Reinhold und eröffnete die erste Sitzung der Mordkommission im Fall Kunze.

Außer Eva, Oliver, Lars und mir saßen auch Egon und Marla um den großen Besprechungstisch – weil Reinhold die Kommission leitete, hatte ich leider keinen Einfluss auf die Zusammensetzung gehabt –, außerdem waren noch die Kommissare Erika Siemer mit Otto Riegel sowie Katrin Burmeister und Thorsten Stahnke anwesend. Ralf würde uns über die Ergebnisse der Spurensicherung unterrichten, Kommissar Martin Beyer die Aktenführung übernehmen. Staatsanwalt Macke war ebenfalls anwesend, was die politische Dimension des Falls unterstrich.

Mit einem Mausklick schickte Reinhold ein Foto vom Tatort über den Beamer an die Wand. Ein Raunen machte die Runde.

Ich dachte kurz daran, wie gerne ich jetzt Nina an meiner Seite gehabt hätte. Doch nachdem sich die Dinge zwischen uns sehr erfreulich entwickelt hatten, hatte Reinhold uns dienstlich trennen müssen. Als wir ihm vor acht Wochen die gute Nachricht überbracht hatten, hatte er den Kopf geschüttelt und gesagt: »Ich dachte, ich leite ein Kommissariat und keine Partnervermittlung.« Dann hatte er kurzerhand Eva mir und ihren vorherigen Partner Andreas Nina zugeordnet. »Vorerst«, hatte er hinzugefügt.

Nina und Andreas ermittelten seit einem Tag in einem Fall von Raubmord im Forstwald und waren damit vollauf beschäftigt. Ich hoffte, sie heute Abend noch zu sehen, aber ich war mir nicht sicher, ob das klappen würde. Zumindest konnten wir uns nicht gegenseitige Vernachlässigung vorwerfen, denn wir kannten beide die Schwierigkeiten, die der Polizeiberuf für eine Beziehung mit sich brachte, und hatten uns trotzdem darauf eingelassen.

»Ach du Scheiße«, grummelte Oliver. »Ist dieser kleine Teufel Marvin etwa ausgebrochen?« Er spielte auf seinen letzten Fall, einen äußerst brutalen Dreifachmord, an.

»Das ist das Werk der Schimpansen«, erklärte Reinhold

nüchtern: »Bei dem Toten handelt es sich um Peter Kunze, einen Tierpfleger im Krefelder Zoo. Er wurde heute Morgen von Erwin Münzer gefunden, ebenfalls Tierpfleger, aber im Affenhaus.«

Reinhold schilderte die Abläufe im Zoo bis zu dem Zeitpunkt, als er mit dem Direktor abgezogen war. »Es war nicht einfach, ihm einzuschärfen, dass er nichts ohne Absprache nach außen geben sollte. Der Mann hat ständig wiederholt, dass er das Schlimmste verhindern muss, um sein Affenhaus zu retten.«

Dann übernahm Eva und erzählte unseren Teil. Sie schilderte unsere Erkenntnis, dass Kunze durch das offene Dach in das Schimpansengehege gestürzt war, erwähnte das Loch im Zaun, den Streit zwischen Direktor und zoologischem Berater und den Mangel an Freunden, den wir bei Kunze festgestellt hatten. Ralf ergänzte die Spurenaspekte und schätzte, dass nach der Obduktion feststehen würde, welche Spuren am Opfer den Affen zuzuordnen waren und ob es noch weitere Hinweise auf den Täter gab.

»Wissen wir denn schon etwas über das Motiv?«, wollte Oliver wissen. »Von dem menschlichen Täter natürlich.«

»Hass und Eifersucht kommen natürlich infrage«, antwortete Eva. »Aber wir dürfen nicht vergessen, dass die Tat ungewöhnlich ist. Mit großem Aufwand ausgeführt.«

»Es gibt zig Möglichkeiten, jemanden einfacher umzubringen«, bestätigte Oliver. »Aber der Täter scheint es mit dem Zoo zu haben. Vielleicht ein Affenfetischist?«

»Kunze wollte gerne Pfleger im Affenhaus werden, aber sie haben ihn nicht gelassen«, fiel mir ein.

»Gut, dass du uns das auch schon mitteilst«, ätzte Egon aus seiner Ecke.

Ich reagierte äußerlich nicht darauf, notierte mir aber auf meiner geistigen Egon-Abschussliste einen weiteren Grund, ihm bei nächster Gelegenheit ein Bein zu stellen.

»Für Kunze waren die Affen also wichtig«, stellte Reinhold fest. »Darüber müssen wir unbedingt mehr herausfinden. Warum wollte er zu den Affen und vor allem: Warum hat man ihn nicht gelassen?«

Ich hielt die Personalakte hoch. »Ich habe hier den gesamten Schriftverkehr. Wenn wir den gesichtet haben, können wir den Direktor noch einmal befragen.«

»Für das Personal ist der Stellvertreter verantwortlich«, erklärte Reinhold. Und mit einem Blick auf ein Blatt in seinem Notizbuch: »Dr. Norbert Schoch.«

»In Ordnung«, nickte ich. »Wir haben außerdem erfahren, dass der Zoo immer wieder bedroht wird.« Ich präsentierte die Drohbriefe. »Allerdings nichts, was ausschließlich gegen die Affen gerichtet wäre. Da ist jedes größere Tier mal drangekommen.«

»Was holst du denn noch alles aus deiner Wundertüte?«, schob Egon hinterher.

Ich fügte in Gedanken meiner Liste noch einen Tritt in die Rippen hinzu.

»Verrückt«, kommentierte Reinhold, nachdem ich erklärt hatte, dass die Drohungen wohl von Tierschützern kamen.

»Das Motiv könnte darin liegen, durch diesen Todesfall den Zoo zur Aufgabe seiner Affen zu zwingen und ihn so wirtschaftlich und politisch zu ruinieren«, führte ich aus.

»Dazu kamen auch nur die Schimpansen infrage, denn die Gorillas hätten vor dem Körper Angst gehabt«, fügte Eva hinzu.

»Angst? Die Gorillas? Vor einem leblosen Menschen?«, quiekte Egon ungläubig.

Natürlich konnte ich den Mann nicht ausstehen. Aber sein Erstaunen deckte sich mit meinem, als ich davon erfahren hatte. Ich kannte den Gorilla Massa seit meiner Kindheit. Silberrücken, somit Oberhaupt seiner Gruppe im Zoo und wandelnder Muskelberg. Angst war ein Begriff, den ich mit Massa ohne diesen Fall niemals in Verbindung gebracht hätte.

»Wir müssen glauben, was die Biologen uns sagen«, erwiderte Eva. »Die Gorillas hätten Angst, die Orang-Utans wären zumindest neugierig, nur die Schimpansen greifen eine hilflose Person mit dieser Brutalität an. Sind aber sonst ganz liebenswert und harmlos.«

Egon schien mit dieser Erklärung immer noch unzufrieden, erwiderte jedoch nichts mehr.

»Mit den Tierschützern sollten wir uns unterhalten«, bestimmte Reinhold. »Sicher ergibt sich noch mehr, wenn wir Kunzes Umfeld untersuchen. Freunde, Bekanntschaften. Verwandte hatte er außer seiner Mutter keine mehr.«

»Die Kontodaten«, erinnerte ich Reinhold. »Wir brauchen einen Beschluss dafür. Und für die Wohnung.«

»Müsste minütlich vorliegen.«

»Und dann ist da noch die Möglichkeit, dass der Mord gar nichts mit den Affen zu tun hat und es nur jemand so aussehen lassen wollte«, stellte Oliver fest.

»Das volle Routineprogramm an Befragungen«, stimmte Reinhold zu. »Tagesablauf, Gewohnheiten, Freunde, Feinde. Nur nach vergleichbaren Taten müssen wir nicht suchen.«

Womit er recht hatte, denn daran würden wir uns erinnern.

»Ich glaube, Mord ist nicht die einzige Möglichkeit«, meldete sich Staatsanwalt Macke zu Wort.

Alle Köpfe drehten sich, er stand schlagartig im Mittelpunkt des Interesses. »Die Pflegekosten für Kunzes Mutter sind sehr hoch«, begann Macke bedächtig mit aneinandergelegten Fingerspitzen. »Vielleicht konnte er sie nicht mehr bezahlen. Falls eine Lebensversicherung zugunsten seiner Mutter vorliegt, könnte es sich auch um Selbstmord handeln.«

»Den er wie einen Mord hat aussehen lassen«, nickte Reinhold anerkennend. »Je nachdem, wie hoch die Summe ist, wäre seine Mutter bis zum Schluss versorgt.«

»Ich kenne vergleichbare Fälle«, verriet Macke. »Wenn er verzweifelt genug war und sonst keine Bindungen hatte, ist es durchaus vorstellbar.«

Im Grunde hatten wir bislang nur festgestellt, was für jede

Todesfallermittlung galt: Vielleicht war es so, wie es aussah, vielleicht aber auch ganz anders.

Es ging an die Aufgabenverteilung. Ralf erläuterte, dass er von allen Zoomitarbeitern, die wir zur Befragung geladen hatten, Fingerabdrücke nehmen wollte, um sie mit den Abdrücken aus dem Affenhaus zu vergleichen. »Besonders mit denen von der Tür zum Gehege, den Schaltknöpfen für das Dach und natürlich der Leiter und dem Geländer oben auf dem Dachsteg.«

Dann wurden die Befragungen der Zoomitarbeiter aufgeteilt. Lars und Oliver wollten gemeinsam mit Erika und Otto die Befragungen im Präsidium übernehmen, Egon und Marla noch einmal in den Zoo fahren. Weil ich keine Lust hatte, zu den beiden abkommandiert zu werden, meldete ich uns freiwillig zur Autopsie. Evas Blick sprach Bände, ihr war meine tiefe Abneigung gegen die Gerichtsmedizin in den letzten Jahren natürlich nicht verborgen geblieben. »Aber vorher schauen wir uns seine Wohnung an«, handelte ich noch heraus.

»In Ordnung«, stimmte Reinhold zu. Dann traf es Thorsten und Katrin, gemeinsam mit dem *Duo infernale* in den Zoo zurückzukehren. Ich war egoistisch genug, mich zu freuen.

Die Berliner Straße gehörte nicht unbedingt zu den ersten Adressen in Krefeld, war aber auch nicht das schlimmste Quartier der Stadt. Die goldene Herbstsonne überzog die Fassaden der Mietskasernen mit einer charmanten Patina, wie sie sonst nur in Würde gealterte Gründerzeitbauten zierte.

Ausgestattet mit einem richterlichen Beschluss und einem exklusiven praktischen Werkzeug, das außer von der Polizei nur noch vom Schlüsseldienst und der besser ausgestatteten Unterwelt genutzt wurde, gelangten wir ohne Schwierigkeiten zunächst ins Treppenhaus und dann in die Wohnung von Peter Kunze.

Die Sonne mochte die Fassade verzaubern, gegen den Geruch in Kunzes Räumen half sie nicht. Es stank nach altem Essen, kaltem Zigarettenrauch und noch etwas anderem.

»Schimmel«, stellte Eva fest.

Mein Magen teilte mir unmissverständlich mit, dass er diesen Ort nicht mochte. Ich dachte an den Zoo und an Egon. Und die Autopsie. »Halb so schlimm«, sagte ich, um mir Mut zu machen.

Wir streiften uns die Latexhandschuhe über und gingen an die Arbeit. Meine erste Amtshandlung bestand darin, zwei Fenster zu öffnen. Die frische Luft wirbelte eine Staubwolke von der Fensterbank und war eine Wohltat.

Die Wohnung war klein, die Ausstattung einfach. Im Wohnzimmer fanden wir ein schmales Sofa mit zerschlissenem Bezug, einen fadenscheinigen Teppich und einen nagelneuen Flachbildfernseher. Ein überquellender Aschenbecher stand auf einem Couchtisch mit einer Platte aus verkratztem Glas.

Bei Hausdurchsuchungen war ich ein Typ, der gerne dabei plauderte. Mit Nina hatte das auch hervorragend funktioniert. Bei Eva hatte ich schnell lernen müssen, dass sie dabei äußerst schweigsam vorging. Wie in unseren Befragungen blieb sie zuerst mitten im Raum stehen und ließ sich Zeit, alles in Ruhe zu mustern, fast so als hätte sie übersinnliche Fähigkeiten. Erst nach einigen Minuten nahm sie sich das erste Möbelstück vor.

»Zumindest sieht es nicht so aus wie bei jemandem, der sich leisten kann, seine Mutter in einem Luxus-Altenheim unterzubringen«, murmelte ich notgedrungen halblaut vor mich hin. »Oder vielleicht sieht es deshalb hier so aus, eben *weil* er es sich leistete?«

Ich erreichte das Sofa, Eva begann bei der Schrankwand. Ich stellte mit wenigen Handgriffen fest, dass das Sofa nur aus Kissen, Stoff und Staub über einem klapprigen Gestell aus Fichtenholz bestand. Ich hielt es für eines der ersten Modelle von IKEA.

Eva unterbrach ihre Inspektion des Bücherregals für eine einsilbige Statusmeldung: »Fachbücher. Tiere. Affen.«

Ich ging zu ihr und schaute über ihre Schulter. Neben den Affen schienen Kunze noch Nashörner, Tiger und Tauben interessiert zu haben. In einer Zimmerecke fanden wir einen schmalen windschiefen Schreibtisch, der, den Gesetzen der Statik zum Trotz, die auf ihm gestapelten Papiere ertrug, ohne zusammenzubrechen.

Weil der Bürostuhl vor dem Schreibtisch einen noch klapprigeren Eindruck machte, begann ich im Stehen, die Papiere durchzusehen. Es war ein chaotisches Sammelsurium. Seine Handyrechnung lag obenauf, der Betrag und die aufgeführten Verbindungen waren sehr übersichtlich. Danach folgten andere Rechnungen, Quittungen, ein Schreiben seiner Lebensversicherung, die ihn bat, seine Kündigung noch einmal zu überdenken – so viel zu Staatsanwalt Mackes Idee zum Suizid, um das Geld der Versicherung seiner Mutter zuzuschustern. Ein Schreiben des Tobiasstifts, in dem um Verständnis für den Anstieg der Unterbringungskosten gebeten wurde. Der monatliche Preis betrug seit dem letzten Monat exakt 3.597,29 Euro, selbstredend nach Abzug der Leistungen der Pflegeversicherung. Ein paar Mahnungen weiter fand ich seine Gehaltsabrechnung. Peter Kunze verdiente genau 1.873,68 Euro netto. Ich hielt die Abrechnung neben die Kostenaufstellung des Pflegeheims und rief Eva zu mir.

»Ihm fehlen knapp zweitausend Euro im Monat«, analysierte ich. »Und dann noch Geld für sein eigenes Leben: Miete, Nebenkosten, Versicherungen, Lebensmittel. Benzin. Zigaretten.«

»Und Alkohol«, ergänzte Eva und deutete auf einen Schrank, hinter dessen nun geöffneten Türen eine stattliche Auswahl der verschiedensten Discounter-Schnäpse auf einen Trinker warteten.

»Lass uns sehen, ob wir einen Kontoauszug finden oder irgendetwas anderes Interessantes«, sagte ich.

Wir gingen wieder auf die Suche. Der Eindruck einer verwahrlosten Wohnung zog sich durch die winzige Küche, Schlafzimmer und Bad. Wir fanden nichts mehr. Schmutziges Geschirr in der Küche, beachtliche Dreckkrusten im Badezimmer, einen Berg muffiger Wäsche im Schlafzimmer. Obwohl ich mir sogar die Mühe machte, die durchgelegene Matratze anzuheben und das klumpige Kopfkissen abzutasten, brachte uns das nicht weiter. Außer den Papieren, die auf dem Schreibtisch lagen, führte Kunze nur eine einzige Akte und die war genauso unsortiert wie seine noch nicht abgeheftete Blättersammlung. Ich ging die Papiere dreimal durch, ohne auch nur einen Kontoauszug zu finden. Die einzig neue Erkenntnis aus dem Ordner war, dass Kunze an einer Vielzahl von Lotterien teilgenommen, aber offenkundig nie gewonnen hatte. Und noch etwas anderes fehlte. »Ich habe keinen Computer gesehen.«

Eva hob nur die Schultern.

Heutzutage konnte noch nicht einmal ich ohne Computer und schnelles Internet auskommen, auch wenn ich mich standhaft weigerte, einem der zahlreichen sozialen Netzwerke beizutreten, die einen entweder ausspionieren oder mit nutzlosen Informationen abfüllen wollten. »Hatte er vielleicht kein Geld für übrig«, murmelte ich im Selbstgespräch. »Simon wird enttäuscht sein. Was wirklich komisch ist, dass wir überhaupt keinen Hinweis auf irgendwelche Freunde gefunden haben. Eine Partnerin. Oder einen Partner. Andererseits: Wenn er ein starker Raucher und Trinker war, dann vielleicht deshalb, weil er keine Freunde hatte.«

Eva zuckte die Achseln. Peter Kunze blieb bis auf Weiteres ein Unbekannter und seine Wohnung gab ein trauriges Zeugnis seines Lebens. Wir beschlossen, dass wir für den ersten Anlauf trotzdem genug erfahren hatten, und machten uns wieder auf den Weg.

Als ich schon nach der Türklinke greifen wollte, fiel mein Blick auf den schmalen Garderobenschrank neben der Wohnungstür. Ich stutzte. »Was ist denn das?«

Eva beugte sich vor. »Ein Streichholzbriefchen. Von einer Kneipe.« Sie war offenbar wieder ansprechbar und nahm das Werbegeschenk, drehte es um. »Berliner Straße. Das muss hier ganz in der Nähe sein.«

»Und daneben?«

»Eine Quittung. Getränke für siebenundzwanzig Euro. Gestern Abend um halb elf.«

»Jetzt wird es doch noch interessant.«

Eva tütete unseren Fund ein, dann verließen wir die Wohnung. Auf der Straße schauten wir uns suchend um, ich stellte fest, in welcher Richtung die Hausnummern aufstiegen, und wir wandten uns nach links. Fünf Minuten später standen wir vor der Kneipe *Tiergarten*.

»Macht erst um fünf auf«, las Eva von einem Schild im Fenster ab.

Das war eindeutig zu lange, um zu warten. »Wir kommen später wieder«, versprach ich der verwitterten Haustür.

»Führst du mich heute aus?«, fragte Eva mit übertriebenem Augenaufschlag.

»Für dich die beste Kneipe in diesem Straßenabschnitt«, entgegnete ich galant.

Denn vielleicht würde es uns weiterhelfen, wenn wir nicht nur den Wirt befragten, sondern auch einige seiner Stammgäste, die für gewöhnlich um diese Uhrzeit an der Bar hockten.

Eva war schon auf dem Weg zurück zum Wagen, doch ich stand noch wie angewurzelt vor der Kneipentür. »Er war gestern Abend in der Kneipe«, begann ich langsam. »Wir finden in seiner Wohnung eine Quittung. Nicht bei seiner Leiche.«

Eva verstand sofort, worauf ich hinauswollte. »Er war nach dem Trinken noch einmal zu Hause. Und das bedeutet …«

»… dass er vielleicht sogar in seiner Wohnung angegriffen und niedergeschlagen wurde und danach in den Zoo transportiert«, beendete ich den Gedanken.

Im nächsten Augenblick hatte ich schon mein Handy am

Ohr und informierte Ralf darüber, dass er sich die Wohnung auch vornehmen musste.

Für den Fall, dass meine Abneigung gegen die Gerichtsmedizin und Autopsien von mir Besitz ergriff und das Auto an einen leichenfreien Ort lenkte, nahm ich sicherheitshalber auf dem Beifahrersitz Platz.

Eva war eine geübte und vorausschauende Fahrerin, was mir erlaubte, mich auf den Fall zu konzentrieren und mich damit abzulenken. »Kunze hatte Geldprobleme«, sinnierte ich.

»Erzähl mir was Neues, Sherlock«, antwortete Eva unbeeindruckt.

»Er spekulierte auf einen Lotteriegewinn. Ich habe einige Lose gefunden.«

Für diese Erkenntnis schenkte sie mir noch nicht einmal einen Seitenblick.

»Zumindest das große Los hat er nicht gezogen. Wenn wir davon ausgehen, dass sein Gehalt gerade so gereicht hat, um ihn selbst durchzubringen, brauchte er jeden Monat dreieinhalbtausend Euro.«

Ich seufzte. Einen Trick, wie man jeden Monat so viel Geld nebenher organisieren konnte, ohne dafür ins Gefängnis zu wandern, hätte ich gerne gewusst.

»Es gibt eine Menge Möglichkeiten, Geld zu beschaffen«, sagte Eva lapidar.

»Höchstwahrscheinlich strafbar.«

»Aber es gibt keinen einzigen Hinweis«, gab Eva zu bedenken. »In seiner Wohnung deutet alles auf ein trauriges und einsames Leben hin.«

Wir versanken in nachdenkliches Schweigen, bis Eva plötzlich verkündete: »Wir sind da.« Sie mied die reservierten Parkplätze und besonders den des Institutsleiters, woran ich mir wahrscheinlich ein Beispiel nehmen sollte.

Wir betraten das Gebäude und der Fahrstuhl brachte uns in die gerichtsmedizinische Abteilung. Linoleumboden, hartes Neonlicht und sterile Kacheln empfingen uns. Schon nach zwei Minuten kam ich mir selbst wie ein Toter vor. Wie immer war der Geruch das Schlimmste, denn ihm konnte man nicht entkommen. Auch mit noch so viel Mentholsalbe unter der Nase wurde er nur abgeschwächt, aber nie vollständig überdeckt.

»Willkommen, willkommen«, sagte Karl, als wir sein Reich betraten.

»Was macht die Autopsie?«, fragte ich und versuchte, lässig zu klingen und gleichzeitig möglichst flach zu atmen. Eva schien der Geruch genauso wenig auszumachen wie Nina.

»Genau genommen«, gab Karl gut gelaunt zurück, »ist es ja fast eine umgekehrte Autopsie.« Er deutete auf seinen Stahltisch, auf dem er die zahlreichen Überreste von Peter Kunze in ihrer ursprünglichen Position zusammengefügt hatte.

Ich stellte fest, dass das Leichenpuzzle genauso nach Tod roch wie eine Leiche am Stück, und überließ Eva das Reden. Mit Zuhören und Atmen war ich vollkommen ausgelastet.

»Hast du alle Teile zusammen?«, erkundigte sich Eva.

Karl nickte. »Die Affen hatten einige ziemlich gut versteckt, aber wir haben sie alle aufgestöbert, als die Schimpansen bewusstlos waren.«

»Was kannst du uns sagen?«

Karl lächelte. »Ihr seht hier die Leiche von Peter Kunze, die wir in achtundzwanzig Teilen im Schimpansengehege aufgefunden haben. Die Leiche weist zwei unterschiedliche Arten von Verletzungen auf. Wir haben zum einen die stumpfen Verletzungen, die vom Sturz des Körpers durch das geöffnete Dach auf das Gehölz herrühren. Im Wesentlichen Prellungen und Quetschungen. Zum anderen weist der Körper zahlreiche Biss- und Reißwunden auf, die ihm die Schimpansen zugefügt haben.«

»Und die Abwehrverletzungen an den Armen«, brachte ich hervor.

»Auch die gibt es«, bestätigte Karl. »Aber die waren nur oberflächlich.«

»Weißt du schon, woran er gestorben ist?«, fragte Eva.

Ich erwartete darauf eigentlich keine Antwort, aber Karls Augen blitzten auf. »Betrachtet man alle Verletzungen des Oberkörpers und die Holzkonstruktion, auf die der Körper aufgeschlagen ist, glaube ich nicht, dass der Sturz ihn umgebracht hat.«

Eva musterte den Gerichtsmediziner eine Weile. Dann sagte sie: »Das macht dir Spaß, oder?«

Karl zuckte die Achseln, grinste aber über das ganze Gesicht.

»Dann erklär uns doch, wie du das herausgefunden hast«, forderte ich ihn auf. Für diese Worte hatte ich meine Atmung vernachlässigt und sofort drückte mir mein Mageninhalt in die Kehle.

»Der Rumpf unseres Opfers ist mit dem Brustkorb und dem Becken auf zwei Ästen gelandet, die ihn abgefangen haben, sodass er nicht von dem mittleren Holz aufgespießt wurde. Auch bei den Organen sind die Verletzungen durch den Aufprall nicht so stark, dass es lebensbedrohlich gewesen wäre.«

»Andere kritische Verletzungen durch den Sturz gab es nicht?«, hakte Eva nach. »Sein Genick? Die Luftröhre?«

Karl schüttelte den Kopf. »Alles intakt.«

»Also waren es die Schimpansen«, folgerte Eva.

»Richtig.«

»Kennst du den Ablauf schon?«, wollte Eva wissen.

Karl deutete auf einen kleinen Rollwagen neben dem Obduktionstisch. Darauf lagen etliche rosafarbene Gebissnachbildungen. »Ich bin dabei. Dafür benötige ich noch mindestens drei Stunden. Ich werde dann den Sturz vom Dach und die Bisse auch im Computer simulieren, um ganz sicherzugehen. Dann kann ich sagen, welche Wunde ihn umgebracht hat.«

Eva nickte anerkennend. Ich traute mich das auch. »Wie sieht es mit dem Todeszeitpunkt aus?«

»Der lässt sich schwer bestimmen«, erklärte Karl. »Ich stütze mich vor allem auf die Temperatur und die Blutspuren. Aber ich kann es nicht genauer eingrenzen als zwischen zweiundzwanzig Uhr und Mitternacht.«

»Nach dem Kneipenbesuch«, meinte Eva nachdenklich. Womit das Lokal *Tiergarten* und gegebenenfalls dort anwesende Trinkkumpane von Kunze noch interessanter wurden.

Was eine gute Überleitung zu unserer neuesten Überlegung bot. »Was ist mit Alkohol?«, fragte Eva. »Hatte er getrunken?«

Karl nahm die Akte von einem Tisch an der Wand und schlug sie auf. Er bewegte lautlos die Lippen und flog mit seinem Finger durch die Papiere, bis er plötzlich stoppte. »Hier ist es. Er hatte getrunken. Blutalkohol ein Promille.«

Grenzwertig. Zu viel zum Autofahren. Aber: »Nicht genug, um allein vom Dach zu fallen. Zumindest nicht für einen geübten Trinker.«

Karl nickte. »Das war er auf jeden Fall. Noch nicht allzu lange, ich schätze vielleicht zwei Jahre. Aber die Leber ist deutlich geschädigt.«

Eva betrachtete den derangierten Körper von Peter Kunze. »Was ist denn mit den Abwehrverletzungen? Kannst du die Waffe schon zuordnen? Oder den Zeitpunkt, zu dem sie ihm zugefügt wurden?«

Karl nickte. »Die Schnitte sind glatt und nicht besonders tief. Ich tippe auf eine glatte Klinge von etwa zwölf Zentimetern Länge oder mehr. Der Zeitpunkt dürfte nicht wesentlich vom Todeszeitpunkt abweichen.«

Eva runzelte die Stirn. »Damit können wir nicht besonders viel anfangen.«

»Mit mehr kann ich nicht dienen«, entgegnete Karl nüchtern.

»Was ist mit der Größe des Angreifers?«

Karl hob die Schultern. »Die Verletzungen sind nicht eindeutig, es handelt sich um gerade Stiche, die wahrscheinlich gegen den Kopf geführt wurden. Das lässt keine Rückschlüsse auf die Größe des Angreifers zu.«

»Gibt es denn auch andere Verletzungen? Oder sonstige Blessuren? Wurde er niedergeschlagen? Oder betäubt?«

Karl zog noch einmal die Akte zu Rate. »Keine Anzeichen für irgendwelche Betäubungsmittel, Drogen oder andere auffällige Substanzen. Und was Verletzungen betrifft, die auf einen Kampf hindeuten ...«, Karl legte die Akte beiseite und faltete die Hände vor dem Bauch, »... Fehlanzeige. Außer den Schnitten an den Armen natürlich.«

»Es spricht also alles dafür, dass Kunze auf dem Dach des Affenhauses noch bei Bewusstsein war. Oder ist das auch wieder eine Vermutung?«, frotzelte ich.

Karl funkelte mich an, aber bevor er antworten konnte, klingelte mein Handy. »Wo steckst du denn?«, fragte Simon in mein Ohr. »Der Gerichtsbeschluss ist unterwegs, in zwanzig Minuten will ich mir die Konten vornehmen.«

»Wir sind sofort da«, erwiderte ich und beendete das Gespräch. Ein Anruf wie bestellt. »Wir müssen los«, sagte ich zu Eva.

Mit unaufrichtigen Floskeln des Bedauerns verabschiedete ich mich von Karl, bat ihn, uns doch auf dem Laufenden zu halten, was die tödlichen Affenbisse betraf, und rannte fast zur rettenden Tür.

»Macht dir das eigentlich gar nichts aus?«, fragte ich Eva, als sie mich auf dem Gang einholte.

»Leichen in der Gerichtsmedizin?«

Ich nickte.

»Nein.«

»Unglaublich«, brummte ich und ging einen Schritt schneller.

»Der Tod gehört zum Leben«, philosophierte Eva.

»Das weiß ich«, entgegnete ich eine Spur zu barsch. »Es ist dieser Geruch. Ich kann machen, was ich will, mir dreht sich immer der Magen um.«

»Ist es denn jetzt besser?«, erkundigte sie sich, als wir wieder im Auto saßen.

»Besser«, bestätigte ich. Aber ich wusste, dass ich den Geruch erst nach einer gründlichen Dusche und dem Wechsel aller Kleidungsstücke loswerden würde.

»Was bedeutet das jetzt für unseren Tatablauf?«, eröffnete Eva die Diskussion, nachdem wir auf die Straße eingebogen waren.

»Nach der Kneipe war er noch einmal zu Hause«, begann ich. »Er wurde nicht betäubt und wahrscheinlich nicht bewusstlos geschlagen, also muss er wohl selbst zum Zoo gegangen sein.«

»Stimmt«, räumte Eva ein. »Aber warum hat er dann nicht einfach die Tür benutzt?«

Ich fuhr mir mit der flachen Hand über mein Kinn. »Gute Frage. Dafür kann es tausend Gründe geben. Das hängt davon ab, mit wem und warum er so spät noch in den Zoo wollte.«

»Also setzen wir auf die Kneipe.«

»Auf jeden Fall.«

»Obwohl die vielleicht gar nichts damit zu tun hat, weil er ja hinterher noch zu Hause war«, stellte Eva fest.

Wir spekulierten noch eine Weile weiter, entwickelten aber keine neuen Ideen. »Wollen wir direkt zu Simon?«, fragte ich, als wir wieder im Präsidium waren.

»Wohin sonst?«, erwiderte Eva.

Simon schwenkte ein Blatt Papier, als er uns kommen sah, und lächelte.

»Der Gerichtsbeschluss?«, fragte ich.

Er nickte. »Allerdings ist das ein wenig unbefriedigend, wenn sie einem einfach die Zugangsdaten mitteilen.«

»Beim nächsten Mal kannst du dich wieder einhacken«, beschwichtigte ich.

»Oder du wechselst die Behörde«, schlug Eva vor.

»Wohin denn?«, fragte Simon erstaunt.

»Bundesnachrichtendienst, zum Beispiel«, meinte Eva. »Irgendwelche verdeckten Operationen.«

Simon grinste vielsagend. »Danke für den Hinweis.«

»Bring ihn nicht auf Ideen«, brummte ich.

»Aber er ist unterfordert, wenn er legalen Zugang zu einem fremden Konto bekommt.«

»Es spart uns zumindest viel Zeit. Also schauen wir doch mal ...«, schlug Simon vor.

Er rief die Seite der Bank auf, gab die Zugangsdaten ein und im nächsten Augenblick befanden wir uns mitten in Kunzes Finanzen.

Ich hob den Finger, aber bevor ich Luft holen konnte, sagte Simon schon: »Ich weiß, du brauchst wie immer alles auf Papier, Markus.« Dann begann der Drucker zu summen.

»Fangen wir bei den letzten Wochen an«, murmelte Simon. Er klickte zweimal und brachte eine Übersicht der Umsätze auf den Monitor.

»Da ist ziemlich wenig los«, erkannte Eva.

Und tatsächlich wies Kunzes Konto nur einen Bruchteil der Bewegungen auf, die es zum Beispiel auf meinem Konto gab. Sein Gehalt vom Zoo kannten wir schon und auch die Höhe der monatlichen Abbuchung vom Pflegeheim seiner Mutter. Dann gab es noch die Miete und die Stadtwerke. Womit die unauffälligen Umsätze auch schon erschöpft waren.

»Meine Güte!« Simon stieß einen Pfiff aus und deutete auf eine Zeile direkt über der Abbuchung des Tobiasstifts.

Wir sahen es alle. Ein Geldeingang über viertausend Euro genau zum passenden Zeitpunkt. »Wo kommt das denn her?«, stellte Eva die offensichtliche Frage.

Simon klickte auf die Zeile und öffnete damit ein neues Fenster. »Bareinzahlung bei einer Filiale in Krefeld.«

»Na toll«, meinte ich. Bareinzahlung bedeutete eine Sackgasse. Geld, das man nicht zurückverfolgen konnte, weil Kunze es einfach am Schalter auf sein Konto eingezahlt hatte.

Mein Magen meldete sich lautstark zu Wort, diesmal aber anders als in der Leichenhalle mit hungrigem Knurren.

»Schon gut, musst mich ja nicht gleich anknurren«, kommentierte Simon.

»Gibt es noch mehr solcher Einzahlungen?«, wollte ich wissen.

Ein paar Klicks später wussten wir, dass Kunze regelmäßig alle drei bis vier Wochen Geld zur Bank gebracht hatte. Die Beträge schwankten zwischen zwei- und sechstausend Euro. Er wechselte häufig die Filiale. »Wahrscheinlich, um bei den Angestellten nicht aufzufallen«, vermutete Eva.

»Wir müssen trotzdem mit dem Personal sprechen«, bestimmte ich. Mit etwas Glück konnten wir sogar Egon und Marla diese Aufgabe aufs Auge drücken.

»Eine unbekannte Geldquelle …«, sinnierte Simon.

»… die mehr abgeworfen haben muss als diese Beträge«, warf Eva ein. »Er hat sonst keine Umsätze und mit irgendetwas muss er ja auch seine Einkäufe bezahlt haben.«

Das klang einleuchtend. Mein Magen meldete sich wieder. Weil es schon Mittag war und Kunzes Konto keine weiteren Enthüllungen erwarten ließ, machten wir uns auf den Weg in die Kantine.

Unterwegs gab ich unsere Erkenntnis über die Bareinzahlungen von Peter Kunze an Reinhold weiter, damit er die Befragung der Bankangestellten koordinieren konnte.

»In irgendetwas war der Kerl doch verwickelt«, brummte Simon, während er ein Tablett nahm und wir uns in die Schlange einreihten.

Erst jetzt entdeckten wir den Kommissar Martin Beyer direkt vor uns in der Schlange. »Was macht die Akte?«, fragte ich ihn.

An Martin war alles schmal. Kopf, Arme, Oberkörper, Gesicht. Sogar seine Finger, von denen er einen benutzte, um auf sein Handy zu zeigen, das auf dem Tablett lag. Er hatte schwarze, gescheitelte Haare, eine runde Brille mit schmalem Drahtgestell und ein herzliches Lächeln. »Das Geschäft brummt.«

Wie zur Bestätigung klingelte das Telefon. Martin zuckte die Achseln und ging ran. »Beyer?«

Wir hörten ihn kurz zustimmend grunzen, während er aufmerksam zuhörte. Der Aktenführer einer Mordkommission war nicht nur Hüter der Aktennotizen, Protokolle und Vermerke, sondern auch Dreh- und Angelpunkt für alle Informationen. Er hatte den Überblick, wo sich die einzelnen Ermittler befanden, welcher Spur sie nachgingen und welche Informationen sie erlangt hatten.

Martin beendete das Gespräch und begann gleich ein neues. Wir rückten in der Schlange weiter vor, die Menüauswahl kam in Sichtweite. Es gab eine Gemüsepfanne oder Frikadellen mit Kartoffeln und Quark. Der Renner war aber zweifellos die Currywurst mit Pommes.

Martin seufzte, als er den Apparat wieder zur Seite legte.

»Was ist los?«, fragte Simon.

»Egon ist mit der Pressesprecherin aneinandergeraten. Anders, oder wie die heißt«, sagte Martin augenrollend.

»Alders«, korrigierte ich.

»Von mir aus«, grunzte Martin. »Das sind doch rein informatorische Befragungen, oder?«

Ich nickte zustimmend. »Und vor allem steht die Alders gar nicht auf dem Programm, die haben wir doch ins Präsidium geladen, um sie in aller Ruhe zu vernehmen.«

Martin kam an die Reihe, wählte die Gemüsepfanne und machte sich auf die Suche nach einem Platz. Eva schloss sich seiner Wahl an, bei Simon und mir reichte schon ein kurzer Blickkontakt mit dem Koch, damit er uns einen Berg Pommes auftürmte.

»Ach, du kennst ihn doch«, hörte ich Eva sagen, als wir uns zu den Gemüseessern setzten.

»Mich wundert nur, dass er immer noch im Kommissariat ist und auf arglose Bürger losgelassen wird«, entgegnete Martin mampfend.

»Erfahrung und Besoldung«, meinte ich nüchtern.

»Aber es gibt doch noch andere Kommissariate«, hielt Martin dagegen.

»Den nimmt leider keiner«, winkte Simon ab.

»Der Leitungsstab?«, schlug Eva vor.

Ich schüttelte den Kopf. »Nee, den kennen einfach alle zu gut, mit dem kannst du keine Flaschenpost mehr machen.«

Eva begann zu grinsen. »Aber wie wäre es, wenn wir ihn mit Marla verkuppeln, dann muss vielleicht einer von beiden die Dienststelle wechseln.«

Das Grinsen war anstrengend und erschwerte das Essen.

»Die beiden zusammen stelle ich mir lieber nicht vor«, schmatzte Simon.

»Führ dir lieber vor Augen, wie wir am Bahnhof stehen und Egon zum Abschied mit unseren Taschentüchern winken«, schlug ich vor.

»Und Krokodilstränen vergießen«, schob Eva hinterher.

Simon verschluckte sich und musste einen Schluck Wasser zu Hilfe nehmen, um Pommes und Currywurst herunterzuspülen. »Wohin geben wir ihn denn ab? Mönchengladbach? Viersen?«

»Köln«, schlug Martin vor.

»München«, forderte Eva.

»Europol in Griechenland«, sagte ich todernst.

Dann brachen wir alle in schallendes Gelächter aus.

»Herbringen«, kommandierte Reinhold, als wir über den Gang liefen. Durch die geöffnete Tür sahen wir ihn den Hörer auf die Gabel knallen, dann stürmte er so schnell aus seinem Büro heraus, dass er uns beinahe über den Haufen gerannt hätte.

»Egon hat …«, begann Martin.

Reinhold hob genervt die Hand. »Ich weiß, was los ist, ich hatte schon den Zoodirektor am Apparat. Egon wird jetzt ganz brav zurückkommen und dann die Bankangestellten befragen, bei denen Kunze eingezahlt hat.« Bei genauerer Betrachtung wirkte er nicht genervt, sondern zornig. Er dampfte über den Flur davon.

»Sicherlich die spannendste Befragung im ganzen Fall«, kommentierte ich nicht ohne Schadenfreude.

»Gut, dann nehme ich mir jetzt Kunzes Handy vor. Einen Computer scheint er ja nicht besessen zu haben«, bedauerte Simon.

Martin kam nicht dazu, etwas beizutragen, weil sein Telefon wieder klingelte. »Der stellvertretende Zoodirektor ist eingetroffen?«, hörten wir ihn fragen. Dann: »In Ordnung, ich werde es weitergeben.«

»Der kommt uns doch gerade recht«, sagte ich zu Eva.

»Worauf warten wir?«, gab sie zurück.

»Dann begeben Sie sich direkt zum Vernehmungsraum drei«, sagte Martin mit einer einladenden Handbewegung.

Wir wussten bereits, dass der stellvertretende Direktor des Krefelder Zoos Dr. Norbert Schoch Verwaltungsjurist war. Und wie er in unserem Verhörraum saß, mit grauem Anzug, grauem Gesicht und grauem Scheitel, stocksteif und mit unglücklich den Boden suchenden Mundwinkeln, sah er auch tatsächlich so aus, als wäre er direkt dem Klischeebuch für Berufsgruppen aller Art entstiegen.

Wir begrüßten uns, sein Händedruck war kräftig, aber nicht unangenehm. Ich sah, dass er sogar einen grauen Aktenkoffer mitgebracht hatte, der parallel an den Beinen seines Stuhles ausgerichtet war. »Ist dieses Verfahren denn üblich?«, fragte er mit einem pikierten Blick in den Raum.

»Leider«, strapazierte ich ein wenig die Wahrheit. »Sobald Sie offiziell ein wichtiger Zeuge sind, greifen die Vorschriften in vollem Umfang.«

»Und die sehen das hier vor?«

»Sie müssten erst mal unsere Büros sehen«, konterte ich grinsend. »Die Polizei ist unterfinanziert.«

Der Jurist lächelte höflich. »Das ist der Zoo auch.«

In der Hoffnung, dass er sich dadurch ein wenig öffnen würde, ließ ich ihm das letzte Wort.

»Ich glaube, die Zuständigkeiten im Zoo sind so verteilt, dass Sie die Personalverantwortung wahrnehmen«, schaltete sich Eva ein.

»Das ist richtig. Ich habe gehört, dass Sie sich für die Hintergründe von Peter Kunze interessiert haben. Ich hätte Ihnen gerne seine Personalakte mitgebracht, aber die haben Sie bereits an sich genommen.« Sein Ton war nüchtern, es war schwer auszumachen, ob darin der Vorwurf mitschwang, wir hätten uns an seinem Allerheiligsten vergriffen.

Eva legte die Akte auf den Tisch. »Sehen Sie, wir fragen uns natürlich, warum Herr Kunze gerade im Affenhaus zu Tode gekommen ist. Und weil es nicht sein Arbeitsplatz war, suchen wir nach anderen Verbindungen.«

»Selbstverständlich«, kommentierte Schoch unergründlich.

Ich lehnte mich ein wenig zurück und ließ Eva weitermachen. Mit ihrem gefürchteten Beobachterblick konnte ich zwar nicht mithalten, aber falls Schoch zu arrogant wurde, war ich sofort bereit, meiner Partnerin beizuspringen und den Kerl zurechtzustutzen.

»Wir haben erfahren, dass er sich mehrfach für eine Stelle im Affenhaus beworben hat.«

»Das stimmt.«

»Aber Sie haben immer einen anderen Bewerber vorgezogen.«

»Richtig.«

»Könnten Sie uns das erklären?«

Schoch lächelte verbindlich und deutete auf die Akte. »Wenn ich vielleicht ...«

Eva schob die Mappe über den Tisch. Der Jurist nahm sie eilig auf und fand in Sekunden die erste relevante Stelle. »Ach ja, ich sehe schon. Ich erinnere mich an den Vorgang. Wir hatten damals einen anderen Bewerber, der besser qualifiziert war.«

»Herr Kunze hatte sich fortgebildet. Um für die Arbeit im Affenhaus geeignet zu sein«, wandte Eva ein.

»Das kam erst danach«, erläuterte Schoch. »Er hat sogar versucht, die Fortbildungen auf Kosten des Zoos zu besuchen.«

Das klang positiv engagiert. Zumindest für mich. Aber wie der Jurist es formulierte, schien er eher irritiert als erfreut darüber zu sein. »Sie haben es abgelehnt?«, vermutete Eva.

»Ja.«

»Warum? Bei der Polizei werden regelmäßige Fortbildungen erwartet. Ist das bei Tierpflegern nicht gewünscht?«

»Doch, natürlich«, beteuerte Schoch sofort. »Ich fand es für ihn nur nicht ... passend.«

»Was heißt das?«

»Ich sah ihn nicht als Tierpfleger im Affenhaus.«

»Er sich selbst aber schon«, erinnerte Eva.

»Eine fixe Idee. Es passte überhaupt nicht zu ihm.«

Das Gespräch stockte. Die beiden taxierten sich über den verbeulten Aluminiumtisch hinweg. Man hätte den Juristen Dr. Schoch vieles fragen können. Woher er die Gewissheit nahm, besser als sein Mitarbeiter einschätzen zu können, was zu diesem passte. Oder warum er uns nicht einfach den wahren Grund für seine Ablehnung verriet. Eva entschied sich für eine dritte Möglichkeit. »Wie hat er reagiert, als Sie seinen Wunsch abgelehnt haben?«

Es war eine fiese Psychofrage, der der stellvertretende Direktor nur schwer ausweichen konnte. »Es gefiel ihm nicht.«

»Geht es etwas genauer?«, hakte Eva nach. »War er zornig? Oder traurig?«

»Eher verzweifelt«, räumte Schoch ein.

»Der Wechsel zu den Affen scheint ihm sehr wichtig gewesen zu sein.«

Schoch zuckte die Achseln, nun eindeutig verlegen.

»Dann kam die zweite Bewerbung«, half Eva ihm auf die Sprünge.

»Wir haben wieder jemand anderen genommen«, teilte Schoch mit, während er ein wenig hilflos in der Akte blätterte.

»Warum diesmal? Er hatte sich immerhin auf eigene Kosten in seiner Freizeit fortgebildet.«

Als ich früher am Tag die Akte selbst zwischen Tür und Angel durchgesehen hatte, war ich auf keine plausible Begründung gestoßenen. Schoch ging es jetzt genauso. »Ein anderer Bewerber schien uns besser geeignet«, erklärte er lahm.

»Aber warum?«, bohrte Eva.

»Das … müsste ich in meinen Unterlagen nachschauen.«

Wieder das Abtasten mit Blicken. Ich wusste, dass Eva noch ganz andere Saiten aufziehen konnte, wenn sie wollte. Aber sie blieb höflich. »Dann tun Sie das. Gilt das auch für die dritte Bewerbung?«

»Ich fürchte schon«, räumte Schoch ein.

Wir wussten alle, dass er uns etwas verschwieg. Und er wusste, dass wir es wussten. Eva warf mir einen Blick zu. Ich verstand den Wink. »Entschuldigen Sie mich bitte«, sagte ich und verließ den Raum.

Ich schloss die Tür von außen und zog sofort mein Handy aus der Hosentasche. Oliver ging beim zweiten Klingeln dran.

»Brauchst du ein paar Befragungstipps von mir?«

»Wir haben den stellvertretenden Direktor hier.«

»Versuch es doch mal mit Einschüchterung«, schlug er vor. »Damit habe ich fast immer Erfolg.«

Ich überging diese Begrüßung. »Kunze hatte sich drei Mal um eine Stelle im Affenhaus beworben und wurde immer abgelehnt. Schoch will uns nicht verraten, warum.«

»Wie gesagt, eine gute Drohung im richtigen Moment wirkt Wunder …«, legte Oliver mir ans Herz.

»Der Tierarzt meinte heute Morgen zu mir, die Pfleger im Affenhaus hätten Kunze nicht in ihrem Team haben wollen.«

»Mobbing«, frotzelte Oliver.

Ich seufzte. »Könntest du …?«

»Wir gehen der Sache nach«, versicherte er. »Lars kommt hier bei den Tierpflegerinnen ziemlich gut an, die verraten ihm sogar ihre Körbchengröße.«

Als ich wieder zu Eva und Schoch zurückkam, saßen sie sich stumm gegenüber. Ich nickte ihr kurz zu. Sie schien zufrieden.

»Herr Kunze kam aus Göppingen in den Krefelder Zoo«, fuhr Eva fort.

Schoch nickte.

»Warum ist er denn damals gewechselt?«

Der Jurist fixierte mit ausdruckslosem Gesicht den leeren Raum zwischen Eva und mir. »Ich erinnere mich nicht«, lautete seine Antwort, aber seine Körpersprache sagte das Gegenteil.

»Könnten Sie das auch in Ihren Unterlagen nachschauen?«

»Ich glaube nicht, dass ich das in die Akte aufgenommen habe.«

»Wer könnte sich denn daran erinnern, warum Kunze in den Krefelder Zoo wollte?«

»Ich weiß es nicht. Warum fragen Sie nicht in Göppingen nach?«

»Das werden wir natürlich tun«, versicherte Eva. »Gab es unter Kunzes Kollegen jemanden, der ihm nahestand, vielleicht mit ihm befreundet war?«

Schoch blieb ein sperriger Gesprächspartner. »Ich bin in die Bekanntschaften der Tierpfleger nicht so sehr involviert, wissen Sie?«, erklärte er ein wenig hochnäsig.

Es war gar nicht mal so ungewöhnlich, dass Zeugen uns etwas verschwiegen. Spätestens wenn es um ihr persönliches Verhalten ging, waren viele Menschen doch ein wenig eitel und wollten uns gegenüber nicht schlecht dastehen. Aber dass sich jemand, der in Bezug auf den von uns untersuchten Mord so unverdächtig war wie Dr. Schoch, derart sperrte, war ungewöhnlich. Vor allem wenn es so offensichtlich und vollkommen unnötig war wie in diesem Fall. Warum sich der stellvertretende Direktor so verhielt, blieb vorerst sein Geheimnis.

Nach weiterem Geplänkel bedankten wir uns knapp bei Schoch und erklärten ihm, dass er noch ein wenig warten musste, bis seine Aussage auf Papier zur Unterschrift vorlag. Er nahm es gleichgültig zur Kenntnis.

»Meine Güte, ist der zäh«, stöhnte Eva, als wir auf dem Flur außer Hörweite waren.

»Der beschwert sich sowieso beim Bürgermeister über unsere Befragung. Polizeischikane und so. Wirst schon sehen.«

»Und der …«, setzte Eva an.

»Lass uns über etwas anderes sprechen«, unterbrach ich sie. »Sonst kriege ich nur schlechte Laune.«

Doch dann kam uns ein griesgrämiger Egon entgegen, was mehr als genug war, um meine Stimmung wieder aufzuhellen. »Na, Egon«, sagte ich, »die Schalterbeamten haben es in sich – unsere heißeste Spur.«

Er strafte mich mit einem vernichtenden Blick, den ich an mir abprallen ließ, und stampfte an uns vorbei über den Flur in Richtung Vernehmungsräume davon.

»Die Frage ist doch«, brachte Eva mich zurück zu unserem Fall, »warum Schoch Kunze eingestellt hat und ihn dann nicht zu den Affen lassen will.«

»Das kommt mir auch komisch vor. Aber wir werden es herausfinden.« Ein paar Augenblicke später waren wir in unserem Büro. Ich nahm mir erneut die Bewerbung vor, die Kunze an den Krefelder Zoo geschickt hatte.

Ich las das Zeugnis aus Göppingen. Ohne neue Erkenntnis. Ich reichte es Eva. »Hier, vielleicht findest du ja etwas.«

Eva betrachtete das Blatt aufmerksam und ich konnte sehen, wie ihre Augen über die Zeilen liefen. »Nein«, sagte sie schließlich, »ein einwandfreies Zeugnis. In allen Bereichen beste Beurteilungen und noch nicht einmal ansatzweise ein Hinweis auf Probleme.«

»Im Anschreiben erklärt er seinen Wechsel auch nicht«, fügte ich hinzu. Denn dort hatte Kunze nur eine Standardfloskel über den Wunsch nach beruflicher Weiterentwicklung genutzt.

»Der Mann gibt Rätsel auf«, stellte Eva fest. »Er hat ungeklärte Einkünfte und irgendetwas an sich, das ihn nicht beliebt macht.«

»Immerhin wissen wir, woran er gestorben ist«, murmelte ich. Denn bei meinem letzten größeren Fall hatten wir Tage mit der Suche nach der Todesursache verbracht und waren am Ende in den Armen eines russischen Superschurken gelandet.

»Ich rufe direkt in Göppingen an«, schlug Eva vor. »Die müssten doch wissen, warum Kunze nicht bleiben wollte.«

»Gute Idee«, räumte ich ein.

Eva klapperte mit der Tastatur ihres Computers und im nächsten Augenblick hielt sie schon den Hörer in der Hand und wählte. »Guten Tag, mein Name ist Eva Kotschenreuth von der Kriminalpolizei Krefeld«, stellte sie sich vor. Dann bat sie um den Personalchef.

Sie trommelte mit den Fingern auf die Tischplatte und formte mit ihren Lippen lautlos »Warteschleife«.

Dann ging es weiter. Sie wiederholte ihre Vorstellung, fügte nun aber hinzu: »Ich hätte gerne ein paar Auskünfte zu Peter Kunze.«

Sie wartete, begann zu lächeln und sagte dann: »Aber natürlich können Sie mich zurückrufen.« Sie buchstabierte ihren Namen, gab ihrem Gesprächspartner die Nummer der Telefonzentrale und verabschiedete sich.

»Worum kümmern wir uns danach?«, fragte Eva.

»Ich wüsste gerne, was hinter dem Geld und dem seltsamen Umgang mit Kunze steckt. Das würde uns helfen zu entscheiden, ob wir schon eine heiße Spur haben«, antwortete ich.

Eva schaute nachdenklich an die Decke.

»Vielleicht sollten wir danach zu Reinhold gehen, um unsere Spuren zu sortieren«, fügte ich hinzu.

Das Klingeln von Evas Telefon unterbrach uns. Sie nahm den Hörer ab und schaltete den Lautsprecher ein. »Guten Tag, Herr Sindlinger«, sagte sie freundlich. »Es freut mich, dass Sie zurückrufen konnten.«

»Das ist selbstverständlich«, antwortete der Mann mit deutlichem schwäbischem Dialekt. »Ich habe die Personalakte von Herrn Kunze vorliegen.«

Schwäbische Gründlichkeit.

»Aber könnten Sie mir bitte noch einmal erklären, warum Sie nach ihm fragen?«, bat Sindlinger.

»Peter Kunze ist tot«, teilte Eva mit. »Wir ermitteln in diesem Todesfall.«

»Oh«, war alles, was Sindlinger herausbrachte.

»Bis jetzt konnte uns im Krefelder Zoo niemand sagen, warum Herr Kunze wechseln wollte.«

»Jaaa«, machte Sindlinger, wobei er das Wort zu unnatürlicher Länge dehnte. »Ich kenne ihn noch persönlich. Und ich erinnere mich daran, wie er mich um ein Zeugnis bat.«

Das digitale Telefon unterdrückte das Rauschen in der Leitung, sodass wir uns bei der folgenden Stille automatisch fragten, ob der Personalchef noch am Apparat war.

Dann sprach er plötzlich weiter. »Ich habe es mir auch notiert. Es war persönlich. Ein rein persönlicher Grund.«

»Bei Ihnen im Zoo keine Probleme?«, hakte Eva nach.

»Nein. Er war ein sehr guter Tierpfleger. Wir waren absolut zufrieden. Ich habe ihm sogar ein höheres Gehalt geboten.«

»Er war nicht umzustimmen?«

»Nein«, antwortete Sindlinger und in seiner Stimme schwang auch nach dieser langen Zeit noch die Verwunderung mit, dass Kunze sein Angebot ausgeschlagen hatte.

»Wissen Sie denn, um was für einen privaten Grund es sich handelte?«, wollte Eva wissen.

»Er hat es nicht gesagt.«

Ich sah, wie Eva die Stirn runzelte. »Aber Sie haben doch nachgefragt.«

»Ich …«, zögerte Sindlinger. »Nein, ich glaubte nicht, dass mich das etwas anging.«

Wenn das so war, würde der Personalchef sich wahrscheinlich bis ans Ende seiner Tage fragen, warum Kunze trotz der Möglichkeit, mehr Geld zu verdienen, den Zoo in Göppingen verlassen hatte.

»Sie waren nicht neugierig?«, versuchte Eva es erneut.

»Es gibt Grenzen, Frau Kotschenreuth«, belehrte uns Sindlinger. »Zwischen dem dienstlichen und dem privaten Bereich. Ich pflege beide nicht zu vermischen.«

Eva schaute mich fragend an. Ich schüttelte den Kopf. Wir konnten nur hoffen, dass Sindlinger nicht ebenso dichtmachte wie Schoch. »Wie klappte denn die Zusammenarbeit von Herrn Kunze mit den anderen Tierpflegern?«, wechselte Eva das Thema.

Wir konnten durch die künstliche Stille in der Leitung regelrecht hören, wie der Mann am anderen Ende nachdachte. »Ich würde sagen, alles verlief sehr unauffällig«, antwortete Sindlinger schließlich.

Oh. Mein. Gott. Noch so einer. Ausweichen, verzögern, vernebeln. Bloß kein Klartext. Vielleicht war das ja eine Spezialität von Personalchefs. Eva und ich tauschten einen weiteren Blick. Kurz darauf war das Gespräch nach dem Austausch der üblichen Dankesformeln beendet.

»Wir finden das schon noch raus«, behauptete ich trotzig.

Eva nickte. Dann schlug sie die Akte vom Krefelder Zoo wieder auf. »Immerhin wissen wir jetzt, dass es ein privater Grund war. Er ist in Krefeld geboren«, stellte sie fest.

Dann dämmerte es auch bei mir. »Die Demenz seiner Mutter …«

»… könnte damals begonnen haben«, beendete Eva die Spekulation.

Aber auch das ließ sich ja überprüfen. Ich griff zuerst zum Telefon und rief meinen guten Freund Dr. Mondberger an. Er meldete sich freundlich, was ich wahrscheinlich der Rufnummernunterdrückung der Polizei zu verdanken hatte. »Ich habe noch eine Frage«, eröffnete ich ihm.

»Selbstverständlich«, erwiderte der Mann reserviert.

»Wie lange ist Frau Kunze denn schon bei Ihnen?«

Ich hörte ihn an seinem Computer tippen. »Seit etwas über fünf Jahren.«

»Und ihre Demenz …«

»Eine sehr schwere Form«, warf Mondberger ein. »Frau Kunze liegt bereits deutlich über der statistischen Lebenserwartung.«

Ich war mir nicht ganz sicher, ob er stolz oder genervt klang. »Wann wurde denn die Diagnose gestellt? Wann traten die ersten Krankheitsanzeichen auf?«

Wieder tippte er, aber er antwortete gleichzeitig. »Die

Krankheit dürfte sich sehr langsam entwickelt haben. Ah, hier habe ich es. Die ersten Symptome zeigten sich vor sieben Jahren. Die Diagnose folgte kurz darauf.«

Eva hob den Daumen. Eine perfekte Passung. Damit war eines schon mal geklärt. »Herr Kunze hat seine Mutter zuerst selbst versorgt«, vermutete ich.

»Das ist ein typischer Verlauf«, erläuterte Mondberger. »Die meisten Angehörigen übernehmen die Pflege zunächst selbst. Von Pflege kann man da ja noch gar nicht sprechen. Es fängt mit kleinen Alltagshilfen an, dann ist schrittweise eine immer intensivere Betreuung erforderlich. Aber irgendwann geht es nicht mehr. Dann benötigen sie Hilfe und entscheiden sich für eine stationäre Rundumbetreuung.«

Und standen vor der Wahl, in welches Heim sie ihre Eltern schicken sollten, ergänzte ich in Gedanken.

»Das ist ziemlich traurig«, meinte ich, nachdem das Gespräch beendet war.

»Am Ende seines Lebens in ein Heim zu kommen?«

Ich nickte.

»Kurz nach der Geburt kommen unsere Kinder in eine Tageseinrichtung, später in eine Ganztagsschule, dann folgt das Arbeitsleben und am Ende das Pflegeheim«, zählte Eva nüchtern auf.

»Du verstehst es, einen aufzumuntern«, entgegnete ich.

Sie zuckte die Schultern. »So ist das Leben. Wollen wir zu Reinhold gehen?«

Reinhold kam uns zuvor. Unsere Handys vibrierten gleichzeitig. Die SMS ließ im Gegensatz zu den Auskünften von Dr. Schoch und Erwin Sindlinger an Deutlichkeit nichts zu wünschen übrig:

Sitzung MK jetzt.

Also traten wir gehorsamst im großen Besprechungsraum an und beobachteten, wie der Rest der Mordkommission einlief. »Thorsten und Katrin sind entschuldigt«, teilte Reinhold mit, als er in den Raum kam. Er setzte sich an den Kopf des Tisches und knallte ein paar Vorgangsmappen vor sich hin. Ich musste nicht erst die senkrechte Falte zwischen seinen Augenbrauen sehen, um zu wissen, dass etwas nicht so war, wie es sein sollte.

»Jetzt wird der Fall politisch«, offenbarte Reinhold. »Ich habe alles im Griff, aber ihr solltet das trotzdem wissen. Der Zoodirektor ist in hellem Aufruhr, der Bürgermeister springt im Dreieck.«

»Warum das denn?«, fragte ich unschuldig.

Reinhold funkelte mich an, dann besann er sich, atmete tief durch und erklärte: »Es geht um den Zoo. Das Image, Investitionen. Was die Bürger denken werden. Die natürlich auch alle Wähler sind.«

»Ich kann das nicht nachvollziehen«, sagte ich ruhig. »Nur weil einer im Zoo stirbt, gleich so ein Theater. Ich verstehe, dass der Direktor sich Sorgen um sein Affenhaus macht. Sonst nichts.«

»Der Bürgermeister sagt, wenn wir bekannt geben, dass die Schimpansen den Tierpfleger umgebracht haben, können wir den Zoo gleich dichtmachen«, erklärte Reinhold.

»Aber es zwingt ihn doch niemand, die Affen abzugeben«, wunderte sich Eva.

Reinhold hob resigniert seine Schultern. »Der Mann ist Politiker. Wir müssen ihn nicht verstehen, wir müssen nur wissen, dass er ziemlichen Wind macht. Das werdet ihr bald alle bemerken, wenn ihr weiter ermittelt.«

»Wir werden uns in Acht nehmen«, versprach ich.

»Jetzt ist ein besonders vorsichtiges Vorgehen erforderlich«, schärfte Reinhold uns ein. »Ich habe keine Lust auf unnötigen Ärger, nur weil ihr jemandem auf die Füße tretet, wo es nicht sein muss.« Dabei schaute er Egon an.

Egon erwiderte den Blick ungerührt. »Diese Pressesprecherin verbirgt etwas.«

Ich hätte ihm erzählen können, dass bis jetzt alle Zeugen, die wir befragt hatten, etwas vor uns zurückgehalten hatten. Aber damit hätte ich nur den wunderbaren Dialog unterbunden, der sich gerade zwischen Egon und Reinhold entfaltete.

»Wir haben geeignete Methoden, um Zeugen zur Zusammenarbeit zu bewegen«, wandte Reinhold ein.

»Sie hat sich verweigert«, beharrte Egon.

Reinhold seufzte schwer. »Wo du schon so wunderbar das Thema gewechselt hast, Egon, können wir auch gleich dazu kommen, unsere Informationen zu sortieren. Was hat sich im Zoo ergeben, Oliver?«

»Unsere bisherigen Informationen haben sich bestätigt. Es war bekannt, dass Kunze gerne ins Affenhaus gewechselt wäre. Wir haben niemanden gefunden, der mit ihm näheren Kontakt hatte. Bis auf die beiden Tierpfleger Sven Helling und Dennis Hocke. Beide warten auf ihre Befragung.«

Lars ergänzte: »Wir haben außerdem herausgefunden, wer die Dachluke am Affenhaus geöffnet hat. Es war Niklas Käppler, ein neuer Pfleger im Affenhaus. Er öffnete die Luke, weil er den Affen etwas Gutes tun wollte. Dann wurde er zu einer dringenden privaten Familiensache gerufen und hat vor lauter Aufregung vergessen, die Luke wieder zu schließen.«

»Die Spuren bestätigen, dass Käppler als Letzter die Luke geöffnet hat«, schob Ralf ein.

Lars nickte. »Es war ihm furchtbar peinlich und er ist ein ziemlicher Grünschnabel.«

»Hört, hört«, grinste Egon.

»Und von den anderen hat keiner dran gedacht, das Dach zu schließen?«, fragte Eva.

»Nee, Käppler hatte die Aufgabe, alles zu prüfen und das Haus abzuschließen. Und weil der Sommer vorbei ist, steht die Dachluke nicht auf der Checkliste«, erklärte Lars.

»Was war das für eine Familiensache?«, wollte ich wissen.

»Damit ist er nicht rausgerückt«, meinte Lars.

»Also eine Sexgeschichte«, konstatierte Egon.

Reinhold nickte. »Das Kerlchen halten wir im Hinterkopf. Wie steht es bei euch?«, fragte er Marla.

»Kunzes Tagesablauf scheint immer gleich gewesen zu sein. Er kam früh durch die Tür am Grotenburgparkplatz.

Auf diesem Weg hat er den Zoo auch wieder verlassen. Er wird als gewissenhafter Kollege beschrieben. Persönliche Informationen hatte niemand über ihn. Nun ja, bis auf die Pressesprecherin.«

»Die hättet ihr überhaupt nicht befragen sollen.«

Das hatten wir nämlich schon erledigt, ergänzte ich in Gedanken.

»Du hättest sie sehen sollen, Reinhold«, sagte Egon mit einem Grinsen, bei dem ich eine Gänsehaut bekam. »Wie nervös die war. Was die alles über Kunze wusste. Und die will uns weismachen, Kunze und sie wären nur Freunde gewesen.«

Ich hielt mich weiter raus, auch wenn es mir schwerfiel. Dafür sprang Eva ein. »Auf mich wirkte sie glaubwürdig«, erklärte sie.

Egon schnaubte. »Das war doch eine Sexkiste mit den beiden. Du hättest sie einfach nur mal etwas genauer unter die Lupe nehmen müssen.«

In diesem Moment schauten wir uns alle Egon sehr genau an. Ich dachte an meine ersten Assoziationen, als ich die Pressesprecherin gesehen hatte. Hatte es etwas zu bedeuten, dass Egon an eine Sexkiste gedacht hatte?

»Es geht nicht um Sex«, erwiderte Eva mit einer Ruhe, um die ich sie beneidete.

Egon lachte spöttisch auf. »Wo warst du bei den letzten Mordermittlungen? Es dreht sich immer alles um Sex.«

Reinhold hob die Hand. »Das reicht. Ich schlage vor, dass unser Dr. Freud hier einen der Tierpfleger befragt, die mit Kunze gut konnten. Dennis Hocke. Die Pressesprecherin lasst ihr in Ruhe.«

Egon verschränkte eingeschnappt die Arme vor der Brust. Aber Reinhold ließ nicht locker. »Was hat die Befragung der Bankangestellten ergeben?«

»Nichts«, erklärte Egon ungehalten. »Alle erinnern sich an Kunze, aber keinem ist etwas Besonderes aufgefallen und niemand hat eine Idee, woher das Geld stammen könnte.«

Was auch nicht anders zu erwarten gewesen war. Kunze

hatte das Geld sicherlich nicht bar eingezahlt, um in der Gegend herumzuposaunen, woher er es hatte, sondern weil er Wert auf Diskretion legte.

»In Ordnung«, nickte Reinhold. »Vielleicht finden wir in seiner Wohnung noch etwas. Was hat eure Suche ergeben?«, fragte er uns.

Wir berichteten von unseren Eindrücken in der Wohnung, dass nichts auf Kunzes Geldquelle hingedeutet hatte, wir aber die Quittung aus der Kneipe gefunden hatten. »Wir überprüfen das heute Abend noch.«

»Sehr gut«, befand Reinhold. »Die beiden Tierpfleger und die Pressesprecherin sind im Moment neben der Kneipe unsere besten Quellen über Kunze. Markus, Eva, ihr übernehmt den zweiten Tierpfleger, Oliver, Lars, ihr kümmert euch um diese Alders. Otto und Erika klopfen das weitere Umfeld von Kunze ab. Haben wir etwas vergessen?«

»Die Tierschützer«, warf Oliver ein. »Sie haben den Zoo bedroht und sind vielleicht fanatisch genug, um gewalttätig zu werden.«

Reinhold nickte. »Um die kümmern wir uns auch noch. Aber die anderen Spuren haben Vorrang.«

Ich hatte schon eine Menge Befragungen durchgeführt, aber dies war einer der seltenen Momente, in denen ich bei einem Zeugen bereits beim Betreten des Raumes das sichere Gefühl hatte, auf eine entscheidend wichtige Spur gestoßen zu sein.

Sven Helling mochte mit seinem zerzausten braunen Haar, dem Grübchen im Kinn und den leuchtend blauen Augen bei anderen Anlässen eine attraktive Erscheinung abgeben. Aber an diesem Tag in unserem Verhörraum fiel er durch blasse Lippen, abgekaute Fingernägel und ein nervöses Beinwippen auf. Ich schätzte ihn auf Anfang vierzig, aber wahrscheinlich wirkte er jünger, wenn er ausgeschlafen war.

Ich verständigte mich mit Eva wortlos darauf, dass ich den Versuch unternehmen würde herauszufinden, warum uns von dem Mann mehr Nervosität als Trauer entgegenschlug. Der Weg dazu war zwar nicht die feine englische Art, aber wir befanden uns ja auch nicht in einem Klub für wohlerzogene Gentlemen. Meine Strategie war denkbar einfach: Ich setzte mich in aller Ruhe zu dem Mann an den Tisch und rückte umständlich den Stuhl für Eva zurecht, damit sie bei uns sitzen konnte.

»Herr Helling, es tut mir leid, dass wir Sie herbestellen mussten«, eröffnete ich das Gespräch mit langsamen Worten. Zeitgleich begann ich, in der Mappe zu blättern, die ich mitgebracht hatte, obwohl ich deren Inhalt schon auswendig kannte.

Helling reagierte, wie ich es mir vorgestellt hatte. Er begann, unruhig mit seinen Fingern zu spielen. Noch immer entdeckte ich kein Anzeichen für Trauer, umso mehr jedoch für Nervosität. Also gab es keinen Grund, mein Vorgehen zu ändern.

Helling lächelte mich unsicher an.

»Sie waren mit Peter Kunze befreundet«, gab ich ihm ein Stichwort.

»Ich … Ja … Nein …«, stammelte er unschlüssig. Beste Voraussetzungen dafür, dass er uns mehr verriet, als er wollte. Vielleicht hätten wir es mit dem stellvertretenden Zoodirektor auch schon so machen sollen.

Ich lehnte mich zurück und schaute ihm gelassen in die Augen. Er hielt meinem Blick keine zwei Sekunden stand. Ich entdeckte ein paar feine Schweißperlen an seinem Haaransatz. Aber weder Eva noch ich kamen ihm zu Hilfe.

»Ich würde es nicht Freundschaft nennen«, brachte er schließlich hervor, wobei er erst Eva, dann mich, dann wieder Eva musterte.

Wir schwiegen erwartungsvoll.

»Wir waren Kollegen«, schob er eilig hinterher.

Wir warteten weiter. Meine Chancen auf den Preis als sympathischster Gesprächspartner hatte ich damit bestimmt endgültig verspielt.

»Ich meine, es ist ja nicht so, dass wir ständig miteinander rumgehangen hätten«, versuchte Helling es.

Wir blieben bei unserer Linie und lächelten ihm aufmunternd zu.

»Er war ja sonst nicht so beliebt«, murmelte er.

»Bei den Kollegen?«, stieg ich ein.

Der Tierpfleger nickte erleichtert.

»Woran lag das?«, wollte ich wissen.

Er zuckte die Schultern. »Keine Ahnung. Er war ein anständiger Kerl, der Peter.«

Hier kam eine Spur von Trauer ins Spiel, aber längst nicht so viel, wie ich erwartet hätte. »Was ist mit Ihnen? Haben Sie viel Kontakt zu den Kollegen?«

Er betrachtete angespannt den Fußboden. Ich war mir sicher, dass es dort nichts außer abgewetztem Linoleum zu sehen gab. »Nein«, flüsterte er. »Mir … fehlt auch ein wenig der Anschluss.«

»Warum denn das?«, fragte ich verwundert. An seinem Aussehen konnte es zumindest nicht liegen.

Er zuckte wieder mit den Schultern, aber diesmal hatte ich nicht den Eindruck, dass er es ernst meinte. »Es ist einfach so.«

Ich schaute ihn lange an. Schließlich räumte er ein: »Vielleicht hat es etwas mit Anita zu tun.«

Ich hob eine Augenbraue.

Er schob hastig hinterher: »Und mit Sandra. Und Michaela.«

»Sie waren mit einigen Ihrer Kolleginnen liiert?«, vergewisserte ich mich.

Er nickte.

»Mit wie vielen denn?«

»Sieben insgesamt«, gestand er.

»Sie haben also einen gewissen Ruf.«

Er schaute betreten zu Boden.

»Deshalb werden Sie gemieden?«

»Ja«, seufzte er.

Wir ließen diese Informationen noch ein wenig auf uns

wirken. Dann fragte ich: »Und Herr Kunze? Hatte der auch verschiedene Liebschaften unter den Kolleginnen?«

Das war offenbar ein abwegiger Gedanke, denn Helling lachte auf. »Nein, ich weiß nicht, woran es bei ihm liegt.«

»Vielleicht, weil er mit Ihnen befreundet ist«, vermutete Eva.

»Mit mir befreundet zu sein, ist nicht schlimm«, entgegnete er und warf Eva einen Blick zu, der deutlich den Kontext einer polizeilichen Vernehmung verließ.

Evas ohnehin schon unterkühlte Beobachtungsmiene wurde noch einige Grad kälter. Sie schoss einen eisigen Blick auf Helling ab. Der wandte sich hastig wieder an mich.

»Peter war schon vorher ein Einzelgänger«, erklärte er.

Ich überlegte einen Moment, ob ich ihn weiter nach Peter Kunze fragen oder der Tatsache nachgehen sollte, dass er gerade versucht hatte, meine Kollegin anzubaggern. Ich entschied mich für unser Opfer. »Sie meinen, seit er im Zoo angefangen hat?«

Helling nickte.

»Warum ist er überhaupt gewechselt?«, wollte ich wissen.

»Aus privaten Gründen.«

»Was bedeutet das?«

»Er hat es nie genau erklärt, immer nur Andeutungen gemacht. Ich glaube, es war wegen seiner Freundin oder Frau oder so.«

Ich notierte mir das sorgfältig. Konnte das wirklich schon alles sein? Warum hatte der stellvertretende Direktor uns das nicht gesagt? Und was war mit seiner Mutter? »Es muss doch auch ein großer Schritt für ihn gewesen sein, oder? Ich meine, der Zoo in Krefeld spielt doch in einer anderen Liga als Göppingen.«

Helling grinste. »Das kann man wohl sagen. Ich glaube, die haben da überhaupt nur drei oder vier Tierpfleger.«

»War es dann vielleicht doch wegen der Karriere?«, hakte ich abermals nach.

»Privat. Hat er jedenfalls immer gesagt«, beharrte Helling.

»Er wollte zu den Affen wechseln«, warf ich in den Raum.

Helling seufzte. »Er war nicht davon abzubringen. Eine fixe Idee, wenn Sie mich fragen.«

»Warum hat es Ihrer Meinung nach nicht geklappt?«

»Keine Ahnung. Die wollten ihn nicht. Die anderen Tierpfleger. Der Chef. Ich weiß es nicht.«

»Er hat es immer wieder probiert«, gab ich zu bedenken.

»Ich habe ihm jedes Mal gesagt, er soll es lassen. Ich meine, es war doch klar, dass ihn dort keiner haben will. Es war aussichtslos.«

Helling schaffte es immer noch nicht, mir bei diesen Worten in die Augen zu schauen. Erst jetzt bemerkte ich, dass sein Blick ständig zu Eva wanderte. Auf die Haare, die Finger, die Schultern und natürlich die unvermeidlichen anderen Körperpartien. Wahrscheinlich würde ich mir hinterher von ihr noch den einen oder anderen Spruch über triebgesteuerte Männer anhören müssen.

Und obwohl wir uns nun eigentlich in einem für Helling ganz unkritischen Bereich bewegten und das Gespräch unspektakulär und kooperativ verlief, war er nicht ruhiger geworden. Sein ganzer Körper war stärker in Bewegung als zu Beginn, er knibbelte und hibbelte, rutschte und hampelte.

»Wie viel Zeit haben Sie mit Herrn Kunze verbracht?«, fragte ich.

»Na, die Mittagspause eben«, antwortete er.

Wunderbar. Nun begann auch Helling, mir auszuweichen. Aber im Vergleich zu dem Verwaltungsjuristen Dr. Schoch war der Tierpfleger ein Leichtmatrose. Ich wartete einfach ab.

»Ab und zu sind wir auch ein Bier trinken gegangen«, schob Helling dann auch hinterher.

»Wie oft?«, fragte ich.

Helling schnaubte. »Ich führe kein Protokoll darüber. Vielleicht ein, zwei Mal die Woche.«

Ich notierte und fragte nüchtern: »Und wo?«

»Im *Tiergarten.*«

Ich horchte auf. »Wann waren Sie zuletzt dort?«, wollte ich wissen.

Der Tierpfleger runzelte die Stirn. »Ich weiß nicht mehr genau. Ist vielleicht drei, vier Tage her.«

Ich nickte gewichtig. Während ich notierte, wanderten Hellings Blicke an Eva auf und ab. »Was haben Sie denn gestern Abend gemacht?«, fragte ich möglichst beiläufig.

Ich hatte Hellings ungeteilte Aufmerksamkeit. »Wie ... meinen Sie das?«

»Na, gestern Abend«, erklärte ich freundlich. »Wenn Sie nicht in der Kneipe waren, was haben Sie dann getan?«

Der Tierpfleger schluckte. Er holte tief Luft. Schluckte noch mal. Einen Moment lang stellte ich mir vor, er würde uns den Mord an Peter Kunze gestehen. Doch dann schweifte sein Blick wieder zu Eva. Er sagte: »Ich war bei meiner Freundin.«

»Aus dem Zoo?«, fragte ich.

»Nein.«

»Dann seien Sie doch so gut und nennen mir ihren Namen und die Adresse.«

Er nannte mir beides, aber nur weil wir sein Alibi kannten und nun überprüfen konnten, waren wir noch lange nicht fertig mit dem Mann. Ich sagte freundlich zu ihm: »Herr Helling, ich möchte Sie um einen Augenblick Geduld bitten, meine Kollegin und ich sind gleich wieder bei Ihnen.«

Mit diesen Worten ließen wir ihn allein zurück, wippend und schwitzend.

Eva schnaubte, kaum dass die Tür ins Schloss gefallen war: »Bei seiner Freundin. Dass ich nicht lache.«

»Die kann nicht allzu toll sein, so wie er dich anschaut«, pflichtete ich ihr bei. »Der fängt ja gleich an zu sabbern.«

Eva schauderte. Wir gingen in den Beobachtungsraum und betrachteten unseren Zeugen durch den Einwegspiegel. »Was machen wir mit ihm?«, fragte Eva.

»Mit dem stimmt was nicht.«

»Du meinst, außer dass er ein Mann ist?«, ätzte sie.

Hatte ich es nicht gesagt? »Lass uns einen Expertenrat einholen«, schlug ich vor. Ich nahm mein Handy und drückte eine Kurzwahltaste.

»Markus, ich habe gehört, du bist unter die Affen gegangen?«, meldete sich der Mann am anderen Ende.

»Wir könnten deine Hilfe gebrauchen, Stefan«, sagte ich. Dr. Stefan Klein war Polizeipsychologe und dieser Zeuge fiel eindeutig in sein Metier.

»Affen sind nicht mein Fachgebiet«, gab er zu bedenken.

»Wir haben hier einen sehr seltsamen Tierpfleger«, präzisierte ich meine Anfrage.

»Ich eile!«

Und tatsächlich stand er eine Minute später neben uns im Beobachtungsraum und blickte durch den Spiegel auf einen übernervösen Sven Helling.

»Wenn ich es nicht besser wüsste, würde ich sagen, der Kerl ist auf Entzug«, meinte ich.

Stefan brummte etwas Unverständliches. Dann fragte er: »Was ist euch denn sonst noch aufgefallen?«

»Extrem nervös. Abgekaute Fingernägel. Schweiß am Haaransatz. Du siehst ja selbst, wie der rumzappelt. Hält meinem Blick nicht stand«, resümierte ich, nachdem ich ihm die Befragung im Zeitraffer geschildert hatte.

»Meinem auch nicht«, ergänzte Eva.

»Dafür hat er dich angemacht«, erinnerte ich.

Darauf stieg Stefan ein. »Interessant.«

»Ich dachte erst, er will uns ablenken«, meinte ich.

»Der starrt mich doch die ganze Zeit an! Glotzt überall hin. Ihr wisst schon.«

Stefan nickte und murmelte: »Ja, warum eigentlich nicht?«

»Weil es mich stört?«, entgegnete Eva. »Weil es sich nicht gehört?«

Der Psychologe lächelte. »Das weiß ich. Ich meinte, warum sollte dieser Mann dort eigentlich nicht sexsüchtig sein?«

Wir starrten ihn beide zweifelnd an.

»Es ist eine gewagte, aber begründete Spekulation«, führte

Stefan aus. »Wir haben ein nervöses Auftreten, deutliche körperliche Unruhe, das könnte auf Entzugserscheinungen hindeuten, eine Vielzahl von Beziehungen, und schließlich seine Reaktion auf Eva.«

»Unglaublich«, meinte sie nur.

»Falls meine Vermutung stimmt, war er wohl auch nicht bei einer Freundin, sondern eher bei einer Prostituierten. Kein Wunder, dass ihm das peinlich ist.«

»Und was machen wir jetzt mit ihm?«

»Wie wäre es mit einem kleinen Test?«, fragte Stefan. »Wenn er sexsüchtig ist, dann müsste er extrem empfänglich für jede Art erotischer Reize sein. Wir würden an seiner Reaktion erkennen, dass er in diesem Bereich keine oder nur sehr geringe Selbstkontrolle hat.«

»Du sprichst in Rätseln«, meinte Eva.

»Wartet einen Moment«, sagte Stefan. Er verschwand auf dem Flur.

»Wenigstens ist damit die Ehre der Männer gerettet«, behauptete ich.

»Du meinst, weil der da noch weniger Selbstkontrolle hat als andere, steht ihr automatisch wieder gut da?«

»Autsch«, machte ich. »Was habe ich dir getan?«

»Nichts. Ich kann es nur nicht ausstehen, wenn ich derart unverhohlen taxiert werde. Vermessen und eingeschätzt wie ein Stück Vieh.«

In diesem Moment kam Stefan zurück. Er hielt ein Blatt Papier in der Hand. »Das sollte für unsere Zwecke reichen.«

»Da ist ja eine nackte Frau drauf«, stellte Eva fest.

Ich sah es auch. »Ich frage jetzt nicht, wo du das so schnell herhast.«

»Psychodiagnostische Grundausstattung«, erklärte Stefan lapidar und ohne eine Spur von Verlegenheit.

»Und was mache ich jetzt mit diesem hochwissenschaftlichen diagnostischen Instrument?«, fragte ich.

»Am besten, du schiebst es in deine Mappe und lässt es ein wenig hervorschauen«, wies er mich an. »Er soll ahnen können, dass die Frau auf dem Bild nackt ist, aber die entscheidenden Bereiche bleiben abgedeckt.«

Ich schaute ihn fragend an, doch er nickte nur. Was sollte ich sagen? Er war der Experte und einen Versuch war es allemal wert.

Einen Augenblick später saßen wir wieder Sven Helling gegenüber, bei dem sich in der Zwischenzeit deutlich sichtbare Schweißflecken unter den Achseln gebildet hatten.

Ich hielt mich an meine Anweisungen, legte die Mappe wieder auf den Tisch und schlug sie beiläufig auf. Dabei rutschte das Nacktfoto wie zufällig aufreizend und genau kalkuliert hervor.

Eva war vergessen. Ich meinte sogar, Hellings Augäpfel hervortreten zu sehen, als sein Blick auf das Bild zoomte. Theoretisch hätte man natürlich einwenden können, er sei einfach neugierig und vielleicht sogar fassungslos gewesen, dass ein Kriminalbeamter in einer Mordakte ein Nacktfoto mit sich führte, aber der starr fixierte, gierige Blick ließ keinen Zweifel, dass es darum zuallerletzt ging.

»Herr Helling, wir benötigen die Namen der anderen Frauen«, sagte ich ohne Umschweife.

Helling schluckte wieder und begann zu zittern, vielleicht aufgrund der Anstrengung, sich von dem Bild loszureißen. Als er mich schließlich anschaute, wirkte sein Blick gequält, gehetzt oder lüstern-gierig, im einen Moment zeigte er alle Emotionen zugleich, dann wieder traten sie nacheinander zutage. Und dazwischen schien immer wieder noch etwas anderes durch: Scham.

Schließlich diktierte er mir die Daten von acht weiteren Frauen. Ich fand das erst einmal ausreichend und wollte es nicht so weit treiben, bis Helling einfiel, dass er, streng genommen, keine einzige meiner Fragen beantworten musste. Also bedankten und verabschiedeten wir uns, ich brachte ihn zur Tür und bat ihn, noch auf die Abschrift seiner Aussage zu warten.

»Eigentlich kann man nach so ziemlich allem süchtig werden«, erklärte Stefan, als wir in seinem Büro saßen, um mit seiner Hilfe unsere neuen Erkenntnisse zu verdauen.

»Also von Langeweile-Sucht habe ich noch nichts gehört«, gab ich zu bedenken.

Stefan lächelte. »Ich auch nicht. Was man für eine Sucht oder suchtähnliches Verhalten benötigt, ist ein unmittelbarer Lustgewinn, irgendeine befriedigende Tätigkeit. Das positive Ergebnis der Handlung muss in direktem zeitlichen Bezug stehen, je schneller desto besser.«

Wir ließen uns das einen Moment durch den Kopf gehen.

»Alkohol, Drogen«, meinte Eva.

»Spielsucht«, ergänzte ich.

»Stimmt«, bestätigte Stefan. »Je mehr unmittelbare Rückmeldungen ein Spielautomat oder ein Computerspiel gibt, desto höher ist das Suchtpotenzial. So wie bei verschiedenen Onlinespielen, die praktisch unbegrenzt laufen.«

»Und Sex?«, fragte Eva. »Ich meine, da gibt es doch körperliche Grenzen, oder?«

»Ja, aber die sind nicht so, dass sie suchtähnlichem Verhalten entgegenwirken. Es geht dem Süchtigen nicht nur um tatsächlichen körperlichen Sex, sondern um alle Arten der erotischen Stimulation.«

»Im Internet?«, vermutete ich.

Stefan nickte. »Fotos, Filme, Webcams, Livechats.«

»Deshalb konnte er sich nicht von dem Bild losreißen«, stellte Eva fest.

»Oder von dir«, rutschte mir heraus.

Eva schüttelte sich.

So gesehen stellte sich für Sven Helling dieselbe Frage wie für jeden Süchtigen, nämlich ob er nicht einfach krank war und therapeutische Hilfe benötigte.

»Daher auch die Vielzahl von Beziehungen«, erläuterte Stefan. »Er sucht den Kontakt zu Frauen, in diesem Fall seinen Kolleginnen. Sein Ziel ist nicht, eine Partnerschaft aufzubauen, sondern nur der sexuelle Kontakt. Sobald der stattgefunden hat, verliert er das Interesse und geht auf die Suche nach dem nächsten.«

»Dem nächsten Schuss?«, verglich ich Helling mit einem Junkie.

»Ja, sehr treffend. Und das Absurde ist ja, dass durch die Sucht der ursprüngliche Anreiz, nämlich der stark positive Charakter von erotischer und sexueller Stimulation vollkommen verloren geht. Das Verlangen wird zwanghaft, das Handeln mechanisch, der Betroffene empfindet keine Befriedigung und keine Erfüllung mehr.«

»Das ist bitter«, meinte ich.

Eva schüttelte ohne großes Bedauern den Kopf.

»Wenn unsere Vermutung zutrifft«, fuhr Stefan fort, »dann ist Helling eine interessante Person, wenn es um Motive und Verdächtige geht. Ich kenne den Fall nicht. Aber ein sexsüchtiger Mann führt ein turbulentes Leben. Neben den normalen Beziehungen, die er eingeht, um seine Bedürfnisse zu befriedigen, wird er häufig Prostituierte aufsuchen. Vielleicht ist er auch Kunde bei kostenpflichtigen Internetdiensten.«

Ich seufzte und erlaubte mir für einen Moment, die Augen zu schließen. »Das ist kostspielig«, schlussfolgerte ich das Offensichtliche.

»Sogar sehr.«

»Bei dem Opfer Kunze haben wir bereits festgestellt, dass er sehr viel mehr Geld ausgegeben hat, als er im Zoo verdienen konnte«, klärte Eva ihn auf.

»Oh. Dann hatten die beiden vielleicht eine gemeinsame Einnahmequelle.«

»Die Vermutung liegt nahe«, bestätigte ich.

Dennoch würde es knifflig werden. Helling war ein Zeuge und deshalb erst einmal schwer zu packen. Dass er und Kunze gemeinsam etwas ausgeheckt hatten, war nur Spekulation. Und dass diese Geldbeschaffungsmaßnahme etwas mit Kunzes Tod zu tun hatte, war keinesfalls zwingend. Bevor wir also Hellings Kontodaten und Telefonverbindungen anschauen oder ihn gar überwachen lassen konnten, mussten wir schon mehr in der Hand haben.

»Wenn die beiden gemeinsam in der Kneipe waren, ergibt sich dort vielleicht ein Hinweis«, machte Eva uns Hoffnungen. Ich war skeptisch, aber man konnte auch nie wissen.

Wir bedankten uns bei Stefan und stießen einen Augenblick später auf dem Flur beinahe mit Oliver und Lars zusammen.

»Nanu, wart ihr schon in eurer ersten Paartherapie?«, frotzelte Oliver.

»Wir hatten einen sexsüchtigen Zeugen«, erwiderte Eva kühl.

Oliver kratzte sich seinen Bürstenhaarschnitt. »Ihr habt doch den Helling befragt, oder?«

Ich nickte.

»Gut, wir hatten gerade den Hocke. Ein aalglatter Typ. Warum gehen wir nicht zu uns und tauschen uns ein wenig über die beiden aus?«

Wenn man sich zu viert darin aufhielt, waren unsere Büros eng, aber noch keine Zumutung. Dasselbe galt für den Besprechungstisch.

Oliver ließ uns den Vortritt und so berichtete ich abwechselnd mit Eva von unseren Erkenntnissen über Sven Helling und seine Beziehung zu unserem Opfer.

»Sehr interessant«, meinte Oliver anschließend und rieb sich nachdenklich das Kinn.

»Wir wissen von unseren Befragungen im Zoo, dass die drei Männer – Kunze, Helling und Hocke – eine Art Clique waren«, erklärte Lars.

»Aber nach allem, was wir wissen, scheinen die drei doch recht verschieden zu sein«, sinnierte Oliver.

»Wird Hocke denn von den anderen Tierpflegern auch gemieden?«, wollte ich wissen.

»Ja, er scheint ebenfalls ein Außenseiter zu sein.«

»Und warum?«, fragte Eva.

Oliver grinste. »Das kannst du nur fragen, weil du ihn nicht kennst. Ich sagte ja schon, ein aalglatter Typ. Jung.

Sieht recht gut aus. Aber ist unheimlich ehrgeizig. Ein wenig überheblich.«

»Er spricht abfällig über die anderen Tierpfleger«, fügte Lars hinzu.

»Aber er ist doch selbst einer?«, wunderte ich mich.

»Das stört ihn nicht weiter«, entgegnete Oliver. »Was hat er doch gleich gesagt?«

»Er will in zehn Jahren nicht immer noch den Hintern vom Schneeleoparden abwischen«, grinste Lars.

»Der Mann hat Ambitionen«, stellte ich fest.

»Ja, aber er ist kein Karrieretyp. Nur einer, der viel Geld will, ohne sich dafür übermäßig anzustrengen, wenn du mich fragst.«

»Und woher will er das bekommen?«, fragte Eva.

»Das hat er nicht verraten«, sagte Oliver. »Eigentlich hatten wir gedacht, er will nur ein bisschen auf den Putz hauen und hat selbst noch keine Ahnung, was er machen will, wenn sein Beruf nicht mehr gut genug ist.«

»Aber jetzt, wo ihr das mit dem Geld bei den anderen herausgefunden habt …«, deutete Lars an.

»Die drei hatten eine Selbsthilfegruppe«, vermutete ich. »Die Sonderlinge, mit denen sonst niemand etwas zu tun haben will und die einen unheimlichen Geldbedarf haben.«

»Jetzt müssen wir nur noch dahinterkommen, wie sie an die Kohle gekommen sind«, überlegte Oliver laut. »Uns liegt zumindest nichts über sie vor.«

»Das Bargeld deutet ja schon darauf hin, dass es nicht legal war«, räumte Eva ein.

»Das könnte so gut wie alles sein«, seufzte Lars. »Drogen, Schutzgeld, Bankraub.«

»Vielleicht spielt die Kneipe ja doch eine Rolle«, redete ich mir selbst ein.

»Möglich«, meinte Oliver. »Hocke hat berichtet, dass sie auch mal zu dritt dort waren. Und irgendwo muss man seine krummen Touren ja besprechen.«

Inzwischen war es spät geworden. Wenn wir die Pressesprecherin Alders noch befragen wollten, bevor die Kneipe auf dem Programm stand, mussten wir uns beeilen. Als wir wieder auf den Flur traten, hörten wir hinter uns Oliver seinen Bericht in die Tasten hacken.

»Wo ist die gute Frau denn?«, fragte ich Eva.

Sie zuckte mit den Achseln. »Schauen wir mal in den Verhörräumen.«

Trotz des Massakers im Affenhaus begann das Präsidium sich merklich zu leeren. Die Tür zum ersten Verhörraum fanden wir verschlossen, das Schild an der Tür war unmissverständlich: *Laufende Vernehmung – bitte nicht stören!*

Wir tauschten einen verwunderten Blick und gingen in den Beobachtungsraum. Durch den Einwegspiegel entdeckten wir die Pressesprecherin Alders im Gespräch mit Egon und Marla.

»Er macht unseren Job!«, stellte ich fest.

»Und Egon sollte sich von der Frau fernhalten.«

Kurzwahltasten am Handy waren praktisch. Mit nur einem Knopfdruck hatte ich Reinhold am Ohr. »Ich glaube, wir brauchen dich hier unten«, teilte ich ihm mit.

»Du glaubst?«, fragte er müde zurück.

»Egon befragt die Pressesprecherin«, petzte ich.

Reinhold antwortete nicht mehr, ich sah ihn förmlich vor mir, wie er mit hochrotem Kopf aufsprang und zur Treppe stürmte.

Währenddessen beobachteten wir eine wenig entspannte Pressesprecherin im Duell mit Egon. Marla lehnte mehr oder weniger lässig an der Wand und musterte die Alders lauernd wie eine Raubkatze.

»Frau Alders, das können Sie mir doch nicht erzählen«, polterte Egon.

»Sie haben gefragt und ich habe geantwortet«, erwiderte die Pressesprecherin abweisend.

Egon lächelte überheblich. »Das Problem bei Ihren Antworten ist, dass sie nicht zusammenpassen. Mal erzählen Sie uns über private Sorgen von Peter Kunze. Aber warum er nach Krefeld gekommen ist, ist Ihnen nicht bekannt. Sie wissen Dinge über ihn, die sonst niemand weiß, aber trotzdem wollen Sie nur mit ihm befreundet gewesen sein. Und obendrein haben Sie keine Ahnung, woher er das Geld hatte, um das Pflegeheim für seine Mutter zu bezahlen!« Er schnaubte verächtlich und lehnte sich zurück.

Die Pressesprecherin war abgebrüht und erfahren im Umgang mit Journalisten. Sicherlich eine harte Schule. Aber natürlich kein Vergleich zu Egon. Claudia Alders war sichtlich erschüttert und rang um ihre Fassung. Aber sie antwortete nicht.

»Wollen Sie wissen, was ich glaube?«, zischte Egon und schoss nach vorne wie eine Schlange, bis sein Oberkörper fast den Tisch berührte.

Egons Version über die wahren Hintergründe erfuhren wir nicht mehr, denn in diesem Moment sprang die Tür auf und schlug mit beachtlichem Schwung und höllischem Scheppern gegen die Wand. Reinhold erschien im Türrahmen wie ein Revolverheld zum Showdown. Egon, Marla und ihr Opfer erstarrten.

»Auf ein Wort, Egon«, presste Reinhold mühsam beherrscht zwischen zusammengebissenen Zähnen hervor.

Egon und Marla trotteten auf den Flur und kaum war die Tür zum Verhörraum ins Schloss gefallen, hörten wir Reinhold draußen brüllen: »Ich habe doch gesagt, du sollst dich von ihr fernhalten!«

Das wollten wir uns natürlich nicht entgehen lassen, also schoben wir uns möglichst unauffällig auf den Flur. Wir wurden mit dem Anblick eines bedröppelt dreinblickenden Egon belohnt, während Marla versuchte, möglichst unauffällig mit der Wand zu verschmelzen.

»Und welchen Teil dieser Anweisung hast du nicht verstanden, Egon?«, polterte Reinhold weiter.

Egons Mund bewegte sich, aber natürlich konnte er nichts zu seiner Verteidigung vorbringen.

»So können wir nicht arbeiten!«, schrie Reinhold. Ich hatte ihn noch nie so wütend erlebt. Wer sich allzu leicht und allzu stark aufregen ließ, konnte das Kriminalkommissariat 11, in dem es hauptsächlich um Todesfälle und Brandstiftung ging, nicht leiten. Aber heute machte Reinhold keine halben Sachen, sondern rastete vollkommen aus.

Selbst wenn Egon Gründe vorbringen konnte, die sein Verhalten hätten rechtfertigen können, war es in diesem Moment nicht ratsam, sie vorzutragen. Aber anscheinend hielt Egon nichts davon, seinen Vorgesetzten erst einmal wieder auf den Teppich kommen zu lassen. »Diese Frau verheimlicht etwas, das weiß ich ganz genau«, konterte er.

Reinholds Gesicht färbte sich von dunkelrot zu purpur. »Das reicht! Glaubt du etwa, außer dir kann niemand herausfinden, welche Informationen sie zurückhält?!«

Egon wurde blass. Langsam begriff er wohl, wie ernst seine Lage war.

Reinholds nächster Schritt verblüffte uns aber alle. »Ich ziehe euch beide von dem Fall ab«, sagte Reinhold. »Marla, im Forstwald gab es einen Raubmord, die können deine Hilfe gebrauchen. Und du, Egon, musst vielleicht mal wieder einen anderen Bereich der Polizei kennenlernen.« Reinholds Gesicht verzog sich zu einem diabolischen Grinsen. »Wie ich höre, ist die Verkehrspolizei chronisch unterbesetzt. Ich werde dich eine Woche dorthin abordnen.«

»Aber ...«, stotterte Egon.

»Wie?«, fragte Reinhold. »Zu wenig? Dann sagen wir doch zwei Wochen.«

Egon machte keine glückliche Figur. Mit kalkweißem Gesicht, zitternden Knien und weit aufstehendem Mund konnte er mir fast leidtun. Aber eben nur fast. Allerdings hütete ich mich, auch nur eine Spur von Schadenfreude zu zeigen.

Egon und Marla trollten sich und Reinhold atmete mehrmals tief durch. »Wegen dem bekomme ich noch mal einen Herzinfarkt.«

»Das lohnt sich nicht«, kommentierte Eva.

Reinhold schüttelte den Kopf. »Normalerweise nehme ich das nicht so ernst, aber bei der Alders müssen wir vorsichtig sein. Wenn das der Direktor mitbekommt, müssen wir uns warm anziehen.«

Wir schauten Reinhold abwartend an.

»Also bitte ganz vorsichtig. Ich glaube ja sogar, dass die uns nicht alles erzählt, aber holt es bitte zivilisiert aus ihr heraus. Sie ist nur eine Zeugin.«

»In Ordnung«, stimmten wir beide zu.

Reinhold machte sich mit schweren Schritten wieder auf den Weg in sein Büro. Wir zögerten vor der Tür zum Verhörraum. Schließlich sagte ich: »Zivilisiert und mit Feingefühl, das ist wohl eher etwas für dich.«

Eva setzte ein schiefes Grinsen auf. Ich folgte ihr durch die Tür. Die Alders schreckte hoch, aber als sie uns erkannte, entspannte sie sich spürbar.

»Frau Alders, bitte entschuldigen Sie, dass Sie warten mussten«, sagte Eva mitfühlend. »Es gab bei uns einige Missverständnisse.« Wir setzten uns und ich beobachtete, wie die Pressesprecherin zu ihrer früheren Haltung zurückfand.

»Ich würde Ihnen gerne noch zwei oder drei Fragen stellen«, lächelte Eva.

Die Alders nickte kaum merklich.

»Peter Kunze hatte umfangreichere Kontakte zu Sven Helling und Dennis Hocke«, stellte Eva fest.

»Ja, aber ich habe nie verstanden, warum.«

»Hatten sie nichts gemeinsam?«

»Soweit ich weiß nicht.«

Was natürlich gut zu unserer Vermutung passte, dass sich die drei vor allem wegen ihres ungewöhnlichen Geldbedarfs zusammengetan hatten. Falls die Pressesprecherin die Wahrheit sagte.

»Sie waren ab und zu gemeinsam abends weg«, verriet Eva nun.

»Ja, warum auch nicht?«, entgegnete die Alders lapidar.

»Das überrascht Sie nicht?«

»Peter hatte wenige Freunde, da konnte er nicht wählerisch sein.«

»Sie wissen nicht, was die drei zusammen unternommen haben?«

Die Pressesprecherin schüttelte den Kopf.

»Was sagten Sie doch gleich, wie Ihre Beziehung zu Herrn Kunze war?«, fragte Eva beiläufig.

»Jetzt fangen Sie nicht auch noch an«, erwiderte die Alders müde. »Er hatte hier niemanden. Ich fand ihn nett. Wir waren Freunde. Und noch nicht mal besonders gute.«

Wir warteten, aber sie fügte nichts mehr hinzu.

»Die Rechnungen des Pflegeheims waren immens«, wechselte Eva das Thema.

»Ich weiß«, sagte die Pressesprecherin gedehnt.

»Und wissen Sie auch, wie er die bezahlt hat?«

Die Alders schüttelte den Kopf.

»Kam Ihnen das nicht komisch vor?«, hakte Eva nach.

»Peter hatte schon genug Probleme, auch ohne dass ich ihm nachspioniert hätte. So etwas machen Freunde nicht.«

Damit blieb sie wohl insgesamt bei ihrer Linie, nichts gewusst zu haben oder uns doch zumindest nichts zu verraten. Eva schlug deshalb den einzigen Weg ein, der uns im Moment blieb, solange wir die Pressesprecherin behutsam anpacken sollten. Wir wünschten ihr noch einen schönen Abend und teilten ihr mit, dass wir uns morgen wieder bei ihr melden würden. Sie nahm es unbeeindruckt zur Kenntnis.

»Sie weiß mehr«, sagte ich zu Eva. »Die Frage ist, warum Sie es nicht sagt.«

»Wir werden es herausfinden. Aber jetzt«, begann Eva und kramte in ihrer Tasche, »stehen wichtige Entscheidungen an.«

Als Eva schließlich eine Münze zum Vorschein brachte, wusste ich, worauf sie hinauswollte. Ich wählte Zahl – und gewann. Eva nahm meine Wünsche entgegen und machte sich auf den Weg zum Bäcker um die Ecke.

Ich nutzte die Zeit, um durch die Unterlagen der Spurensicherung zu blättern. Neben der Inventarliste der Leichenteile fand ich eine Auswertung der Fußabdrücke, die nur vor der Leiter am Nordgiebel überhaupt Ergebnisse gebracht hatte, eine ebenso wenig brauchbare Analyse der Fingerabdrücke und unzählige Fotos: von Schimpansen, dem Affenhaus und der Umgebung einschließlich dem Loch im Zaun.

Dann rief ich Nina an. Sie antwortete beim zweiten Klingeln. »Sag nicht, du bist schon zu Hause?«

»Ich warte auf mein Abendessen. Wo bist du?«

»Zeugen befragen.«

Nina gehörte zu der Mordkommission, die den Todesfall im Forstwald untersuchte.

»Marla wird zu euch abgestellt«, teilte ich ihr mit.

»Die ist schon hier. Soll mir alles recht sein, solange Egon nicht auch noch kommt.«

»Der geht ab morgen Radarfallen aufbauen«, verriet ich.

Ich konnte förmlich hören, wie sie stutzte. »Das meinst du nicht ernst.«

»Er wird zur Verkehrspolizei abgeordnet«, beharrte ich.

Sie lachte kurz auf, aber es klang erschöpft. »Sehen wir uns heute Abend noch?«

»Ich könnte zu dir kommen«, schlug ich vor.

»In Ordnung, aber es wird spät.«

»Immer dasselbe mit euch Polizisten«, tadelte ich mild.

»Ich werde erschlagen sein.«

»Vielleicht liege ich auch schon im Bett«, sinnierte ich.

»Ich dachte, wir wollten uns sehen?«

»Fühlen würde doch auch schon reichen«, sagte ich.

»Bis später«, sagte sie mit einem Lächeln in der Stimme und dann war sie auch schon weg.

Irgendetwas musste man mir anmerken, obwohl ich mein Handy schon wieder zur Seite gelegt hatte, denn als Eva mit zwei großen Tüten zurückkam, sagte sie sofort: »Du hast mit Nina telefoniert.«

»Die sind noch im Forstwald unterwegs.«

Sie seufzte. »Mord im Forstwald, Mord im Zoo, was soll bloß aus der Stadt werden?«

Ich griff in meine Tüte und widmete mich dann einem Käsebrötchen. »Wie wollen wir denn die Kneipe angehen?«, fragte ich zwischen zwei Bissen.

Eva runzelte nachdenklich die Stirn. Uns standen verschiedene Möglichkeiten zur Auswahl. Wir konnten uns eine Tarnung überlegen, was vor allem dann angesagt war, wenn wir fürchten mussten, als Polizisten keine Auskunft zu erhalten. Andererseits konnten ein Dienstausweis und der Hinweis auf eine Morduntersuchung die Auskunftsbereitschaft eines Zeugen auch deutlich erhöhen.

»Kennst du den Laden denn?«, fragte sie zurück.

Ich schüttelte den Kopf.

»Also das organisierte Verbrechen residiert in der Gegend nicht unbedingt«, murmelte Eva.

Was für ein offenes Vorgehen sprach. »Andererseits haben wir in diesem Fall noch niemanden getroffen, der mit uns vernünftig gesprochen hätte, ohne etwas zu verheimlichen«, gab ich zu bedenken.

»Warum nehmen wir nicht den Mittelweg«, schlug Eva vor. »Wir gehen einfach hin und setzen uns unauffällig in eine Ecke. Sehen, wer so kommt, was für einen Eindruck die Kundschaft auf uns macht. Und dann entscheiden wir, wie wir vorgehen.«

»Das klingt vernünftig«, stimmte ich zu.

Eine Viertelstunde später meldete ich uns bei Reinhold ab. Er war kurz angebunden, vielleicht zog Egons eigenmächtiges Vorgehen schon Kreise und er musste nun unfreiwillig Politik machen, was er genauso hasste wie jeder andere Polizist.

Auch als Kriminalbeamter in Zivil strahlten wir unfreiwillig etwas aus, woran uns Außenstehende als Polizisten erkennen konnten. Auf dem Weg zur Kneipe überlegten wir, wie wir es anstellen konnten, uns zumindest nicht schon auf den ersten Blick zu outen. Wir stellten bald fest, dass wir zu wenig über die Kneipe wussten, wie zum Beispiel, ob wir dort als Paar oder als Kollegen oder vielleicht sogar als Einzelpersonen weniger Aufmerksamkeit erregen würden. Als wir aus dem Auto stiegen, hatten wir uns schließlich darauf geeinigt, einfach hineinzugehen und ein Bier zu bestellen.

Und das taten wir. Die Kneipe befand sich im Erdgeschoss eines lang gezogenen Häuserblocks, außen hing ein beleuchtetes Schild, das verkündete, welches lokale Bier man hier trinken konnte. Wir traten durch den schummrigen Eingang, passierten zwei Spielautomaten und standen fast direkt neben der Theke.

Das Rauchverbot in Gaststätten hatte zuerst die Politik, dann die Bevölkerung und schließlich die Kneipenlandschaft gespalten. In einigen Kneipen wurde weiter das Rauchen gepflegt, zum Widerstand gegen den Obrigkeitsstaat stilisiert und mit einer Trutzburgmentalität das Schild *Raucherklub* ins Fenster gehängt. In anderen Kneipen verschwand das Rauchen ohne großes Aufsehen und ohne die von der Tabaklobby heraufbeschworenen Umsatzeinbrüche.

Die Kneipe *Tiergarten* auf der Berliner Straße gehörte zur zweiten Gruppe. Ich war überrascht über den weitläufigen Innenraum, der sich hinter der Bar öffnete. Der Tresen war mit drei Männern mäßig belegt, die aussahen wie regelmäßige Feierabendtrinker, vier Tische waren mit mehreren Personen besetzt, darunter zwei Paare. Ich entdeckte zwei Billardtische und eine Dartscheibe, die auf die ersten Spieler des Abends warteten. Die Einrichtung war rustikal, aber nicht altbacken, gediegen, aber nicht langweilig. Das Licht genau im richtigen Maße gedämpft, war die Kneipe zwar kein Ort, an den ich Nina zu einem romantischen Abend einladen würde, aber Eva und ich waren für unser Pseudodate nicht fehl am Platz.

Der Wirt fragte uns: »Ein Tisch für zwei?« Es war ein untersetzter Mann mit gewaltigem Bauch und imposantem Schnurrbart, der uns freundlich über den Tresen anlächelte, wo er gerade ein Bierglas abtrocknete.

Ich nickte. »Ja.« Gleichzeitig hielt ich von Eva so viel Abstand, der signalisierte, dass wir kein Paar waren, aber mehr als Freunde. Und noch nicht wussten, wohin es mit uns noch gehen würde.

Eva spielte mit und trat unsicher von einem Bein aufs andere.

»Dort ist noch frei«, meinte der Wirt gutmütig. »Suchen Sie sich einen Platz aus.«

Ich folgte mit dem Blick seinem Finger. Tatsächlich standen noch drei Tische zur Auswahl. Ich steuerte zielstrebig auf einen an der Wand zu, von dem aus wir die Tür, die anderen Tische, den gesamten Tresen und den hinteren Bereich mit Billard, Darts und fünf weiteren Tischen im Blick hatten.

Ich hielt Eva unbeholfen den Stuhl und half ihr mit ihrer Jacke. Der Wirt brachte uns die Karte, kaum dass wir saßen, und fragte uns, was wir trinken wollten. Wir bestellten das Bier des Hauses, der Wirt grinste. »Sehr gern, kommt sofort.«

Eva setzte eine unschlüssige Miene auf und schaute mir in die Augen. »Na, das klappt doch gut.«

Ich grinste schief. »Was sagt uns das, wenn wir gut darin sind, linkisch und unbeholfen aufzutreten?«

Sie lächelte. »Dass uns der Beruf noch nicht abgestumpft hat.«

Der Wirt brachte das Bier, frisch gezapft. Wir stießen an. Essen würde schwierig werden, mir lagen die Teilchen vom Bäcker noch im Magen. Aber was sollten wir machen? Es schien der beste Weg zu sein, um längere Zeit unauffällig in der Kneipe zu sitzen und die Gäste zu beobachten. Zumindest der einzige Weg, wenn wir nicht ein Bier nach dem anderen trinken oder uns beim Billard blamieren wollten.

Inzwischen war es zwanzig nach acht. Kunze hatte die Kneipe am Vorabend um halb elf verlassen, also lag die interessante Zeit genau vor uns, wenn wir die Stammkundschaft befragen wollten, die Kunze vielleicht gekannt hatte.

Wir tranken langsam, unterhielten uns über unbedeutende

Kleinigkeiten und beobachteten die anderen Gäste. Es herrschte nicht viel Betrieb, zwei Feierabendtrinker gingen, ein neuer kam, setzte sich schweigend an die Bar und begann mit leerem Blick, die Tagesreste mit Bier und Schnaps herunterzuspülen. Wir bestellten uns ein Abendessen und warfen aufmerksame Blicke an die anderen Tische. Die Gäste waren mit sich selbst beschäftigt und beachteten uns nicht.

Mein Schnitzel schmeckte ordentlich und Eva zeigte sich mit ihrer Nudelpfanne auch zufrieden. Als der Wirt die Teller abtrug, erhielt er Verstärkung hinter der Theke. Ein junger Mann, der Student sein mochte, postierte sich am Zapfhahn, stellte aber bald fest, dass es ein ruhiger Abend mit ungesprächigen Trinkern war und widmete sich daraufhin dem Polieren der Gläser.

Die Gelegenheit schien günstig und als der Wirt kam und fragte, ob wir noch etwas trinken wollten, bestellte ich zwei Mineralwasser. Er brachte die Bestellung, ich zeigte ihm unauffällig meinen Dienstausweis und bat ihn, sich einen Moment zu uns zu setzen. Es musste so aussehen, als nehme der Mann sich an einem ruhigen Abend Zeit für alte Bekannte. Niemand beachtete uns.

Das Doppelkinn des Wirtes geriet in Wallung, aber seine Augen musterten uns neugierig. »Was kann ich für Sie tun?«, fragte er.

Ich holte ein Foto von Peter Kunze hervor und legte es auf den Tisch. »Kennen Sie diesen Mann?«

Der Wirt lächelte. »Natürlich, das ist Peter.«

»Er kommt regelmäßig hierher?«

»Ja, immer montags und freitags. Manchmal auch öfter.«

»Und war er gestern Abend auch hier?«

»Ja, so wie immer. Drei Bier, ein Schnaps.«

»Kam er allein?«

»Montags und freitags schon, an anderen Tagen meistens mit Freunden.«

Ich zeigte dem Wirt Fotos von Sven Helling und Dennis Hocke.

»Genau«, bestätigte er, »die hatte er im Schlepptau.«

»Hatte er noch andere Begleitung?«, wollte Eva wissen.

Der Wirt schaute sie nachdenklich an. »Nein, ich glaube nicht. Wir können Michael am Tresen fragen, aber mir ist nie jemand anderes aufgefallen.«

Ich zog ein Foto der Pressesprecherin hervor.

»Hübsch«, kommentierte der Wirt.

»War diese Frau schon einmal hier?«, fragte Eva.

»Nein, das wüsste ich!«

Ich glaubte ihm, auch wenn er damit die Behauptungen der Alders stützte. »Wie lange war Herr Kunze gestern Abend hier?«, kam ich wieder auf unser Anliegen zurück.

Der Wirt runzelte die Stirn. »Sie meinen Peter?« Und gerade als er antworten wollte, überlegte er es sich anders und fragte: »Warum wollen Sie das eigentlich wissen? Hat er Schwierigkeiten?«

»Er ist tot«, erwiderte ich nüchtern.

Sogar im Zwielicht der Kneipe war zu sehen, wie der Wirt blass wurde.

»Wir versuchen, so viel wie möglich über die Gewohnheiten von Herrn Kunze zu erfahren und zu rekonstruieren, was er gestern Abend gemacht hat«, erklärte Eva.

Der Wirt nickte langsam. »Aber wie …? Ich meine, wurde er …?«

Es war eine heikle Frage und deshalb musste ich unseren Gastgeber leider abbügeln: »Die Ermittlungen sind noch nicht abgeschlossen.«

Der Wirt sank in seinem Stuhl zusammen. »Unglaublich«, flüsterte er. »Peter war doch gestern noch hier. So wie immer.«

»Mit wem hatte er Kontakt, wenn er hier war? Hatte er Freunde hier? Andere Leute, mit denen er sich unterhalten hat?«

»Er hat … ich meine, wir haben uns immer unterhalten.«

»Worüber?«, hakte Eva nach.

»Ach …«, rang der Wirt um Worte, »… über alles Mögliche.«

»Und gestern? Hat er sich anders verhalten als sonst?«

Der Mann überlegte. »Nein, er war so wie immer. Hat ein wenig über die Arbeit gejammert. Dass er immer nur die Scheiße vom Känguru wegräumen muss. Und wie gerne er zu den Affen wechseln würde.«

»Das hat er Ihnen erzählt?«, fragte ich erstaunt. Wenn er es sogar an der Theke ausgeplaudert hatte, schien das Thema Kunze sehr beschäftigt zu haben.

»Hat er auch über seine Mutter gesprochen?«, fragte Eva.

»Nein, warum sollte er?«

Wenn er über die Affen gesprochen und seine Mutter nie erwähnt hatte, dann sicher nicht ohne Grund. Vielleicht, damit sich nicht unnötig viele Personen ausrechnen konnten, dass so ein Pflegeheim seine finanziellen Möglichkeiten überstieg.

»Ist Ihnen gestern etwas Ungewöhnliches aufgefallen?«

Der Wirt schüttelte den Kopf.

»Wie sieht es mit anderen Gästen aus?«, fragte ich.

In diesem Moment ging die Tür auf und drei Halbstarke stolzierten herein, setzten sich breitbeinig auf die Barhocker und lehnten sich lässig am Tresen in Pose.

»Wenn man vom Teufel spricht«, seufzte der Wirt.

Ich musterte die Neuankömmlinge. Ich schätzte die Männer auf Mitte zwanzig, sie trugen enge Jeans und Lederjacken, strubbelige Frisuren und einen arroganten Blick zur Schau, der nach Ärger suchte. Einer der Männer bemerkte, dass ich ihn beobachtete und starrte mich an. Offenbar irritiert darüber, dass ich seinem Blick standhielt, drehte er sich kurz darauf demonstrativ desinteressiert herum und griff nach seinem Bier.

»Freunde von Herrn Kunze?«, fragte ich.

»Schwer zu sagen«, antwortete der Wirt. »Die haben schon manchmal miteinander getrunken, aber diese Gestalten sind zwielichtig, wenn Sie mich fragen. Es gab nämlich Tage, an denen sie Peter furchtbar in die Pfanne gehauen haben.«

»Weshalb das?«, wollte Eva wissen.

»Peters Lieblingsthema waren die Affen«, berichtete der Wirt. »Und dann spotteten sie, man könne Peter ja auch in ein Affengehege stecken. Das ging über einen Scherz unter Freunden hinaus.«

»Und waren die drei gestern auch hier?«

»Ja, es war erst gestern, dass sie ihn ausgelacht haben. Sie haben ihm richtig zugesetzt.«

»Bis er gegangen ist?«, fragte ich.

»Und noch danach«, schilderte der Wirt. »Die sind gleichzeitig mit Peter aufgebrochen.«

Ich tauschte einen Blick mit Eva. Wir wussten beide, dass der Abend noch lange nicht zu Ende war.

»Die kommen mir komisch vor«, erklärte der Wirt. »Deshalb habe ich mir ihre Ausweise zeigen lassen.« Die drei Männer hießen Tim Ambach, Patrick Großmann und Jörg Flaig. Ich notierte mir diese Informationen, dann ging ich vor die Tür.

Ich erreichte die Zentrale und forderte zwei Streifenwagen an. Dann gab ich die Namen unserer drei Zeugen mit der Bitte durch, sie doch auf die Schnelle zu überprüfen.

Die Szene war unverändert, als ich die Kneipe wieder betrat. Die drei lümmelten an der Theke herum und verwickelten den Barmann in ein polterndes und prahlerisches Gespräch über Frauen.

Wir dankten dem Wirt, Eva postierte sich zwischen Theke und Ausgang und ich sprach die Gruppe an. »Guten Abend. Mein Name ist Markus Wegener von der Kriminalpolizei.«

Diese Worte wischten das Grinsen aus allen drei Gesichtern. Einer der Männer blickte sich nervös um, suchte mit seinen Augen den Ausgang und entdeckte Eva.

»Das ist meine Kollegin Eva Kotschenreuth«, erklärte ich trocken. Draußen hörte ich die Streifenwagen vorfahren. »Ich möchte Sie bitten, uns ins Präsidium zu begleiten. Wir haben einige Fragen an Sie.«

Die drei Halbstarken versuchten, noch zu lamentieren, und pochten unbeholfen auf ihre Rechte, aber es half nichts. Nachdem sie auf meine Nachfrage bestätigen mussten, am Vorabend Peter Kunze in der Kneipe getroffen und zeitgleich mit ihm das Lokal verlassen zu haben, und in ihren Augen die Erinnerung daran stand, dass sie ihn vor Zeugen nicht unbedingt freundlich behandelt hatten, fügten sie sich in ihr Schicksal.

Wir trennten die Männer, damit sie keine Gelegenheit hatten, ihre Aussagen abzusprechen. Großmann und Flaig wurden höflichst in je einen eigenen Streifenwagen eskortiert, Ambach fuhr mit uns. Auf dem Weg zurück ins Präsidium schwieg er und wir unternahmen keinen Versuch, ihn zum Reden zu bringen. Wenn er nichts zu verbergen hatte, würde die Zeit ihm nutzen, sich zu beruhigen. Wenn er sich etwas hatte zuschulden kommen lassen, würde ihn das Warten noch nervöser machen als ohnehin schon.

Die Befragung der drei Männer war gut vorbereitet. Reinhold erwartete uns schon. Er hielt drei Mappen hoch und grinste. »Ein Volltreffer, wenn du mich fragst.«

Lars und Oliver, Otto und Erika standen ebenfalls in Reinholds Büro. Sie wirkten erschöpft, aber aufmerksam. Inzwischen war es zweiundzwanzig Uhr.

Reinhold begann zu erklären: »Wir haben hier drei Unruhestifter erster Güte einkassiert. Fangen wir mit Ambach an. Fünfundzwanzig Jahre alt. Kein Schulabschluss, keine Berufsausbildung. Erste aktenkundige Straftat mit elf Jahren, damals Taschendiebstahl.«

»Früh übt sich«, kommentierte Oliver.

»Seitdem ein Kleinkrimineller, mehrere Jugendstrafen, auch Inhaftierungen, aber immer zu kurz, um ihn in irgendwelche Programme zu bringen. Ähnlich wie bei seinem Freund Großmann. Einstieg in die kriminelle Laufbahn mit Diebstahl im Alter von dreizehn Jahren. Bei dem Dritten dasselbe. Jörg Flaig, sechsundzwanzig, immerhin der Einzige von denen, der eine Ausbildung hat. Er ist Kfz-Mechaniker.

Ist er aber wahrscheinlich mit Hintergedanken geworden, er hatte nämlich die Absicht, einen Autoknackerring aufzubauen. Groß aufgezogen mit technischer Umrüstung und neuen Papieren.«

»Klingt nach Köpfchen«, gab Lars zu bedenken.

Reinhold verzog das Gesicht. »Richtig, wenn man bei denen überhaupt davon sprechen möchte, dann ist Flaig der mit Köpfchen.«

»Und seit wann kennen die sich?«, wollte ich wissen.

»Wir kennen die drei als Gruppe, seit sie vor zwei Jahren mit einer Gewalttat aufgefallen sind. Beim Fußball.«

Ich dachte zurück an die drei Gestalten, die wir kurzerhand ins Präsidium verfrachtet hatten. Wie echte Hooligans hatten sie nicht gewirkt, aber schließlich konnte man auch ohne Glatze und weiße Schnürsenkel eine Schlägerei anzetteln.

»Wochenendschläger?«, tippte Erika.

»Eher nicht«, entgegnete Reinhold. »Sie haben sich zu dritt den Busfahrer der gegnerischen Mannschaft vorgenommen, ein übergewichtiger und vollkommen wehrloser Mann. Musste mit Rippenbrüchen ins Krankenhaus. Einige Krefelder Fans haben Schlimmeres verhindert.«

»Drei ganz Mutige«, brummte Oliver. Ich konnte seine Kiefermuskeln hervortreten sehen.

»Richtig«, bestätigte Reinhold. »Die drei sind noch bei zwei weiteren Gelegenheiten aufgefallen. Wieder beim Fußball und ein anderes Mal vor einer Kneipe in der Altstadt. Jedes Mal haben sie sich zu dritt einen sehr viel Schwächeren vorgenommen.«

War das vorstellbar? War aus einem schlechten Scherz ein Mord geworden? Hatten die drei den zweifellos viel schwächeren Kunze in den Zoo gezwungen und ihn vom Dach des Affenhauses geworfen, weil er ihnen mit seiner Schwärmerei für die Primaten einfach auf die Nerven gegangen war?

Oliver schnalzte mit der Zunge. »Das hätten die mal mit mir versuchen sollen.«

Reinhold beäugte den Muskelprotz kritisch. »Vielleicht lässt du lieber Lars die Befragung durchführen. Mir reicht eine Klage wegen ungebührlicher Behandlung von Zeugen.«

»Keine Angst, ich habe keine Lust auf Radarfallen«, grinste Oliver.

»Wer nimmt welchen Zeugen?«, fragte Reinhold gedehnt.

»Wir haben uns auf der Fahrt schon an Ambach gewöhnt«, sagte Eva.

Oliver votierte für Flaig, den Mann mit Köpfchen, Otto und Erika übernahmen Großmann. Reinhold händigte uns die Akten aus und wünschte uns viel Glück. Ich spürte die Müdigkeit von meinem Kopf in den Rücken und von dort in alle Knochen kriechen, aber es half nichts. Wir mussten den Mörder von Peter Kunze aufspüren und würden alles unternehmen, was dazu erforderlich war.

Ich nahm die Mappe, Eva zwei Becher mit extra starkem Kaffee aus dem unerschöpflichen und rund um die Uhr bereitstehenden Vorrat der Polizei, dann machten wir uns auf den Weg, unseren Zeugen zu befragen.

Ich wusste seit ein paar Stunden, dass Stefan als ernstzunehmender Psychologe stets einige Nacktfotos zu diagnostischen Zwecken bereithielt. Und wahrscheinlich hatte er in seinem Schrank bei der Fachliteratur auch noch ein Buch aus den Zwanzigern stehen, das die Menschen anhand ihrer Schädelform in Typen einteilte. Eine stilisierte Profilzeichnung von Tim Ambach hätte darin zur Illustration des Typus ›Kleinkrimineller‹ dienen können. Mit niedriger Stirn, wulstig hervorspringendem Jochbein, einem fliehenden Kinn, stoppeligem Kurzhaarschnitt und stumpfem Blick war die Aussicht auf ein Gespräch mit ihm wenig verlockend. Aber Mordermittlungen waren ohnehin selten vergnügungssteuerpflichtig.

Die formale Belehrung, dass es für ihn sehr ratsam war, seine Antworten gründlich zu überlegen, hatte er inzwischen von einem Kollegen erhalten. Weil es für Zeugen und Beschuldigte aber noch kein Menschenrecht auf Kaffee während einer polizeilichen Vernehmung gab, war ich bisweilen wählerisch, wem ich einen anbot. Ambach bekam keinen. Ich setzte mich ihm gegenüber und knallte meinen Becher und seine Akte auf den Tisch. Er schreckte hoch, so wie ich es beabsichtigt hatte.

»Diesmal sind Sie zu weit gegangen«, ging ich direkt in die Offensive.

Ambach wich ein wenig zurück. Wahrscheinlich hatte er ein Problem mit mir, weil ich ihm aggressiv begegnete und seine Freunde ihm nicht den Rücken stärken konnten.

Ich schob ein Foto von Peter Kunze über den Tisch. Ambach blickte schuldbewusst zur Seite. War es wirklich so einfach? »Machen Sie es uns nicht unnötig schwer, Herr Ambach. Erzählen Sie uns, was gestern Abend passiert ist.«

Er schluckte, schaute mich aus großen Augen verschüchtert an, dann sagte er: »Wir haben nur ... Es war doch nur ein Spaß.«

»Peter Kunze hat nicht gelacht, oder?«

»Ich ... hat er ... er hat doch nicht ...?«

»Er ist tot«, sagte ich und beobachtete Ambachs Reaktion ganz genau.

»Ach du Scheiße«, brachte er nur hervor, während er mich anglotzte.

»Erzählen Sie, was passiert ist.«

»Ich habe nichts damit zu tun«, beteuerte er mit einem Anflug von Verzweiflung. »Ich meine, der Typ war doch nervig mit seinen Affen. Das war doch nicht zum Aushalten.«

Wir schwiegen. Was bei dem Pfleger Sven Helling gewirkt hatte, funktionierte auch bei dem halbstarken Proleten Ambach. Er redete weiter wie ein Wasserfall.

»Sie hätten es hören müssen. Ich wäre so gerne im Affenhaus ... Die Affen sind so klug ... Die Affen sind so geschickt ... Affen hier und Affen da. Das ist doch nicht normal, oder? Das war krank.«

Ich reagierte mit meiner berühmten hochgezogenen Augenbraue. Die beherrschte ich seit meiner frühen Jugend, wo ich eine Phase der Schwärmerei für Mr. Spock durchlebt hatte.

»Ich habe ihm gesagt: Mann, dann heirate doch 'nen Affen, wenn die so toll sind. 'ne Frau kriegste ja sowieso nicht, oder?« Er stimmte ein joviales Gelächter an, aber wir machten nicht mit.

Zunehmend nervöser versuchte Ambach es anders. »Aber das war alles. Bestimmt. Ich schwöre.«

»Klingt so, als müssten wir den Staatsanwalt anrufen«, sagte ich zu Eva.

Sie nickte bloß.

Ambach fuhr sich nervös mit der Zunge über die Lippen. »Ich habe nichts damit zu tun. Wir haben ihn doch nur ein bisschen aufgezogen. Ehrlich.«

»Wenn es stimmt, dass Sie diese Worte in Gegenwart Dritter an Herrn Kunze gerichtet haben, ist das eine Beleidigung. Und somit eine Straftat«, belehrte ich ihn.

Er schluckte erneut und auch als er wieder sprach, hüpfte sein Adamsapfel hektisch auf und ab. »Das war doch nur Spaß. Peter wusste das.«

»Was gab es noch für Späße?«, fragte ich.

Er wand sich ein wenig, aber weil ihm anscheinend keine weiteren Ausflüchte mehr einfielen, antwortete er auf meine Frage. »Affengeräusche.«

»Was meinen Sie damit?«, hakte ich nach.

Ohne zu zögern, verzog er das Gesicht, hob den linken Arm, um sich mit der rechten Hand unter der Achsel zu kratzen und machte: »Uuuh aaah, uuuh aaah!«

»Imitieren Sie einen Schimpansen oder einen Orang-Utan?«, fragte ich trocken. Ich spürte Evas Hand auf meiner Schulter. Wahrscheinlich sollte ich es wirklich nicht übertreiben.

Ambach machte es mir aber auch nicht leicht. Er antwortete mit einem Stirnrunzeln: »Na, ein Affe soll das sein, Mann.«

Ich seufzte. »Fangen wir von vorne an. Wann kamen Sie in die Kneipe?«

Mit ein wenig Hilfe und häufigem Nachfragen ergab sich nach und nach ein schlüssiges Bild der Abläufe. Das Trio war gegen zehn Uhr in der Kneipe aufgelaufen. Zu diesem Zeitpunkt hatten die Männer schon ein paar Bier intus, aber der Alkohol vom Discounter hatte nicht mehr gereicht. Es musste etwas Stärkeres sein und es sollte Gesellschaft her. Die Wahl der Bande fiel auf die kleine Kneipe mit dem unterhaltsamen Affenmann.

»Peter hat sich sogar gefreut, uns zu sehen«, beteuerte Ambach mit todernster Miene.

Ich glaubte ihm kein Wort. Ein wenig stockend berichtete er weiter, dass sie getrunken und sich mit Kunze unterhalten hatten.

»Ich hatte doch keine Ahnung, dass er so empfindlich ist, Mann«, quengelte Ambach uns an. »Wir dachten alle, der kann das ab.« Dann runzelte er die Stirn. »Hey Moment mal, wie ist der eigentlich gestorben?«

Ich erkannte einen Anflug schlechten Gewissens, vielleicht weil er kurz daran gedacht hatte, dass Kunze Selbstmord begangen haben könnte. Ich sagte: »Ermordet.«

Ambach schaute mich verstört an. »Aber warum denn das?«

»Das versuchen wir herauszufinden. Und deshalb hoffe ich, dass Sie uns erzählen, was gestern Abend noch passiert ist.«

»Ja, ja«, nickte er eifrig, »natürlich. Ist doch klar. Also, wir haben unseren Spaß gemacht. Wie immer. Ganz harmlos. Wirklich. Auch draußen noch, vor der Tür. Gut, irgendwann war es ihm dann doch zu viel. Dann ist er gegangen.«

»Kunze?«

»Ja.«

»Wohin ging er?«

»Keine Ahnung. Die Straße runter. Nach Hause dachte ich.«

»Allein?«

»Ja, der war allein. Habe ihn nie mit einer Frau zusammen gesehen.«

»Ich meinte, ob Sie ihm gefolgt sind.«

»Nein, wir sind danach … in eine andere Richtung gelaufen.«

»In welche Richtung?«, hakte ich nach.

»Ja … auch nach Hause.«

»Kann das irgendjemand bestätigen?«, fragte ich.

»Patrick und Jörg.«

Seine Freunde. »Sonst noch jemand?«

»Reicht das denn nicht?«, staunte Ambach.

»Herr Ambach«, sagte ich langsam, »anscheinend haben Sie Peter Kunze als Letzte lebend gesehen. Kurz danach ist er ermordet worden. Und mit Ihrer Vorgeschichte …« Ich ließ die Worte durch den Raum treiben und in Ambachs Kopf Gestalt annehmen.

»Ich … will einen Anwalt«, murmelte er.

»Ist es das?«, fragte ich, als wir alle zusammensaßen, um auf die Rechtsanwälte zu warten.

Das Szenario lag auf der Hand. Angetrunken hatten die drei ihr Lieblingsopfer in der Kneipe aufgegabelt, ihm dort auf verbalem Wege zugesetzt, Kunze verfolgt, als er nach Hause fliehen wollte. Dann hatten sie ihn zum Zoo geschleppt, sich Zugang verschafft, ihn gezwungen, auf das Dach des Affenhauses zu klettern, und ihn dann zu seinen geliebten Affen hinuntergeschmissen, nach denen er sich schon so lange gesehnt hatte. Aus Sicht der drei wahrscheinlich ein gelungener Spaß.

Was selbst ein weiterer Liter Kaffee nicht geschafft hätte, vollbrachte das Adrenalin. Die neue Spur elektrisierte uns zumindest so weit, dass wir nicht zusammenklappten. Allerdings erkannte ich trotz aller Euphorie die Schwachstellen in der Tatversion, die sich aufdrängte. »Er war aber noch zu Hause«, erinnerte ich die anderen. »Wir haben die Quittung vom Abend in seiner Wohnung gefunden.«

»Wenn wir davon ausgehen, dass diese Typen nicht hinterher dort eingebrochen sind, um eine falsche Spur zu legen, heißt das, dass sie ihn zumindest nicht direkt verfolgt und in den Zoo geschleppt haben können. Und so helle scheinen die drei nicht zu sein«, schlussfolgerte Oliver.

»Vielleicht haben sie ihn verfolgt und ihm aufgelauert, als er wieder herauskam?«, schlug Erika vor.

»Mit dieser Bande an den Fersen wäre er nicht mehr freiwillig vor die Tür gegangen«, entgegnete Otto.

»Dann haben sie ihn vielleicht heimlich verfolgt«, meinte Lars.

Ich dachte an Ambach und die anderen zurück, stellte sie mir vor, wenn sie betrunken waren. »Die würde man auf einen Kilometer hören und sehen. Und riechen.«

Wir schauten uns ein wenig ratlos an. Schließlich fragte Reinhold: »Und trotzdem wollen die keine Aussage machen?«

Wir schüttelten einhellig den Kopf. »Nicht ohne Anwalt.«

Reinhold strich sich nachdenklich über sein Kinn. »Seltsam, seltsam.«

»Es besteht auch die Möglichkeit, dass die drei mit Kunze in seiner Wohnung waren«, sagte Eva langsam.

Ich erinnerte mich an die Aussagen. Es war alles nur ein Spaß. Peter hat das verstanden. Sie konnten ihn zu dritt in ihre Mitte genommen und nach Hause gebracht, dort die Biervorräte geplündert haben und waren dann auf die Idee gekommen, ihn in den Zoo zu schleppen.

»Das ist vorstellbar«, bestätigte ich. »Wir sollten alle Nachbarn von Kunze befragen, ob die etwas gesehen oder gehört haben. Wenn es so abgelaufen ist, wird das nicht unbemerkt geblieben sein.«

Reinhold nickte. »Wir veranlassen das gleich morgen früh.«

Obwohl wir nun doch noch diese Möglichkeit entdeckt hatten, sagte mir mein Gefühl, dass wir für den Mord an Kunze nicht unbedingt eine heiße Spur verfolgten. Natürlich mussten wir ihr trotzdem nachgehen.

Es war erstaunlich, dass drei abgerissene Gestalten wie Ambach, Großmann und Flaig sich überhaupt reguläre

Rechtsanwälte leisten konnten. Noch erstaunlicher war, dass die Herren ohne Murren und in kürzester Zeit so spät am Abend noch aufliefen. Obwohl es sich nur um eine Zeugenvernehmung handelte. Für ein angemessenes Honorar war sicherlich auch das zu haben, aber Ambach und seine Kumpane hatten nicht wie vermögende Bürger auf mich gewirkt. Sie wären allerdings auch nicht die ersten Verdächtigen, die über eine geheime und vielleicht illegale Geldquelle verfügten.

Der Anwalt von Ambach stellte sich als Karl-Heinz Bitter vor. Er war ungefähr in meinem Alter, schüttelte uns verbindlich die Hand und machte mit akkuratem Scheitel, faltenfreiem Anzug und adrettem Lächeln einen ordentlichen Eindruck, wie er nun am Vernehmungstisch vor uns saß.

»Wird mein Mandant als Zeuge befragt?«, erkundigte er sich.

»Ja.«

»Wären Sie dann so freundlich, mich in Kenntnis zu setzen, warum mein Mandant meint, meine Unterstützung zu benötigen, wenn die Vernehmung lediglich als Zeuge erfolgt?«

Das taten wir. Allerdings sprachen wir unseren Verdacht nicht aus, sondern ließen den Anwalt selbst schlussfolgern.

»Ich verstehe«, erklärte Bitter schließlich. »Wenn es recht ist, können wir die Befragung fortsetzen.«

Es war recht. »Wir wollten gerade danach fragen, was geschehen ist, nachdem Sie mit Ihren Freunden und Herrn Kunze gemeinsam die Kneipe verlassen hatten«, wandte ich mich an Ambach.

»Nichts«, erklärte Ambach lapidar. »Wir haben noch ein paar Späße gemacht, Peter ist nach Hause gegangen.«

Ich lächelte. »Das sagten Sie bereits. Aber was haben Sie gemacht?«

Ambach tauschte einen Blick mit seinem Anwalt aus. Der nickte kurz. Ambach verriet: »Wir sind auch nach Hause, war vielleicht etwas viel Bier gestern Abend.« Er grinste mich an, aber er blieb allein damit.

»Wissen Sie, wo Herr Kunze wohnte?«

»Nein, woher denn?«

»Und Sie sind direkt nach Hause gelaufen, waren dort allein und haben Herrn Kunze seitdem nicht wiedergesehen?«

»Richtig.«

Ich glaubte dem Mann kein einziges Wort. Und nie und nimmer nahm ich ihm ab, dass er für diese zwei mageren Behauptungen den Beistand seines Anwalts benötigte. Zumal ich ihn vorher nicht so hart angefasst hatte, dass er befürchten musste, von mir in die Pfanne gehauen zu werden. Und doch saß ein wachsamer Karl-Heinz Bitter im Raum, der mich taxierte und vielleicht schon eine Strategie zurechtlegte, wie er uns vor Gericht auseinandernehmen konnte.

»Herr Ambach, dürften wir wohl Ihre Fingerabdrücke und eine DNA-Probe nehmen?«, fragte ich, einer spontanen Eingebung folgend.

Ambach bekam große Augen, die seines Anwalts schnurrten zu schmalen Schlitzen zusammen. »Warum, wenn ich fragen darf?«

»Sehen Sie«, erklärte ich mit meiner besten Unschuldsmiene, »Ihr Mandant hat niemanden, der bestätigen kann, dass er zu Hause war, als Herr Kunze gestorben ist. Das könnte unter Umständen zu einem Problem werden. Aber wenn wir seine Abdrücke und DNA hätten, könnten wir die mit den Tatortspuren abgleichen und auf diese Weise zeigen, dass Ihr Mandant mit dem Mord nichts zu tun hat.«

Meine Logik war natürlich bestechend. Und Ambachs Reaktion auch. »In Ordnung«, sagte er gedehnt. »Wenn es sein muss.«

Natürlich hätte er sagen können, dass wir seine Abdrücke und DNA längst hatten. Aber damit hätte er uns auf seine Verurteilung hingewiesen, was er offenbar nicht wollte.

Mir kam eine Idee. Ich ging zu Eva, wir beugten uns zueinander, tuschelten ein wenig, wobei wir den beiden geheimniskrämerisch den Rücken zuwandten. Dann verließ Eva den Raum.

Ich ging zurück zum Tisch. Musterte Ambach erneut. »Sehen Sie, Herr Ambach, die Polizei ist nicht immer besonders schnell, wenn es darum geht, dass verschiedene Kommissariate zusammenarbeiten.«

Ambach schaute irritiert, sein Anwalt zeigte sich unbeeindruckt.

»Meine Kollegin ist losgegangen und überprüft unsere Aufzeichnungen über Verbrechen, die uns aus der letzten Nacht gemeldet wurden.« Ich ließ diese Worte ein wenig wirken. »Glauben Sie, sie wird etwas finden?«

Treffer. Ambach suchte hektisch den Blick seines Anwalts. Der seufzte leise, weil er sofort bemerkte, dass sein Mandant sich verraten hatte. »Könnten wir eine Pause einlegen?«

»Natürlich«, sagte ich. Ich ging in den Beobachtungsraum nebenan, wo Eva auf mich wartete.

»Guter Bluff«, empfing sie mich.

»Wenn er uns weiter nichts verrät, müssen wir wirklich mal die Aufzeichnungen prüfen. Da ist auf jeden Fall etwas«, sagte ich.

Im Verhörraum sahen wir die beiden unter lebhaftem Gestikulieren miteinander sprechen. Der Ton war abgestellt, weil es jedes Gerichtsverfahren sprengen konnte, wenn wir eine vertrauliche Unterredung eines Beschuldigten und seines Anwalts abhörten.

So wie Ambach mit den Armen ruderte, handelte es sich wirklich um ein unerfreuliches Thema. Nun, wir würden es früh genug erfahren. Je länger das Gespräch dauerte, desto öfter schüttelte der Anwalt den Kopf und desto verzweifelter wirkte Ambach. Schließlich stand Bitter auf, ging zur Tür und rief nach uns.

Ich überließ ihm die Eröffnung der zweiten Runde. Was sich als goldrichtig erwies. Er teilte uns steif mit: »Mein Mandant möchte eine Stellungnahme abgeben.«

»Sehr gerne«, sagte ich. »Wir zeichnen alles auf.«

Der Anwalt nickte stumm, Ambach begann, stockend zu sprechen. Mit Unterbrechungen, einigem Schlucken und mit vielen Wendungen berichtete er, wie er mit seinen Freunden hinter Peter Kunze hergeschaut hatte, bis der außer Sicht war. Wie sie sich alle in Flaigs alten Ford gequetscht hatten und in den Forstwald gefahren waren. Und dann eine alte Villa ausgesucht, dort deren Terrassentür aufgestemmt hatten, eingestiegen waren und alles mitgenommen hatten, was nicht niet- und nagelfest war.

Zugegeben, diese Aussage überraschte mich.

»Sie sehen also«, erklärte der Anwalt uns, »dass mein Mandant mit dem Mord, den Sie untersuchen, nichts zu tun haben kann.«

»Falls die Aussage zutrifft«, erwiderte ich. »Es sind schon Fälle dokumentiert, in denen ein Beschuldigter das harmlosere Verbrechen gestanden hat, um vom schwereren abzulenken.«

»Ich muss doch sehr bitten«, empörte sich der Anwalt, was in Ordnung war, denn er machte nur seinen Job.

So wie ich. »Eva, rufst du den Staatsanwalt und die Kollegen an?« Ich lächelte mechanisch, fast als wäre ich selbst ein Anwalt.

»Sicherlich wird sich das Geständnis strafmildernd auswirken«, sagte der Anwalt.

»Sicherlich«, bestätigte ich.

Ambach machte keinen glücklichen Eindruck, aber erst einmal schied er aus unseren Ermittlungen aus. Trotzdem teilte ich ihm offiziell mit: »Herr Ambach, Sie sind vorläufig festgenommen.«

Krefeld war durch unsere Arbeit wieder ein wenig sicherer geworden – wunderbar. Wir verabschiedeten uns und überließen Ambach und Bitter dem, was noch kommen mochte. Also zunächst einmal weitere Befragungen, danach für Ambach eine Gefängniszelle, am nächsten Tag die Vorführung beim Haftrichter, dann ein ordentlicher Haftbefehl.

Vor der Tür wären wir beinahe mit Martin Oschmann und Niklas Schöbel zusammengestoßen, beide vom KK 21, das sich um Einbruchsdiebstähle kümmerte.

»Saubere Arbeit, Markus«, meinte Niklas und klopfte mir anerkennend auf die Schulter.

»Ich greife doch einem Kollegen jederzeit gerne unter die Arme«, behauptete ich.

»Wobei das eigentlich nicht so richtig *unser* Fall ist«, schränkte Niklas ein.

»Was meinst du?«, hakte ich nach. »Es geht doch um Einbruchsdiebstahl.«

»Das stimmt«, bestätigte Martin. »Aber weißt du denn nicht, um was für ein Haus es sich handelt?«

Ich stand anscheinend auf der Leitung, kratzte aber all mein Wissen zusammen: »Eine Villa im Forstwald.«

Evas Synapsen arbeiteten schneller als meine, denn sie pfiff leise durch die Zähne.

Martin lächelte. »Richtig. Es ist genau die Villa, deren Besitzerin später in der Nacht ermordet wurde.«

»Die Welt ist doch klein«, sagte ich zu Nina, als wir jeder mit einem Becher Kräutertee an dem winzigen Esstisch in ihrer Wohnung saßen. Es war ein Uhr nachts, uns beiden steckte der erste Tag einer Morduntersuchung in den Knochen, wir waren erschöpft bis zum Umfallen, aber an Schlaf war noch nicht zu denken.

»Und Krefeld ist noch kleiner«, bestätigte sie.

»Ich dachte, wir wollten keine Fälle mehr zusammen bearbeiten«, scherzte ich.

»Das Schicksal führt uns eben immer wieder zusammen.« Sie schaffte ein erschöpftes Grinsen.

»Bei mir tauchen Zeugen auf, die wir verdächtigen, und dann gestehen sie einen Einbruch, weil sie ein Alibi benötigen, und im nächsten Moment sind sie in deinem Fall Verdächtige.«

»Glaubst du, sie könnten es getan haben?«, fragte Nina.

»Den Mord im Forstwald? Schwer zu sagen. Am ehesten noch, wenn die Hausherrin sie während des Einbruchs überrascht hat. Und die Dinge außer Kontrolle geraten sind.«

»Die Dinge?«, fragte sie mit hochgezogener Augenbraue. Das musste sie von mir abgeschaut haben. »Du meinst unsere Verdächtigen.«

Ich nickte. »Aber ich würde nicht drauf wetten. Sie würden doch den Einbruch nicht als Alibi anführen, wenn sie dabei die Frau umgebracht hätten!«

Wir tranken von unserem Tee, der hauptsächlich aus Melisse bestand, ich spürte, wie er langsam zu wirken begann und die Anspannung in meinem Bauch sich zögernd auflöste.

»Vielleicht sind die Jungs einfach nicht so helle«, schlug Nina vor.

»Das Gefühl hatte ich auch.«

»Haben sich selbst vom Regen in die Traufe manövriert.«

»Das will gekonnt sein.«

»Auf jeden Fall wirft das ein neues Licht auf unseren Mord. Ursprünglich dachten wir, es wäre ein Raubmord, weil so gut wie alle Wertgegenstände ausgeräumt sind.«

»Und jetzt meint ihr«, sagte ich, während ich ein Gähnen unterdrückte, »es könnte erst der Einbruch und dann der Mord gewesen sein? Von unterschiedlichen Tätern?«

Nina ließ sich von meinem Gähnen anstecken. »Das wäre ein unglaublicher Zufall.«

»So zufällig, dass es schon wieder verdächtig ist«, sinnierte ich.

Der Tag forderte seinen Tribut. Keiner von uns hatte Lust, noch weiter über Mordfälle zu sprechen, und so widmeten wir uns eine Weile schweigend unserem Tee. In dieser Stille sammelten sich meine Erinnerungen an den Tag. Der blutige Tatort, die seltsamen Befragungen im Zoo, das unheimliche Pflegeheim, drei verdächtige Tierpfleger und drei Einbrecher, die vielleicht auch Mörder waren.

»Weißt du«, sagte ich nachdenklich, »ich habe mich schon öfter gefragt, ob es nicht angenehmer wäre, einfach im Innendienst zu arbeiten.« Nina schaute mich interessiert an.

»Du weißt schon«, fuhr ich fort, »irgendwelche analytischen Aufgaben.«

»Ach so?«

»Vielleicht sogar eine Führungsposition. Man darf schließlich nicht alles den Juristen überlassen.«

»Mmmh.«

»Und das ist auch nicht so gefährlich.«

»Richtig.«

»Außerdem sind die Karrierechancen viel besser«, kam ich zum Höhepunkt meiner Argumentation.

»Aha.«

»Es gibt eine Laufbahn und nicht nur einen Haufen Irrer, die verrückte Dinge tun und versuchen, uns umzubringen, wenn wir sie verhaften wollen.«

Nina schaute mir für einen langen Moment in die Augen. Dann demonstrierte sie mir, dass sie noch sehr viel wacher war, als ich vermutet hatte. »Warum bewirbst du dich dann nicht einfach, wenn etwas frei wird?«

»Äh ...«

»Oder sprichst mit Reinhold über dein Aufgabengebiet?«

»Ich dachte eigentlich ...«

»Ich habe gehört, beim LKA gibt es auch gute Perspektiven.«

»Ich meinte, dass ...«

Nun bekam ich die hochgezogene Augenbraue zu sehen. »Ja?«

»Ich dachte eigentlich eher, dass du ...«

Trotz der Müdigkeit zauberte sie Überraschung auf ihr Gesicht. *»Ich* soll in den Innendienst?«

Augenblicklich wusste ich, dass ich verloren hatte. »Es ist nur ...«

»Ja?«

»Bei solchen Fällen mache ich mir einfach Sorgen um dich«, versuchte ich es verlegen.

Nina lächelte und schmiegte sich in meine Arme. »Und dafür liebe ich dich.«

Wir küssten uns. Es war wahrscheinlich nicht der richtige Augenblick für dieses Thema.

»Ich bin völlig erledigt«, gestand ich.

»Dann lass uns ins Bett gehen.«

Eine Beziehung unter Polizisten hatte den unschätzbaren Vorteil, dass sich keiner von uns rechtfertigen musste. Nicht für die Arbeitszeiten und nicht dafür, vollkommen ausgelaugt nach Hause zu kommen und nach einer Nacht, die so kurz war, dass sie den Namen nicht verdiente, wieder aus dem Bett springen und die bösen Jungs jagen zu müssen.

Es war halb zwei, als wir ins Bett fielen. Ich war eingeschlafen, bevor mein Kopf richtig das Kissen berührt hatte.

Mittwoch

Als der Wecker klingelte, lag mein Kopf definitiv auf meinem Kissen, aber es fühlte sich an, als hätte ich ihn dort erst zwei oder drei Minuten zuvor abgelegt.

Neben mir fluchte Nina unterdrückt und ließ einen beängstigenden Handkantenschlag auf den Wecker niederkrachen. Es schepperte fürchterlich, aber das schrille Piepen war verstummt.

Unter größter Mühe rappelte ich mich gegen den Widerstand meiner eigenen Knochen und Muskeln auf, schwang meine Beine über die Bettkante und rieb mir den Schlaf aus den Augen.

»Die Technik kannte ich noch nicht«, nuschelte ich.

»Kommt auch nur während einer Mordermittlung zum Einsatz.«

Ich stand auf und dehnte meine müden Muskeln. »Vielleicht stecken die ja dahinter.«

»Wer?«, fragte Nina.

»Na, die Weckerindustrie«, erklärte ich.

»Die lassen Leute umbringen?«

Ich nickte gewichtig. »Damit du jeden Tag einen Wecker zerschlägst und einen neuen kaufen musst.«

»Du meinst, es gibt ein weltweites Weckersyndikat?«

Ich musste grinsen. »Genau.« Es half ein wenig, aber es führte trotzdem kein Weg daran vorbei, dass wir aufstehen und zwei Morde aufklären mussten.

Trotz kochend heißer Dusche und schwärzestem Kaffee verweigerte mein Gehirn beharrlich die höheren Funktionen, meine Arme und Beine fühlten sich an wie aus Blei und mein größter Wunsch war, mich einfach wieder ins Bett zu legen. Aus Erfahrung wusste ich, dass dieser Zustand vielleicht noch eine Stunde andauern und sich dann langsam zum Besseren wenden würde.

»Das ist brutal«, beschwerte sich Nina zwischen zwei Löffeln Müsli.

»Im Innendienst gibt es geregelte Arbeitszeiten«, erinnerte ich sie.

Sie musterte mich mit ihren rot geäderten Augen. »Bist du jetzt jeden Tag besorgt um mich?«

»Rund um die Uhr«, bestätigte ich.

»Ich bin ein großes Mädchen und kann gut auf mich aufpassen, Markus.«

Und schon war ich wieder abserviert. Ich nahm mir vor, das Thema trotzdem weiterzuverfolgen – aber nicht jetzt. Zuerst musste ich mir eine bessere Strategie überlegen. »Das habe ich bemerkt«, sagte ich deshalb leichthin. »Mir macht das nur selbst immer mehr zu schaffen.«

Was noch nicht einmal gelogen war. Mit jedem Jahr, das ich mit Mordermittlungen verbrachte, schien meine Haut dünner zu werden.

Nina lächelte mich an und das war ein Anblick, der wirkungsvoller und vor allem schöner war als hundert Sonnenaufgänge. Wir nutzten das Frühstück als die für viele Stunden wahrscheinlich letzte Ruhephase und plauderten über das Wetter und andere Belanglosigkeiten. Bevor wir aufbrechen mussten, entschieden wir uns noch für ein Restaurant, in dem wir einen freien Abend verbringen und den Abschluss unserer Fälle feiern wollten.

Aber bis dahin lag noch eine Menge Arbeit vor uns. Und weil unser Arbeitstag vollkommen unvorhersehbar war, fuhren wir getrennt ins Präsidium. Wir küssten uns am Eingang ein letztes Mal, bevor jeder zu seiner eigenen Mordermittlung trottete.

Nach diesem Morgen konnte auch der Polizeikaffee, der, streng genommen, als chemischer Kampfstoff hätte deklariert werden müssen, mir keinen zusätzlichen Schwung mehr verleihen. Die meisten meiner Kollegen erschienen ebenfalls ziemlich zerschlagen im Präsidium und machten ausgiebigen, aber nicht sehr erfolgreichen Gebrauch vom Koffein.

»Ein wunderschöner Morgen«, sagte ich, als ich mich zu Eva setzte. Mein Frühstück mit Nina hatte zumindest mein emotionales Konto aufgefüllt.

»Immerhin«, entgegnete sie, »wird Egon uns nicht mehr nerven.«

Bei der Vorstellung, wie Egon sich mit der Kalibrierung und waidgerechten Tarnung einer Radarfalle abmühte, musste ich lächeln. »Ein absoluter Pluspunkt«, stimmte ich zu.

»Dafür müssen wir uns heute wieder mit den sperrigen Zooleuten auseinandersetzen.«

Ich zuckte mit den Schultern. »Man kann nicht alles haben.«

Oliver wirkte ebenfalls relativ frisch. »Es ist so angenehm hier«, grinste er. »Wo ist Egon doch gleich?«

Wir lachten alle und ließen uns auch von Reinhold nicht unterbrechen. Er räusperte sich und begann die Sitzung mit einem allgemeinen Sachstandsbericht. Der nichts Neues enthielt. Zumindest nichts Wesentliches.

Die drei Verdächtigen Ambach, Großmann und Flaig hatten die Nacht in Einzelzellen verbracht und wurden weiterhin streng voneinander separiert. Sie erwartete ein anstrengender Tag voller Vernehmungen, ihre Wohnungen standen auf der Durchsuchungsliste und die für die Ermittlungen im Forstwald zuständige Mordkommission war zuversichtlich, auf einer heißen Spur zu sein. Wir waren uns einig, dass wir die Entwicklungen aufmerksam verfolgen wollten, für unseren Fall dabei allerdings nicht viel herausspringen würde.

Ralf und Karl berichteten gemeinsam über die Abläufe, die schließlich zum Tod von Kunze geführt hatten. Karl bestätigte noch einmal, dass Kunze nach dem Aufprall im Schimpansengehege noch gelebt hatte. Erst als die Tiere ihn auf ihrem Klettergerüst zu traktieren begonnen hatten, hatte er die letztendlich tödlichen Verletzungen erlitten. Er zeigte dabei einige sehr eindrucksvolle und unappetitliche Bilder, die besser wirkten als der Kaffee.

»Ich muss nicht extra daran erinnern, dass diese Informationen Verschlusssache sind«, schärfte Reinhold uns ein, nachdem Karl erklärt hatte, welcher der Schimpansen Kunze nun letztendlich zu Tode gebissen hatte.

»Du meinst, der Zoo ist lieber mit Nashornbabys und kleinen Schneeleoparden im Fernsehen als mit einem Killeraffen?«, fragte Oliver.

Die Nachforschungen im Zoo hatten nichts ergeben, was unsere Ermittlungen vorangebracht hätte. Alle Befragten bestätigten, dass Kunze ein Einzelgänger gewesen war, manche fanden ihn komisch, andere nicht, wieder andere kannten ihn nur vom Sehen. Nur wenige wussten, dass er aus privaten Gründen von Göppingen nach Krefeld gewechselt war, und selbst wir hatten noch nicht herausfinden können, ob es neben der Erkrankung seiner Mutter auch noch eine gescheiterte Beziehung gegeben hatte, die Kunze aus dem Schwäbischen ins Rheinische getrieben hatte.

»Wir bleiben dran«, verkündete Reinhold. »Irgendjemand im Zoo weiß etwas oder hat von jemandem gehört, der etwas wissen könnte. Wir fragen so lange herum, bis wir wissen, womit der Kerl das Pflegeheim seiner Mutter bezahlt hat.«

Ein zustimmendes Gemurmel machte sich in der Gruppe breit. Alle waren sich einig in der Hoffnung, dass uns die geheime Geldquelle von Kunze auch auf die Spur seines Mörders bringen würde.

Simon übernahm den nächsten Teil. Und ließ eine Bombe platzen. Er zeigte uns ein Foto von dem Loch im Zaun, das wir am Tag zuvor gemeinsam entdeckt hatten. Er fasste kurz unsere Vermutungen zusammen. »Vor Ort sah alles plausibel aus. Niemandem kam etwas komisch vor«, schloss er seinen Bericht.

Mich eingeschlossen, wie ich mich erinnerte.

»Aber«, verriet Simon, »wir haben etwas übersehen. Ich habe es heute Morgen entdeckt. Es sind die Maße des Lochs.« Er wechselte zu einer Aufnahme mit Größenraster. »Das Loch ist einfach zu flach. Hier sind einige Unebenheiten im Boden, sodass der Durchlass an seiner flachsten Stelle lediglich fünfzig Zentimeter hoch ist.«

Jetzt sah ich es auch. »O Mann«, hörte ich mich sagen.

Simon nickte. »Das hätte uns eigentlich gleich auffallen sollen. Denn diese Öffnung ist nicht groß genug, um einen Mann wie Kunze hindurchzuziehen. Absolut ausgeschlossen.«

Wir schauten alle ein wenig ratlos drein, deshalb ergänzte Karl: »Wir haben uns Kunze noch einmal zusammen angeschaut. Ich kann Simons Einschätzung nur bestätigen. Kunze hätte man nicht ohne deutliche Spuren am Körper durch diese Öffnung befördern können. Und die hat er nicht.«

»Heißt das, Kunze ist auf einem anderen Weg in den Zoo gelangt?«, wollte Reinhold wissen. »Und ist alleine auf das Affenhaus gestiegen?«

»Weder noch«, antwortete Simon einem verdutzten Reinhold. »Wenn Kunze bei Bewusstsein war, dann könnte er sich unter Umständen selbst durch diese Öffnung gezwängt haben. Aber das ist unwahrscheinlich. Ich habe die Spuren noch einmal untersucht. Sie sind nicht stimmig. Und Kunze hatte auch keine Erdspuren an der Kleidung. Die er haben müsste, wenn er über den Boden gerobbt wäre.«

Ich kratzte mich am Hinterkopf. »Er ist also selbst in den Zoo gegangen ... Aber warum dann das Loch?«

»Um uns abzulenken?«, schlug Simon vor.

Ich war nicht überzeugt. »Aber warum denn? Und selbst wenn: Das hätte man doch geschickter anstellen können.«

»Da hast du recht«, bestätigte Simon. »Ich habe keine Antwort darauf.«

»Und wie ist er dann in den Zoo gekommen?«, fragte Reinhold.

»Durch die kleine Tür für das Personal«, vermutete Simon. »Das wäre am einfachsten. Er hat einen Schlüssel für die Tür.«

»Können wir das irgendwie überprüfen? Was ist mit der Videoüberwachung?«, hakte Reinhold nach.

»Ich erwarte die Bänder minütlich in meinem Büro«, grinste Simon.

»Und auf denen könnten wir sehen, ob er selbst gegangen ist oder ob sein Mörder schon bei ihm war«, sinnierte Oliver.

»Sehr gut«, lobte Reinhold. »Die wahrscheinlichste Möglichkeit ist doch, dass er durch die Tür auf das Zoogelände gelangt ist, oder?«

»Richtig«, bestätigte Simon.

»Haben wir seinen Schlüssel?«

Keiner sagte ein Wort. Einschließlich mir. Was wohl daran lag, dass wir alle das Gleiche dachten. Wenn wir Kunzes Schlüssel nicht auftreiben konnten, kam der Täter vielleicht von außerhalb des Zoos und hatte Kunzes Schlüssel genutzt. Wenn wir Kunzes Schlüssel zum Beispiel in seiner Wohnung aufstöbern konnten, hatte der Täter selbst einen Schlüssel besessen.

»Der Schlüssel ist wichtig«, bestätigte Ralf. »Aber wir haben ihn bisher nicht gefunden.«

»Er trug ihn also nicht bei sich?«, hakte Reinhold nach.

»Stimmt. In seiner Wohnung haben wir ihn auch nicht gefunden, aber da haben wir auch nicht danach gesucht.«

»Wir werden das nachholen«, verkündete Ralf. »Ich stelle ein Team zusammen.«

»Sehr gut«, befand Reinhold.

»Ich sichte die Überwachungsvideos«, sagte Simon.

»Da würde ich gerne dabei sein«, meldete ich.

»Ich werde in der Zeit prüfen, welche Personen überhaupt einen Schlüssel zu dieser Tür hatten«, bot Eva an.

Reinhold nickte abermals. »Dann bleibt uns nur noch, die weiteren Befragungen des Personals aufzuteilen.«

Ein Seufzen ging durch den Raum und ich dachte daran, dass wir es nicht so schlecht getroffen hatten.

Die Sitzung der Mordkommission endete ohne ätzende Kommentare, Sticheleien oder Seitenhiebe, was für uns eine mindestens genauso neue Erfahrung war wie das Ausstellen von Knöllchen für Egon.

Ein uniformierter Kollege kam uns auf dem Flur entgegen und übergab Simon einen schmalen braunen Umschlag. Der öffnete ihn und grinste. »Meine Videos sind da.«

An seinem Arbeitsplatz angekommen, schob er die DVD in das Laufwerk und startete den Film. Wir sahen zunächst nur graues Rauschen. Erst nach einigen Sekunden bildeten sich mit etwas Fantasie die ersten Umrisse auf dem Bildschirm. Ich erkannte den Zaun des Zoos, einige Büsche davor, den dunklen Asphalt des Parkplatzes und die fast zur Unkenntlichkeit abgetragenen Fahrbahnmarkierungen.

»Da ist die Tür«, sagte Simon und deutete auf einen Schemen, der etwas dunkler als der umgebende Zaun war. »Beste Sicht.«

»Wenn du das Sicht nennen willst«, brummte ich.

»Die Aufnahme kann ich noch etwas aufmotzen«, versprach er. »Aber warten wir erst einmal, ob dort überhaupt etwas zu sehen ist.«

Ich grunzte zustimmend. Die Tür befand sich mitten im Bild, anders als der Bereich des Zauns, in dem wir das Loch gefunden hatten. Der wurde, wie wir schon gestern festgestellt hatten, durch einen Busch vor allen neugierigen Blicken abgeschirmt.

Simon ließ die Aufnahme schneller durchlaufen, die Zeit tickte vorwärts, erst auf 22:30 Uhr, dann noch weiter, ohne dass etwas zu entdecken gewesen wäre, außer einigen langsam im Wind schwingenden Zweigen und Ästen.

Das änderte sich schlagartig, als die Uhr der Überwachungskamera 22:53 Uhr anzeigte. Aber nicht so, wie wir es uns erhofft hatten.

»Scheiße!«, fluchte Simon. »Was soll das denn jetzt?«

Ich war genauso überrascht wie er, als ich den weißen Lieferwagen von rechts ins Bild kommen sah. Er fuhr relativ nah an die Kamera und parkte in einem Winkel vor der Linse, dass wir von dem Zaun fast nichts mehr sahen. Und von der Tür auch nichts.

Der Fahrer des Lieferwagens vermasselte uns unsere wichtigste Spur! Aber nach einmal tief Durchatmen erkannte ich: »Das ist kein Zufall. So wie der da geparkt hat, versperrt er absichtlich den Blick.«

Simon schaute genauer hin und stellte ebenfalls fest, dass der Fahrer genau außerhalb des Kamerawinkels geparkt hatte. Ihn anhand der Aufnahmen zu identifizieren, konnten wir vergessen. Vom Nummernschild des Lieferwagens ganz zu schweigen.

»Was ist das denn für ein Auto?«, murmelte ich und suchte nach irgendwelchen Merkmalen, die diesen weißen Lieferwagen von den Tausenden anderen auf den Straßen unterschied. Keine Chance. Er hatte keine Aufschrift, keine Beulen oder Kratzer, keine Fenster, durch die wir hätten hineinschauen können. Es war einfach ein weißer Lieferwagen, wir konnten noch nicht einmal die Marke feststellen.

»Der Täter hatte Komplizen«, vermutete Simon. »Und die sitzen vielleicht in diesem Fahrzeug.«

»Kann sein«, entgegnete ich nachdenklich. »Je länger wir ermitteln, desto mehr seltsame Zufälle gibt es. Oder auch nicht.«

»Aber wenn es kein Zufall ist, bedeutet das doch, dass der ganze Mord von langer Hand geplant wurde. Und zwar mit großem Aufwand, um alles genau so zu arrangieren.«

Ich rieb mir das Kinn und knetete sogar meine Unterlippe, aber anders als meinem Detektivkollegen Justus Jonas half mir das kein bisschen beim Nachdenken. »Alles greift ineinander. Das Dach ist am passenden Tag offen, es geschieht genau an dem Abend, als sich diese drei seltsamen Typen als Hauptverdächtige anbieten, und jetzt verdeckt uns dieser Lieferwagen in genau dem richtigen Moment die Sicht.«

»Vergiss nicht das Täuschungsmanöver mit dem Loch im Zaun.«

Ich nickte zur Bestätigung. »Richtig. Aber ich habe überhaupt keine Idee, was für ein Motiv dahinterstecken könnte.«

Simon zuckte mit den Schultern. »Ich kümmere mich um das Video, du um das Motiv.«

Was mich zumindest vorläufig mit einer frustrierenden Ohnmacht zurückließ.

Simon wählte wieder den Schnelldurchlauf. Wir sahen bis 23:50 Uhr nicht viel mehr als weißes Metall, dann setzte sich der Lieferwagen in Bewegung. Natürlich zeigten sich auch bei der Abfahrt weder der Fahrer noch sein Nummernschild oder sonst eine Eigenschaft, die bei der Identifizierung des Lieferwagens hätte hilfreich sein können.

Profis. Aber keine Profi-Mordmethode.

»Es sei denn, der Mord war eine Botschaft«, überlegte ich laut, denn es war immer noch die einzige Variante, die zumindest einigermaßen Sinn ergab.

»Was soll das für eine Botschaft gewesen sein?«, wunderte sich Simon.

Zugegeben, das war der springende Punkt.

Simon spulte den Film vor, wir starrten wieder auf wackelnde Äste. Um halb drei am Morgen brach Simon den Film ab. »Das bringt nichts. Er muss in den Zoo gelangt sein, während der Lieferwagen dort stand.«

»Was war denn früher am Abend?«, fragte ich.

»Warum sollte das interessant sein?«, erwiderte Simon, spulte aber trotzdem die Aufnahme zurück. Der weiße Lieferwagen verschwand, der leere Parkplatz kam wieder in Sicht. Als die Abenddämmerung rückwärts ablief, tauchte ein Mann mit schwarzem Mantel und schwarzem Hut auf.

»Was ist das denn für ein Typ?«, fragte ich.

»Keine Ahnung«, sagte Simon. »Er hockt auf dem Boden. Vielleicht bindet er sich die Schnürsenkel.«

Unsere Sicht wurde von einer silberfarbenen Limousine verdeckt, deshalb war wenig zu sehen.

Ich strich mir nachdenklich über mein Kinn. »Du hast recht, das ist uninteressant. Wir brauchen eine andere Aufnahme«, stellte ich fest.

»Es gibt noch eine zweite Kamera auf dem Parkplatz, aber die ist entgegengesetzt ausgerichtet, die hilft uns nicht weiter.«

Ich nickte widerstrebend. »Dann hat sich die Spur erledigt.«

»Aber nicht doch«, sagte Simon mit einem aufmunternden Grinsen. »Warum denn gleich so pessimistisch?«

»Willst du uns eine andere Aufnahme herbeizaubern?«, fragte ich.

»Es ist einen Versuch wert«, meinte er verschwörerisch. »Ich meine, wozu leben wir schließlich im Zeitalter des Internets und der staatlichen Totalüberwachung? Und nicht zu vergessen des grenzenlosen bürgerlichen Exhibitionismus.«

Simon rollte auf seinem Bürostuhl an einen anderen Computer und klickte sich durch einige Programme.

»Verrätst du mir, was du tust?«

»Wir suchen nach Webcams«, grinste er.

»Webcams? Du meinst, welche für das Wetter und so?«

»Warum nicht?«, entgegnete er. »Webcams stehen überall in der Stadt. Mit den unterschiedlichsten Inhalten. Und allen ist gemeinsam, dass sie ihre Bilder rund um die Uhr aufnehmen und ins Internet einspeisen, damit andere sie sehen können.«

»Du meinst, eine Webcam könnte zufällig aufgezeichnet haben, was an der Tür passiert ist?«

»Das wäre das Einfachste.«

»Und wie finden wir solche Webcams?«

»Wir versuchen es erst einmal mit der einfachsten Möglichkeit«, sagte Simon. Ich sah, dass er mithilfe einer Suchmaschine nach Webcams in Krefeld auf der Berliner Straße, zum Zoo oder zur Grotenburg suchte. Das dauerte etwa zehn Minuten, in denen er in schwindelerregendem Tempo durch verschiedene Seiten klickte, sie aber alle nach ein paar Sekunden wieder schloss.

»Das war wohl nichts«, seufzte er schließlich. Aber darin lag keine Resignation, sondern es klang vielmehr wie das hoffnungsvolle Lufthole vor der nächsten großen Anstrengung. Und tatsächlich: »Als Nächstes versuchen wir die Webcam-Verzeichnisse.«

Weiteres Klicken, Tabellen, Links, Ansichten von Krefelder Straßen. Dann beugte Simon sich plötzlich vor. »Das ist doch die Berliner Straße, oder?«, fragte er.

Er vergrößerte das Bild. Wir sahen eine körnige Aufnahme von einem Wohnzimmer mit zerschlissenen Möbeln, vergilbten Tapeten, einem abgewetzten Couchtisch und einem Aquarium ohne Bewohner. Ein Mann in fleckigem Feinrippunterhemd und Boxershorts saß auf einem Sofa, eine Fernbedienung in der Hand.

Ich sagte, mit einem Blick auf den imposanten Bauch des Mannes: »Das ist der Gruselkanal, oder?«

Simon schüttelte den Kopf. »Das ist das Internet.«

Der Mann schien zunächst vollkommen paralysiert, dann griff er sich in den Schritt und kratzte sich ausgiebig.

»Im Internet gibt es nichts, was es nicht gibt«, bemerkte Simon lakonisch.

»Offensichtlich«, pflichtete ich ihm bei. Der Mann widmete seine Aufmerksamkeit wieder ganz seinem Fernseher. »Warum macht er das?«, wunderte ich mich. »Ich meine, warum filmt er sich selbst, wie er fernsieht?«

Simon zuckte die Schultern. »Ein Exhibitionist. Oder er hat es nicht zu *Deutschland sucht den Superstar* geschafft und probiert auf diesem Weg, berühmt zu werden.«

Ich starrte weiter auf den Bildschirm, zugleich angewidert und fasziniert. »Und er hat Zuschauer?«

Simon deutete auf einen kleinen Kasten links unten auf der Seite. Dort gab es einige statistische Informationen. »Im Moment siebenunddreißig Zuschauer, uns eingeschlossen«, stellte er fest.

»Unglaublich ...«

»Aber vielleicht nützlich für uns. Schau mal hier durch dieses Fenster.«

Ich folgte mit meinem Blick Simons Finger. Durch das Fenster links neben dem Mann konnten wir den Grotenburgparkplatz sehen. Ich war mit voller Aufmerksamkeit bei der Sache.

»Die Kamera scheint recht hoch im Raum positioniert zu sein«, vermutete er. »Zusammen mit diesem bodentiefen Fenster gibt das für uns einen günstigen Betrachtungswinkel.«

Simon zoomte uns noch weiter heran, der Mann verschwand aus dem Bild und wir sahen nur noch den Blick durch das Fenster. Leider ziemlich grobkörnig. Simon brummelte etwas von einem Bildschirmfoto und öffnete im nächsten Augenblick irgendeines seiner Profiprogramme. »Mal sehen, was wir aus diesem Ding herausholen können«, murmelte er.

Ich verstand nicht genau, was er machte, aber nach und nach wurde das Bild schärfer und aus dem grauen Schleier schälten sich langsam immer deutlichere Konturen heraus. Nach fünf Minuten blickte er zufrieden auf das Ergebnis. »Ich habe einige Fotos von diesem Parkplatz und vom Zoo besorgt«, erklärte er dann, sprang durch verschiedene Bilder, bis er ein Panorama des Parkplatzes mit dem passenden Winkel fand. Er legte es auf dem Bildschirm direkt neben das Bild von der Webcam.

»Mist«, sagten wir beide gleichzeitig. Denn schon auf den ersten Blick war klar, dass wir durch die Webcam auf die linke Hälfte des Parkplatzes blickten, obwohl uns die rechte interessierte.

»Das war wohl nichts«, stellte Simon fest. »Aber wir merken uns den Kerl, vielleicht werden seine Aufnahmen dann interessant, wenn wir wissen wollen, was sich sonst noch so alles auf dem Parkplatz abgespielt hat.«

Dann ging die Suche weiter. Ich kannte das Prozedere schon. Tippen, klicken, prüfen und wieder von vorne. Leider ohne einen neuen Treffer.

»Dieses Verzeichnis haben wir durch«, verkündete Simon schließlich.

»Es gibt keine Webcam, die für uns passt?«

Er grinste. »Markus, das waren doch jetzt erst die seriösen Angebote.«

Ich dachte an den Mann auf dem Sofa und erwiderte lieber nichts.

»Jetzt kommt der Schweinkram«, präzisierte Simon.

Ich seufzte. Das war wohl unvermeidlich.

»Wir durchsuchen zuerst die Verzeichnisse«, entschied

Simon. Er gab einige Schlüsselbegriffe in einer Suchmaske ein, die keine Ähnlichkeit mehr mit einer normalen Suchmaschine hatte. Der Hintergrund der Seite war schwarz und überall blinkten uns die Offerten mehr oder weniger nackter Frauen entgegen.

»Und da soll irgendwo der Grotenburgparkplatz zu sehen sein?«, fragte ich zweifelnd.

»Man kann nie wissen«, erwiderte Simon, diesmal ohne Grinsen, mit angespannter Miene.

Seine Suche ergab nur wenige Treffer und die waren schnell überprüft und abgehakt – bei keinem der Mädels, die sich vor der Kamera reckten und streckten, war überhaupt ein Fenster zu sehen.

Aber Simon schien das nicht zu entmutigen. »Na gut«, sagte er und ließ seine Knöchel knacken. »Jetzt kommen wir zu den wirklich interessanten Seiten.«

»Und die wären?«

»Webcams für Insider.«

Mir wurde ein bisschen mulmig. »Und was gibt es da zu sehen?«

»Abwarten«, meinte Simon. »Ich habe ein neues Spezialprogramm, das im Internet nach Signalen von Webcams sucht.«

»Warum haben wir das nicht gleich genutzt?«, fragte ich.

»Alphaversion. Ich habe es noch nie eingesetzt. Sagen wir mal, es befindet in einem Stadium, in dem es mit etwas Glück theoretisch bereits funktionieren könnte.«

Anscheinend waren wir mit unserer Suche bei den Strohhalmen angelangt. Simon startete unverdrossen sein Programm. »Die Suchergebnisse müssten auch nach dem Standort der Webcam sortiert sein«, teilte er mit.

»Perfekt«, meinte ich.

»Wenn es funktioniert«, schränkte er ein. »Und es kann etwas dauern. Denn nicht jeder Anbieter gibt seine Informationen preis. Manche Signale werden über mehrere andere Server umgeleitet, um die Herkunft zu verschleiern.«

»Aha«, sagte ich, weil mir nichts Kluges dazu einfiel.

Simon wollte antworten, wurde aber von Eva unterbrochen, die mit einigen Papieren in der Hand in das Büro geschneit kam. »Ich habe überprüft, wer einen Schlüssel zu dieser Eingangstür hat«, ließ sie uns wissen.

Ich war dankbar für Abwechslung und die handfesten Informationen, die sie zweifellos für uns hatte. »Lass hören.«

»Das wird uns leider nicht viel weiterbringen. Alle Tierpfleger, die in dem Bereich um das Affenhaus herum arbeiten, haben einen Schlüssel zu dieser Hintertür. Und nicht nur die.«

Das engte den Personenkreis wirklich nicht besonders ein. »Was ist mit dem Direktor?«, fragte ich.

»Der auch«, sagte Eva. »Weinmann hat einen Schlüssel und die Alders ebenfalls.«

Ich schaute sie nachdenklich an.

Eva ergänzte: »Wir haben weder in Kunzes Kleidung noch irgendwo im Zoo auf den Wegen oder im Affenhaus einen solchen Schlüssel gefunden. Und von den Mitarbeitern hat auch niemand einen Schlüssel gefunden oder seinen als vermisst gemeldet.«

»Und die Tür war ordnungsgemäß verschlossen?«, fragte ich.

»Ja«, bestätigte Simon. »Von außen hat die sowieso nur einen Knauf, aber sie war auch abgeschlossen, wie es Vorschrift ist.«

Womit wohl nur noch die Suche nach dem Schlüssel in Kunzes Wohnung blieb.

»Habt ihr etwas entdeckt?«, erkundigte sich Eva.

In diesem Moment piepte Simons Computer. »Es scheint so«, sagte er.

Wir schauten gespannt auf den Bildschirm. Es gab fünf Suchergebnisse, von denen Simon sofort drei aussortieren konnte, weil die Webcams ihren Standort in Korea hatten. Er murmelte etwas wie »verfluchte Testversion«, bevor er sich den zwei verbliebenen Links zuwandte.

Der erste Link führte zu einer Aufnahme eines schummrigen leeren Zimmers. Ein kurzer Blick genügte, um uns zu zeigen, dass der Raum keine Fenster hatte. Der zweite Link führte uns direkt zu einem Paar in voller Aktion.

Wir sogen alle überrascht die Luft ein, obwohl wir natürlich nicht hätten überrascht sein dürfen. »Fangt ihr jetzt auch so an wie dieser komische Tierpfleger«, ätzte Eva.

Simon stellte den Ton ab, was schon eine große Erleichterung war. Das Bild konnten wir nicht so leicht wegklicken. Denn direkt neben dem Bett, auf dem die beiden Darsteller zugange waren, befand sich ein Fenster. Mit Blick auf den Zoo. Simon ging in die maximale Vergrößerung, schnitt die Ansicht aus und übertrug sie in das Bildbearbeitungsprogramm. Auch ohne weitere Manipulation des Ausschnitts konnten wir anhand der Vergleichsaufnahmen erkennen, dass genau der Teil des Parkplatzes zu sehen war, der uns interessierte.

»Volltreffer«, verkündete Simon triumphierend.

Eva verabschiedete sich mit den Worten »Ihr macht das schon« zu weiteren Ermittlungen in Sachen Hintertürschlüssel. Simon kümmerte sich um den Durchsuchungsbeschluss, der zwar nicht notwendig, aber zweifellos hilfreich sein würde, wenn wir die Wohnung aufsuchten.

Das ließ mir einige freie Minuten, um in eigener Sache tätig zu werden, und ich nutzte die Einsamkeit von Simons Büro. Mit meinem Vater zu telefonieren, war immer eine willkommene Verbindung zur normalen Welt, wo die Menschen nicht darauf aus waren, sich aus Gründen, die niemand verstand, gegenseitig abzumurksen.

»Brauchst du schon wieder meine Hilfe bei irgendwelchen Ermittlungen?«, begrüßte er mich.

»Nein, ich möchte von deiner Weisheit und Lebenserfahrung profitieren.«

Er schwieg drei Sekunden lang. Dann: »Ach du meine Güte. Das klingt ja, als wäre ich steinalt.«

»Ich glaube, die meisten Steine sind älter als du.«
»Bist du zu Nina auch immer so charmant?«
»Deshalb brauche ich ja deinen Rat«, verriet ich.
»Wird das etwa ein Gespräch über Frauen?«
»Ich weiß nicht mehr weiter«, beichtete ich.
»Ich glaube zwar nicht, dass ich der Richtige bin, um dir etwas über Frauen zu erzählen, aber lass hören, wo du schon mal am Apparat bist.«
Ich schilderte das Unbehagen, das mich neuerdings bei den Ermittlungen begleitete und die nagende Sorge, Nina könnte bei der Arbeit etwas zustoßen. Und ich berichtete von meinen gescheiterten Versuchen, ihr den Innendienst schmackhaft zu machen.
Mein Vater lachte schallend. Was ich nicht sehr ermutigend fand. »Das ist ja ganz was Neues, dass du dir so leicht den Schneid abkaufen lässt«, prustete er.
Weil ich nicht mitlachen wollte, wartete ich schweigend ab. Ich konnte durch die Leitung regelrecht hören, wie mein Vater sich die Tränen aus den Augen wischte. Schließlich atmete er tief durch und sagte: »Also, nur damit ich das richtig verstanden habe. Du machst dir Sorgen um Nina und deshalb möchtest du, dass sie ihren Beruf aufgibt?«
»Also das ist vielleicht ein bisschen …«, setzte ich an. Aber ich kam nicht weit.
»Dachte ich mir doch«, würgte mein Vater mich ab. »Ich will dich mal was fragen: Liebst du sie?«
»Ja, natürlich«, sagte ich, ohne zu zögern.
»Und liebt sie dich?«
Ich musste schlucken. »Ja.«
Mein Vater brummte zufrieden. »Und es ist ihre Entscheidung, dich zu lieben.«
Ich wartete ab, worauf er hinauswollte. Doch ich ahnte schon, dass ich ebenso schlecht aussehen würde wie in meinem Dialog mit Nina.
»Würdest du eine Frau lieben, die keine eigenen Entscheidungen trifft?«

»Nein«, sagte ich.

»Aha«, trumpfte mein Vater auf wie ein Winkeladvokat, der seinen Gegner in ein unentrinnbares Netz aus Argumenten eingewickelt hatte. »Und du respektierst ihre Entscheidung, dich zu lieben. Aber ihre Entscheidung, als Polizistin zu arbeiten, respektierst du nicht.«

Ich räusperte mich unbeholfen. »Nun ja …«

»Nina drängt dich doch auch nicht in den Innendienst, oder?«

»So etwas Ähnliches hat sie auch gesagt«, räumte ich unbehaglich ein.

»Dann gewöhn dich besser daran, dass sie ihren eigenen Kopf hat. Das ist mein väterlicher Rat an dich.«

Ich grummelte etwas Unverständliches zur Antwort.

»Du musst sie wirklich sehr lieben«, sagte mein Vater dann.

»Ja.«

»Dann wird es lange dauern, bis du dich daran gewöhnt hast.«

Ich ließ mir das einen Moment durch den Kopf gehen. Meine Eltern waren über vierzig Jahre verheiratet. »Wie lange hast du dazu gebraucht?«

Er lachte auf. »Ist mir noch nicht gelungen. Aber vielleicht in den nächsten zehn Jahren oder so.« Ich musste mitlachen.

Dann sagte er: »Ich freue mich, dass du deine Nina gefunden hast. Wenn ich da an deine Exfrau denke …«

»Sandra.«

»Genau, Sandra. Ich erinnere mich noch ziemlich gut an unsere Gesprächsthemen. Gesellschaftlicher Aufstieg, Status, etwas aus sich machen, jemand sein … Mein Gott, war das anstrengend.«

»Sandra wollte hoch hinaus und hatte hohe Ansprüche. Deshalb war ein Polizist auch nicht gut genug«, sagte ich bitter. Die Erinnerung an Sandra vermochte mir wie immer die Laune gründlich zu verderben. Für mehrere Tage.

»Bei so vielen Ansprüchen an sich und andere glaube ich nicht, dass sie jemals glücklich werden kann.« Mein Vater schnaubte. Dann fügte er hinzu: »Aber wenn ich zurückdenke, kannte ich sogar mal jemanden mit noch seltsameren Ansprüchen.«

»Das gibt es nicht«, behauptete ich sofort. Ich stieg nur zu gerne auf dieses Angebot ein – wenn ich jemandem zutraute, die quälenden Gedanken an Sandra genauso schnell wieder zu vertreiben, wie sie aufgetaucht waren, dann war es mein Vater.

»Doch, doch«, erklärte er genüsslich. »Du kannst mir ruhig glauben. In der Schule hatte ich einen Klassenkameraden, der die Nase so hoch trug, dass es reingeregnet hat. Hielt sich für etwas Besseres. Der kam nämlich aus Ostpreußen.«

Ich dachte an mein Geschichtswissen über den Krieg und die Flüchtlingsströme. »Dafür bist du nicht alt genug«, argwöhnte ich.

»Er war der Sohn von irgend so einem Freiherrn von Dingenskirchen.«

»Also war es wahrscheinlich eine Ehre, mit ihm in einer Klasse zu sein?«

»Absolut«, stimmte mein Vater zu. »Er wollte immer mit seinem Titel angesprochen werden und erzählte sehr oft davon, was ihm eigentlich alles zustehen würde. Riesige Ländereien, ein persönlicher Diener und so etwas. Ich glaube, der war einfach nur ein total verzogener Bengel.«

Die Art und Weise, wie er das sagte, machte es mir leicht, mir Sandra als ebenso verzogene Göre vorzustellen, die versuchte, alle Menschen in ihrer Umgebung herumzukommandieren, weil sie glaubte, sie sei etwas Besseres. Es war irgendwie passend und auch sehr befreiend.

In diesem Moment kam Simon zurück. Er wedelte triumphierend mit einem Blatt Papier, das ich für den Durchsuchungsbeschluss hielt. Wir mussten die so vielversprechend begonnene Unterhaltung über seltsame Menschen und deren überzogene Ansprüche abbrechen.

»Denk dran, sie zu lieben und zu achten«, erinnerte mich mein Vater zum Abschied.

»Ich tue mein Bestes«, versprach ich.

»Das ist ein Anfang.«

Eine Minute später saßen Simon und ich mit einem Durchsuchungsbeschluss bewaffnet im Auto auf dem Weg zur Berliner Straße. Ich grübelte auf dem Beifahrersitz noch weiter darüber nach, wie lange ich wohl dazu brauchen würde, mich daran zu gewöhnen, dass Nina sich freiwillig in alle möglichen Gefahren begab – ohne dass ich da war, um sie daraus zu retten.

Über sein »nettes kleines Programm«, wie er es nannte, hatte Simon nicht nur den Standort, sondern auch den Namen der Nutzerin und die genaue Lage der Wohnung in deren Mietshaus ermittelt. Diese Tatsache fand ich ziemlich unheimlich, auch wenn es in diesem Fall natürlich hilfreich war.

»Und du meinst, die haben die letzte Nacht aufgezeichnet?«, fragte ich.

Simon antwortete betont geduldig: »Das Programm ist live und die Zuschauer können es beeinflussen. Wenn man das alles zusätzlich aufzeichnet, kann man damit Werbung für die Webcam machen oder es als Film verkaufen. Und so einen Profit würden sich diese Typen niemals entgehen lassen.«

Das klang einleuchtend. Wir parkten in einer freien Lücke direkt vor der Haustür, stiegen aus und klingelten. Die Wohnung lag in der ersten Etage des insgesamt dreistöckigen Hauses. Wir warteten geduldig, aber es erfolgte keine Reaktion. Simon versuchte es noch mal.

»Dein Klingeln klingt zu sehr nach Polizei«, vermutete ich.

Er rollte mit den Augen. »Möchtest du vielleicht probieren, ob du ein wenig schmuddeliger schellen kannst?«

»Keine Chance«, wehrte ich ab.

Simon schien ein wenig angesäuert darüber, dass uns niemand aufmachen wollte. Vielleicht sollten wir ihn öfter mitnehmen, damit er die wahre Welt nicht vergaß und davon ausging, dass der Zugang zu Wohnungen genauso leicht war wie zu den vertraulichen Daten der Bewohner.

»Probieren wir es doch im Erdgeschoss«, schlug ich vor. Denn das war immer noch einfacher, als das Türschloss zu knacken.

Simon klingelte in der Wohnung unter unserer Zielperson. Eine krächzende Stimme meldete sich über die Gegensprechanlage.

»Polizei!«, verkündete Simon sichtlich um Autorität bemüht. »Bitte öffnen Sie die Tür.«

Und tatsächlich summte im nächsten Moment das Türschloss, Simon stieß die Eingangstür auf und wir betraten einen kahlen, schummrigen Hausflur, der nach chlorhaltigem Bleichmittel roch.

Eine schmale alte Frau in einem Hauskittel stand gebeugt in der Wohnungstür zur Linken und schaute uns fragend an. »Vielen Dank, wir möchten nach oben«, erklärte er.

Als wir schon auf den ersten Treppenstufen waren, hörten wir sie: »Das wird auch Zeit, dass da endlich jemand kommt.«

»Ist wahrscheinlich nicht so angenehm, unter einem Pornostudio zu wohnen«, brummelte Simon.

Wir erreichten die erste Etage und fanden die Wohnungstür, die uns interessierte, auf der linken Seite. Simon klingelte abermals. Ich schüttelte den Kopf. »Das klappt nie. Zu wenig autoritär.«

Daraufhin polterte Simon mit der Faust gegen die Tür. »Polizei! Aufmachen! Wir haben einen Durchsuchungsbeschluss!« Er schaute mich fragend an und ich nickte ihm aufmunternd zu.

»Willst du nicht deine Waffe ziehen?«, frotzelte er.

»Vielleicht später«, entgegnete ich.

Aus der Wohnung waren eilige Schritte zu hören. Dann

wurde die Tür einen Spalt geöffnet und ein Paar ängstliche Augen spähte uns entgegen.

Wir präsentierten unsere Dienstausweise und Simon wedelte mit dem Durchsuchungsbeschluss herum, bis die Tür ganz aufging.

Uns stand eine Frau mit kunstvoll zerwuselten Haaren gegenüber, die nichts als einen kurzen, halb transparenten Kimono zu tragen schien. Ich erkannte sie als die Frau aus dem Internet. Im Gegensatz zur Kameraaufnahme kam sie mir nun aber schlanker und zerbrechlicher vor. Als wir an ihr vorbei in die Wohnung gingen, bemerkte ich ihre starke Schminke, die sie zumindest ab zwei Metern Entfernung jünger machte, als sie tatsächlich war.

Simon stellte uns vor und erklärte: »Wir haben einen Durchsuchungsbeschluss für Ihre Wohnung und sind befugt, alle Aufzeichnungen Ihres Internetstreams zu beschlagnahmen.«

Sie machte große Augen, eine Geste, die sie, wie ich mich erinnerte, normalerweise für andere einschlägige Szenen zur Schau stellte. »Aber warum denn das?«, piepste sie. »Ich habe nichts Verbotenes getan.«

Ich erinnerte mich nicht mehr genau an ihren Künstlernamen, also tippte ich ins Blaue. »Hören Sie, Sandy, Ihre Kamera hat vielleicht etwas aufgezeichnet, das uns interessiert.«

»Candy«, korrigierte sie mich zuerst und schob dann hinterher: »Die Polizei hat sich noch nie für mich interessiert.«

Ich seufzte innerlich. »Wo steht die Kamera?«, fragte ich.

Sie führte uns ohne Zögern in ihr Schlafzimmer. Dort thronte auf einer hohen Kommode die Webcam, die das Bett nicht frontal, sondern ein wenig seitlich ins Visier nahm. Ein Computer stand daneben, ein Bildschirmschoner flimmerte über das Breitbilddisplay.

Simon ging zu dem Computer und hielt im Vorübergehen seine Hand vor die Kamera. Dann klickte er sich durch einige Fenster, bevor er verkündete: »Die Übertragung ist unterbrochen.«

Wir schauten wieder die Frau an. »Sie haben doch eine Aufzeichnung von diesem Stream angefertigt, Mandy?«, fragte Simon.

»Candy«, erinnerte sie. »Es ist alles auf dem Computer. Aber ich verstehe immer noch nicht … Ihr könnt doch einfach so zuschauen.«

Sie schien wirklich ratlos zu sein. Jetzt konnte ich die Falten unter ihrem Make-up erkennen. Aus der Nähe und ohne große Augen wirkte sie verbraucht und ausgezehrt, eher wie ein Objekt des Mitleids als der Begierde.

Gerade als ich zu einer Erklärung ansetzen wollte, dass nicht sie, sondern der Blick aus ihrem Fenster uns interessierte, wurde Simon fündig. Wildes Stöhnen drang aus den Lautsprechern. Aber das war nicht der einzige Grund, aus dem ich hochschreckte. Ich zog das vibrierende Handy aus meiner Hosentasche.

»Ich wollte nur mal hören, wie es dir geht.« Es war Nina.

Meine Antwort blieb mir im Hals stecken, denn in diesem Moment war Simon anscheinend auf eine besonders intensive Stelle gestoßen. Die Geräuschkulisse war eindeutig und unüberhörbar. Sogar durch die Telefonleitung.

»Was … machst du da?«, fragte Nina.

»Wir ermitteln«, erwiderte ich. »Simon stellt gerade Beweismaterial sicher.«

Die Tonspur des Computers ließ andere Rückschlüsse zu. »Von diesem Beweismaterial musst du mir erzählen«, sagte Nina gedehnt.

Endlich fand Simon den Lautstärkeregler und stellte den Ton aus. Erleichtert wandte ich mich ab und ging in den schmalen Flur. »Wir haben diese Webcam gefunden …«, begann ich unbeholfen.

»Das kannst du mir später erklären«, schnitt sie mir das Wort ab. »Aber vielleicht interessiert es dich, dass wir ganz gut vorankommen. Die drei Typen haben nicht nur diesen Einbruch gestanden, sondern noch vier andere. Wir haben das Diebesgut und ihren Lieferwagen sichergestellt. Aber sie bestreiten hartnäckig, etwas mit dem Mord im Forstwald zu tun zu haben.«

»Und im Zoo?«

»Da natürlich auch«, entgegnete sie gereizt. Und dann: »Ich glaube, wir reden besser später.«

Ich schaute verdutzt auf mein Handy, denn sie hatte bereits aufgelegt. Nachdenklich schob ich das Telefon wieder in meine Tasche und ging zurück ins Schlafzimmer. Natürlich war Nina irritiert über die Geräuschkulisse, aber sie musste doch wissen, was Ermittlungen alles mit sich bringen konnten. Und schließlich war sie mehrere Jahre bei der Sitte gewesen. Bestimmt würde sie alles verstehen, wenn ich es ihr erklärte. Das hoffte ich zumindest, weil es ja ziemlich schwer war, sie zu lieben und zu ehren, wenn sie es nicht zuließ.

Ich war nicht ganz bei der Sache, als Simon mir erklärte: »Ich habe den interessanten Bereich gefunden. Wir können den ganzen Datenträger mitnehmen.«

»Und was wird dann aus meinen Filmen?«, piepste Candy.

Natürlich konnte ich ihr sagen, dass das ihr Problem war. Auf der anderen Seite hatte sie eine grobe Erwiderung nicht verdient. Und immerhin waren wir im Begriff, ihr gesamtes Betriebskapital auf unbestimmte Zeit auszuleihen. Also erklärte ich ihr geduldig: »Uns interessieren die Ereignisse dort unten auf dem Parkplatz. Ihre Kamera«, ich deutete auf den Apparat, »steht sehr günstig, sodass wir einen guten Blick haben. Wenn Sie nicht abends das Rollo runterlassen.«

Sie runzelte die Stirn. »Warum sollte ich das tun? Ist eine tolle Kulisse. Wirkt doch viel lebendiger, nicht so steril.«

Aha. Bevor sie mich in eine vertiefte Diskussion über Ästhetik hineinziehen konnte, wandte ich mich an Simon. »Bist du so weit?«

Der Computer lief noch und ich erkannte, dass Simon einen großen Kasten unter dem Tisch hervorzog. »Das ist alles, was wir brauchen.« Und zu Candy: »Ihre Anlage funktioniert, nur die gespeicherten Daten nehmen wir mit.«

Sie nickte traurig. Vielleicht weil wir ihre Daten mitnahmen, vielleicht weil wir uns nur für ihr Fenster und nicht für sie interessierten.

»Wir werden Ihr Speichermedium umgehend zurückbringen, in vielleicht zwei oder drei Tagen«, teilte Simon ihr mit, bevor wir uns aus dem Staub machten.

Auf dem Rückweg von Candys Pornostudio entdeckten wir Ralf und Eva auf dem Parkplatz an der Grotenburg. Sie standen an der schmalen grünen Personaltür und wandten uns den Rücken zu. Simon scherte mit einem gewagten Manöver auf den Parkplatz ein und brachte uns einen halben Meter neben den beiden mit quietschenden Reifen zum Stehen.

»Seid ihr aber coole Cops«, kommentierte Ralf unbeeindruckt.

»Wart ihr erfolgreich?«, fragte Eva.

»Das gesamte Material ist konfisziert«, meldete ich zackig.

»Was für Material?«, wollte Ralf wissen.

»Na, die Pornos«, erklärte Simon.

Ralf schaute ihn eine lange Sekunde an, dann schüttelte er den Kopf. »Du arbeitest zu viel mit Markus zusammen.«

Ich ignorierte das zweifelhafte Kompliment und fragte stattdessen: »Und was habt ihr gefunden?«

Eva hielt triumphierend einen Schlüssel in die Luft. Erst jetzt bemerkte ich, dass sie Latexhandschuhe trug. »Kunzes Schlüssel.«

»Zumindest vermuten wir es«, schränkte Ralf ein, der den Beweismittelbeutel in den Händen hielt.

»Ihr kommt genau richtig zum Moment der Wahrheit«, verriet Eva. Dann nahm sie den Schlüssel und führte ihn zum Schloss der Personaltür. Er glitt problemlos hinein, es klickte, als sie ihn drehte, und die Tür schwang anstandslos auf.

»Das wäre geklärt«, stellte Ralf fest.

Eva verschloss die Tür wieder ordnungsgemäß, dann sackte Ralf den Schlüssel ein.

»Wo habt ihr ihn gefunden?«, fragte ich.

»Lag in Kunzes Wohnung an der Garderobe«, erklärte Eva. »Unter ein paar anderen Schlüsseln.«

»Dann deutet alles auf einen Insider«, sagte ich.

»Sofern Kunze durch diese Tür in den Zoo gelangt ist«, erinnerte mich Eva.

»Das werden wir bald wissen«, verkündete ich zuversichtlich.

»Wir haben eine sehr scharfe Videoaufzeichnung«, teilte Simon mit. Als ihm auffiel, wie doppeldeutig seine Aussage war, korrigierte er sich hastig: »Ich meine, eine hochaufgelöste Aufnahme. Wir sollten auf dem Parkplatz einiges erkennen können.«

»Auf diese Bilder bin ich ja sehr gespannt«, meinte Ralf.

Das galt für uns alle. Und deshalb schauten Eva und ich Simon auch über die Schulter, als er im Präsidium Candys Datenspeicher an seinen eigenen Computer anschloss und sämtliche Daten kopierte. Dann rief er die Videodatei für den Zeitraum auf, der uns interessierte. Sofort sprangen uns Candy und ihr Partner in Bild und Ton entgegen.

»Interessant«, meinte Eva mit schief gelegtem Kopf. »Das habe ich noch nie probiert.«

Ich betrachtete die verrenkten Körper, die roten Köpfe und hörte das mechanische Keuchen. »Das will ich gar nicht erst ausprobieren«, murmelte ich. Nun ja, zumindest nicht mit Candy.

Simon ersparte uns weitere Diskussionen, indem er den Ton abstellte und das Bild auf das Fenster neben dem Bett zoomte. Die Lichtverhältnisse waren schwierig, das Schwarz des Abends wurde von der Studiobeleuchtung im Zimmer grau gesprenkelt. Dank der Straßenlaternen hatten wir trotzdem die wichtigsten Dinge noch im Blick. Es war abermals 22:53 Uhr, als der weiße Lieferwagen vorfuhr. Anders als in der Aufnahme der Überwachungskamera sahen wir ihn nun allerdings von hinten.

Simon vermutete: »Mit etwas Glück können wir sogar das Nummernschild ein wenig schärfer bekommen.«

Dann stieg der Fahrer aus dem Wagen. Und noch zwei andere Männer. Ich sah es mit meinen eigenen Augen. Glauben konnte ich es trotzdem nicht.

»Das sind doch unsere drei Proleten aus der Kneipe«, hörte ich mich entgeistert ausrufen.

»Tatsächlich.« Eva beugte sich ein wenig vor.

»Etwa die, die ihr schon befragt hattet?«, wunderte sich Simon.

Meine Gedanken überschlugen sich. Natürlich gab es auch Zufälle. Sogar in Mordermittlungen. Es war nicht auszuschließen, dass die drei einen Einbruch begangen hatten und die Hausbewohnerin danach von einem anderen Täter ermordet worden war. Und dass die beiden Verbrechen nichts miteinander gemeinsam hatten, außer den Tatort. So etwas konnte vorkommen. Und es mochte sein, dass die drei Einbrecher gleichzeitig die Dreierbande war, von der unser Mordopfer mit größter Freude herumgeschubst wurde. Warum auch nicht, die Welt war schließlich klein.

Aber wenn genau diese drei nun auch noch mit ihrem Lieferwagen die Überwachungskamera zustellten und dem Mörder von Peter Kunze dadurch eine unschätzbare Deckung gaben, war das ein Zufall zu viel.

Simon spulte noch einmal zurück und wir sahen uns die Szene erneut an. Diesmal war ich mir nicht mehr ganz so sicher, dass es sich um unsere drei Schätzchen handelte. Aber das ließ sich herausfinden.

Die nächste Frage stellte sich quasi von selbst: »Was um alles in der Welt machen die denn da?«

»Auf ihren Einbruch warten?«, tippte Simon.

»Aber doch nicht auf einem Parkplatz mit Videoüberwachung«, erwiderte Eva.

»Vielleicht für das Alibi«, sagte Simon kleinlaut.

»Sie stellen den Lieferwagen ab«, beobachtete ich, »und verlassen den Parkplatz Richtung Berliner Straße.«

Die drei Gestalten verschwanden aus dem Bild und ließen uns mit unserer Ratlosigkeit allein zurück. Ich erinnerte mich an meine Vermutung, als wir das Video der Parkplatzkamera angeschaut hatten, nämlich dass der Lieferwagen vorsätzlich den Blick auf die Tür versperrt hatte. Wie ich es auch drehte und wendete, diese neue Information ergab keinen Sinn für mich.

»Schauen wir doch erst mal das ganze Band an«, schlug ich deshalb vor.

»Ich hoffe, wir kriegen auch etwas zu sehen«, meinte Simon skeptisch. »Hier ist zwar der Außenzaun vom Zoo im Bild, die Tür ist aber selbst nicht zu erkennen.«

Er hatte recht. Ich fluchte unterdrückt. Wir hatten uns von dem Video die Klärung einiger wichtiger Fragen erhofft und nicht noch mehr Verwirrung.

Simon stellte die Wiedergabe auf doppelte Geschwindigkeit und die Bilder ruckelten vorwärts. Als sich nichts tat, erhöhte Simon das Tempo nochmals. Um 23:16 Uhr war es schließlich so weit. Zuerst sah es aus wie ein dunkler Schatten, der von rechts ins Bild schwenkte. Simon stoppte die Wiedergabe und fuhr die Aufnahme Bild für Bild zurück bis zu der Stelle, an der der Schatten am größten war. Dann zoomte er den Ausschnitt heran.

»Ist das die Tür?«, fragte Eva. »Oder ein schwarzer Lieferwagen?«

Simon klickte durch einige Fenster mit kryptischen Einstellungen, das Bild wurde ein wenig klarer und er antwortete: »Ich halte es für die Tür. Form und Farbe stimmen.«

Und tatsächlich bewegte sich der dunkle Gegenstand in das Bild hinein und wieder heraus wie eine Tür das getan hätte. Perfekt. Wir hatten entdeckt, dass die Tür in der Tatnacht geöffnet worden war. Es blieb nur ein Problem: »Es ist nicht zu sehen, wer durchgegangen ist, oder?«

Simon schüttelte bedauernd den Kopf. »Da hilft auch keine Bildbearbeitung. Das ist einfach nicht auf dem Film drauf.«

Ich nickte. Das sah nach noch mehr Befragungen aus. Nachbarn, späte Jogger und Hundebesitzer mussten mit einem Besuch von uns rechnen.

»Die Uhrzeit passt«, stellte ich fest.

»Wenn wir davon ausgehen, dass Kunze durch diese Tür geht«, erinnerte Eva uns.

Natürlich. »Alleine oder mit seinem Mörder, auf seinen eigenen Beinen oder hineingetragen.«

»Lass uns noch mal zurückspulen und den Lieferwagen anschauen«, forderte ich Simon auf.

Er schob das Video zurück auf 22:53 Uhr. Der Wagen fuhr vor, die drei Insassen stiegen aus und verschwanden. Irgendetwas verbarg sich in diesem Video, was wir bisher noch nicht beachtet hatten. Sagte mir zumindest ein unbestimmtes Gefühl, eine leise Stimme in meinem Hinterkopf. »Noch einmal«, verlangte ich.

Eva entdeckte es beim vierten Durchgang. »Was ist das denn?«, fragte sie. Simon fror das Bild ein und Eva deutete auf die Parkplatzmarkierungen. Der Stellplatz, den der Lieferwagen gewählt hatte, war deutlich zu erkennen. »Die anderen Linien sind blass und kaum mehr zu sehen«, zeigte sie uns.

Und tatsächlich. Die einen Markierungen leuchteten fast im Dunkeln, während man die anderen erraten musste. »Ich dachte, das wäre nur eine optische Täuschung durch die Laternen«, sagte ich.

Eva schüttelte entschieden den Kopf. »Sieh doch mal, dieser Bereich ist gleichmäßig hell beleuchtet, aber die Linien sind trotzdem unterschiedlich ausgeprägt. Und hier dasselbe in einem dunklen Bereich.«

Sie hatte recht. »Wahrscheinlich ist der Stadt mitten bei den Arbeiten das Geld ausgegangen«, witzelte Simon. Aber niemand lachte.

»Spul weiter zurück«, forderte Eva ihn auf.

Simon fuhr auf der Zeitleiste rückwärts und wir betrachteten den leeren Parkplatz. Es war nur eine kurze Zeitspanne zu überbrücken. Um 20:37 Uhr tauchte eine dunkle Gestalt auf dem Parkplatz auf. Die leuchtende Markierung war verschwunden. Der Typ in Schwarz ging zielstrebig auf den späteren Stellplatz des Lieferwagens zu, beugte sich hinunter und malte die helle Markierung, die Eva aufgefallen war, auf den Asphalt.

»Den kennen wir doch!«, rief Eva aus. »Das ist der Typ mit den Schnürsenkeln.«

Wir waren alle so verblüfft, dass Simon vergaß, die Aufnahme anzuhalten. Sie lief noch einige Sekunden weiter, nachdem der schwarze Kerl sich schon wieder aus dem Staub gemacht hatte.

»Unglaublich«, flüsterte Eva.

Die Schlussfolgerungen, die sich aus dieser Entdeckung ergaben, waren so weitreichend, dass sie den Ermittlungen eine neue Richtung geben konnten. Und deshalb war es höchste Zeit, damit zu Reinhold zu gehen.

Simon fertigte aus seinem vergrößerten Ausschnitt ein neues und weniger explizites Video an und zog es auf einen USB-Stick. Als der kurz darauf in Reinholds Rechner steckte und das Video einmal abgespielt war, pfiff der Leiter des KK 11 leise durch die Zähne.

»Meine Güte, was für ein Video. Wo hattet ihr das doch gleich her?«

»Von Candy«, sagte ich lapidar.

»Einer Qualitätsschauspielerin«, fügte Simon hinzu.

Reinhold brummelte etwas Unverständliches, dann fasste er langsam zusammen. »Also, nur damit ich das richtig verstehe. Unser Opfer wird am Abend seines Todes von diesen drei üblen Typen in der Kneipe traktiert. Er verlässt die Kneipe. Sie folgen ihm nach draußen und treiben weiter ihre Späße. Das wissen wir aus der Aussage des Wirtes und der drei Prolos selbst.«

»Korrekt«, bestätigte Eva.

»Kunze geht nach Hause. Das wissen wir daher, weil wir die Quittung aus der Kneipe in seiner Wohnung gefunden haben. Er verlässt seine Wohnung wieder, aber wahrscheinlich nicht in der Absicht, in den Zoo zu gehen, denn er lässt seinen Schlüssel zur Personaleingangstür auf seiner Garderobe liegen.«

Ich nickte.

Reinhold fuhr fort: »Bereits um 20:37 Uhr taucht eine schwarze Gestalt auf dem Grotenburgparkplatz auf. Sie markiert, wahrscheinlich mit Kreide, einen bestimmten Stellplatz. Um 22:53 Uhr fährt ein weißer Lieferwagen vor und parkt exakt auf diesem markierten Bereich. Vermutlich wird der Lieferwagen von der Dreierbande gefahren. Die drei steigen aus.«

Reinhold schaute in die Runde.

»Um 23:16 Uhr öffnet sich die Personaleingangstür und wir gehen davon aus, dass Kunze zu diesem Zeitpunkt in den Zoo gelangt. Um 23:50 Uhr verlässt der Lieferwagen den Parkplatz. Kunze ist um diese Uhrzeit bereits tot, die Dreierbande steht unmittelbar vor der Ausführung ihres Einbruchs im Forstwald.«

Wir nickten alle bestätigend.

Reinhold sagte zufrieden: »Sehr schön. Das ist ausgezeichnete Ermittlungsarbeit. Und was bedeutet das für unseren Fall?«

Ich ergriff die Gelegenheit und formulierte, was mir schon die ganze Zeit durch den Kopf ging: »Der Mord an Kunze war von langer Hand geplant. Die Art des Mordes, der Weg, den Kunze zum Tatort nehmen sollte, Tag und genauer Zeitpunkt, alles war vorausgeplant. Dieser Mann dort«, sagte ich und deutete auf die Videoaufnahme, »markiert den Parkplatz, auf dem der Lieferwagen stehen muss, um den Blick der Überwachungskamera auf die Personaltür zu verdecken. Das muss er vorher ausgekundschaftet haben. Ferner muss es eine Absprache zwischen ihm und der Dreierbande geben, zu einer verabredeten Zeit an dieser Stelle zu parken.«

»Vielleicht gab es sogar eine Absprache, dass die drei Kunze aus der Kneipe treiben sollten«, überlegte Eva.

»Das ist vorstellbar«, bestätigte Reinhold. »Wir gehen also von einem sorgfältig geplanten Mord aus. Kunze war deshalb kein Zufallsopfer oder nur zur falschen Zeit am falschen Ort. Er wurde gezielt in den Zoo und das Affenhaus gelenkt.«

»Das Loch im Zaun«, erinnerte Simon. »Das war dann ein Ablenkungsmanöver. Es muss schon vorher reingeschnitten worden sein, um uns zu täuschen.«

»Der Täter wollte verschleiern, dass er aus dem Zoo oder dessen Umfeld stammt«, stimmte ich zu.

Wir ließen diese Erkenntnisse eine Weile auf uns wirken. Und in der Stille dieses Augenblicks kam mein alter Gedanke wieder auf, der mich an ein grundsätzliches Problem dieses Falls erinnerte. »Aber warum überhaupt diese aufwendige Art des Mordes? Mit all diesen Täuschungen und falschen Spuren? Hätte unser Täter Kunze einfach auf dem Nachhauseweg in einer dunklen Ecke aufgelauert und ihn erschossen oder meinetwegen auch erstochen, hätte er sich die ganze Mühe nicht machen müssen.«

Reinhold nickte. »Er muss irgendeinen Vorteil davon haben.«

Wobei der alles andere als offensichtlich war. Wir kannten Fälle, in denen der Mörder einen hohen Aufwand betrieben hatte, um sein Opfer nicht aus der Nähe ermorden zu müssen. Was für unseren Fall ausschied, denn einen Menschen mit dem Messer anzugreifen und vom Dach zu den Schimpansen zu stoßen, war ungefähr so persönlich wie ein Mord nur werden konnte. Es musste irgendetwas anderes sein.

»Eine Botschaft«, sagte Eva. »Etwas anderes fällt mir nicht ein.«

»So wie der abgeschnittene Finger oder der Geldschein im Mund?«, sinnierte ich. »Aber es gibt doch keine Zoo-Mafia, oder?«

»Das wäre ein neues Phänomen«, räumte Reinhold ein.

»Oder«, sagte Simon, »auch das ist wieder ein Täuschungsmanöver.«

Wir schauten ihn fragend an.

Simon erläuterte: »Na, der ganze Aufwand ist nur dazu da, damit wir uns fragen, wozu er da ist. Damit wir eine

Botschaft vermuten, obwohl es gar keine gibt. Und auf die Suche nach einem Verdächtigen gehen, der so eine Botschaft hätte vermitteln wollen.«

»Das kommt mir zwar erst mal abwegig vor, aber so, wie der Fall liegt, müssen wir wohl auch das in Betracht ziehen.«

»Zeig uns noch mal den schwarzen Mann«, meinte Reinhold schließlich.

Simon klickte gehorsam mit seiner Maus und brachte den mysteriösen Unbekannten auf den Bildschirm.

»Kannst du daraus etwas machen?«, wollte Reinhold wissen.

Wir schauten auf das Bild, eine körnige Aufnahme, die Person, ein Schemen auf dem Asphalt, trug anscheinend einen langen Mantel mit hochgestelltem Kragen und einen Hut, der das Gesicht in undurchdringlichen Schatten hüllte.

»Schwer zu sagen.« Simon blieb skeptisch. »Ich kann das Bild größer und schärfer machen, aber der Mantel, der Schattenwurf durch die Laternen und vor allem der Hut ... Das wird kniffelig.«

»Probier es trotzdem. Außerdem sollte ein Team zu diesem Parkplatz fahren. Vielleicht bekommt ihr noch ein paar Spuren von dieser Markierung.«

»Das müsste machbar sein. Der Asphalt dort ist grobkörnig und es hat in den letzten achtundvierzig Stunden nicht geregnet.«

Als Simon sich auf den Weg gemacht hatte, schaute Reinhold uns nachdenklich an. »Es heißt ja immer, unser Beruf sei abwechslungsreich und man kann immer etwas Neues erleben. Und ich habe ja schon einige Jährchen auf dem Buckel. Aber so etwas – das ist sogar für mich eine Premiere.«

Wir nickten pflichtbewusst.

»Wie auch immer. Wir brauchen die andere Mordkommission.«

Kaum hatte Reinhold diesen Satz ausgesprochen, klingelte sein Telefon. Er nahm den Hörer mit einem Stirnrunzeln auf. Er hörte aufmerksam zu, dann sagte er: »In Ordnung, verstanden. In dreißig Minuten.«

Wir schauten ihn fragend an. »Das war Rolf«, erklärte Reinhold. Kriminalhauptkommissar Rolf Mörke leitete die Mordkommission Forstwald, in der auch Nina mitarbeitete. »Sie haben etwas entdeckt, das wir unbedingt wissen müssen. Darüber sollten wir uns austauschen.«

»Noch mehr Querverbindungen zwischen den Fällen?«, fragte Eva zweifelnd. »Ist das überhaupt möglich?«

»Nichts ist unmöglich«, kommentierte ich.

Sie schaute mich skeptisch an.

»Mit dem Spruch hat man früher sogar Autos verkauft«, behauptete ich. »Aber du bist zu jung, um das zu wissen.«

»In einer halben Stunde treffen wir uns im großen Besprechungsraum«, schaltete Reinhold sich ein. »Gemeinsame Sitzung der Mordkommissionen mit allen Ermittlern, die verfügbar sind.«

Wir nutzten die kurze Zeitspanne, um uns so gut wie möglich vorzubereiten. Wir sammelten alle Bilder vom Tatort, die für unsere Kollegen interessant sein mochten, und ich erstellte mir eine stichpunktartige Übersicht unserer bisherigen Erkenntnisse, angefangen bei den Todesumständen und dem persönlichen Hintergrund des Opfers, des Zoos und natürlich unserer gemeinsamen drei Verdächtigen.

Mir kam in den Sinn, dass wir die Geldquelle der drei Proleten schon aufgedeckt hatten. Und ich fragte mich unwillkürlich, ob Kunze und seine zwei Kollegen vielleicht irgendwie am Einbruchsgeschäft beteiligt waren. Aber diese Spekulationen hob ich mir für unsere gemeinsame Sitzung auf.

»Das Schicksal führt uns immer wieder zusammen«, philosophierte Andreas, als wir uns zu ihm und Nina an den Besprechungstisch setzten.

Rolf sortierte am Kopf des Tisches geschäftig seine Unterlagen. Er war Ende fünfzig, hatte millimeterkurzes Haar und ein hartes Gesicht, was im Laufe der Jahre schon einige Verdächtige eingeschüchtert hatte. Er begrüßte uns mit einem Grunzen.

Der Polizeidienst verändert jeden Menschen. Und die Veränderung wird umso deutlicher, je länger man dabei ist. Die Frischlinge, die sich mit Feuereifer nach der Polizeihochschule auf die bösen Jungs stürzten, waren manchmal schon nach ein oder zwei Jahren nicht mehr wiederzuerkennen. Manche reiften zu gestandenen Persönlichkeiten, bei anderen schlich sich ein bitterer Zug in den Charakter ein. Wieder andere zerbrachen an der Belastung. Bei Kriminalhauptkommissar Rolf Mörke war ich mir nie sicher, ob er seine Härte erst bei uns erworben hatte oder schon so geboren worden war. Ich tippte aber auf Letzteres.

»Warte mal ab, bis die beiden Kommissionen zusammengelegt werden«, frotzelte Eva.

»Dann brauchen wir eine Anstandsdame«, kommentierte ich.

»Das kann Egon doch machen«, schlug Andreas vor.

»Stimmt, da vergeht einem gleich alles, wenn der im Raum ist«, bestätigte Nina.

Wir grinsten uns alle an und kosteten die Gnadenfrist aus, die uns blieb, bevor wir uns über die Verquickung unserer Fälle Gedanken machen mussten, die Zufall sein mochte, es aber wahrscheinlich nicht war.

Als Reinhold, gefolgt von Oliver und Lars, den Raum betrat, wurde es geschäftig.

»Das sind alle«, verkündete er.

Rolf nickte. »Von mir auch.«

›Alle verfügbaren Ermittler‹, hatte Reinhold gesagt, ›harter Kern‹ hätte es besser getroffen. Jeder suchte sich einen Platz, wir wappneten uns mit einem Kaffee gegen alles, was da kommen mochte, und schauten erwartungsvoll zu Rolf.

Der eröffnete die Sitzung ohne Umschweife. »Wir haben nicht abgesprochen, in welcher Reihenfolge wir vorgehen wollen, aber wenn du nichts dagegen hast, Reinhold, fange ich einfach an.«

Reinhold nickte. Rolfs Unterlagen waren inzwischen gut organisiert vor ihm ausgebreitet, sodass er sich ohne Probleme zurechtfand. »Noch einmal zur Erinnerung. Wir untersuchen den Mord an Lieselotte Wiedner, einer neunundachtzigjährigen Witwe, die in einer Villa im Forstwald lebte.« Rolf setzte den Beamer in Gang und brachte ein Tatortfoto auf die Leinwand. »Sie wurde mit einem frontalen Messerstich ins Herz getötet. Tatwaffe war vermutlich ein handelsübliches Fleischermesser. Die Wunde und der Einstichwinkel lassen keine weiteren Schlussfolgerungen auf den Täter zu.«

Die Tat selbst schien mir keinen direkten Ansatzpunkt zu bieten: Mord mit einem Messer war zwar einerseits mit großer Nähe zwischen Täter und Opfer verbunden, andererseits war die Tat mit nur einem Stich ausgeführt worden, was auf einen gezielten und berechnenden Mord ohne übermäßig viele Emotionen hindeutete.

Rolf fuhr fort: »Das Opfer lebte sehr zurückgezogen. Wiedners Ehemann starb vor über zwölf Jahren. Sie erkrankte kurz darauf an Krebs, hat die Behandlung aber gut überstanden und erfreute sich bester Gesundheit. Ihr Hausarzt teilte uns mit, sie sei in hervorragender Verfassung gewesen, von Altersschwäche keine Spur.«

»Erben?«, vermutete ich spontan.

Rolf lächelte dünn. »Kein Personal, keine Haustiere. Ein Sohn und ein Enkelsohn. Aber das Testament ist zugunsten der Caritas.«

»Die sind nicht dafür bekannt, dass sie Menschen umbringen«, zischte Eva mir zu.

»Das Vermögen beläuft sich auf etwa sieben Millionen Euro.«

Ich pfiff durch die Zähne. »Woher hatte sie so viel Geld?«

»Alter preußischer Adel«, zuckte Nina mit den Schultern. »Aber das Geld kam wohl von ihrem Mann.«

»Dann war der Sohn sauer auf seine Mutter«, vermutete ich. »Sicher meint er doch, ihm stünde das Erbe zu.«

»Garantiert sogar«, bestätigte Nina. »Aber er hat uns nicht verraten, warum er aus dem Testament gestrichen wurde. Er behauptet sogar hartnäckig, dass es ihm nichts ausmacht.«

»Was gelogen ist«, tippte ich.

»Selbstverständlich.«

»Aber doch kein Motiv, oder?«, überlegte Eva. »Ich meine, wenn er seine Mutter umbringt, bekommt er doch erst recht nichts, solange das Testament nicht geändert wird.«

»Wenn er wirklich sauer auf seine Mutter war, könnte er sie aus Zorn ermordet haben«, erklärte Nina. »Aber er scheidet als Täter aus. Er hat ein Alibi. Wasserdicht.«

Rolf nahm einen Notizzettel zu Hilfe. »Wir haben gestern Abend die Herren Ambach, Flaig und Großmann verhaftet. Die drei haben den Einbruch in die Villa von Frau Wiedner gestanden. Sie sagen aus, dass sie um ein Uhr am Mittwochmorgen durch die Terrassentür in das Haus eingestiegen sind, die Wertgegenstände zusammengerafft haben und nach etwa einer Viertelstunde das Haus wieder verlassen haben. Sie behaupten, Frau Wiedner dabei nicht begegnet zu sein.«

Rolf ließ diese Worte wirken und ich glich diese Informationen mit den von uns ermittelten Uhrzeiten ab. Es passte perfekt.

»Karl setzt den Tod von Frau Wiedner auf etwa halb zwei am Morgen an, plus/minus eine halbe Stunde.«

»Zeitlich kommen sie also durchaus als Täter infrage«, stellte Reinhold fest.

Rolf nickte. »Richtig. Aber vergessen wir nicht, dass das, was sie uns erzählen, nicht richtig sein muss.«

»Die Proleten haben zumindest nichts mit dem Erbe zu schaffen«, warf Oliver ein.

»Das Szenario, über das wir sprechen, wäre ein außer Kontrolle geratener Einbruch. Frau Wiedner wacht auf, bemerkt die Einbrecher und stellt sich ihnen entgegen. Schließlich ist sie topfit für ihr Alter und keine ängstliche Person. Sie stört die Bande beim Abhauen, einer zieht ein Messer und die Dinge nehmen ihren Lauf.«

»Und die drei ...?«, setzte Oliver an.

»Absolut sauber«, sagte Rolf. »Keine Blut- oder Kampfspuren. Nicht an den Jungs und auch an keinem einzigen Kleidungsstück.«

»Die sind doch nicht so blöd, am nächsten Tag noch mit blutigen Händen rumzulaufen«, gab Oliver zu bedenken.

»Das stimmt«, bestätigte Rolf. »Außerdem haben wir kein Geständnis. Und keine zwingenden Beweise. Weder in die eine noch in die andere Richtung.«

Für einen Moment hing jeder seinen eigenen Gedanken nach. Schließlich fragte Reinhold in die Stille: »Haben diese Typen schon ausgesagt, wie es zu dem Einbruch gekommen ist?«

Rolf schaute ihn fragend an.

»Selbst ausgedacht oder Auftragsarbeit?«, präzisierte Reinhold.

Rolf schüttelte den Kopf. »Dazu schweigen sie sich aus. Auch bei den anderen Einbrüchen, mit denen wir sie in Verbindung bringen konnten, wissen wir es nicht.«

Das würde sich im Verlauf der Sitzung noch ändern, dachte ich. Sogar noch interessanter war natürlich der Gedanke, ob nicht nur der Einbruch, sondern auch der Mord an Lieselotte Wiedner eine Auftragstat war. Aber eins nach dem anderen.

»Was uns dazu veranlasst hat, diese gemeinsame Sitzung einzuberufen, ist ein Foto, das wir im Haus unseres Opfers gefunden haben«, erklärte Rolf nun. Er nickte Nina zu, die schlug eine Mappe aus und ließ einige farbige Abzüge herumgehen. Die Aufnahme war ein wenig körnig und unscharf, was wahrscheinlich daran lag, dass sie stark vergrößert worden war. Wir sahen einen Pavillon in abendlicher Festbeleuchtung, umgeben von einem perfekten englischen Rasen. Neben dem Pavillon lag eine weiße Raubkatze. Ihr Fell glühte im Licht des Kamerablitzes.

Ich schaute fragend die anderen an. Auf den ersten Blick konnte ich nicht erkennen, welche Relevanz diese Aufnahme haben sollte. Dann erläuterte Nina: »Das Foto zeigt einen Teil des Gartens von Lieselotte Wiedner.«

Das verstand ich. Und den Gesichtern nach zu urteilen, verstand das auch jeder andere im Raum. Oliver nickte bedächtig und kratzte seinen Dreitagebart. »Netter kleiner Tiger.«

»Schneeleopard«, korrigierte Nina. »Man erkennt es am Körperbau und an der Musterung.«

»Meinetwegen«, erwiderte Oliver. »Stand die etwa auf scharfe Krallen und spitze Zähne?«

Nina lächelte. »Es gibt keine Spuren, dass sie eine Raubkatze als Haustier hatte. Im Gegenteil. Alles sauber bis zur Sterilität, keine Näpfe, keine Käfige, kein Tierfutter. Außen dasselbe. Keine Gehege, Gitter, Leinen oder ähnliches. Noch nicht einmal ein Vogelhäuschen.«

»Wie herzlos«, kommentierte Oliver.

»Aber woher kommt das Tier dann?«, wunderte sich Lars. »Ihr seid ganz sicher, dass es in ihrem Garten aufgenommen ist?«

»Lars«, antwortete Nina geduldig, als spräche sie mit einem Anfänger. Nun ja, genau genommen, tat sie das ja auch. »Der Pavillon ist zu hundert Prozent identisch mit dem auf dem Foto. Und außerdem«, sie holte das eingetütete Original hervor, »ist die Rückseite beschriftet.«

Wir reichten das Foto weiter, bis Lars es in den Händen hielt. »Moritz, 27. Mai 2014«, las er vor.

»An diesem Tag ist ihr Enkel elf Jahre alt geworden«, klärte Nina uns auf.

Jetzt fiel der Groschen. »Das Tier war ein Partygag«, stellte ich fest. »Ein Geburtstagsgeschenk.«

Nina grinste. »Du bist immer noch ein Blitzmerker.«

»Danke.«

»Und du meinst …«, setzte Eva an, »… das Tier kommt aus dem Zoo? Aber wie kann das sein?«

»Deshalb sitzen wir ja hier«, antwortete Nina. »Wir denken, das ist eine Frage, die ihr besser beantworten könnt als wir.«

Ich spürte förmlich, wie sich in meinem Kopf die verschiedensten Informationen zusammenfügten. Wir hatten drei eigenbrötlerische Tierpfleger. Mit einem kostspieligen Privatleben. Und einer rätselhaften Geldquelle. Und wir hatten einen Schneeleoparden auf einem Kindergeburtstag der oberen Zehntausend.

»Illegaler Tierverleih«, platzte ich heraus. »Die geheime Einnahmequelle.«

»So hat er das Pflegeheim bezahlt«, folgerte Oliver. »Und der Hocke befriedigt seine Geldgier und der Helling seine Sexsucht.«

Ich warf noch einen Blick auf das Foto. Der Schneeleopard posierte elegant und trug ein dekoratives Halsband mit glitzernden Steinen. Hinter dem Tier erkannte ich ein Paar Beine in schwarzer Hose. Eine schwere Kette war am Halsband des Raubtiers befestigt und unterstrich auf dramatische Weise dessen Gefährlichkeit.

»Vielleicht ist das dort sogar Kunze«, spekulierte Eva mit einem Blick auf die schwarzen Hosenbeine.

»Er hält die Kette eigenhändig?«, fragte ich.

»Wer soll sie sonst halten?«, erwiderte Eva.

»Moritz, das Geburtstagskind?«

Eva schnitt eine Grimasse.

»Was denn?«, fragte ich unschuldig. »Es ist sein Geburtstag. Streicheln muss doch mindestens im Preis drin sein, oder?«

»Was mag so etwas kosten?«, fragte Reinhold sachlich.

»Damit es sich für alle drei lohnt, mindestens im fünfstelligen Bereich«, spekulierte Oliver.

»Wenn das mal reicht«, stimmte Reinhold zu. »Aber was machen wir jetzt mit dieser neuen Erkenntnis?«

»Noch mal befragen«, schlug ich vor. »Die beiden Tierpfleger.«

»Das ist klar«, warf Eva ein. »Die Frage ist, ob sonst noch jemand darin verwickelt ist. Ich meine – so ein Tier aus dem Zoo zu schaffen und wieder zurück, ohne dass jemand etwas davon bemerkt, das stelle ich mir sehr schwierig vor. Vielleicht hatten die drei noch Helfer im Zoo.«

Reinhold nickte langsam. »Überlegen wir doch kurz, was dieses Foto beweist. Es zeigt eine Raubkatze, die wohlgemerkt überall herkommen kann, neben einem Pavillon. Durch einen Vergleich mit dem Garten und durch die Beschriftung auf der Rückseite vermuten wir, dass es sich um eine Aufnahme aus dem Forstwald handelt.«

»Das ist eindeutig«, beharrte Nina.

»Für uns«, entgegnete Reinhold. »Es reicht nicht aus, um zu beweisen, dass sich ein Schneeleopard aus dem Zoo jemals außerhalb seines Käfigs aufgehalten hat. Von einer Verwicklung der Tierpfleger einmal ganz zu schweigen. Ein guter Anwalt lässt so etwas von seinem Praktikanten abbügeln.«

Ich gab es ungern zu, aber Reinhold hatte recht. »Was schlägst du vor?«, fragte ich.

»Wenn wir uns die beiden einfach schnappen, können sie leugnen und wir stehen dumm da«, erläuterte Reinhold. »Deshalb sollten wir uns erst noch einmal gründlich im Zoo umhören und herausfinden, wie man so etwas überhaupt bewerkstelligen kann. So ein Tierverleih ist keine Kleinigkeit, da hat Eva recht.«

»Noch eine Runde Stochern im Nebel«, stöhnte Oliver.

»Besser als in der ersten Befragung aufzulaufen«, sagte Lars.

Oliver schaute ihn verwundert an. »Man wird doch wohl noch mal jammern dürfen, oder?«

Lars schaute verdattert und ich musste mir ein Grinsen verkneifen.

»Ich habe allerdings keine Ahnung, ob das überhaupt eine Straftat ist«, teilte Reinhold mit. »So ein Tierverleih, meine ich.«

»Ich vermute, im Tierschutzgesetz wird sich etwas finden«, hörte ich Lars.

»Streber«, brummte Oliver neben ihm.

»Wir lassen das den Staatsanwalt recherchieren«, beschloss Reinhold.

Ich dachte an den Zoo und die Personen, die wir dort zu den Möglichkeiten eines heimlichen Tierverleihs befragen konnten. Mir fiel sofort die Pressesprecherin mit ihrem Kuriositäten-Ordner ein. »Wir übernehmen den Zoo«, erklärte ich deshalb. »Ich kenne einen Ansatzpunkt für weitere Befragungen.«

Oliver nickte dankbar. »Dann könnten wir uns doch eigentlich mal die Eltern von diesem Moritz vorknöpfen, oder? Ich meine, schließlich hat der Junge doch den Leoparden geschenkt bekommen. Irgendjemand muss das eingefädelt haben und dann hätten wir eine handfeste Aussage über zumindest eine Kontaktperson vom Zoo.«

Reinhold nickte. »Gute Idee. So machen wir es.«

»Es sieht also so aus, als wären wir hier auf eine Verbindung der beiden Fälle gestoßen, die wir bisher nicht in Betracht gezogen hatten«, fasste Rolf das bisher Gesagte förmlich zusammen.

Reinhold nickte und erlaubte sich ein Grinsen. »Das Beste kommt ja erst noch.«

»Dann lass mal hören.«

Reinhold zeigte im Detail die Verwicklungen der drei Einbrecher in unseren Fall auf, dann präsentierte er ein vergrößertes Standbild des geheimnisvollen Mannes in Schwarz. Er schloss mit der Bemerkung: »Sieht für mich nach einem Auftragseinbruch aus. Und vielleicht handelt es sich sogar um einen Auftragsmord.«

Rolf nickte nachdenklich, während er die Informationen in seinem Kopf sortierte. »Die drei Tierpfleger sind im Forstwald aktiv und die drei Einbrecher im Zoo. Die Frage ist natürlich, ob wir zwei Fälle haben, die miteinander im Zusammenhang stehen, oder ob es sich nicht in Wirklichkeit um einen einzigen Fall handelt.«

Reinhold brachte noch einmal das Bild des schwarzen Mannes an die Wand. »Falls es einen gemeinsamen Nenner gibt, dann ist es dieser Mann. Er sorgt definitiv dafür, dass es keine Aufzeichnung davon gibt, wie Kunze in den Zoo gelangt.«

»Und wer bei ihm ist«, ergänzte ich.

»Er setzt zu diesem Zweck die drei Einbrecher ein«, fuhr Reinhold fort. »Also muss es zwischen ihnen eine Absprache geben. Die drei sind definitiv in den Mord an Kunze verwickelt.«

Rolf nickte. »Das sehe ich genauso. Aber wissen die drei denn davon?«

Nina schüttelte den Kopf. »Lass uns mal überlegen, wie wir das machen würden. Nur die Abschirmung der Überwachungskamera. Der schwarze Mann geht planvoll vor, das sehen wir daran, wie er den Stellplatz für den Lieferwagen ausgewählt und markiert hat. Nehmen wir also an, er geht bei seinem Mord ebenso planvoll vor. Wenn er Helfer benötigt, dann lässt er sie so wenig wie möglich wissen.«

Reinhold nickte. »Richtig.«

»Ich würde also den Jungs befehlen, zur rechten Zeit ihr Auto dort abzustellen.«

»Klar, aber wie mache ich das?«, fragte Reinhold. »Und wieso überhaupt drei Helfer? Warum parkt er nicht selbst dort?«

Nina lächelte. »Er sucht Helfer, die mit ihm in ein anderes Verbrechen verwickelt sind und deshalb schweigen werden. Er kontaktiert diese Bande und schlägt ihnen ein bombensicheres Ding vor. Ein Einbruch im Forstwald. Äußerst lukrativ. Kein Risiko, nur eine alleinstehende Witwe. Er bereitet alles vor. Und dann«, sagte Nina mit einer dramatischen Pause, »findet er irgendeinen Vorwand, damit die drei zur vereinbarten Zeit auf genau diesem Parkplatz parken müssen.«

»Die drei wissen also nur von dem Einbruch, aber nicht von dem Mord an Kunze«, verstand ich.

Nina nickte. »Richtig. Vielleicht haben sie doch etwas mit dem Tod der Witwe zu tun. Das wird sich zeigen. Von Kunze wussten sie höchstwahrscheinlich nichts.«

»Das klingt plausibel«, sagte Reinhold. »Aber trotzdem hätte er selbst dort parken können. Oder die Kamera sabotieren.«

»Er wollte, dass wir die drei Einbrecher sehen«, erklärte Nina. »Darauf hat er es angelegt. Weder wollte er selbst auf der Aufzeichnung sein, noch wollte er, dass wir überhaupt nichts sehen.«

»Ein Bauernopfer«, stellte ich tonlos fest.

Rolf schlug vor, den Anlass gebührend zu feiern, und bestellte für alle Pizza nach Wahl. Der Pizzaservice um die Ecke hatte genug Erfahrung mit uns, um schnell zu reagieren, und zwanzig Minuten nach Rolfs Anruf standen die Kartons bereits vor uns auf dem Tisch.

»Fumündeft dahauf ift Verlaff«, mampfte Oliver, anscheinend schon mit dem ersten Stück Pizza im Mund.

»Wenn der Mörder uns schon auf diese Weise zu täuschen versucht«, sagte ich zwischen zwei Bissen Pizza, »hat er sicher noch andere falsche Spuren für uns parat.«

»Richtig interessant wird es ja dann, wenn der Täter nicht nur sich selbst, sondern auch uns für ziemlich schlau hält«, sinnierte Eva. »Denn dann legt er falsche Spuren nicht, um uns zu täuschen, sondern damit wir sie finden.«

»Und glauben, dass er uns täuschen will«, vermutete Oliver.

»Und die richtigen Schlussfolgerungen ziehen«, bestätigte ich.

»Die dann natürlich die falschen wären«, fügte Nina hinzu.

»Also das«, sagte Rolf gedehnt, »kann einem ja echt den Appetit verderben.«

Und weil das schade um die leckere Pizza gewesen wäre, fanden wir ein anderes Thema, philosophierten über die Brutalität von Schimpansen, verglichen sie mit der des Menschen und kamen schließlich wieder darauf zu sprechen, was den drei Einbrechern alles zuzutrauen war. Wir würdigten ihre fiese Art, Kunze zuzusetzen, ihre Einbruchserie, die einschlägigen Gewalttaten gegen Schwächere und unser unangenehmes Gefühl in den Befragungen.

Nachdem wir unsere leeren Pizzakartons zusammengeräumt hatten, machten wir uns an die Arbeit.

Auf dem Weg zum Zoo besprachen Eva und ich, mit welcher Strategie wir vorgehen wollten. Ich hatte mir darüber lange Gedanken gemacht und unsere Möglichkeiten abgewägt. Und zumindest für den Anfang wollte ich nicht gleich mit der Tür ins Haus fallen, deshalb schlug ich vor: »Wir lassen es langsam angehen. Ganz behutsam. Vielleicht schauen wir uns noch einmal im Affenhaus um. Man kann nie wissen.«

Eva nickte. Sie war lange genug im Geschäft, um zu verstehen, was ich meinte. An einem Tatort, an dem das Blut noch frisch war, und in der Hektik der ersten Ermittlungen konnte man leicht winzige Details übersehen, die für den Fall entscheidend sein konnten. »Und dann?«, fragte sie.

»Dann schnappen wir uns die Pressesprecherin und plaudern ein wenig mit ihr. Ich will sehen, wie sie auf den Schneeleoparden als Geburtstagsgast reagiert. Und außerdem kann sie uns verraten, wie so ein Tierverleih funktionieren kann.«

»Damit wir für Hocke und Helling gewappnet sind«, führte Eva meine Überlegungen zu Ende.

Tief in meinem Innern regte sich Widerstand, als ich an die beiden Tierpfleger dachte.

Der Zoo war immer noch vollständig für Besucher gesperrt. Reinhold hatte allerdings aufgrund der Proteste des Zoodirektors eingelenkt und zugestimmt, die Sperrung am nächsten Tag bis zur Grotenburgbrücke aufzuheben und nur noch auf den Abschnitt des Affenhauses zu beschränken.

Jetzt lenkte Eva den Wagen auf den Parkplatz, stellte ihn ab und wir stiegen aus. Ein Spalier aus Reportern hatte sich vor dem Eingang aufgebaut, durch das wir uns nun schoben und unter dem Absperrband hindurchtauchten. Was mich am meisten überraschte, war, dass die Medien bisher relativ ruhig geblieben waren. So gab es zwar Berichte über einen Todesfall im Zoo, aber Details waren noch nicht durchgesickert, was dafür sprach, dass unsere Pressestelle die Medien gut im Griff hatte.

Direkt hinter dem Eingang war der Zoo trotz besten Wetters wie ausgestorben. Wo sich sonst die Besucher stauten und überlegten, ob sie erst zu den Ponys oder direkt zum Zoorestaurant gehen sollten, herrschte Leere, der Weg zum Verwaltungsgebäude lag verlassen. Gleich im Eingangsbereich der Verwaltung trafen wir die Personen, die uns interessierten. Pressesprecherin Alders und Zoodirektor Haddenhorst standen in ein Gespräch vertieft zusammen. Haddenhorst wirkte selbstsicher, die Alders defensiv. Keiner der beiden bemerkte uns.

Anschleichen schien mir in diesem Fall unangebracht, also ließ ich meine Schritte lauter werden, als wir uns näherten. Die Alders schaute zuerst auf. Ihr Gesichtsausdruck veränderte sich zwar schnell, aber ich meinte, für einen flüchtigen Moment Erleichterung zu erkennen, als sie uns sah. Was nach unseren letzten Begegnungen eine seltsame Reaktion war.

»Frau Kotschenreuth, Herr Wegener«, begrüßte sie uns souverän und schüttelte uns die Hand, Haddenhorst tat es ihr gleich.

»Wie ist die Stimmung im Zoo?«, fragte ich.

Haddenhorst drängte sich mit der Antwort vor und erklärte: »Gedrückt. Wir trauern alle um unseren Kollegen und Freund Paul Kunze.«

»Peter«, soufflierte die Alders leise.

»Ach natürlich, Peter Kunze«, korrigierte sich der Direktor stirnrunzelnd. Dann fügte er wie zur Rechtfertigung seines Fehlers hinzu: »Wir bereiten gerade die Pressestrategie für die Wiedereröffnung vor.«

Ich betrachtete die beiden abwechselnd, der Direktor immer noch die Ruhe selbst, die Alders weiterhin so angespannt, dass auch ihre geschäftsmäßige Pressemaske das nicht verbergen konnte.

»Wir wollten gerne noch einmal durch das Affenhaus gehen.« Ich wandte mich an die Alders. »Möchten Sie uns vielleicht begleiten, falls wir noch Fragen haben?«

Sie hatte ihren Mund schon zur Antwort geöffnet, aber wir hörten nur die Stimme ihres Chefs. »Das ist eine hervorragende Idee. Warum gehen wir nicht alle gemeinsam?«

Ich fand es seltsam, wie er seine Pressesprecherin mundtot machte, aber ich war der Letzte, der sich diesem Mann in den Weg stellen würde. Im Gegenteil, ich war mir sicher, dass er uns eine bestimmte Botschaft übermitteln wollte. Und auf die war ich sehr gespannt.

Der Weg zum Affenhaus verwandelte sich in die reinste Zooführung. Direktor Haddenhorst schob sich zwischen Eva und mich und wies uns immer wieder auf einzelne Gehege und die Tiere darin hin. Ponys, Ziegen und Seelöwen kannte ich noch aus meiner Kindheit. Mit großem Stolz präsentierte er uns das neue Pinguingehege. Wir fanden unseren Weg am Flusspferd und den Picknickplätzen vorbei, passierten schließlich die Riesenschildkröten, von denen eine einzelne älter war als Nina und ich zusammen und standen endlich vor dem Affenhaus.

Es war immer noch ein seltsamer Anblick, dieser leer gefegte Zoo, ohne Besucher, die an den Gehegen stehen blieben, ohne Kinder, die auf die Absperrungen klettern wollten oder auf den Spielgeräten tobten. Auch das Affenhaus lag verlassen da. Ich erkannte am rechten Wegrand zwei kleine Container mit Polizeikennzeichnung, wahrscheinlich handelte es sich dabei um die Ausstattung der Spurensicherung, deren Arbeit immer noch nicht abgeschlossen war.

Wir blieben vor dem Zaun am Gorillagarten stehen. Haddenhorst verkündete: »Das ist unser ganzer Stolz. Wissen Sie, was uns diese Anlage gekostet hat? Aber die Investition hat sich gelohnt – den Leuten gefällt es.«

Die neue Außenanlage für die Gorillas sah fast aus wie ein echtes Stück Natur. Die Gorillagruppe befand sich allerdings unter der strengen Aufsicht des Silberrückens im Innenbereich der Anlage direkt neben dem Personaleingang zum Grotenburgparkplatz.

»Es ist schade um die vielen Besucher«, seufzte der Direktor. »Schauen Sie doch nur dieses Wetter.«

Und das Wetter war tatsächlich traumhaft. Die Sonne schien, nur unterbrochen von einigen kleinen Schönwetterwolken, die Temperatur würde fünfundzwanzig Grad nicht übersteigen, die Luft war klar und nicht zu schwül. Ein Tag, um an den Strand zu gehen, auf Berge zu steigen – oder wenn man beides nicht konnte, so wie in Krefeld, in den Zoo zu gehen.

»Die Ruhe wird den Affen guttun«, meldete die Alders sich kleinlaut.

Der Direktor zeigte wieder sein Stirnrunzeln, diesmal eindeutig missbilligend, doch anstatt sie auf das katastrophale Budgetproblem hinzuweisen, fragte er mit einer einladenden Geste: »Wollen wir hineingehen?«

Wir umrundeten die Orang-Utans, die träge in ihren Hängematten lagen und uns weitgehend ignorierten.

»Das ist die Gorilla-Altgruppe«, posaunte der Direktor und wies uns mit großer Geste auf eine Gruppe Affen hin, die sich genauso beschaulich ihrem Essen widmete wie ihre Schwestergruppe draußen. Massa gehörte mit seinem Gefolge zu den ersten Bewohnern des Affenhauses und war ebenso wie vieles andere im Zoo fester Teil meiner Kindheitserinnerungen. Unsere Blicke trafen sich. Zu meinen eindrucksvollsten Erlebnissen im Affenhaus gehörte ein ganz ähnlicher Augenkontakt, als ich gerade einmal zehn Jahre alt gewesen war. Damals hatte Massa mir das irgendwie krummgenommen und mich mit erstaunlicher Präzision mit Affenscheiße beworfen. Heute, im gesetzteren Alter, hatten wir beide mehr graue Haare und einen friedfertigen Tag erwischt.

Ich nickte dem Gorilla zu, als wir weitergingen, und aus dem Augenwinkel meinte ich, ihn ebenfalls nicken zu sehen. Aber wahrscheinlich bildete ich mir das nur ein.

Wir bogen um die Ecke und erreichten das Schimpansengehege. Haddenhorst trat vor und wollte uns zweifellos mit ähnlich großer Geste auch diese Affen präsentieren, aber daraus wurde nichts. Hatten die Orang-Utans uns noch ignoriert und die Gorillas uns gleichmütig erduldet, stimmte der erste Schimpanse, der in unsere Richtung sah, ein schrilles Gekreische an. Die Köpfe der anderen Affen schnellten herum, sie sprangen auf uns zu an den Rand des Geheges und stimmten in den Ruf ihres Artgenossen mit ein. Das Gekreische schwoll zu einem ohrenbetäubenden Lärm an, sodass ich instinktiv meine Ohren abdeckte.

Was allerdings nicht viel half. Wir wichen alle zurück.

Der Zoodirektor wirkte ein wenig blass um die Nase. Nun war es die Pressesprecherin, die ihren Chef mit gerunzelter Stirn anschaute. Ihr Blick huschte verstohlen zwischen den Affen und Haddenhorst hin und her.

Aber nicht verstohlen genug. Eva berührte mich am Arm, auch sie hatte es bemerkt.

Der Direktor versuchte jetzt, es mit der Lautstärke seiner Affen aufzunehmen, und rief uns etwas zu. Was wir nicht verstanden. Die Schimpansen schien es nur noch mehr anzustacheln. Als wir alle den Kopf schüttelten, ruderte Haddenhorst hektisch mit den Armen. Anscheinend das Zeichen, den Bereich schnellstens zu verlassen. Eigentlich keine schlechte Idee. Zumindest wenn uns etwas an unserem Gehör lag.

Das Kreischen verfolgte uns den restlichen Weg durch das Affenhaus, bis schließlich die Tür hinter uns ins Schloss fiel und es kaum noch zu hören war.

»Meine Güte«, sagte ich. »Was war das denn?«

»Wir scheinen die Schimpansen aufgebracht zu haben«, vermutete Eva.

»Mit solchen Interpretationen ist immer Vorsicht geboten«, belehrte der Zoodirektor uns. Er schien mir immer noch ein wenig mitgenommen.

»Aber die Affen sind doch nicht immer so«, meinte ich ruhig und ließ ihn nicht aus den Augen.

»Natürlich nicht. Wahrscheinlich sind sie noch etwas … durcheinander. Von den … Ereignissen.«

Auch wenn es nur flüchtig war, entdeckte ich wieder das Stirnrunzeln bei der Alders. Vielleicht weil ihr Chef sich plötzlich als Experte für Affen präsentierte.

Ich hakte nach: »Die schienen nicht so glücklich zu sein, Sie zu sehen.«

»Ach, das bin ich gewohnt«, wiegelte der Direktor ab. »Wenn ich komme, dann bringe ich meistens Besucher mit, die auch die Gehege von innen anschauen wollen. Das mögen sie nicht und das merken sie sich.«

Ich konnte nicht beurteilen, ob das stimmte oder ob er uns gerade Unsinn erzählte. Die Alders trug ihre undurchdringliche Pressesprecherinnenmaske zur Schau, deshalb verfolgte ich das Thema nicht weiter.

Auf dem Rückweg zum Verwaltungsgebäude war der Direktor nicht mehr so gesprächig und wirkte, als beschäftige ihn ein wichtiger Gedanke. Welcher das war, verriet er uns jedoch nicht.

An seiner Stelle wies uns die Pressesprecherin auf die Nashörner und die Elefanten hin: »Das muss unser nächstes großes Projekt sein. Ach, wir haben überhaupt so viele Ideen und zu wenig Platz. Vor allem für die Großtiere.«

»Sie bräuchten mehr Geld«, warf ich ein.

Die Alders seufzte. »Ja. Aber dazu wird es nicht kommen. Eine lange Geschichte. Politik.«

»Wir müssen sehen, wo wir unsere Mittel herbekommen. Der Stadtrat entscheidet nicht immer in unserem Sinne«, bestätigte auch der Direktor.

»Oder im Sinne der Tiere«, fügte die Alders noch hinzu.

Am Verwaltungsgebäude erkundigte sich Haddenhorst höflich, ob er noch etwas für uns tun konnte. Ich erwiderte ebenso höflich, dass wir vielleicht später noch einige Fragen an ihn hatten. Er versicherte, wir würden ihn bis zum Abend jederzeit in seinem Büro antreffen.

Wir nahmen den angebotenen Kaffee dankend an und machten es uns in Claudia Alders' schmalem Büro so bequem wie möglich. Mir fiel auf, dass die Pressesprecherin sich mehrmals mit flüchtigen Blicken versicherte, dass die Tür geschlossen war, als sie mit den Bechern aus einem Nebenraum zurückkam.

Ganz unserer Strategie folgend, überstürzten wir nichts, sondern nahmen in aller Ruhe einen Schluck aus unseren Tassen und lobten artig die Kaffeeaufbrühfertigkeit der Pressesprecherin. Mit dieser Art des Small Talks verbrachten wir die ersten fünf Minuten unseres Gespräches. Und obwohl die Tür ganz sicher ordnungsgemäß geschlossen war, wirkte die Alders kein bisschen entspannter als in Gegenwart ihres Chefs.

Aber so offensichtlich ihre Unruhe auch war, unternahm sie von sich aus keinen Versuch, die Ereignisse im Affenhaus anzusprechen.

Deshalb tastete ich mich behutsam vor. »Also, ich muss schon sagen, ich habe mich im Affenhaus gerade ganz schön erschrocken.«

Die Alders vermied sowohl Blickkontakt als auch eine Antwort.

»Ich auch«, bestätigte meine Partnerin. Da wir ja zur Abwechslung ganz behutsam vorgehen wollten, entfiel die klassische Aufgabenteilung mit einem redenden Markus und einer schweigenden Eva. »Die Reaktion der Affen war mir auch ein wenig unheimlich.«

Ich nickte bestätigend.

Die Alders erklärte: »So eine Gruppe Schimpansen kann schon beängstigend sein. Das habe ich Ihnen bereits gestern erklärt, als wir sie betäuben mussten.«

Ich nahm die Anspielung nicht krumm, das gehörte eben zum Job dazu. »Ich hatte nicht erwartet, dass die Schimpansen noch einmal so kreischen würden. Ich habe ja jetzt noch Ohrenschmerzen.«

»Das war noch gar nichts.«

»Es war ja fast so laut wie gestern. Die werden das doch nicht häufiger machen«, sagte ich freundlich.

Sie zögerte mit ihrer Antwort. »Eigentlich nicht. Aber es sind eben außergewöhnliche Umstände.«

Ich erinnerte mich sehr gut an ihr Stirnrunzeln, als der Direktor diese Erklärung vorgeschoben hatte, deshalb hakte ich nach: »Was meinen Sie?«

»Die ... Ereignisse gestern«, antwortete sie vorwurfsvoll. Wobei der Vorwurf am ehesten mir galt, weil ich sie dazu nötigte, diese unangenehme Tatsache auszusprechen.

»Richtig«, bestätigte ich, als sei mir das in der Zwischenzeit entfallen. »Sehen Sie, mit Menschen kennen wir uns einigermaßen aus, aber bei Affen ...« Ich ließ sie selbst die Schlussfolgerung ziehen. Dann präzisierte ich: »Wir wissen einfach nicht, was für die Schimpansen ungewöhnliche Umstände sind.«

Da die Alders keine Anstalten machte, mir weiterzuhelfen, wechselte ich den Ansatzpunkt für das Affenthema. »So, wie es aussieht, haben wir keinen Zeugen dafür, wie Peter Kunze ums Leben kam.«

Sie saß plötzlich stocksteif auf ihrem Stuhl. Entweder weil sie ahnte, worauf ich hinauswollte, oder weil sie nicht mehr über den Tod ihres Freundes sprechen wollte.

»Zumindest keine Menschen«, fügte Eva hinzu.

Die Alders schwieg beharrlich.

Ich fragte: »Wie gut können Schimpansen eigentlich sehen?«

Wieder das Zögern, aber meine Frage war zu einfach, als dass die Pressesprecherin hätte ausweichen können. »Schimpansen haben ungefähr dasselbe Sehvermögen wie wir Menschen.«

»Und können Schimpansen auch Gesichter erkennen?«

Ein Nicken.

»Das heißt, wenn wir jetzt wieder hingehen würden, würden die Affen uns wiedererkennen?«, bohrte ich.

Wieder Nicken und Schweigen.

»Aber das würden die Schimpansen uns nicht zeigen, oder?«

»Nein.«

»Weil ich nichts Besonderes getan habe«, vermutete ich. »Ich bin wie ein ganz normaler Besucher durch das Affenhaus gegangen.«

»Richtig«, bestätigte die Alders mit leiser Stimme.

Ich legte bedächtig die Fingerspitzen beider Hände aneinander und sagte: »Das würde ja bedeuten ... als Kunze auf dem Dach gestanden hat, konnten die Schimpansen ihn sehen.«

»Ja.«

»Und sein Gesicht erkennen?«

»Natürlich.«

Ich nickte gewichtig. »Und sie hätten auch jeden Menschen gesehen, der mit Kunze gemeinsam auf dem Dach war?«

Vom Schubsen sagte ich nichts, aber die Pressesprecherin hatte ohnehin längst verstanden, wohin sich unser Gespräch bewegte. Sie nickte.

»Und diese Person würden die Affen auch wiedererkennen?«

Als die Alders auch das bejahte, fragte ich schließlich: »Und das würden sie zum Beispiel mit Gekreische zeigen? So als wollten sie sagen: ›Das ist der Mann, der den anderen vom Dach gestoßen hat‹?«

»Das ist möglich«, meinte die Alders ausweichend.

»Das heißt, die Schimpansen hätten so reagiert, wie wir es vorhin erlebt haben?«

»Das könnte sein.«

Ich tauschte einen bedeutungsvollen Blick mit Eva aus. Hatten die Schimpansen gerade den Zoodirektor als Mörder von Peter Kunze identifiziert?

Aber auch wenn die Schimpansen Zeugen des Mordes gewesen waren, würde ihr Gekreische wahrscheinlich weder beim Staatsanwalt noch beim Richter als ernst zu nehmende Aussage durchgehen. Vielleicht sogar noch nicht einmal bei Reinhold.

Die Pressesprecherin schien unsere Gedanken zu ahnen,

denn sie versicherte eilig: »Für das Verhalten der Affen gibt es tausend mögliche Erklärungen. Unter den gegebenen Umständen ist es nicht verwunderlich, dass sie sich seltsam verhalten. Vielleicht haben sie überhaupt nicht auf den Direktor reagiert, sondern auf etwas ganz anderes.«

Natürlich. Und wenn sich die Naturgesetze umkehrten, würde der Rhein stromaufwärts fließen und der Regen vom Boden zum Himmel steigen. Aber weil ihre Worte ohnehin mehr klangen wie das Pfeifen im Wald, vermutete ich, dass sie damit vor allem sich selbst überzeugen und vor einer unangenehmen Einsicht die Augen verschließen wollte.

Auf jeden Fall hatten wir unverhofft eine neue wichtige Entdeckung in diesem Fall gemacht. Ich hatte aufgehört zu zählen, die wievielte es heute schon war, aber über einen Mangel an interessanten Wendungen konnten wir uns in diesem Fall wahrlich nicht beklagen.

Nun kam ich auf das Thema zu sprechen, dessentwegen wir eigentlich hergekommen waren.

»Sie haben uns gestern einige Ihrer Unterlagen gezeigt«, erinnerte ich die Pressesprecherin. »Der Ordner mit den Kuriositäten würde uns noch einmal interessieren.«

Es war deutlich zu sehen, dass sie dieses Anliegen nicht verstand. Trotzdem brachte sie aus ihrem Aktenschrank erneut das Gewünschte zum Vorschein. Ich schlug den Deckel auf und blätterte. Hinter der Registerkarte *Tiere ausleihen* wurde ich fündig. Größtenteils handelte es sich um E-Mails, ich zählte drei Telefonnotizen und vier altmodische Briefe. Um die fünfzig Anfragen insgesamt. »Ich habe nur die Post vom letzten Jahr aufgehoben«, erklärte die Alders, während ich blätterte.

Ich nahm mir die Zeit, einige Anschreiben zu überfliegen. Hier war die Frau, die ein paar Tauben für die Hochzeit ihres Sohnes ausleihen wollte, ich fand den Wunsch nach einem Schimpansen für einen Kindergeburtstag, dann kam der Ehemann, der das Nashorn haben wollte, weil seine Frau es unbedingt einmal abschrubben wollte.

»Unglaublich, auf was die Leute so alles kommen«, murmelte ich.

»Das können Sie laut sagen«, bestätigte die Alders.

»Ein Schimpanse für einen Kindergeburtstag ist keine gute Idee, oder?«, meinte ich.

»Tierquälerei«, kam es wie aus der Pistole geschossen.

»Ich dachte eigentlich eher an die Gefahr für die Kinder.«

Sie schaute mich forschend an und sagte dann mit vorwurfsvollem Unterton: »Schimpansen werden nur in der Gruppe gefährlich, wenn sie eine hilflose Person auffinden.«

»Richtig«, bestätigte ich, als sei mir mein Fehler erst jetzt aufgefallen.

»Aber wie kommen die Leute nur auf so was?«, fragte Eva.

Die Alders blickte grimmig. »Das Fernsehen. Filme. Die Menschen halten Tiere für niedliche Spielzeuge.«

»Im *Planet der Affen* waren die Schimpansen doch gar nicht so niedlich«, hielt ich ihr entgegen.

Sie musterte mich kühl: »Bei *Unser Charly* umso mehr. Sogar bei den *Fünf Freunden* gibt es Episoden mit einem Schimpansen. Es wird ein vollkommen falsches Bild von den Tieren gezeichnet.«

Bei der Art, wie sie nun Luft holte, erwartete ich einen Rundumschlag gegen alle Fernsehserien, die jemals mit Tieren gedreht worden waren, allen voran *Lassie*, *Flipper* und *Black Beauty*. Aber sie überraschte mich, denn sie sagte so leise, dass ich sie kaum mehr hören konnte: »Und wir haben auch dazu beigetragen.«

»Sie?«, fragte Eva überrascht.

»Der Zoo hat mitgemacht«, gestand sie zerknirscht. »Jeden Sonntag wurden hier ein paar junge Schimpansen aus dem Gehege gefischt und bekamen eine Windel um. Dann wurden sie an einen Tisch gesetzt und die Zoobesucher konnten mit ihnen zusammen essen.«

Wir starrten sie sprachlos an. An Massa und seine Wurfgeschosse erinnerte ich mich. Aber: »Ich habe nie neben einem Affen gesessen.«

Die Alders grinste schief. »Das ging bis Ende der Sechzigerjahre so.«

Was meine fehlende Erinnerung erklärte. »Aber wie kommt es, dass ich noch nie davon gehört habe?«

Die Pressesprecherin seufzte. »Es gibt genug Personen, die das noch erlebt haben. Oder die es von ihren Eltern wissen.«

»Das ist unglaublich«, meinte Eva.

»Ich glaube, daher kommen noch viele Anfragen. Und die Leute sind auch nicht einsichtig. Nehmen Sie zum Beispiel hier die Frau, die das Nashorn schrubben will …«

Eva lachte auf.

Claudia Alders fuhr unbeeindruckt fort: »Ich habe dem Ehemann eine exklusive Führung bei den Nashörnern angeboten. Er wäre mit seiner Frau so nah an die Nashörner herangekommen wie kein anderer Besucher. Aber ich habe nie wieder etwas von ihm gehört.«

»Vielleicht war es ihm zu teuer?«, tippte ich.

»Zweihundertfünfzig Euro«, meinte die Alders und aus ihrem Tonfall schloss ich, dass sie das für ein Schnäppchen hielt.

Was es im Vergleich zu den Preisen des Kunze-Hocke-Helling-Tierverleihs vermutlich auch war. Jetzt wurde es langsam, aber sicher Zeit, zum Kern der Sache vorzustoßen.

Polizisten unterliegen einer Verpflichtung zur Strafverfolgung. Das heißt, wenn uns jemand von einer Straftat berichtet, haben wir keine Wahl, als dieser nachzugehen. Bei der Beratung nutzten wir deshalb manchmal einen hypothetischen Modus. Wer von uns Ratschläge erhalten wollte, sagte etwa: »Nehmen wir mal an, ich würde jemanden kennen, der hat ein Problem mit seinem Chef, der ihm unsittliche Angebote macht.« Wir können dann antworten, dass eine Strafanzeige wegen Nötigung gute Erfolgsaussichten hätte. Rein hypothetisch natürlich. Der Ratsuchende erhält seine Informationen und wir müssen nicht unbedingt tätig werden.

Bei der Pressesprecherin fürchtete ich immer noch, dass sie vollständig dichtmachte, wenn wir ihr einfach das Foto mit dem Schneeleoparden unter die Nase hielten. Und wir brauchten die Informationen von ihr. Deshalb wollte ich mit ihr eine Variante des hypothetischen Modus ausprobieren. Solange wir nur spekulierten, hatte sie keinen Grund zu mauern. Hoffte ich.

Ich versuchte, mich langsam an sie heranzupirschen. »Wir haben uns, ehrlich gesagt, schon die ganze Zeit gefragt, wie so etwas eigentlich aussehen müsste, wenn Sie wirklich Ihre Tiere verleihen würden.«

Die Alders fuhr hoch. »Wir würden niemals unsere Tiere verleihen!«, rief sie empört.

»Das wissen wir«, beruhigte ich sie. »Aber nur mal angenommen. Das ist doch ein faszinierender Gedanke, oder?«

»Nur angenommen?«, fragte sie argwöhnisch.

Ich nickte ermutigend.

Offenbar siegte ihre Neugier über die Skepsis. »Nun ... das wäre natürlich nicht so einfach. Eigentlich sogar sehr schwierig. Ich meine, man kann die Tiere ja nicht so einfach aus dem Käfig holen. Und es kommt auf das Tier an.«

Die Alders war auf dem Weg, auf dem wir sie haben wollten, deshalb empfand ich das Klopfen als absolut störend. Und schon im nächsten Augenblick steckte der Tierarzt Dr. Kaden seinen Kopf zur Tür herein. Er erfasste die Situation mit einem Blick und sagte, ein wenig peinlich berührt: »Oh, ich komme später wieder.«

»Nein«, hielt die Alders ihn zurück. »Du kommst genau richtig, Frank.«

Der Tierarzt stutzte und auch ich hatte keine Ahnung, wie Claudia Alders zu dieser Einschätzung kam. Aber ich ließ mich gerne überraschen. Genauso wie Tierarzt Kaden. Er kam herein, schloss die Tür hinter sich und zog den letzten freien Stuhl aus einer Ecke des Raumes heran.

»Du kennst doch diese Anfragen, die wir immer wieder bekommen, ob wir nicht eines unserer Tiere verleihen wollen«, begann die Alders.

Kaden nickte. »Alles Spinner«, kommentierte er abschätzig.

»Wir überlegen gerade, wie man das wohl bewerkstelligen könnte.«

Der Tierarzt schaute überrascht, dann ungläubig. »Aber das wäre ...«

»Nur zum Spaß, Frank. Spiel doch mit.«

Und aus irgendeinem Grund schien es der Pressesprecherin tatsächlich Freude zu machen, über einen Tierverleih zu spekulieren. Vielleicht war es uns gelungen, ihre dunkle Seite zu wecken.

»In Ordnung«, meinte der Tierarzt zögerlich. »Es kann ja nicht schaden.«

Die Alders nickte ermutigend. »Welches Tier wollen wir denn verleihen?«, fragte sie leichthin.

»Einen Schneeleoparden«, schlug ich vor.

Der Tierarzt legte den Kopf schief. »Ja, warum nicht? Gar keine schlechte Wahl.«

»Warum?«, hakte Eva nach.

»Von allen Großkatzen sind die Schneeleoparden noch die verträglichsten.«

»Die würden nicht so schnell auf einen Menschen losgehen, meinen Sie?«

»Richtig«, bestätigte der Tierarzt.

Ich tauschte einen Blick mit Eva aus. In ihren Augen spiegelte sich meine Hoffnung, von unseren beiden Gesprächspartnern gute Munition für die Befragung der Tierpfleger zu bekommen.

Die Alders nickte. »Unter den Großkatzen drängt sich der Schneeleopard geradezu zum Verleih auf.«

»So gesehen«, bestätigte Kaden. »Also ... Jemand bittet um einen Schneeleoparden für ... meine Güte, das ist krank.«

»Wir wollen ihn verleihen«, nahm die Alders den Faden auf. »Dazu müssten wir ihn doch erst mal transportieren.«

»Richtig«, bestätigte Kaden. »Wir brauchen einen Transporter. Den müssten wir direkt an den Käfig heranfahren. Durch das große Tor hinter dem Tropenhaus. Dort fahren wir auch wieder hinaus.«

»Gut, das bedeutet, der Zoo muss geschlossen sein, alle Tierpfleger haben Feierabend, die letzte Runde ist gedreht.«

Kaden nickte langsam. »Je später es ist, desto besser. Wir wollen nicht, dass uns jemand sieht. Spaziergänger, Anwohner. Keine Zeugen.«

Jetzt kam auch er anscheinend langsam auf den kriminellen Geschmack. Ich fragte: »Schaffen Sie beide das alleine?«

Die Alders hob die Hand. »Wir wollen es versuchen. Schließlich wollen wir nicht unnötig teilen, hab ich recht, Frank?«

»Natürlich«, lächelte Kaden. »Wir müssten außerdem den Transporter tarnen. Er darf nicht als Tiertransporter zu erkennen sein, also irgendein Lkw mit unauffälliger Aufschrift. Und groß genug muss er sein. Welche Tiere wollen wir denn noch verleihen? Noch größer?«

»Denk an das Nashorn, das geschrubbt werden soll.«

Der Tierarzt verdrehte die Augen. »In Ordnung. Muss also ein ziemliches Gefährt werden. Und wir brauchen eine Vorrichtung, um das Tier in den Wagen zu bekommen.«

»Das könnte schwierig werden«, bestätigte die Pressesprecherin.

Ich fragte: »Können die nicht selbst laufen?«

Die Alders erklärte: »Die kommen niemals freiwillig aus ihrem Gehege. Für einen Transport müssten wir jedes Tier betäuben.«

»Wenn Jungtiere besonders gefragt sind, weil die so niedlich kuschelig sind, müssten wir die von ihren Muttertieren trennen. Dann haben wir die ganze Nacht und die nächsten Tage Krawall. Das würde jemand bemerken.«

»Dann müssen wir alle Tiere im Gehege betäuben. Das Tier, das wir verleihen wollen, müssen wir wieder aufwecken, sobald wir am Ziel sind. Und für den Rücktransport dasselbe.«

Das war doch schon einmal sehr informativ, wie ich fand.

Doch nun stellte Kaden fest: »Das ist scheußlich.«

»Würden Sie zwei das alleine schaffen?«, fragte ich noch einmal.

Kaden legte zweifelnd den Kopf zur Seite. »Glaube ich nicht. Dafür bräuchte man mindestens zwei kräftige Männer. Besser drei.«

»Aber Sie haben das Betäubungsmittel«, sagte Eva.

»Das stimmt, aber das kann man sich auch illegal ganz gut beschaffen.«

»Sie sagten, wenn man die Tiere trennt, dann würde man das bemerken. Würde man es nicht auch bemerken, wenn die Tiere in der Nacht betäubt wurden?«

Die Alders zögerte. »Wenn es gut gemacht ist, nicht unbedingt. Die Tiere wären natürlich ein wenig schläfrig, aber das ist wie bei uns Menschen, wir haben das auch manchmal ohne Grund.«

»Wer könnte so etwas durchziehen?«, fragte ich den Tierarzt. »Außer Ihnen?«

Er schaute mich misstrauisch an. Dann stellte er fest: »Das ist nicht nur ein Gedankenspiel.«

Die Alders machte große Augen. »Ist das wahr?«

Ich wollte die beiden nicht unnötig im Dunkeln tappen lassen, deshalb zog ich jetzt das Foto aus dem Forstwald aus meiner Mappe. Ich legte es auf den Schreibtisch der Pressesprecherin, sodass sie und ihr Kollege es klar und deutlich sehen konnten.

Es herrschte mit einem Schlag Totenstille im Raum. Durch die geschlossene Tür hörten wir die Sekretärin auf der Computertastatur klappern.

»Das … ist Patan«, teilte Kaden uns schließlich mit. Und mit einem Flüstern fügte er hinzu: »Jeder Leopard hat ein einzigartiges Muster. Sehen Sie diesen Flecken hier über dem Auge, der aussieht wie ein Schmetterling? Das ist Patan, eindeutig.«

Das erhöhte die Beweiskraft des Fotos unverhofft und signifikant. Wenn der Tierarzt recht hatte, bewies die Aufnahme, dass sich der Schneeleopard Patan außerhalb seines Geheges in einer nicht artgerechten Umgebung aufgehalten hatte.

»Wo haben Sie das her?«, fragte die Alders matt.

»Aus einem Haus im Forstwald«, antwortete ich wahrheitsgemäß.

»Das ist unfassbar«, hauchte sie.

Ich stimmte ihr zu und wartete, ob sie uns noch mehr mitteilen wollte.

Und tatsächlich sagte sie tonlos: »Ich habe es geahnt.«

»Du hast – was?!«, brauste der Tierarzt auf.

»Ich habe schon länger gedacht, dass etwas nicht stimmt. Mit Peter«, erklärte die Alders noch matter.

Kaden empörte sich: »Aber so etwas musst du doch sagen!«

»Es war nur so eine Ahnung«, verteidigte sich die Pressesprecherin.

»Wir hätten das doch im Handumdrehen herausgefunden! Die armen Tiere!«, hielt ihr der Tierarzt vor.

Claudia Alders duckte sich, als sei sie geschlagen worden. Welche inneren Qualen sie im Augenblick durchlitt, konnten wir nur erahnen.

»Wie sind Sie darauf gekommen, dass etwas nicht stimmen könnte?«, fragte ich ruhig.

»Es … zuerst war es das Geld.«

»Für das Pflegeheim?«

Die Alders nickte.

»Sie wussten, was es kostet?«

»Nicht genau. Aber mir war klar, dass er das von seinem Gehalt niemals hätte bezahlen können.«

»Er hätte es von seinem Ersparten nehmen können«, wandte Eva ein.

»Ja, sicher. So gut kannten wir uns nicht. Aber das war ja auch nicht alles.« Sie stützte ihren Kopf mit beiden Händen ab, als sei er plötzlich zu schwer für ihren Hals geworden.

»Was ist Ihnen noch aufgefallen?«, hakte Eva nach.

»Viele Kleinigkeiten«, antwortete die Alders unbestimmt. »Er hing zu viel mit diesen anderen beiden Tierpflegern rum. Und dabei möchte mit denen niemand was zu tun haben, keiner arbeitet gerne mit ihnen zusammen.«

Natürlich hatte ich zumindest für den Tierpfleger Helling eine konkrete Vermutung, woran das liegen konnte.

»Das ist nicht, weil Sven so ein Weiberheld ist«, erklärte die Alders, als hätte sie meine Gedanken gelesen.

»Nicht?«, fragte ich neugierig.

»Es gibt dieses Gerede. Die Tiere, die die drei betreut haben, verhielten sich seltsam.«

»Schläfrig?«

»Ungeschickt, unkoordiniert«, ergänzte Kaden. »Ich kenne die Berichte. Ich bin allen Hinweisen nachgegangen, aber ich konnte nie etwas bestätigen. Dann habe ich vermutet, dass die drei einfach aus persönlichen Gründen immer wieder angeschwärzt wurden.«

»Intrigen unter den Tierpflegern?«, fragte Eva.

»Aber die gab es nicht.« Claudia Alders verbarg ihr Gesicht nun in ihren Händen. »Ich hätte es wissen müssen«, drang gedämpft hervor.

Kaden sagte nichts, aber seine Mimik sprach Bände. Wahrscheinlich rettete nur unsere Anwesenheit Claudia Alders vor weiteren Vorhaltungen.

Ich fragte mich, ob die Pressesprecherin ihrem eigenen Wunschdenken zum Opfer gefallen war – es konnte nicht sein, was nicht sein durfte – oder ob ein von Tierpflegern im Zoo betriebener geheimer Tierverleih ein so abwegiger Gedanke war, dass man einfach nicht daran glauben konnte, bis man den Beweis direkt vor der Nase hatte. Wie unser Foto.

»Etwas Ähnliches hat es wahrscheinlich noch nie gegeben, oder?«, vermutete ich.

Die Alders hob ihren Kopf und sah uns aus glasigen Augen an. Ihr Drang, zu weinen, war offensichtlich, aber sie hatte sich eisern unter Kontrolle. »Nein, von so etwas habe ich noch nie gehört.«

So, wie sie es sagte, wollte sie damit aber nicht ausschließen, dass es nicht in einem anderen Zoo in Deutschland doch passierte.

Kaden sagte bitter: »Erinnern Sie sich denn nicht mehr an

den Fall in Erfurt? Dort haben Tierpfleger exotische Zootiere getötet und deren Fleisch verkauft.«

Die Alders verzog das Gesicht und auch ich fand die Vorstellung ziemlich ekelhaft. Die Alders vergrub ihr Gesicht wieder in den Händen. Während sie einfach nur niedergeschmettert wirkte, machte der Tierarzt einen angriffslustigen Eindruck auf mich. Und wenn er sich erst einmal darauf besann, wer sich an den Tieren vergriffen hatte, konnte es für die zwei verbliebenen Tierpfleger ziemlich ungemütlich werden.

Ich nahm mein Handy, entschuldigte mich und verließ das Büro durch den Hinterausgang, um ungestört zu telefonieren. Reinhold meldete sich sofort. Ich erklärte ihm, dass wir die Tierpfleger Hocke und Helling vor dem Tierarzt und diesen vor sich selbst beschützen mussten.

»Geht in Ordnung, Markus«, sagte Reinhold ruhig. »Wir schaffen die zwei einfach ins Präsidium und lassen sie hier schmoren. Das erleichtert die Befragung hinterher.«

Zurück im Büro hatte die Alders gerade eine neue Runde Selbstvorwürfe eingeleitet. Sie holte damit alles nach, was sie seit dem Tod ihres Freundes Peter Kunze versäumt hatte.

Es dauerte keine zehn Minuten, bevor es an der Tür klopfte.

Dirks Kopf erschien in der Öffnung. »Alles klar, Markus, wir haben die beiden eingesammelt.«

Wir ließen die Pressesprecherin und den Tierarzt im Büro zurück, wo sie sich sicherlich einiges zu sagen hatten.

»Jetzt der Direktor?«, fragte Eva, als ich die Tür hinter uns geschlossen hatte.

Mir schwirrte der Kopf von den neuen Informationen, die wir erhalten hatten, aber es war nicht unbedingt erforderlich, sie zu sortieren, bevor wir dem Direktor auf den Zahn fühlten. Im Gegenteil würde sich eine Runde Schlussfolgern und Spekulieren umso mehr lohnen, nachdem wir mit ihm fertig waren.

Ich nickte und wir gingen durch den schmalen verwinkelten Flur die knarzende Treppe hinauf. Mit jedem Schritt wurde offenkundig, dass es sich bei dem Verwaltungsgebäude ursprünglich um ein Wohnhaus gehandelt hatte, in das man mehr schlecht als recht verschiedene Büros hineingezwängt hatte.

Dr. Haddenhorst telefonierte, als wir sein Büro betraten. Er winkte uns herein und rollte demonstrativ mit den Augen, während er in den Hörer sagte: »Selbstverständlich haben wir daran gedacht. – Wir werden das berücksichtigen. – Die Stadt hat keine negativen Folgen zu fürchten.«

Dann verabschiedete er sich und beendete das Gespräch. Nach einer hastig eingetippten Tastenkombination teilte er uns mit: »Jetzt sind wir ungestört.«

Ich nickte verständnisvoll. »Die Stadt macht sich Sorgen?«

Haddenhorst schnaubte. »So viel Aufmerksamkeit hätte ich auch gerne gehabt, als die Planungen zum Gorillagarten anstanden. Oder als ich mehr Platz für die Nashörner haben wollte. Oder artgerechte Haltung für die Elefanten.« Er schüttelte ärgerlich den Kopf.

»Das heißt, der Zoo leidet unter Geldmangel?«

Er schaffte es tatsächlich, mich von oben herab anzuschauen. »Herr Wegener«, sagte er in einem mitleidigen Tonfall. »Welcher Bereich im öffentlichen Dienst ist nicht unterfinanziert?«

Ich hielt das für eine rhetorische Frage, deshalb antwortete ich nicht.

Der Direktor fuhr fort: »Es ist sehr schwierig, den Betrieb zu gewährleisten. Auf einem Niveau, das den Tieren gerecht wird und das die Besucher erwarten. Ein attraktives Angebot, artgerechte Haltung und qualifiziertes Personal – all das mit einem lächerlich geringen Budget.«

Ich fand es wunderbar, wenn eine Befragung so in unserem Sinne verlief. Ich nahm seine Steilvorlage dankbar an und stellte nüchtern fest: »Sie benötigen also zusätzliche Einnahmequellen.«

Er schaute mich verunsichert an. Und zögerte mit seiner Antwort. Schließlich fragte der Direktor misstrauisch: »Was meinen Sie damit?«

»Nichts Bestimmtes«, behauptete ich mit Unschuldsmiene. »Vielleicht Spenden. Oder Sponsoren. Besondere Aktionen. Oder eben noch andere Quellen.«

»Der Gorillagarten wurde ausschließlich mit Spendengeldern finanziert«, sagte Haddenhorst, jetzt plötzlich sehr auf der Hut.

Wir schauten uns eine Weile in die Augen. Der Direktor machte das nicht schlecht, aber ich hatte eindeutig mehr Übung und erwiderte seinen Blick mit einer in Tausenden Befragungen gestählten Gelassenheit, die ihn offenkundig nervös machte. Als er seinen Blick senkte, fragte ich: »Haben Sie denn noch andere Einnahmequellen?«

Wir konnten förmlich sehen, wie es hinter seiner Stirn zu arbeiten begann, das beste Zeichen dafür, dass bei ihm irgendetwas zu holen war.

»Nein«, behauptete er schließlich. »Wir haben zum Glück einige Spender, die uns regelmäßig unterstützen. Und die Zoofreunde. Ohne die könnten wir gleich dichtmachen. Einige sehr gute Ideen der Pressesprecherin für das Marketing.«

Wir schwiegen wieder einige Augenblicke. Dann zog ich das Foto des Schneeleoparden, den wir inzwischen als Patan identifiziert hatten, aus meiner Mappe und legte es vor den Zoodirektor auf den Schreibtisch.

Er atmete mit einem lang gezogenen Seufzer aus und schloss die Augen. Die Pressesprecherin und der Tierarzt hatten das Tier empört bedauert, der Zoodirektor flüsterte: »Was für eine Katastrophe.« Und ich war mir ziemlich sicher, dass er nicht die Leiden des zu Vergnügungszwecken verliehenen Patan meinte.

Der Zoodirektor schlug die Augen wieder auf und erklärte mit belegter Stimme: »Er war bei mir. Kunze. Er erzählte mir von dem Tierverleih.«

Was natürlich die Frage aufwarf, warum der Mann erst jetzt damit rausrückte. Aber für Druck und Vorhaltungen würde es später noch mehr als genug Gelegenheit geben. Jetzt gaben wir dem Direktor die Chance, uns freiwillig noch mehr zu verraten.

»Kunze hat mir gebeichtet, dass sie zu dritt diesen Tierverleih machen. Er hat behauptet, er brauchte das Geld für das Pflegeheim seiner Mutter, aber wollte bei diesen illegalen Geschäften nicht länger mitmachen. Er bat mich um mehr Geld. Wollte mehr arbeiten. Noch eine halbe Stelle mehr übernehmen.«

Wir schauten ihn neugierig an.

»Aber das geht natürlich nicht«, erklärte Haddenhorst. »Weder habe ich mehr Geld noch kann ich ihn dauerhaft über der tariflichen Arbeitszeit einsetzen. Ich meine, da komme ich doch in Teufels Küche.«

»Mit einem illegalen Tierverleih auch«, gab ich zu bedenken.

»Natürlich. Aber was sollte ich machen? Ich war schockiert, als ich es erfahren habe. Nicht auszudenken, wenn das öffentlich würde. Wie würden wir dastehen?«

So hatte jeder seine Sorgen.

Er schob hinterher: »Ich kann mich doch auf Ihre Verschwiegenheit verlassen?«

»Nein«, antwortete ich knapp.

So verdattert hatte ich den Direktor bisher noch nicht gesehen.

»Es handelt sich um eine Straftat«, erläuterte ich in der Hoffnung, dass es auch stimmte. »Sie hatten Kenntnis davon und haben uns das verschwiegen.«

Der Direktor schluckte. »Ja … aber was hätte ich denn tun sollen? Ich habe doch den Verleih der Tiere sofort unterbunden.«

»Wie?«, fragte ich.

»Ich habe Kunze gebeten, dafür zu sorgen, dass keine Aufträge mehr angenommen werden.«

Das Krisenmanagement des Direktors schien mir nicht

besonders ausgereift. Ich belehrte ihn: »Eine Straftat ist bei der Polizei am besten aufgehoben.«

»Sicher, sicher«, sagte er hastig. »Ich wollte auch … Ich meine …« Er verstummte, wahrscheinlich, weil er bemerkte, dass Worte seine Situation nicht verbessern konnten.

»Wann war Kunze bei Ihnen?«, fragte ich.

Er schaute mich irritiert an. »Letzte Woche Donnerstag. Nach der Fütterungszeit am Morgen.«

»Wie wirkte er auf Sie?«

Haddenhorst fühlte sich sichtlich unwohl in seiner Haut, was ich gleichgültig zur Kenntnis nahm. »Ja, wie wirkte er …?« Er fuhr sich nervös mit der Zunge über die Lippen. »Aufgewühlt war er natürlich. Müde. Nervös. Schuldbewusst.«

Das klang wie eine Aneinanderreihung von Plattitüden und nicht wie eine Erinnerung.

Eva hakte nach: »War er auch ängstlich?«

Haddenhorst runzelte die Stirn. Für einen Moment hatte ich das Gefühl, das lag nicht an dem angestrengten Versuch, sich zu erinnern, sondern daran, dass er hastig abzuschätzen versuchte, welche Antwort für ihn vorteilhaft war.

»Ich weiß es nicht mehr«, räumte er schließlich ein.

Zumindest das glaubte ich ihm. Ich stellte mir die Szene bildlich vor. Peter Kunze, über den wir immer noch sehr wenige persönliche Dinge wussten und der sich aus Fürsorge für seine Mutter in einen illegalen Tierverleih verstrickt hatte. Hatte er mit der Schuld nicht mehr leben können? War die Qual der Tiere zu seiner Qual geworden, die ihn in langen schlaflosen Nächten umtrieb? Vielleicht hatte er eine solche Nacht hinter sich, in der sein Gewissen ihm zugesetzt hatte, bis er es nicht mehr ertragen konnte. Sodass er direkt nach den morgendlichen Pflichten zum Direktor gegangen war, um sich Erleichterung durch eine Beichte zu verschaffen. Auf der einen Seite des Tisches ein geplagter und übernächtigter Kunze, der sich in einer existenziellen Krise befand, auf der anderen Seite ein verschreckter Zoodirektor, der ein PR-Desaster unvorstellbaren Ausmaßes auf sich zurollen sah.

»Wie haben die anderen reagiert?«, fragte ich unvermittelt.

Der Direktor schaute mich mit großen Augen an.

»Die anderen Tierpfleger, die in den Verleih verwickelt sind«, half ich ihm auf die Sprünge.

Er senkte den Blick, aber er blieb eine Antwort schuldig.

»Sie haben sie nicht zur Rede gestellt?«, bohrte Eva.

Nun drehte der Mann seinen Kopf zur Seite, was uns Antwort genug war. Wahrscheinlich hatte er sich seinen Umgang mit unangenehmen Problemen von irgendeinem Spitzenpolitiker abgeschaut und auf ein bewährtes Prinzip zurückgegriffen: aussitzen.

»Um wen handelt es sich denn überhaupt?«, fragte ich.

»Helling und Hocke«, sagte Haddenhorst mit dünner Stimme. Zumindest das wusste er.

»Die beiden haben nicht mitbekommen, dass Kunze bei Ihnen war?«, wollte Eva wissen.

»Nicht von mir.«

Da war der einsilbige Direktor wieder. Ich hatte ihn nicht vermisst.

»Wie wollten Sie weiter vorgehen?«, erkundigte ich mich.

»Ich ... die Gefahr für die Tiere war unterbunden. Der angerichtete Schaden nicht wiedergutzumachen. Ich wollte abwarten und mir in Ruhe das richtige Vorgehen überlegen.«

Ich erhöhte den Druck. »Herr Dr. Haddenhorst, Peter Kunze ist im Affenhaus ermordet worden. Für unsere Ermittlungen ist es ganz entscheidend, wer davon wusste, dass er bei Ihnen war und über den Tierverleih ausgepackt hat.«

Der Direktor schluckte. »Wenn sie es wussten, dann nicht von mir«, beharrte er.

Ich nickte, nicht weil ich ihm glaubte, sondern um das Thema zu wechseln. »Was genau hat Kunze noch über den Tierverleih erzählt?«

»Wie ... Es sind drei Pfleger beteiligt. Verliehen wurden Tiere aller Größenordnungen. Jeweils für einen Abend.«

»Wie lange ging das schon?«

»Drei Jahre.«

»Eine lange Zeit«, stellte ich fest. »Und es hat nie jemand etwas gemerkt?«

»Nein.«

Ich schaute ihn forschend an, aber er wich meinem Blick aus und musterte stattdessen die Wand.

»Wer ist der Anführer? Wessen Idee war das Ganze?«

»Hocke«, antwortete der Direktor sofort.

»Sie sind sich sicher?«

»Absolut«, bestätigte er. »Kunze hat es mir gesagt. Und wer von den dreien könnte es sonst machen?«

Zumindest in diesem Punkt waren wir uns einig. »Was kostet es denn, so ein Tier auszuleihen?«

»Das ist unterschiedlich«, antwortete er vage. »Aber in jedem Fall eine fünfstellige Summe.«

Ich pfiff leise durch die Zähne. »Nur etwas für gehobene Kreise.«

Haddenhorst nickte mit verkniffenen Lippen.

»Die genauen Preise kennen Sie nicht?«, fragte Eva.

»Nein.«

»Sie haben nicht nachgefragt?«, schob sie nach.

»Nein«, entgegnete der Direktor gereizt.

Ich glaubte ihm kein Wort. Nun war ich dran mit Nachhaken. »Eine fünfstellige Summe«, sinnierte ich. »Für einen einzigen Abend. Wenn ich da so an die Finanznot des Zoos denke … ist diese Geschäftsidee nicht sehr verlockend?«

Meine Frage erwischte Haddenhorst eiskalt. Was mich überraschte, denn der Gedanke lag aus meiner Sicht auf der Hand.

Der Direktor stotterte ein wenig hilflos: »Ich … na-natürlich nicht!«

»Sehen Sie, wir ermitteln in einem Mordfall«, setzte ich nach. »Und wir haben uns natürlich gefragt, warum Peter Kunze gerade im Affenhaus und gerade auf diese Weise ermordet wurde.«

Der Blick des Direktors verriet, dass er mir nicht folgen konnte.

»Vielleicht wollte der Mörder ja eine bestimmte Botschaft vermitteln«, fuhr ich fort. »Vielleicht steht der Mord in einem Zusammenhang mit dem Tierverleih. Peter Kunze wollte aussteigen und drohte, die Sache auffliegen zu lassen. Vielleicht sollte er gestoppt werden. Und sein Tod als Abschreckung dienen. Und jede Person, die von dem Tierverleih wusste und noch mehr die Personen, die darin verwickelt waren, erscheinen bei dieser Überlegung verdächtig.«

Ich ließ die Worte ein wenig wirken und war mir sicher, dass er inzwischen verstanden hatte, worauf ich hinauswollte. Ich fragte: »Herr Dr. Haddenhorst, waren Sie aktiv an diesem Tierverleih beteiligt?«

Seine Entgegnung fiel nicht so energisch aus, wie er es sich wahrscheinlich gewünscht hatte, denn er verschluckte sich mitten im Satz. »Nein! Was für eine un...unerhörte Unterstellung.«

»Eine Frage ist keine Unterstellung«, klärte ich ihn höflich auf. »Würden Sie uns bitte außerdem verraten, wo Sie am Montagabend nach zehn Uhr waren?«

Er wurde ein wenig blass, und zwar nicht nur um die Nase. »Diese Frage ist unverschämt.«

»Dr. Haddenhorst?«, fragte ich ruhig.

Der Mann wirkte getrieben, als suchte er dringend ein rettendes Ufer. Und er wählte einen denkbar schlechten Ausweg. »Ich werde diese Frage nicht beantworten«, erwiderte er steif.

Wir schwiegen, was manchmal noch etwas Bewegung in die Sache brachte. Haddenhorst verschränkte jedoch die Arme vor der Brust und starrte uns trotzig an.

Ich musste einen Augenblick überlegen, was wir mit ihm machen sollten. Ob wir genug erfahren hatten, um ihn in einer dramatischen Aktion gleich zur Befragung mit ins Präsidium nehmen zu können und ihn dort weichzukochen. Oder ob wir eigentlich nur seine eigene Ungeschicklichkeit gegen ihn in der Hand hatten. Ich entschied mich für einen Kompromiss.

»Dr. Haddenhorst, ich fürchte, es wird notwendig sein, dass wir Sie noch einmal im Präsidium befragen. Ich möchte Sie bitten, uns dorthin zu begleiten.«

Der Direktor presste die Lippen zusammen, als benötige er all seine Kraft, um seine Antwort zurückzuhalten. »Das geht nicht so einfach. Ich habe noch zu arbeiten.«

Ich entschied mich für eine versöhnliche Lösung. »Wenn Sie nur die dringendsten Tätigkeiten erledigen, wie lange werden Sie dafür benötigen?«

Haddenhorst wirkte eine Spur weniger konfrontativ, als er antwortete: »Eine Stunde.«

»Wir werden einen Kollegen bitten, so lange zu warten und Sie dann ins Präsidium zu bringen.«

»Natürlich«, sagte er knapp.

»Wer weiß, was der in der einen Stunde noch alles macht«, murmelte Eva, während wir die Treppe hinunter zum Eingangsbereich des Verwaltungsgebäudes stiegen.

Natürlich war es ein Risiko, dass Haddenhorst sich nun mit allen möglichen Leuten absprechen konnte. Die Tierpfleger waren jedoch schon im Präsidium und für ihn nicht mehr erreichbar. Außerdem mussten wir bei dem Mann aufpassen, wie wir ihn anpackten.

Ich sagte: »Er hat jetzt eine Stunde lang Gelegenheit, uns zu zeigen, wer in der Sache noch mit drinhängt.«

Draußen trafen wir auf Dirk. »Der Direktor benötigt eine Stunde für seine Arbeit, danach muss er ins Präsidium gebracht werden. Über jede Bewegung, die er vorher macht, will ich später Bescheid wissen«, teilte ich ihm mit.

Er nickte nur und nahm sein Funkgerät. Ich wusste die Angelegenheit in guten Händen, sodass wir beruhigt zum Auto gehen konnten. Die Bewegungen des Direktors würden uns nicht entgehen und in seine E-Mails und Telefonate würden wir bei Bedarf auch vollständigen Einblick erhalten.

Damit mussten wir uns um den Mann erst einmal keine Sorgen mehr machen.

Unmittelbar vor der Tür zum Verwaltungsgebäude trafen wir auf einen gequält dreinblickenden Weinmann, der den Eindruck machte, als wolle er sein Handy viel lieber in das nächste Gebüsch werfen, als damit zu telefonieren.

»Ich kümmere mich darum«, sagte er mürrisch, bevor er das Gespräch beendete.

»Schlechte Nachrichten?«, fragte ich, als er gedankenverloren an uns vorbeiging.

Er schreckte hoch, erkannte Eva und mich und lächelte flüchtig. »Ach nein, es ist nur … Als hätte ich nicht schon genug um die Ohren. Und jetzt soll ich auch noch … Ich meine, hat das nicht wirklich Zeit?«

»Was denn?«

»Ach, das können Sie ja nicht wissen«, murmelte er zerstreut. »Es geht um unser Haus …«

»In Emmerich?«, fragte ich.

»Ja, genau. Meine Frau hat … Sie war schon lange auf der Suche nach solchen Schals für unsere Terrassentür, wissen Sie? Panoramafenster sagt sie dazu.« Es klang ein wenig abschätzig.

»Ihre Frau möchte den Ausblick einrahmen?«, vermutete Eva.

»So ist es. Und sie hat nirgendwo solche Schals gefunden und sie deshalb extra anfertigen lassen. Hier in Krefeld bei so einer uralten Seidenmanufaktur.«

Eva nickte anerkennend. »Ein teurer Spaß.«

Weinmann wirkte ein wenig wie ein getretener Hund, als er nickte. »Sie haben keine Vorstellung. Und jetzt soll ich die Dinger abholen. Heute noch.«

»Scheint ziemlich wichtig zu sein.«

Weinmann seufzte. »Aber ich will Ihnen nichts vorjammern. Meine Frau hat eben ganz genaue Vorstellungen von dem, was sie will. Und sie hat …«

»Hohe Ansprüche?«, schlug Eva vor.

»O ja«, raunte Weinmann.

Ich versuchte es mit einer scherzhaften Bemerkung: »Kommt Ihre Frau etwa aus Ostpreußen?«

Er schaute mich verdattert an. »Wie … Ich meine, woher wissen Sie das?«

Wer so viele Sprüche klopft wie ich, landet früher oder später solche Zufallstreffer. Es war sogar verwunderlich, dass mir das nicht öfter passierte. Eigentlich hatte ich Weinmann nur ein wenig aufmuntern wollen. Aber wo wir schon beim Thema waren, nutzte ich als hoch professioneller Ermittler natürlich meine Chance. »Ihre Frau kommt aus Ostpreußen?«

»Ja … Nein … Ich meine, natürlich nicht persönlich, aber ihre Familie stammt von dort. Vielleicht hat sie deshalb manchmal ein wenig … extravagante Vorstellungen.«

Eva übernahm wieder das Gespräch und hielt mich dadurch davon ab, dem armen Mann mein Beileid auszusprechen. Ich nahm mir derweil vor, meinem Vater davon zu berichten, dass seltsames ostpreußisches Gedankengut immer noch arglosen Krefeldern zu schaffen machte.

Eva gelang es tatsächlich, Weinmann mit wenigen Sätzen den Gedanken schmackhaft zu machen, dass sein Wohnzimmer bald um ein stilistisch außergewöhnliches Accessoire reicher sein würde. Dann ließen wir ihn ziehen.

»Der arme Kerl«, bedauerte Eva den zoologischen Berater, als er im Gebäude verschwunden war.

»Ob der auch einen erhöhten Geldbedarf hat?«, sinnierte ich. »Für die hohen Ansprüche seiner Frau?«

Eva schüttelte den Kopf. »Ich glaube nicht, dass er in dem Tierverleih mit drinhängt.«

»Weibliche Intuition?«

»Natürlich. Und bevor wir uns die Tierpfleger vorknöpfen, sollten wir alles mit den anderen besprechen.«

Auf dem Weg zum Auto nahm ich mein Handy und rief Reinhold an. »Das klingt vielversprechend«, kommentierte der meinen Kurzbericht. »Ich werde sehen, wen ich zu einer Sitzung zusammentrommeln kann.«

Ich tauschte das Handy gegen das Lenkrad unseres Dienstwagens und wir machten uns auf den Weg ins Präsidium.

»Glaubst du, der Direktor hat etwas mit dem Tod von Kunze zu tun?«, fragte Eva auf halbem Weg.

Ich ließ mir die Frage durch den Kopf gehen, was auf der kurzen Strecke zur Folge hatte, dass wir bereits auf den Nordwall einbogen, als ich antwortete: »Er weiß viel mehr, als er uns gesagt hat. Ja, ich glaube, er ist in die Sache verwickelt.«

Eva nickte. »Das glaube ich auch.«

Als wir an Reinholds Bürotür klopften, warteten Oliver und Lars schon auf uns, Staatsanwalt Macke nippte an einem Glas Wasser. Reinhold kam mit einer Kaffeekanne über den Flur gelaufen.

»Und, was sagt der Leopardenmieter?«, fragte ich Oliver, nachdem wir am Besprechungstisch Platz genommen hatten.

Er verdrehte die Augen, dass mir schwindelig wurde. »Hör bloß auf, das war ein Riesenspinner.«

Auch Lars machte plötzlich ein grimmiges Gesicht. Reinhold setzte sich zu uns und gab die Kaffeekanne frei. Wir schenkten uns reihum ein. »Dann berichtet uns doch von dem Riesenspinner«, forderte Reinhold auf.

»In Ordnung«, sagte Oliver. »Wir haben fast die ganze Familie befragt. Aus der Aufschrift des Fotos wussten wir, wer den Leoparden zum Geburtstag bekommen hatte, also haben wir bei der Familie des Jungen begonnen. Es handelt sich um Moritz Wiedner, der mit seinen Eltern ebenfalls im Forstwald wohnt. Wir haben uns zuerst den Vater vorgeknöpft, Gustav Wiedner.«

Lars nahm den Faden auf. »Dem war die ganze Angelegenheit sichtbar peinlich. Er bestätigte, dass das Kätzchen bei der Feier zur Schau gestellt wurde, so nannte er es. Er behauptet, davon nichts gewusst zu haben und damit auch nicht einverstanden gewesen zu sein.«

»Seine Aussage war glaubwürdig«, übernahm Oliver wieder, »und sein Bruder, Karl-Heinz Wiedner, habe das Tier beschafft, ohne ihm davon zu erzählen. Wir haben von ihm noch ein paar Details zum Ablauf erfahren, aber das war es dann auch. Der Schneeleopard kam gegen zweiundzwanzig Uhr am Abend an, da hatte er mit seinem Sohn eigentlich schon längst wieder zu Hause sein wollen, aber sein Bruder, also der Onkel des Jungen, hatte ihn zurückgehalten, weil es noch eine große Überraschung geben würde.«

»Das stimmte so weit ja auch«, warf Lars ein. »Das Tier wurde von zwei Männern ausgeladen und wirkte träge und schläfrig. Die Katze trug ein Zwingerhalsband, wie man es bei Kampfhunden sieht. So eins mit innenliegenden Krallen.«

Ich griff unwillkürlich an meinen Hals.

»Der Leopard wurde mit einer schweren Kette gehalten und war anscheinend unter Kontrolle«, berichtete Oliver. »Moritz durfte ihn streicheln, aber dann sind seine Eltern mit ihm nach Hause gegangen. Sie haben in der Einfahrt einen Transporter gesehen. Irgendein Tierfutteranbieter, sagt Wiedner.«

Ich nickte und tauschte einen Blick mit Eva. »Eine gute Tarnung.«

»Hat dieser Wiedner noch etwas anderes gesehen, das uns weiterhelfen könnte?«, fragte Reinhold nach.

Oliver schüttelte den Kopf. »Er sagte, sein Bruder hatte den Kopf schon immer voller unsinniger Ideen und dass er damit nichts zu tun haben wollte.«

»Er hat nichts unternommen?«, erkundigte ich mich.

»Nein«, antwortete Lars. »Anscheinend hat er ein schwieriges Verhältnis zu seinem Bruder und war froh, die Sache überstanden zu haben.«

Staatsanwalt Macke notierte etwas. »Haben Sie auch eine Aussage vom Bruder?«

Oliver nickte. »Danach waren wir bei Karl-Heinz Wiedner. Wohnt auch im Forstwald. Der hat alles sofort zugegeben. Überhaupt kein Schuldbewusstsein. Wo ist das Problem, hat er uns gefragt.«

Das war erstaunlich. Oder auch wieder nicht. »Wahrscheinlich hat er als Junge sonntags im Zoo mal neben einem Schimpansen gesessen und mit ihm gefrühstückt«, brummte ich.

Lars schaute mich verblüfft an. »Aber, woher …? Wie machst du das immer?«, fragte er.

Ich zuckte mit den Achseln. »Dann ist es doch kein Wunder, dass der Wiedner sich keiner Schuld bewusst ist. Man hat es damals gemacht, also warum soll sein Neffe es nicht auch machen können?«

»An der Logik ist was dran«, räumte Lars ein.

»Was meinen Sie dazu?«, fragte Eva den Staatsanwalt.

Der runzelte die Stirn. »Das ist nicht mein Fachgebiet. Ich bin mir nicht sicher, ob es strafbar ist, ein Zootier auszuleihen.«

»Aber ein Zootier zu verleihen?«, hakte Eva nach.

»Das ganz sicher«, beruhigte Macke sie. Er zog einen ultraflachen Tablet-PC aus seiner Aktentasche und begann, auf dem Display herumzutippen. »Wie gesagt, das ist nicht mein Fachgebiet, aber ich halte das Tierschutzgesetz für einschlägig«, murmelte er dabei. Er tippte und wischte weiter. »Ah, da ist es ja.« Dann ließ er den Text in einer atemberaubenden Geschwindigkeit über den kleinen Bildschirm rasen. »Hmm, ja, der Tenor des Gesetzes besagt, wer einem Tier Schmerzen, Leiden oder Schäden zufügt, wird bestraft … aber wo ist das Strafmaß … Ah, hier. Bis zu drei Jahre Freiheitsstrafe bei länger anhaltenden wiederkehrenden Handlungen, die beim Tier erhebliche Schmerzen oder Leiden verursachen.«

Er schaute auf. »Was Sie hier aufgedeckt haben, diesen Tierverleih, das ist zweifellos absonderlich und abscheulich. Wie man das genau strafrechtlich bewerten muss, kann ich allerdings nicht einschätzen.«

»Dazu müsste man ›länger anhaltend‹ und ›erheblich‹ genauer bestimmen«, dachte Eva laut mit.

»Genau«, bestätigte Macke. »Das wird zu klären sein. Aber der Gesetzgeber ordnet natürlich ganz zu Recht diese Straftat anders ein als Mord.«

Der Staatsanwalt hatte schon eingeräumt, dass das Tierschutzgesetz nicht sein Arbeitsgebiet war, deshalb war es müßig, darüber zu spekulieren, ob die beiden Tierpfleger, die in unseren Vernehmungsräumen auf ihre Befragung warteten, in jedem Fall ins Gefängnis wandern würden. Das hing von zu vielen juristischen Feinheiten ab, die wir nicht kannten und die einem im Zweifelsfall auch nur die gute Laune verderben konnten. Das galt umso mehr für Karl-Heinz Wiedner, der den Schneeleoparden lediglich ausgeliehen hatte. Ob und inwieweit er dem Tier damit Leiden zugefügt und sich unter Umständen auch strafbar gemacht hatte, würden andere entscheiden.

Ich fragte: »Dann war Lieselotte Wiedner, das Mordopfer, die Mutter von Karl-Heinz? Und der war der ältere Bruder von Gustav, der wiederum der Vater von Moritz, dem Geburtstagskind.«

»Richtig«, bestätigte Oliver.

»Glaubt ihr denn, der Tod von Lieselotte Wiedner hat etwas mit diesem Schneeleoparden zu tun?«, hakte ich nach.

»Vielleicht hat sich ein Tierschutzaktivist dazu verleiten lassen«, warf Eva ein, »der Angst unter den potenziellen Kunden verbreiten wollte.«

Lars neigte den Kopf. »Aber der hätte doch mit einem Anruf bei der Polizei und der Presse den gesamten Tierverleih ganz einfach stoppen können.«

»Bei diesen Fundamentalisten weiß man nie, wozu die in der Lage sind«, meinte Oliver düster.

Reinhold notierte. »Was ist mit dem Einbruch? Da könnte doch auch ein Zusammenhang bestehen.«

Oliver nickte langsam. »Einer der Tierpfleger oder eine weitere Person, die in den Tierverleih verwickelt ist, hat von dem verräterischen Foto erfahren und will es beseitigen? Na ja, das wäre dann wohl schiefgegangen, denn das Foto stand noch da.«

»Lasst uns über mögliche Täter und deren Motive spekulieren, wenn Eva und Markus über ihre Ergebnisse berichtet haben«, schlug Reinhold vor, was auf allgemeine Zustimmung stieß.

»Hat Wiedner denn verraten, was Patan gekostet hat?«, wollte Eva wissen.

»Was ist Patan?«, fragte Lars zurück.

»Der Schneeleopard auf dem Foto heißt Patan«, klärte ich ihn auf.

»Dreißigtausend Euro«, verriet Oliver.

Ich musste schlucken. »Wie bitte?«

»Dreißigtausend«, wiederholte er. »Die Preise sind gestaffelt. Ein kleines Tier kostet zehntausend.«

»Was wäre das zum Beispiel?«, fragte Eva.

»Etwa eine Schildkröte, ein Pinguin oder einige Vögel.«

Lars ergänzte: »Ein mittelgroßes Tier liegt dann bei zwanzigtausend. Das ist beispielsweise eine Ziege, ein Stachelschwein oder ein Känguru.«

»Die großen Tiere«, fuhr Oliver fort, »kosten dreißigtausend. Also die großen Raubkatzen oder das Nashorn.«

»Und«, setzte Lars noch einen drauf, »wenn man Sonderwünsche hat, verdoppelt sich der Preis.«

»Wenn man zum Beispiel das Nashorn schrubben will«, erinnerte ich mich. Bei den Preisen hätte ich die Führung mit der Pressesprecherin definitiv vorgezogen.

Oliver schaute mich misstrauisch an. Ich hob meine Hände. »Die Anfrage ist aktenkundig, habe ich mir nicht ausgedacht.«

»Das würde ich jetzt auch behaupten«, brummte er.

»Und die Preise sind für einen Abend?«, fragte Reinhold.

»So ist es.«

»Also einmal das Nashorn im eigenen Garten schrubben, kostet sechzigtausend Euro«, rechnete Reinhold vor.

»Dafür ist es steuerfrei und Anfahrt und Spesen sind bereits inbegriffen«, argumentierte Lars.

»Ein echtes Schnäppchen, wenn man es so sieht«, erwiderte ich.

»Für Nashornfetischisten bestimmt«, meinte Oliver und bedachte mich mit einem komischen Blick.

»Diese Preise schränken den Kundenkreis erheblich ein«, stellte Eva fest.

»Vielleicht war das beabsichtigt«, spekulierte ich. »Wenn sie jeden Monat ein bis zwei Tiere ausleihen, hält sich das Risiko in Grenzen und alle können ihre Rechnungen bezahlen. Kunze benötigte etwa dreitausend Euro im Monat zusätzlich. Dazu würde schon ein kleines Tier reichen. Wenn der Anführer vier- und die anderen dreitausend bekommen.«

»Wissen wir etwas über die Verleihhäufigkeit?«, fragte Reinhold.

»Bis jetzt nicht«, antwortete Eva. Oliver schüttelte ebenfalls den Kopf.

»Das kriegen wir noch raus«, war ich mir sicher. Denn schon jetzt hatten wir genügend Informationen über den Tierverleih, um Helling und Hocke gehörig durch die Mangel zu drehen.

»Wie sieht es bei euch aus?«, wandte sich Reinhold an Eva, nachdem er sich bei Oliver vergewissert hatte, dass wir von ihm alles erfahren hatten.

Eva berichtete knapp von unseren Erkenntnissen im Zoo. Sie begann bei unseren Beobachtungen im Affenhaus, schilderte die Informationen, die wir von der Pressesprecherin und dem Tierarzt erhalten hatten und beendete ihre Ausführungen mit dem Zoodirektor und seinem erstaunlich verdächtigen und ungeschickten Verhalten.

Reinhold seufzte. »Der macht es sich unnötig schwer.«

»Ich wüsste eine geeignete Verhörmethode«, grinste Oliver.

Lars vermutete: »Er verbirgt etwas für ihn so Schwerwiegendes, dass er in Kauf nimmt, wegen des Mordes in Verdacht zu geraten.«

»Etwas, das für ihn noch schwerer wiegen würde, wenn es bekannt wird?«, fragte Eva zweifelnd.

»Aus seiner Sicht«, erklärte Lars.

Reinhold trommelte mit seinen Fingern auf die Tischplatte.

Wir schwiegen einen Augenblick, dann sagte ich: »Also, ich weiß, was Egon jetzt vermuten würde.«

»Irgendeine schlüpfrige Geschichte«, nickte Reinhold.

Ich erinnerte an die anderen Möglichkeiten. »Wenn Haddenhorst aber in den Tierverleih und den Mord verstrickt ist, versucht er, unsere Ermittlungen zu behindern.«

»Logisch«, warf Eva ein.

»Nehmen wir mal an, er hat erst von dem Tierverleih erfahren, als Kunze zu ihm gekommen ist. Er wollte alles unter den Teppich kehren, wie er es uns geschildert hat. Aber das reichte Kunze nicht. Vielleicht hat er Schwierigkeiten mit seinen Kumpanen bekommen. Er drohte dem Direktor, an die Öffentlichkeit zu gehen. Der wollte das nicht dulden und arrangierte den Mord an Kunze.«

Oliver nickte zustimmend. »Würde ich ihm zutrauen. Aber es gibt noch eine andere Möglichkeit. Wenn er von Anfang an von dem Tierverleih wusste? Vielleicht steckt er sogar dahinter. Auf diese Weise füllt er seine Kasse. Haddenhorst ist verzweifelt, weil er vollkommen unterfinanziert ist. Für das Geld, das der Verleih einbringt, nimmt er das Leiden der Tiere in Kauf. Er organisiert den Tierverleih und als Kunze aussteigen will und damit zum Direktor geht, unterschreibt er sein eigenes Todesurteil.«

»Und die Mordmethode, ihn den Schimpansen zum Fraß vorzuwerfen, sollte alle anderen Tierpfleger und sonstigen Beteiligten abschrecken«, führte ich den Gedanken weiter. Zum ersten Mal seit Beginn der Ermittlungen hatten wir damit eine Version des Mordes auf dem Tisch liegen, die zumindest einigermaßen schlüssig war.

»Aber«, wandte Eva sogleich ein, »das alles ist auch für den Fall vorstellbar, dass Haddenhorst nicht mit drin hängt. Wenn er wirklich alles nur vertuschen wollte, um den Zoo zu schützen. Falls Hocke der Kopf der Bande ist und erfahren hat, dass Kunze aussteigen wollte, dann hätte er ihn zur Abschreckung für alle anderen mithilfe der Schimpansen ermorden können.« Wir schauten uns alle reihum an.

»Es gibt nur eine Möglichkeit, das herauszufinden«, stellte Reinhold fest. »Befragen wir die beiden.«

Wir waren so gut mit Informationen ausgestattet, dass wir nicht glaubten, den zusätzlichen Überraschungseffekt zu brauchen. Oliver und Lars nahmen sich deshalb Dennis Hocke vor und Eva und ich widmeten uns unserem alten Freund Sven Helling.

Der präsentierte sich noch unruhiger als bei unserer letzten Begegnung. Und seine Selbstkontrolle hatte sich in der Zwischenzeit auch nicht verbessert. Sein Blick sprang sofort zu Eva, mich nahm er höchstens am Rande wahr.

Das war für uns nichts Neues mehr. Und weil ich keine Lust auf dieses Spielchen hatte, entschied ich mich für die direkte Methode. Ich zog das Foto von Patan auf dem Forstwalder Rasen hervor und knallte es mit gehörigem Schwung vor Helling auf den Tisch, damit er es auch bemerkte.

Er schreckte hoch, starrte auf das Bild, schloss die Augen und stöhnte auf. Dann trafen sich unsere Blicke. Ich war mir sicher, dass er verstanden hatte, wie es für ihn stand und schaute ihn erwartungsvoll an. »Wie lange geht das schon?«

Konfrontiert mit der Erkenntnis, dass wir etwas erfahren hatten, was er lieber geheim gehalten hätte, und in diesem Fall sogar, dass wir von seiner Straftat wussten, standen Helling, wie jedem anderen Menschen auch, zwei verschiedene Möglichkeiten offen. Der Zoodirektor hatte eine davon gewählt, nämlich Leugnen, Schweigen und das Beste hoffen. Helling entschied sich für die andere.

Er atmete tief durch, dann nickte er, als habe er nach reiflicher Überlegung eine wichtige Entscheidung getroffen. »Drei Jahre«, sagte er dann.

Wir mussten ihn nicht mehr auffordern, weiterzusprechen. Er erzählte uns alles und wirkte erleichtert und fast dankbar, dass wir ihm zuhörten. Es gehörte zu unserem Beruf, dass wir manchmal auch zu Priestern wurden, die eine Beichte abnahmen. Allerdings ohne Absolution.

Helling berichtete, dass der Tierverleih Hockes Idee gewesen war. Er hatte diskret nach Helfern gesucht und Helling angesprochen. Natürlich, erzählte Helling, sei er interessiert gewesen. Der finanzielle Gewinn war einfach zu verlockend. Zerknirscht räumte er auch seine Abhängigkeit von allem ein, was mit sexueller Stimulation zu tun hatte. Und der Tierverleih hatte es ihm ermöglicht, sich für seine Sucht nach Pornografie und Prostituierten nicht zu verschulden.

Diese seelischen Abgründe aufzudecken, uns von seiner Sucht, seinem Leiden, seinen Ängsten zu berichten, wirkte befreiend auf Helling und beflügelte ihn noch mehr in seinem Geständnis. Am Ende war es unsere größte Sorge, ihn in seinem Redefluss wieder zu bremsen. Nach einer Dreiviertelstunde hatten wir das meiste von dem erfahren, was wir hatten wissen wollen.

»Sie haben also zwei oder drei Mal im Monat ein Tier verliehen«, fasste ich schließlich zusammen. »Wie haben Sie das denn über einen so langen Zeitraum geheim gehalten?«

»Es waren keine Fotos erlaubt«, erklärte Helling.

»Aber so etwas spricht sich doch rum«, meinte Eva.

»Die Kreise, die sich unser Angebot leisten konnten, sind durchaus auf Diskretion bedacht«, erwiderte Helling.

»Im Forstwald hat aber jemand ein Foto geschossen«, erinnerte ich ihn. »Glauben Sie, Kunze hat dadurch Probleme kommen sehen und wollte deshalb aussteigen?«

»Peter war von Anfang an am zögerlichsten von uns. Er brauchte das Geld für seine Mutter, aber die Tiere zu verleihen, hat ihm sehr zu schaffen gemacht.«

»Er hatte Skrupel?«, erkundigte ich mich.

»Ich glaube, er war einfach nicht so … getrieben wie ich.«

»Warum hat Hocke das alles eigentlich gemacht?«, wollte Eva wissen.

»Das habe ich nie verstanden«, wunderte sich auch Helling. »Ich glaube, er ist einfach besessen von dem Gedanken, reich zu sein.«

Das klang für mich auf jeden Fall nach einem klaren Motiv, das Oliver vielleicht nach der Befragung bestätigen konnte.

»Sie haben auch gesagt, alles war Hockes Idee und es seien nur Sie drei beteiligt gewesen.«

Der Tierpfleger nickte.

»Nehmen wir mal an, hinter Hocke hätte noch jemand anders gestanden. Ein Hintermann, der die Fäden zieht, die Kunden vermittelt, Ihnen den Rücken freihält. Hätten Sie denn davon überhaupt gewusst?«

Helling schaute mich nachdenklich an. »Nein«, sagte er schließlich langsam, »so gesehen hätte Sven uns das wahrscheinlich nicht verraten.«

Der Direktor war also keinesfalls aus dem Spiel. Damit wurde die Aussage von Hocke noch bedeutender. Ob er Oliver und Lars allerdings genauso dankbar sein Herz ausschütten würde wie Helling uns, hielt ich für fraglich.

»Wussten Sie denn, dass Kunze aussteigen wollte? Hat er so etwas mal angedeutet?«

Helling schüttelte den Kopf. »Es war nur so ein Eindruck. Er war nicht froh mit unserem Arrangement. Aber er hat nie gesagt, dass er aussteigen wollte.«

»Sie wussten nicht, dass er beim Direktor war?«

»Nein.«

»Mal angenommen, Sie würden sich von Ihrer Sucht befreien«, sagte ich sachlich. »Wenn Sie aussteigen wollten, wie würden Sie das machen?«

»Ich würde Sven sagen, dass ich nicht mehr mitmache.«

»Einfach so?«

»Natürlich.«

»Hätten Sie keine Angst?«, fragte ich.

»Angst? Sie meinen …? Nein, ich hätte keine Angst«, behauptete Helling.

»Sie hätten nichts zu befürchten?«, bohrte ich weiter.

»Nein, warum denn? Wir sitzen alle in einem Boot. Wenn ich etwas verrate, bin ich auch mit dran, oder?«

Das war natürlich ein Argument.

»Hätten Sie Angst, wenn Sie sich an eine andere Person gewandt hätten?«

»Schwer zu sagen. Wie gesagt, ich hätte das nie getan.«

Das klang in meinen Ohren ziemlich diplomatisch und war dementsprechend weder be- noch entlastend. Zum Schluss blieb uns noch eine Sache zu klären: »Wo waren Sie wirklich in der Nacht von Montag auf Dienstag?«

Helling zögerte und wurde rot. Schließlich flüsterte er mit gesenktem Blick: »Bei Cindy.«

Eva nickte und ersparte uns weitere Details, indem sie einfach feststellte: »Einer Prostituierten.«

Helling neigte den Kopf.

Wir hatten uns schon verabschiedet und waren bereits auf dem Weg nach draußen, als mir etwas einfiel.

»Eine Frage noch«, sagte ich und drehte noch einmal um. Ich fand in meiner Mappe ein Foto der Einbrecherbande, die Kunze so sehr zugesetzt hatte.

»Kennen Sie diese Männer?«

Ich hatte diese Frage schon in vielen Vernehmungen gestellt. Bei Sven Helling deutete nichts auf eine Lüge hin, als er antwortete: »Nein, die habe ich noch nie gesehen.«

»Er wirkt glaubwürdig«, teilten wir Reinhold mit, als wir wieder in seinem Büro saßen.

»Der reuige Sünder?«, fragte er nach.

»Genau«, bestätigte Eva. »Was ist mit Hocke?«

»Wird noch von Oliver und Lars bearbeitet. Ich habe die anderen zu diesen *Wahren Tierschützern* losgeschickt, um herauszufinden, ob die von dem Tierverleih wussten und der Mord damit in Zusammenhang steht. Und ich habe unsere Überlegungen an die Mordkommission Forstwald weitergeleitet, damit die noch einmal überprüfen können, ob die Einbrecher den Auftrag hatten, nach diesem Foto zu suchen.«

»Und in wessen Auftrag«, fügte ich hinzu.

Wir hörten Schritte auf dem Flur. Ein erschöpfter Oliver trottete herein, gefolgt von einem noch erschöpfter wirkenden Lars. »O Mann«, stöhnte Oliver und ließ sich schwer in einen Stuhl fallen. »Der Typ ist die Härte.«

»Er hat sich gesperrt?«, fragte Reinhold mit hochgezogener Augenbraue.

»Überhaupt nicht«, erwiderte Oliver. »Wir haben ein volles Geständnis.«

»Das ist doch gut«, meinte Eva.

»Ja, aber du solltest den mal reden hören. Wir waren gerade eine Stunde in Hockes Welt. Die besteht nur aus einer einzigen Person und die ist er selbst.«

»Sein Anwalt wollte ihn zum Schweigen bringen, aber dazu war er zu eitel«, schaltete sich Lars ein. »Er wollte uns unbedingt erzählen, wie er alles eingefädelt hat. Und sollten ihn gebührend bewundern.«

»Und, habt ihr das getan?«, fragte ich.

»Na klar«, seufzte Oliver. »Wir haben seine Majestät unterwürfigst angehimmelt und er geruhte, uns alles bis ins Detail zu offenbaren.«

»Wie großzügig«, kommentierte ich.

»Und hat er auch verraten, ob noch eine andere Person am Tierverleih beteiligt war?«, wollte Eva wissen.

»Nein«, antwortete Oliver matt. »Nur er, er allein und er selbst höchstpersönlich hat sich alles ausgedacht.«

»Aber es könnte gut sein, dass er in diesem Punkt gelogen hat, um noch mehr anzugeben«, fügte Lars hinzu.

»Er hat den Direktor nicht belastet?«, hakte Eva nach.

Oliver grinste. »Und ob er den belastet hat.«

»Ich dachte, es war sonst niemand beteiligt?«

»Haddenhorst war so eine Art Mitwisser, wenn man Hocke glauben darf. Er sagte, es sei unmöglich, dass der Zoodirektor über drei Jahre lang nichts von diesen Vorgängen mitbekommen hat. Anscheinend hat Haddenhorst gegenüber Hocke auch mal so etwas angedeutet, dass er sich über das Verhalten einiger Tiere wundert. Hocke hat ihm gesagt, dass schon alles seine Richtigkeit hätte. Und dann – darauf ist er besonders stolz – hat er begonnen, dem Zoo regelmäßig zu spenden. Jeden Monat zweitausend Euro. Eine verlässliche Einnahmequelle für Haddenhorst.«

»Er wurde bestochen«, Eva betonte das letzte Wort angewidert.

»Schweigegeld. Damit er nicht mehr nachfragt«, bestätigte Lars.

»Und?«

»Er hat tatsächlich nicht mehr gefragt. Er ließ Hocke und die anderen in Ruhe.«

Ich kratzte mich nachdenklich an der Stirn. »Zumindest behauptet Hocke das. Wie glaubwürdig ist denn der Mann?« Ich hatte keine Lust, mich gegenüber dem Zoodirektor aufs Glatteis zu begeben, nur weil ein windiger Geselle wilde Anschuldigungen erhob.

»Es könnte etwas dran sein«, antwortete Oliver vage. »Sehr schwer einzuschätzen. Wie gesagt, das häufigste Wort von Hocke ist Ich.«

»Muss man also mit Vorsicht genießen«, murmelte ich.

»Aber die Aussage ist plausibel«, sagte Eva.

Ich stimmte ihr zu. Trotzdem wären mir harte Fakten gegen den Direktor lieber gewesen.

»Hocke behauptet, er wusste nicht, dass Kunze aussteigen und zum Direktor gehen wollte«, berichtete Oliver weiter. »Er schien sehr überrascht, als wir ihn danach gefragt haben.«

»Ist der Egomane denn gefährlich? Könnte er Kunze eine Lektion erteilt haben?«, fragte Eva.

»Schwer zu sagen«, seufzte Lars. »Er wirkte nicht besonders gefährlich auf mich, aber wir wissen nicht, wie er reagiert, wenn etwas nicht nach seinen Vorstellungen läuft und er das Gefühl hat, die Kontrolle zu verlieren.«

»Oder den Gang zum Direktor als Majestätsbeleidigung aufgefasst hat«, gab ich zu bedenken.

»Darauf könnte im Königreich Hocke die Todesstrafe stehen«, meinte auch Oliver.

»Hat er denn ein Alibi?«, wollte Reinhold wissen.

»Nein«, entgegnete Oliver. »Zumindest ein denkbar schlechtes. Er war zu Hause und hat ferngesehen.«

»Das ist nicht ungewöhnlich für einen Montagabend«, ergänzte Lars. »Und er konnte alle Sendungen nennen, die er gesehen hat und auch deren Inhalt beschreiben. Er hat einen von diesen Fernsehkomplettdiensten, wo in einem Gerät Fernsehen, Telefon und Internet untergebracht sind. Wir haben die Box in unser Labor schaffen lassen und wir müssen davon ausgehen, dass die Protokolle seine Aussage bestätigen. Die Frage ist, ob man das programmieren kann. Und selbst wenn nicht, muss es nicht Hocke selbst gewesen sein, der vor dem Fernseher saß und umgeschaltet hat.«

»Niemand kann seine Aussage bestätigen«, brachte Oliver die Sache auf den Punkt.

»Was machen wir jetzt mit ihm?«, fragte Eva.

Reinhold nickte gewichtig. »Ermittlungen wegen Tierquälerei oder wie auch immer man das nennt.«

»Und Mordverdacht?«

»Das wird schwer«, seufzte Reinhold. »Wir haben nichts, woran wir einen solchen Verdacht festmachen könnten. Zumindest im Moment nicht.«

»Also kein Haftbefehl«, stellte Eva nüchtern fest.

»Keine Chance«, meinte Reinhold. »Aber wir werden Hocke überwachen. Und Helling auch.«

Eva nickte zufrieden.

»Haddenhorst müsste inzwischen da sein«, fiel mir ein.

»Er sitzt nebenan«, bestätigte Reinhold.

»Hat denn die Überwachung etwas ergeben?«

»Wir müssen noch warten, bis wir an die Telefondaten kommen, aber persönlichen Kontakt hatte er mit niemandem mehr. Er hat sich hier mit seinem Anwalt getroffen.«

»So viel zu der Frage, ob er etwas zu verbergen hat«, kommentierte Oliver.

»Wer ist es denn?«, fragte Eva.

»Umbach«, sagte Reinhold.

Ich stöhnte. Dr. Wolfram Umbach war einer der profiliertesten Krefelder Strafverteidiger und bekannt dafür, dass er von Kooperation mit den Behörden wenig bis gar nichts hielt.

Oliver klopfte mir aufmunternd auf die Schulter. »Du musst jetzt stark sein, Markus. Es geht auch bestimmt ganz schnell vorüber.«

Ich verzog das Gesicht zu einer Grimasse. Aber es half nicht. Schließlich gaben wir uns einen Ruck, rafften uns auf und gingen zum Vernehmungsraum.

Haddenhorst und sein Anwalt empfingen uns mit kühler Miene und eisigem Schweigen. Doch kaum hatte ich unsere Vorstellung beendet, nutzte der Anwalt die Gelegenheit, mir das Wort abzuschneiden, noch bevor ich einen Kaffee anbieten konnte.

»Ich möchte betonen, Herr Wegener«, formulierte er gestelzt, »dass unsere Anwesenheit hier eine reine Geste guten Willens ist. Mein Mandant ist ein viel beschäftigter Mann und hat in diesen krisenhaften Tagen große Verantwortung zu tragen. Ich möchte Sie bitten, die Angelegenheit nicht unnötig in die Länge zu ziehen.«

»Selbstverständlich«, antwortete ich verbindlich. Ich war lange genug im Geschäft, um mich nicht beeindrucken zu lassen, wenn ein Rechtsanwalt sich aufplusterte. Ich blieb bei meiner Linie, die sich in solchen Fällen in der Vergangenheit immer bewährt hatte und knipste eine arglose unbefangene Freundlichkeit an. »Möchten Sie vielleicht auch einen Kaffee?«

Da er nun seinerseits nicht unhöflich werden konnte, stimmte Umbach zu und ich schenkte uns allen eine Tasse ein.

Eva übernahm stillschweigend das Gespräch, damit wir auch noch an den Gentlemankodex des Anwalts appellieren konnten. »Herr Dr. Haddenhorst, wir haben Sie aus zwei Gründen hierhergebeten. Zum einen, um Ihre vollständige Aussage offiziell aufzunehmen. Die Vorgänge um den Tierverleih im Zoo und die Tatsache, dass Peter Kunze sich Ihnen wenige Tage vor seinem Tod anvertraut hat, sind für unsere Ermittlungen überaus bedeutsam.«

Haddenhorst nickte. Seine demonstrative starre Entschlossenheit begann bereits zu bröckeln.

»Der andere Grund ist, dass genau zu diesen Vorgängen noch einige Fragen offengeblieben sind.«

Anwalt hin, Gentleman her, Umbachs Augen verengten sich zu Schlitzen. Er belauerte Eva, während sie unbeeindruckt fortfuhr: »In unserem Gespräch hatten Sie angegeben, in den drei Jahren, in denen der Tierverleih bestand, nichts von den Vorgängen bemerkt zu haben. Und als Sie durch Kunze Kenntnis von der Angelegenheit erhielten, unternahmen Sie nichts, was eine Verfolgung der begangenen Straftaten ermöglicht hätte.«

Umbach lauerte weiter, schwieg aber.

Er würde auf eine bessere Gelegenheit warten, um uns in die Parade zu fahren.

»Sie wissen, dass die Todesumstände von Peter Kunze einen Zusammenhang mit dem Tierverleih nahelegen. Diese Einschätzung und einige weitere Details haben uns zu der Frage veranlasst, wo Sie in der Nacht von Montag auf Dienstag waren.«

Nun war Umbachs Auftritt gekommen. »Die Frage ist nicht statthaft.«

Eva runzelte die Stirn. Ohne Schärfe in der Stimme entgegnete sie: »Herr Umbach, wir versuchen, die Abläufe am Abend des Mordes möglichst umfassend zu rekonstruieren. Für einige Zeitabschnitte ist uns das auch schon gelungen. Wir fragen alle Personen im Umfeld, was sie zur Tatzeit gemacht haben. Wie könnte diese Frage unstatthaft sein?«

Mir fiel auf, dass Haddenhorst noch nicht ein einziges Wort gesagt hatte. Wahrscheinlich hatte er dazu klare Anweisungen erhalten. Er versuchte, möglichst unbeteiligt zu wirken, aber seine Kiefermuskeln verrieten ihn.

»Mein Mandant hat ein Recht auf Privatsphäre«, erklärte Umbach förmlich.

»Selbstverständlich«, erwiderte Eva freundlich. »Ich dachte nur, es sei in unser aller Interesse, den Mord an Peter Kunze aufzuklären.«

»Ich sehe nicht, wozu mein Mandant in dieser Angelegenheit ein Alibi benötigen sollte«, beharrte der Anwalt. »Sie müssen Ihre Frage schon besser begründen.«

Umbach wurde seinem Ruf auch heute wieder gerecht. Wozu kooperieren, wenn man sich doch genauso gut streiten konnte?

»Zumindest theoretisch ist denkbar, dass Sie in diesen Mord verwickelt sind«, wandte sich Eva nun direkt an den Zoodirektor. »Deshalb wäre es am einfachsten für uns, wenn Sie diese Vermutungen von vornherein durch ein Alibi entkräften. Damit würden Sie außerdem sich selbst und uns die Mühen und Belastungen unnötiger Ermittlungsarbeit ersparen.«

Haddenhorst presste die Lippen aufeinander. Umbach schlug mit der flachen Hand auf den Tisch. »Das führt doch zu nichts, Frau Kotschenreuth. Begründen Sie Ihre Frage, sonst beenden wir das Gespräch.«

Eva blieb ruhig. »Neben den möglichen Verbindungen von Dr. Haddenhorst zu dem Tierverleih, die er noch nicht aufgeklärt hat, ist uns das ungewöhnliche Verhalten der Schimpansen aufgefallen, als wir gemeinsam durch das Affenhaus gegangen sind. Die Affen zeigten eine Reaktion, die sie auch gezeigt hätten, wenn sie den Mörder von Peter Kunze wiedererkannt hätten.«

Umbach lehnte sich zurück und grinste. »Das meinen Sie nicht ernst, oder? Sie führen eine Horde kreischender Affen als Begründung an?«

»Wir zweifeln außerdem an der Aussage von Dr. Haddenhorst, vor Donnerstag nichts von dem Tierverleih gewusst zu haben. Nach unseren Informationen gab es ein stillschweigendes Übereinkommen zwischen Ihrem Mandanten und dem Tierpfleger Dennis Hocke. Hocke überwies monatlich zweitausend Euro auf das Spendenkonto des Zoos und Dr. Haddenhorst drückte daraufhin beide Augen zu.«

Haddenhorst schien mir eine Spur blasser zu werden, aber Umbach polterte: »Das sind nur vage Vermutungen, haltlose Verdächtigungen. Bringen wir die Sache doch auf den

Punkt: Wollen Sie meinen Mandanten einer Straftat beschuldigen?«

»Vorerst nicht«, räumte Eva ein.

Ich wusste, was jetzt kommen würde, und wir waren dagegen frustrierend machtlos.

»Dann bin ich der Meinung, dass wir genug Kooperationsbereitschaft gezeigt haben.« Umbach erhob sich demonstrativ. »Wir lassen Ihnen in den nächsten vierundzwanzig Stunden eine schriftliche Stellungnahme zukommen. Bis dahin möchte ich Sie bitten, sich nur noch dann an meinen Mandanten zu wenden, wenn Sie wirklich relevante Informationen haben.«

»Und ich dachte noch, der wäre etwas lockerer geworden«, meinte ich, nachdem der Direktor mit seinem Anwalt abgedampft war.

»Träum weiter«, kommentierte Eva.

Mit seinem Manöver der schriftlichen Stellungnahme bewegte der Anwalt sich auf einem schmalen Grat. Aber solange es Haddenhorst und Umbach gleichgültig war, was sie für einen Eindruck bei uns hinterließen, und wir nicht wirklich etwas in der Hand hatten, mussten wir die beiden gewähren lassen. Ich tröstete mich mit dem Gedanken, dass dieser schlechte Stil den Zoodirektor spätestens vor Gericht einholen würde.

Nachdem wir berichtet hatten, sah Reinhold das Positive: »Damit kriegen wir die Überwachung durch. Personenüberwachung und Telefon samt Handy.«

Ich nickte grimmig. »Immerhin.«

Dann schaute Reinhold uns unvermittelt an. »Wie lange seid ihr eigentlich schon im Dienst?«

Ich schaute auf die Uhr und war verblüfft, dass es schon halb neun war.

»Dachte ich mir«, sagte Reinhold, ohne auf eine Antwort zu warten. »Ich denke, für heute reicht es. Ich werde alles veranlassen und morgen früh um acht Uhr entscheiden wir in der Mordkommission, wie wir weiter vorgehen.«

Erst wollte ich ihm widersprechen, aber mit jedem seiner Worte spürte ich die Müdigkeit in meinen Knochen. Vierzehn Stunden Mordermittlungen gingen eben auch an mir nicht spurlos vorüber. Meine Kollegen waren ebenfalls nicht mehr taufrisch. Lars gähnte lauthals, Oliver konnte sich besser beherrschen.

»Ich könnte schon etwas Schlaf gebrauchen«, gab Lars zu.

»Ich träume bestimmt von Haddenhorst und seinem Anwalt«, murmelte Eva.

»Wie unappetitlich«, kommentierte Oliver.

»Besser als der Tatort«, sprang ich Eva bei.

»Zugegeben.«

Nina war nicht in ihrem Büro und auch sonst war von der Mordkommission Forstwald niemand aufzutreiben, deshalb ging ich mit den anderen nach unten. Wir verabschiedeten uns auf dem Parkplatz und jeder machte sich auf den Heimweg. Weil ich auch Ninas Auto nicht entdecken konnte, vermutete ich, dass sie vielleicht schon zu Hause war und noch über ein paar Akten brütete. Ich beschloss, bei ihr vorbeizufahren – mein Rasierapparat lag ohnehin noch in ihrem Badezimmer.

Auf dem Weg zu Nina ging mir der Zoodirektor nicht aus dem Kopf. Seine abweisende Art. Wie zögerlich er zugegeben hatte, dass Kunze bei ihm gewesen war. Wie er ablenkte und auswich. Und immer wieder kam ich zu der einen zentralen Frage zurück: Was hatte der Mann zu verbergen? Was war so bedeutsam für ihn, dass er es um einen so hohen Preis geheim halten wollte?

Die Einsicht, dass wir es nicht erfahren würden, wenn Haddenhorst es uns nicht selbst verriet, war zutiefst frustrierend, denn er hatte sich mithilfe seines Anwalts so gründlich verbarrikadiert, wie es eben ging. Wenn wir nur eine Möglichkeit finden würden, den Mann zu packen.

Die Idee traf mich wie ein Schlag. Ich bremste abrupt, was den Fahrer hinter mir zu einem Ausweichmanöver mit quietschenden Reifen zwang. Er hupte wild und zeigte mir einen Vogel, als er an mir vorbeizog. Ich beachtete den Choleriker nicht weiter, sondern schlug stattdessen die Mappe mit meinen Notizen auf. Es gab eine Person, die vielleicht wusste, wie der versteinerte Direktor zu packen war. Und die es mir mit ein bisschen Glück sogar verraten würde.

Claudia Alders konnte zu Fuß zum Zoo gehen. Um genau zu sein, hatte sie bei Bedarf von ihrem Balkon aus wahrscheinlich sogar die meisten Tiergehege im Blick. Ihre Wohnung befand sich in einem alten Gründerzeithaus auf der Uerdinger Straße. Das Haus, ursprünglich für eine wohlhabende Großfamilie erbaut, war nun in fünf Wohnungen unterteilt, von denen sie die oberste bewohnte.

Ich klingelte und kurz darauf meldete sie sich in der Gegensprechanlage. Ihre Stimme klang belegt, was ich der schon betagten Elektronik zuschrieb. Das Schloss summte, nachdem ich meinen Namen gesagt hatte, und ich schob die Tür auf. Ich stieg über knarzende Stufen in die zweite Etage. Ihre Wohnungstür war angelehnt. Ich blieb etwas verunsichert stehen, entdeckte ihr Namensschild am Türrahmen und war mir zumindest sicher, an der richtigen Adresse zu sein. Vorsichtig trat ich einen Schritt näher. Ich hörte gedämpfte Geräusche, einen Fernseher, eine Unterhaltung, aber konnte nicht sagen, ob sie aus der Wohnung der Pressesprecherin oder von irgendwo anders her ins Treppenhaus sickerten. Von Claudia Alders war keine Spur zu sehen.

Mir schossen verschiedene Möglichkeiten durch den Kopf, was das bedeuten konnte. Die harmloseste war, dass sie einfach schon in ihrem Wohnzimmer wartete und ein paar Plätzchen bereitstellte. Und die schlimmste war vielleicht, dass sie die Mörderin war und mir jetzt mit gezücktem Fleischermesser hinter der Tür auflauerte. Und dazwischen fielen mir noch andere originelle Szenarien ein.

Ich war nicht beunruhigt, aber doch vorsichtig genug, nach dem Holster an meiner Hüfte zu tasten. Ich stand direkt vor der Tür und streckte gerade meine Hand nach ihr aus, als sie sich öffnete und Claudia Alders im Türrahmen erschien.

Ich erschrak bei ihrem Anblick. Die Augen rot und glasig, das Gesicht fleckig und von Make-up-Schlieren verunziert. Das war auch schon alles, was ich von ihr sah. Im nächsten Moment stürzte sie auf mich zu, schlang ihre Arme um mich, vergrub ihr Gesicht in meinem Brustkorb und weinte. Hemmungslos.

Ihr ganzer Körper schüttelte sich von ihren Schluchzern. Es war mehr ein Instinkt als eine bewusste Handlung, als ich ihre Umarmung erwiderte. Zwar befanden wir uns in einer Mordermittlung. Aber die Trauer und Verzweiflung dieser Frau waren so erschütternd, dass ich mich entschied, den Ermittler außen vor zu lassen und lieber ein Mensch zu sein.

So standen wir einige Momente auf ihrer Türschwelle, bis sie sich ein wenig beruhigt hatte. Mein Hemd klebte mir an der Haut, wo ihr Kopf gelegen hatte.

Sie löste benommen ihren Griff um mich, taumelte einen halben Schritt zurück und murmelte betreten: »Entschuldigung.«

Dann drehte sie sich um und schlurfte mit hängenden Schultern in ihre Wohnung. Ich war mir nicht sicher, ob ich etwas Bestimmtes erwartet hatte, aber wenn, dann sicher nicht das. Die geschäftsmäßig freundlich-verbindliche, stets kontrollierte Pressesprecherin Alders aufgelöst an meiner Brust, ohne Halt und Haltung, war eine bemerkenswerte Erfahrung.

Ich nahm ihre stumme Einladung an, folgte ihr in den Flur und schloss die Wohnungstür hinter mir. Im Wohnzimmer hatte sie sich zu einem erstaunlich kleinen Bündel in der Ecke ihres Sofas zusammengerollt. In voller Montur im Zoo hatte sie größer auf mich gewirkt, nun schien sie dagegen klein und zerbrechlich und verschwand beinahe zwischen den übergroßen Kissen ihres schwedischen Sitzmöbels.

Ich setzte mich in den Sessel über Eck und schaute sie abwartend an.

»Es tut mir leid, ich weiß auch nicht, was in mich gefahren ist«, schniefte sie.

Ich nickte nur. Was gab es auch zu sagen? Sie musste mir schon von selbst erzählen, was ihr auf dem Herzen lag.

»Wo haben Sie Ihre Kollegin gelassen?«

»Wir haben Dienstschluss«, sagte ich wahrheitsgemäß.

»Was tun Sie dann hier?«

»Ich hatte das Gefühl, es wäre klug, noch einmal vorbeizuschauen«, antwortete ich vage.

»Haben Sie öfter solche Gefühle?«

»Ab und zu.«

Wir schauten uns an und sie lächelte zaghaft. »Ich benehme mich wie ein kleines Mädchen«, schimpfte sie mit sich selbst. »Es ist mir furchtbar peinlich.«

»Wir sind alle nur Menschen«, beruhigte ich sie.

Ich weiß nicht, was sie erwartet hatte, aber sie lächelte wieder. Zwar kein strahlendes Lächeln reinster Freude oder überfließenden Glücks, doch es schien mir echt zu sein und nicht so vorgeschoben oder aufgesetzt wie ihr professionelles.

»Meine Güte, ich kann es nicht fassen«, erklärte sie verlegen. »Ich bin sonst nie ... ich meine ...«

»Sie verlieren sonst nie die Kontrolle?«

»Ja. Ich meine, das tut man nicht.«

»Sie haben es auch nicht getan. Es scheint mir eher passiert zu sein.«

»Danke.«

»Wofür?«

»Dafür, dass Sie mich aufmuntern.«

Tat ich das? Vielleicht musste ich jetzt aufpassen, was ich für einen Eindruck hinterließ. Deshalb lenkte ich unser Gespräch auf ein Thema, das etwas mit unserem Fall zu tun hatte. »Liegt es am Tierverleih?«

Sie nickte stumm.

Dann ahnte ich, was sie so aus der Fassung gebracht hatte. »Ihnen ist klar geworden, dass Sie es hätten wissen müssen.«

Sie starrte mich mit reglosen Augen an, bis ich mich fragte, ob sie mich anschaute oder irgendetwas hinter mir, was nur sie sehen konnte. Dann sagte sie: »Ja.« In diesem einen Wort schwangen so viel Bitterkeit und Selbstvorwürfe mit, dass es mir eiskalt den Rücken herunterlief. »Aber ich wollte es nicht sehen. Ich wollte es nicht wissen. Ich hätte Fragen stellen müssen, aber ich habe nicht gefragt, weil ich Angst vor den Antworten hatte.«

Ich nickte verständnisvoll. »Er war ihr Freund.«

»Nein, das ist es gar nicht.« Sie schluckte schwer. »Es ist das Geld. Alles dreht sich nur ums Geld. Sogar im Zoo.«

»Sie haben geahnt, dass der Zoo finanziell profitiert?«, fragte ich überrascht.

»Ich muss es gespürt haben. Und unsere Arbeit ist jeden Tag so frustrierend. Es fehlt überall an Geld. Sie glauben gar nicht, was ich mir schon alles ausgedacht habe an Werbung und irgendwelchen Aktionen, damit wir überhaupt arbeiten können.«

»Ist der Druck so groß?«

Sie nickte stumm und langsam glaubte ich, ihre Reaktion zu verstehen. »Bis jetzt dachte ich immer, nur der Chef ließe sich davon beeinflussen. Aber ich habe es auch getan. Unsere Arbeit sollte den Tieren und den Menschen gelten, aber ich habe das Geld wichtiger genommen.«

Ich ließ mir ihre Worte einen Moment durch den Kopf gehen. Es gab Berufe, in denen man schon am ersten Tag der Ausbildung wusste, dass man unter dem Diktat von Profit und Gewinn stehen würde. Andere Berufsgruppen sahen sich in der Verpflichtung höherer Ideale, wie zum Beispiel Ärzte, und kleideten dies in umfangreiche Berufsethiken. Wenn die Zunft der Biologen auch zu dieser Gruppe gehörte, wie die Pressesprecherin gerade angedeutet hatte, wog ihr Selbstvorwurf doppelt schwer: Durch ihr Schielen nach dem Geld hatte sie sich mit denen gemein gemacht, denen sie wahrscheinlich schon vor vielen Jahren abgeschworen hatte.

»Und das macht der Direktor auch?«, versuchte ich, das Gespräch ein wenig zu steuern.

»Das ist ja seine Aufgabe«, räumte die Alders ein. »Er ist für die Finanzen zuständig. Aber manchmal verliert er eben aus den Augen, worum es im Zoo geht. Wir sind schließlich kein Einzelhandel.«

»Daher der Streit mit Weinmann?«

»Ich glaube, am liebsten hätte Haddenhorst einen Zoo ganz ohne Biologen. Wir stören ihn nur.«

»Aber Weinmann ist doch nur Berater. Ohne Befugnisse«, wunderte ich mich. »Wie kann der stören?«

»Er widerspricht, wenn es mal wieder zu absurd wird.«

»Dann ist das Verhältnis wirklich so schlecht? Der Streit, den wir beobachtet haben, war kein Einzelfall?«

»Normalerweise ist der Umgang eher eisig. Angriffe und Intrigen laufen hintenrum.«

Der schwelende Konflikt mit Weinmann selbst war nicht der Hebel, nach dem ich gesucht hatte, um Haddenhorst aus dem Gleichgewicht zu bringen, aber vielleicht konnte ein Gespräch mit dem Biologen uns weiterhelfen.

Unabhängig davon präsentierte sich der Zoo hinter seinen Kulissen zumindest für zwei Personen als äußerst unerfreulicher Arbeitsplatz. Wie sehr mochte Weinmann unter Druck stehen und wie sahen wohl seine schwachen Momente aus?

»Wie weit geht eigentlich die Auseinandersetzung der beiden? Ist das eher sportlich zu verstehen oder schwingt da etwas Ernsteres mit?«

»Feindschaft«, flüsterte die Alders. »Erbitterte Feindschaft.«

»Sie meinen, es ist auch etwas Persönliches?«

»Auf jeden Fall«, bestätigte sie.

Was Weinmann natürlich zu einem noch interessanteren Gesprächspartner machte als ohnehin schon. Ich hätte gerne gefragt, wie weit wohl einer der beiden gehen würde, um dem anderen eins auszuwischen, aber in solche Spekulationen bezog ich Außenstehende nur äußerst ungern ein.

Ich wechselte das Thema: »Wie hoch ist eigentlich das Budget des Zoos?«

Sie blinzelte überrascht. »Etwa vier Millionen Euro im Jahr.«

»Ein ganz schöner Betrag.«

»Ohne Spenden könnten wir die Kosten nicht decken.«

Das perfekte Stichwort für meine nächste Frage. »Wie hoch ist denn das Spendenaufkommen?«

»Direkte Spenden an den Zoo, etwa hunderttausend Euro im Jahr. Die meisten Spenden kommen über die Zoofreunde, das ist von Jahr zu Jahr sehr unterschiedlich. So ungefähr zwischen einhundertfünfzigtausend und zwei Millionen Euro.«

»Wow!«, machte ich. Wobei ich eigentlich nicht hätte überrascht sein dürfen, denn der Gorillagarten war ja ausschließlich aus Spendengeldern finanziert worden.

»Nehmen wir mal an, es gibt einen regelmäßigen Spendeneingang von, sagen wir, zweitausend Euro im Monat. Eine anonyme Zuwendung. Würde so etwas auffallen oder Verdacht erregen?«

Die Pressesprecherin runzelte die Stirn. »Wieso sollte das verdächtig sein? Vielleicht würde man es bemerken, aber dann würde man sich wahrscheinlich einfach über den großzügigen Spender freuen.«

»Wäre das nicht ungewöhnlich?«

»Sicher, aber warum sollte etwas Ungewöhnliches gleich schlecht sein? Ich meine, es ist ja nicht so, dass es im Zoo mit Bestechung viel zu erreichen gäbe.«

Wir schauten uns eine Weile an und ich konnte sehen, wie sie über ihre eigenen Worte nachdachte. Dann kam sie drauf.

»O nein. Sie meinen … Schweigegeld?«

Ich hob betont lässig meine Schultern. »Wer verwaltet denn die Gelder des Zoos?«

»Der Direktor natürlich«, antwortete sie gedehnt. »Was sollte der Betriebswirt schließlich sonst machen? Etwa das zoologische Konzept schreiben?«

Mit dem, was sie mir zuletzt gesagt hatte, konnten wir doch schon eher etwas anfangen. Es würde ein wenig unbequem für den Zoodirektor werden, sobald wir die Kontodaten von Dennis Hocke in der Hand hielten.

Während ich darüber nachdachte, wie ich mich wohl elegant verabschieden konnte, klingelte mein Handy. Es war Nina.

»Hallo«, begrüßte ich sie.

»Wo bist du?«, fragte sie direkt.

»Schon auf dem Weg«, wich ich aus.

»Markus …«

»Bis gleich«, sagte ich und beendete das Gespräch.

»Für Sie wird es Zeit?«, fragte die Alders mit einem Versuch ihrer professionellen Höflichkeit.

»Richtig«, bestätigte ich und bedankte mich für ihre Offenheit.

Sie verzog den Mund zu einem schiefen Lächeln. »Hoffentlich war das kein Fehler.«

Wir verabschiedeten uns und ich machte mich auf den Weg. Sie wirkte ein wenig verloren, als ich sie in ihrer Wohnung zurückließ. Ich war mir ziemlich sicher, dass sie die Nacht in der Gesellschaft sehr unerfreulicher Gedanken verbringen würde.

Ich fühlte mich nicht nur erschöpft, ich war zerschlagen. Nina erwartete mich mit verschränkten Armen auf der Türschwelle, als ich mich die Stufen hochschleppte. Sie musterte mich misstrauisch von Kopf bis Fuß und fragte: »Wo warst du?«

Wahrscheinlich war das ein Beispiel dafür, wie schnell man von einem arglosen Ermittler zum Verdächtigen werden konnte. Weil ich wenig davon hielt, die Angelegenheit im Flur zu diskutieren und das halbe Haus zum Zeugen zu haben, zwängte ich mich an Nina vorbei in die Wohnung.

Ich ließ mich auf die Garderobenbank fallen und seufzte schwer. Dann löste ich meine Schnürsenkel. Nina stand mit dem Rücken an die nun geschlossene Tür gelehnt und wippte mit dem Fuß. »War sie etwa so kraftraubend?«

Als ich endlich die Schuhe von meinen Füßen geschält hatte, schaute ich reumütig zu ihr auf.

»Ich gestehe, ich war heute im Schlafzimmer einer Pornodarstellerin und gerade hat sich eine fremde Frau an meinen Hals geworfen.«

»Deshalb warst du so kurz angebunden«, bemerkte sie spitz. »Dann habe ich dich in einem unpassenden Augenblick mit meinem Anruf behelligt?«

Ich stand auf. Dabei bemerkte ich zum ersten Mal, dass ich ziemlich intensiv nach dem Parfüm der Alders roch. »Ach du meine Güte«, sagte ich.

»Und du glaubst, du kannst zu mir kommen, nach fremden Frauen riechen und ich nehme dir deine Unschuldsnummer so ohne Weiteres ab?«

Ich entgegnete matt: »Wir sind noch nicht lange genug zusammen, um daraus eine Szene zu machen.«

Wir schauten uns in die Augen. Nina verlor zuerst die Beherrschung und fing an zu lachen. Ich stimmte ein. Es war befreiend – es gab nichts Besseres, um die Ärgernisse des Tages hinter sich zu lassen. Wir umarmten uns, aber nur kurz, bevor Nina feststellte: »Du solltest dein Hemd ausziehen. Das ist ja total verschmiert.«

Einen Moment später stand ich mit nacktem Oberkörper im Flur und sah zu, wie Nina mein Hemd mit ein paar anderen Wäschestücken in die Waschmaschine stopfte. Dann nahm ich mir aus dem Kleiderschrank eines der Reservehemden, die ich bei ihr deponiert hatte. Schließlich musste nicht jeder sofort wissen, wenn ich bei ihr übernachtete.

Wir trafen uns mit zwei Bechern Tee im Wohnzimmer. »Jetzt erzähl schon, wie das gekommen ist«, forderte sie mich auf.

Es war nicht der lange Arbeitstag, auch nicht die Menge der Informationen und noch nicht einmal unsere völlige Ahnungslosigkeit, was das Mordmotiv anging, die mich meine letzte Kraft gekostet hatten. Es waren die Menschen, denen ich heute begegnet war.

»Vielleicht werde ich zu alt für den Job«, seufzte ich und nahm einen Schluck Tee.

Ich teilte meine Erinnerungen mit Nina. Candys Wohnung, ein Epizentrum des Geschäfts mit dem Sex, in dem aber schon nach ein paar Sekunden alle Masken durchsichtig wurden. Die verbrauchte Schauspielerin, gefangen in ihrer eigenen traurigen Produktionsstätte, wo es nicht nur an Liebe, sondern auch an ehrlicher Lust fehlte. Die anderen Zeugen und Verdächtigen, die sich in Geheimniskrämerei übten oder sich aufplusterten wie Dennis Hocke. Der zoologische Berater Weinmann, der von seiner Frau herumkommandiert wurde und sein Gehalt für überhöhte Rechnungen für überflüssigen Schnickschnack aufwenden musste.

Ich stellte meinen Becher beiseite und lehnte mich bei Nina an. Ihre Nähe vertrieb den Schrecken des Tages wirkungsvoller als alles andere. »Ich bin so froh, bei dir zu sein«, seufzte ich.

Sie strich zärtlich eine Haarsträhne aus meiner Stirn. »Auch ohne Innendienst?«

Ich war schon längst auch innerlich dem Rat meines Vaters gefolgt. »Wenn du mal in meinem Alter bist, kannst du immer noch in den Innendienst gehen.«

»Das dauert ja noch ewig«, grinste sie.

»Oder bist du einfach froh, dass ich nicht solche Ansprüche stelle wie die Frau von diesem Weinmann?«

Allein die Vorstellung ließ mich erschaudern. Eine Beziehung, in der es nicht um den anderen ging, sondern nur darum, was dieser an Geld und Status einbrachte. »Was für ein Albtraum«, murmelte ich.

»Ist bestimmt auch nicht besonders befriedigend«, ergänzte Nina.

»Und nicht stabil.«

»Vielleicht sogar gefährlich.«

Ich stutzte. »Wieso?«

»Na, hast du eine Ahnung, zu was Frauen alles in der Lage sind, wenn ihre Ansprüche nicht befriedigt werden?«

Das stellte ich mir lieber gar nicht erst vor. Ich schloss die Augen und atmete tief durch. »Aber das war ja noch nicht alles«, begann ich. Denn von meinem Besuch bei der Pressesprecherin hatte ich noch gar nicht berichtet.

»Die arme Frau«, meinte Nina. »Heute ist ihre Welt zusammengebrochen. Stell dir vor, du müsstest so arbeiten.«

»Ich würde mir einen anderen Job suchen.«

Nina runzelte die Stirn. »Die Arbeit im Zoo muss ihr viel bedeuten.«

»Es gibt auch andere Stellen, wo man mit Tieren arbeiten kann.«

»Aber vielleicht ist es genau das, was sie machen will«, überlegte Nina.

»Wenn sich da nichts ändert, muss sie ihre Rente hart erarbeiten«, konstatierte ich.

»Das könnte sein«, stimmte Nina zu. »Warum verhaftest du dann nicht einfach den Zoodirektor? Das würde die Lage doch entspannen.«

Ich grinste. »Das würde ich gerne tun, aber mir fehlen die belastenden Beweise.«

»Die Affen haben ihn doch identifiziert«, gab Nina zu bedenken.

In diesem Punkt musste ich dem Anwalt Umbach zustimmen. So hilfreich das als Hinweis für uns sein mochte, würden wir vor Gericht nicht sehr weit damit kommen. »Es wäre auf jeden Fall unterhaltsam, wenn die Schimpansen als Zeugen vorgeladen werden«, meinte ich.

Sie lächelte und strich mit ihren Fingern sanft über meinen Hals.

»Du wirst sehen«, schnurrte Nina, während sie meinen Nacken streichelte, »morgen wird sich alles aufklären. Morde, Einbrüche, Tierverleih und alle Grabenkämpfe im Zoo.«

»Das klingt gut«, murmelte ich.

Dann spürte ich Ninas Lippen an meinem Ohr. Sie flüsterte: »Jetzt musst du mir nur noch erklären, wie du das wiedergutmachen willst.«

»Was denn?«, fragte ich arglos.

»Mich erst am Telefon abbügeln und dich dann mit fremden Frauen herumtreiben.«

Ich deutete leise meine Vorstellungen an.

Sie drehte sich so, dass sie mir von unten in die Augen schauen konnte. »Ist das etwa alles, was dir einfällt? Glaubst du nicht, ich habe etwas Besseres verdient?«

»Bisher hast du dich noch nie beschwert«, entgegnete ich.

»Meine Ansprüche steigen«, erklärte sie.

»Ach so?«

»Allerdings.«

»Dann ist mein Vorschlag vielleicht nicht mehr standesgemäß?«, fragte ich.

Sie legte ihren Kopf wieder an meine Schulter, schlang ihre Arme um mich und murmelte: »Für heute will ich dir das noch mal durchgehen lassen.«

Donnerstag

Die vereinigten Mordkommissionen Forstwald und Zoo boten wirklich einen großen Bahnhof. Der Raum war zum Bersten gefüllt, alle Ermittler und auch der Staatsanwalt anwesend.

Nina zwinkerte mir zu, als wollte sie sagen: ›Siehst du, heute wird alles entschieden.‹ Vielleicht hatte sie aber auch an etwas anderes vom gestrigen Abend gedacht. Ich zwinkerte zurück.

Und weil Egon sich auch weiter mit Radarfallen vergnügte, blieb das unkommentiert. Daran konnte ich mich gewöhnen.

Rolf übernahm wieder die Sitzungsleitung. Er berichtete: »Die Einbrecher sind geständig, was den Einbruch im Forstwald und vier andere Einbrüche betrifft. Aber sie bestreiten weiterhin jede Verbindung zu dem Mord an Lieselotte Wiedner.«

Nina übernahm die Details. »Die drei schildern übereinstimmend ein Prozedere, bei dem sie anonym kontaktiert werden, Informationen über ein lohnendes Objekt erhalten und instruiert werden, wie sie genau vorgehen sollen.«

»Und die Beute?«, fragte Oliver.

»Der anonyme Auftraggeber hat es immer auf ein bestimmtes Objekt abgesehen. Er beschreibt es genau, die drei stehlen es und es wird übergeben. Alles andere, was erbeutet wird, gehört der Diebesbande«, erklärte Rolf

»Das klingt lukrativ«, kommentierte Oliver. »Und was sollten die drei im Forstwald entwenden?«

»Es war nicht das Foto«, sagte Nina, »sondern ein Diamantencollier aus Königsberg.« Sie las von einem Zettel ab. »Frühes neunzehntes Jahrhundert. Schätzwert dreihundertfünfzigtausend Euro.«

Oliver pfiff leise durch die Zähne. Davon konnte man sich

auf jeden Fall ein ziemlich hübsches Einfamilienhaus in der Gegend kaufen. Nun ja, im Forstwald konnte es damit vielleicht etwas knapp werden.

»Das heißt also, es gibt keinen Zusammenhang zum Tierverleih?«, fragte Eva.

»Das würde ich so nicht sagen«, lächelte Nina. »Wir haben uns von Anfang an gewundert, wie das Foto im Regal gestanden hat. Schief und in einem Winkel, dass man es kaum anschauen konnte. So als hätte jemand es in der Hand gehabt und eilig wieder zurückgestellt.«

»Das ist neu«, bemerkte Reinhold.

»Es erschien unbedeutend«, erklärte Nina. »Bis jetzt. Vor einer halben Stunde kamen die Ergebnisse der Fingerabdrücke. Es gab bis gestern noch einige ungeklärte Abdrücke, die wir nicht zuordnen konnten. Wir haben Spuren der Familie gefunden, aber auch noch ein paar weitere Abdrücke. Und unsere drei Einbrecher hatten den Fotorahmen definitiv nicht in der Hand.« Sie lächelte, als wollte sie die Spannung erhöhen. »Ganz im Gegensatz zum Zoodirektor Dr. Haddenhorst.«

Ich merkte, dass ich sie verblüfft anstarrte. »Der Zoodirektor hat das Foto angefasst?«, fragte ich entgeistert.

»Richtig«, bestätigte Nina.

»Dieser Drecksack«, polterte Oliver. »Das heißt, er hat die Typen geschickt und war nach seinen Einbrechern noch mal dort. Er wollte das Foto nehmen, wurde aber unterbrochen. Vielleicht kam die Hausherrin und stellte ihn zur Rede? Er ermordet sie, um sie zum Schweigen zu bringen, gerät in Panik, flieht und vergisst dabei das Foto.«

Die Spekulation war elektrisierend. Aber leider nur auf den ersten Blick. »Wenn er der Auftraggeber ist, warum ließ er dann seine Diebesbande nicht das Foto stehlen?«, wandte Lars ein.

»Weil er nicht wollte, dass die drei einen Hinweis auf seine Identität erhalten. Wenn er sie direkt beauftragt hätte, hätten sie das Motiv mit dem Auftraggeber in Verbindung gebracht und darauf geschlossen, dass er etwas mit dem Zoo zu tun hat«, konterte Oliver.

»Und warum hat er dann überhaupt im Forstwald einbrechen lassen?«, wunderte sich Eva. »Ich meine, warum ist er nicht direkt selbst hingegangen? Er hätte sogar einen guten Vorwand gehabt, schließlich ist er der Zoodirektor und um seine Tiere sehr besorgt. Die Einbrecher in dasselbe Haus zu schicken, ist ein enormes Risiko.«

»Die wollte er mit dem Mord belasten«, versuchte es Oliver, aber er merkte selbst, dass seine Version damit ins Stocken geriet. »Ach nee, der wäre ja dann spontan gewesen und nicht geplant. Mist.«

»Ich frage mich außerdem, ob der Direktor so unbedacht wäre«, dachte ich laut. »In den Befragungen war er bisher sehr kontrolliert und darauf aus, keine Fehler zu machen. Hätte er die Situation wirklich so außer Kontrolle geraten lassen? Und dann auch noch seine Beute vergessen?«

»Wir sollten ihn fragen«, schlug Reinhold vor. »Seine Fingerabdrücke auf einem Foto am Tatort eines Mordes sind keine Kleinigkeit.«

Ich sah Eva grinsen und erkannte darin pure Vorfreude auf eine Revanche mit dem Anwalt des Direktors.

Nina dämpfte die Erwartungen, indem sie uns erinnerte: »Auf dem Rahmen, nicht auf dem Foto.«

»Für mich reicht das völlig aus«, erklärte Eva.

»Wir würden gerne vorher noch mit Weinmann sprechen«, meldete ich mich. Ich gab einen kurzen Bericht über meinen Besuch bei der Pressesprecherin Alders am Vorabend und schloss mit den Worten: »Vielleicht weiß Weinmann noch etwas, das uns weiterhelfen kann.«

»In Ordnung«, stimmte Reinhold zu. »Wir müssen mit dem Direktor sehr vorsichtig sein. Denn streng genommen, bedeutet sein Interesse an dem Foto noch nicht einmal, dass er etwas mit dem Tierverleih zu tun haben muss. Er wird argumentieren, dass er sich um das Wohlergehen seiner Tiere sorgt und auch hier die schlechte Publicity gefürchtet hat.«

Womit Reinhold wahrscheinlich recht hatte. Und um es mit so einem Gegner aufnehmen zu können, brauchten wir mehr als nur ein Indiz, wenn wir nicht wollten, dass er sich wie eine Schlange unserem Zugriff entwand und vielleicht für immer abzischte.

Reinhold erinnerte uns alle daran, dass der Zoodirektor nicht unsere einzige Spur war. »Was ist mit diesem Vorsitzenden von den *Wahren Tierschützern?*«, fragte er.

Otto räusperte sich. »Wir haben Mechel gründlich durch die Mangel gedreht. Er schweigt.«

»Hat der auch so einen Anwalt?«, brummte Oliver.

»Nee, der weigert sich, einen Anwalt hinzuzuziehen. Ist so von seiner gerechten Sache überzeugt.« Otto zuckte mit den Achseln. »Dem ist nicht zu helfen, wenn ihr mich fragt.«

»Hat der Mann ein Alibi?«, erkundigte sich Rolf.

Otto schüttelte den Kopf. »Hat sich um seine Tiere gekümmert, sagt er.«

»Nicht sehr überzeugend«, fand Rolf.

»Schwächer als das Alibi von Hocke«, stimmte ich zu.

»Auf jeden Fall bleibt er bei seiner Aussage. Er wusste nichts von dem Tierverleih.«

»Und«, ergänzte Erika, »er sagte, er würde Tiere nie zu Mördern machen.«

Ich ließ mir das durch den Kopf gehen und fand die Aussage nur auf den ersten Blick plausibel. »Genauso gut könnte es sein, dass er den Affen die Möglichkeit geben wollte, sich stellvertretend für alle anderen Tiere an Kunze zu rächen.«

»Die Aussagen von Mechel sind mit Vorsicht zu genießen«, verriet Erika nun. »Er äußerte nämlich auch, wer Zootiere zur privaten Bespaßung ausleihe, der hätte den Tod verdient.«

»Hört, hört«, machte Rolf.

»Und er sagte, Kunze sei zu leicht davongekommen«, fügte Otto hinzu.

Ich dachte an den Tatort und Kunzes Leiche. Zu leicht

davongekommen war sicher nicht das Erste, was mir dazu in den Sinn kam.

»Haben wir schon die Telefondaten von diesem Mechel und seiner Organisation?«, erkundigte sich Staatsanwalt Macke.

»Nein, bisher nicht«, antwortete Otto.

Macke notierte mit einem speziellen Stift in seinen Tablet-PC. »Ich kümmere mich darum«, versprach er. »Zeigte der Mann noch in anderen Bereichen ein fehlendes Unrechtsbewusstsein?«

»Wenn es um das Leiden von Tieren geht, wird alles andere für ihn nebensächlich«, erläuterte Otto. »Und zum Schutz der Tiere ist jedes Mittel recht.«

»Auch Mord?«, fragte Macke.

»Selbstverständlich«, bestätigte Otto.

Die beiden erinnerten ein wenig an eine Fallbesprechung, wie sie in der forensischen Psychiatrie zwischen Therapeut und Professor stattfinden mochte. Und auch Macke hatte für Otto noch einen Tipp. »Bleiben Sie dran, selbst wenn er und seine Mitstreiter keine Mörder sind, ist da bestimmt was zu holen.«

Otto nickte und machte sich seinerseits Notizen. Wahrscheinlich über den etwas aus dem Lot geratenen moralischen Kompass des Tierschutzaktivisten Mechel. Ich musste daran denken, wie absurd der Kampf des Mannes war, dem er anscheinend sein ganzes Leben verschrieben hatte. Denn seine Sorge um das Wohlergehen der Tiere hatten wir genauso ausgeprägt bei denen angetroffen, die er mit aller Kraft bekämpfte.

Viel mehr Informationen gab es nicht auszutauschen. Rolf beendete die Besprechung und mit allgemeinem Stühlerücken machte sich jeder auf den Weg, seine Aufgaben zu erledigen.

In Krefeld gab es einige gute Wohngegenden, aber deutlich mehr schlechte Lagen und dann noch eine ganze Menge

Viertel irgendwo dazwischen, wo sich die Auf- und Absteiger der Gesellschaft begegneten, eine Weile nachbarschaftlich zusammenlebten und sich danach jeder in seine neue Welt verabschiedeten. Die Zweitwohnung des zoologischen Beraters Manfred Weinmann befand sich in einer solchen Mischlage in pragmatischer Nähe zum Zoo in einem Mehrfamilienhaus mit neun Parteien. Der Anordnung der Türklingeln nach zu schließen, bewohnte er alleine das Dachgeschoss.

Ich blickte mich skeptisch um, entdeckte einige Häuser, die leidlich in Schuss waren, aber viele andere, deren Fassaden Risse und abblätternde Farbe aufwiesen, wie auch das von Weinmann. »Ob das so standesgemäß ist?«, brummte ich.

»Zweitwohnungen müssen nicht repräsentativ sein«, gab Eva zu bedenken.

Der Summer ging und ich drückte die Tür auf. Wir stiegen die Stufen durch ein zwielichtiges Treppenhaus hinauf, in dem es aufdringlich nach Essigreiniger roch. Unzählige Treppenstufen später standen wir vor der Wohnungstür. Es war niemand zu sehen, aber die Tür nur angelehnt. Licht fiel durch den schmalen Spalt auf den stumpfen grauen Steinboden im Flur. Hatten wir den neuen Trend verpasst, seine Besucher nicht mehr an der Tür zu empfangen?

Der Flur wirkte gemütlich, mit cremefarbenen Wänden, einem kleinen Schuhschrank und einer schmalen Garderobe. Doch kaum hatten wir die Wohnung betreten und die Tür hinter uns geschlossen, hörte es mit der Gemütlichkeit auf. Aus dem Raum geradeaus, den ich für das Wohnzimmer hielt, nörgelte eine Frauenstimme: »Wo hast du dich denn rumgetrieben? Ich werde nie verstehen, wie du es schaffst, immer wieder deinen Wohnungsschlüssel zu verlegen.«

Das war sie also, Weinmanns Ehefrau mit ostpreußischen Wurzeln, gehobenen Ansprüchen, noch höheren Ausgaben und einer kasernenhoftauglichen Kommandostimme. »Markus Wegener und Eva Kotschenreuth von der Kriminalpolizei«, teilte ich der unsichtbaren Frau mit, bevor wir weiter in die Wohnung vordrangen.

Ich erhielt nur Schweigen als Antwort, bis wir in der Wohnzimmertür standen. Dann traf mich der eisige Blick einer schlanken, hochgewachsenen Frau, die sich stocksteif und mit verschränkten Armen hinter einem wenig ansehnlichen Sofa aufgebaut hatte.

»Was kann ich für Sie tun?«, fragte sie frostig.

Feindseligkeit war uns als Polizisten natürlich nicht fremd, im Allgemeinen erwarteten wir sie jedoch eher im Streifendienst in den weniger freundlichen Vierteln von Krefeld. Aber was war schon eine Regel ohne Ausnahme?

»Wir möchten gerne mit Herrn Weinmann sprechen«, gab ich höflich Auskunft.

Sie seufzte theatralisch. »Mein Mann ist nicht da, wie Sie sehen. Ich dachte, Sie wären ... er würde ...« Ihr Gesicht wurde etwas weicher, dann sagte sie: »Ach, wie unhöflich von mir. Bitte setzen Sie sich doch. Kann ich Ihnen etwas anbieten? Einen Kaffee vielleicht?«

Wir nahmen das Friedensangebot an, setzten uns und sahen ihr hinterher, als sie in der Küche verschwand.

Eva beugte sich zu mir und flüsterte: »Sie trägt tatsächlich einen Haarknoten. Hast du das gesehen?«

Natürlich hatte ich das. »Was ist daran ungewöhnlich?«

Eva verdrehte die Augen. »Sie trägt einen Haarknoten wie meine Oma ihn hatte, Markus.«

»Vielleicht ist sie ein wenig schrullig?«, schlug ich vor.

»Sie ist zu jung, um schrullig zu sein«, erwiderte Eva.

Und tatsächlich wirkte Frau Weinmann wesentlich jünger als ihr Mann. »Aber sie trägt auch eine Perlenkette«, hielt ich dagegen. »Vielleicht demonstriert sie einfach ihre konservative Einstellung. Oder folgt der aktuellen Mode in Ostpreußen.«

Wir konnten unsere Diskussion nicht fortsetzen, weil unsere Gastgeberin mit drei Tassen und Untertassen, Löffeln, Zucker, Milch und Servietten aus der Küche zurückkehrte.

»Ich fürchte, mein Mann hat nur Instantkaffee im Haus«, lächelte sie entschuldigend.

Ich versicherte, dass im Vergleich zum Kaffee im Präsidium ihrer eine wahre Köstlichkeit sei, während ich sie unauffällig musterte. Die Art, wie sie ihre Haare eingedreht und hochgesteckt hatte, wirkte tatsächlich ziemlich altmodisch, passte aber zu ihrer Halskette und zu ihrem Kleid. Und zu ihrer Art, kerzengerade mit andächtig gefalteten Händen auf dem Sofa zu sitzen. Ihr Alter war das Einzige, was nicht dazu passte. Ich schätzte sie auf Anfang vierzig.

Sie lächelte höflich, als glaubte sie kein Wort meiner Schmeicheleien. »Ich hoffe, mein Mann hat keine Schwierigkeiten?«, erkundigte sie sich.

»Sie wissen vom Todesfall im Zoo?«

Sie nickte.

»Ihr Mann ist bei unseren Ermittlungen eine große Hilfe. Es sind noch einige Fragen aufgetaucht, bei denen wir seine Unterstützung benötigen«, erklärte ich unverbindlich.

Sie schaute mich skeptisch an, als versuchte sie herauszufinden, ob ich sie genauso einwickeln wollte wie bei meiner Antwort zu dem Kaffee, den sie uns aufgetischt hatte.

»Sehr schön«, sagte sie schließlich diplomatisch.

»Wir hatten nicht erwartet, Sie hier anzutreffen«, sagte Eva beiläufig.

»Ich bin nicht oft hier«, bestätigte sie ohne eine Regung. »Aber jetzt … Manfred hat so eine schwere Zeit.«

»Sie leisten ihm ein wenig Beistand?«, hakte Eva nach.

Die Weinmann nickte.

Ich dachte an die Begrüßung, die sie uns entgegengeschleudert hatte, als sie dachte, wir wären ihr Mann. An das Telefongespräch und Weinmanns Worte über seine Frau. »Wie lange sind Sie schon hier?«, fragte ich.

»Erst seit einer Stunde.« Sie deutete mit dem Kopf auf einen Koffer in der Ecke neben dem Fernseher. »Ich habe Manfred noch nicht gesehen.«

Eigentlich hatten wir es ziemlich eilig, mit dem zoologischen Berater über den Zoodirektor zu sprechen, damit wir dem die Pistole auf die Brust setzen konnten. Da Manfred Weinmann weder an seinem Arbeitsplatz noch in seiner Wohnung und offenbar auch nicht in seinem Haus in Emmerich war, hätten wir zu anderen Mitteln greifen können, um den Mann aufzustöbern. Aber trotz aller Dringlichkeit hatte ich bei Frau Weinmann das Gefühl, dass sie selbst auch unsere Aufmerksamkeit verdiente.

»Normalerweise kommen Sie nicht nach Krefeld?«, fragte ich gemütlich.

Sie ließ ihren Blick kurz durch den Raum schweifen, als ob sie sagen wollte: Hier soll ich mich freiwillig aufhalten? Dann schüttelte sie den Kopf.

Ich dachte an Nina und sagte: »Mir würde es nicht gefallen, wenn meine Partnerin so weit von mir weg wäre.«

»Man gewöhnt sich daran. Was bleibt uns auch anderes übrig?«, sagte sie ohne Bedauern.

»Sie könnten nach Krefeld ziehen«, meinte ich.

Da war wieder dieser Blick. »Wir ziehen erst um, wenn Manfred einen rich…«, sie unterbrach sich. »Manfred ist auf der Suche nach einer neuen Stelle«, erklärte sie dann betont geduldig. »Es wäre voreilig, jetzt schon umzuziehen.«

»Ist es der Ärger mit dem Direktor?«, erkundigte sich Eva.

Ich hatte den Eindruck, als wollte die Weinmann die Frage zuerst verneinen. Dann überlegte sie es sich aber wieder anders und nickte halbherzig. »Die Situation ist unerträglich für Manfred.«

»Ist es denn schwierig, die Stelle zu wechseln?«, fragte ich unschuldig. »Wenn Sie örtlich nicht festgelegt sind, müsste doch etwas möglich sein.«

Ihr Lächeln war höflich, aber nicht echt. »Sehen Sie, Herr Wegener, natürlich wollen wir uns auch nicht verschlechtern.«

»Es muss mehr sein als nur zoologischer Berater«, tippte Eva.

»Das gibt es ja auch in keinem anderen Zoo im Land. Ich meine, das ist doch unsinnig. In einem Zoo muss jemand die

Leitung haben, der auch fachlich versteht, was überhaupt vorgeht, oder?« Es klang ärgerlich.

»Sie meinen, Ihr Mann sollte Zoodirektor sein?«, vergewisserte sich Eva.

»Natürlich«, antwortete Frau Weinmann geradeheraus.

Wir schwiegen eine Weile und ich überlegte, ob unsere Gesprächspartnerin wohl als Täterin infrage kommen könnte. Allerdings lebte der Zoodirektor ja noch und sie war mit ihrem Groll gegen den Mann, seine fehlende Fachlichkeit und seine Art, den Zoo zu führen, alles andere als allein. Deshalb hielt ich die Frage zunächst einmal für nebensächlich.

In diesem Moment hörten wir die Wohnungstür. Schlüssel klimperten, die Tür fiel wieder ins Schloss, Schuhe plumpsten auf den Boden. Dann hörten wir Schritte, bevor ein schnaufender Weinmann in der Tür erschien. Mit großen Augen starrte er zuerst seine Frau an. Dann mit noch größerer Verblüffung Eva und mich. »Oh. Hallo. Astrid, was machst du denn hier?«

Er wirkte irgendwie linkisch, wie er in der Tür stand und unbeholfen von einem Bein aufs andere trat. Und er vergaß dabei ganz, zu seiner Frau zu gehen, ihre Hand zu nehmen, sie zu küssen oder ihr sonst irgendwie seine Zuneigung zu zeigen.

Weil Astrid Weinmann offenbar auch kein entsprechendes Bedürfnis verspürte, kam ich zur Sache. »Herr Weinmann, Ihre Frau war so freundlich, uns hereinzulassen. Wir haben noch ein paar Fragen an Sie.«

Er wirkte immer noch verdattert. »Ich … ja … natürlich.«

»Vielleicht brauchen wir noch einen Kaffee«, schlug ich Frau Weinmann vor.

Die wirkte irgendwie beleidigt, fast so als sei es eine Herabwürdigung ihrer Person, für ihren Ehemann auch noch einen Becher aufzugießen, aber sie verschwand trotzdem in der Küche.

»Setzen wir uns doch«, meinte Eva.

Weinmann folgte zögernd.

»Herr Weinmann, ist Ihnen in den letzten drei Jahren am Verhalten der Tiere im Zoo etwas aufgefallen? Unruhe? Lethargie?«

»Ich … ja, natürlich, aber warum fragen Sie?«

»Bei welchen Tieren?«, fragte Eva weiter.

»Beim Schneeleoparden. Beim Känguru. Aber warum wollen Sie das wissen?«

»Sind diese Veränderungen noch anderen Personen aufgefallen?«

»Ja, sicher. Es kamen immer wieder verschiedene Tierpfleger zu mir.«

»War es sehr auffällig?«, wollte Eva wissen.

Weinmann wirkte immer noch etwas überrumpelt. »Nein, eigentlich nicht. Es war nur vorübergehend. Und ist nur sporadisch aufgetreten. Überhaupt nur für einen fachkundigen Beobachter zu erkennen.«

»Jemanden, der die Tiere sehr gut kennt?«

»Genau.«

»Wie haben Sie reagiert?«

»Ich habe die Beobachtungen überprüft und auch den Tierarzt eingeschaltet.«

»Und was sagte der?«

»Er hat unsere Einschätzung bestätigt. Einmal meinte er, der Schneeleopard wirke, als ob er an den Nachwirkungen einer Betäubung leide.«

Ich dachte daran, wie sich der Tierarzt über die Untätigkeit der Pressesprecherin empört hatte. Seine Empörung war vermutlich zumindest teilweise nur ein Manöver gewesen, um sein eigenes schlechtes Gewissen zu beruhigen.

»Aber das lässt sich doch nachweisen?«, hakte Eva nach.

»Ja sicher.«

»Und, haben Sie das getan?«

»Auf einen vagen Verdacht hin?«, winkte Weinmann ab. »Wissen Sie, was es bedeutet, von einem Schneeleoparden eine Blutprobe zu nehmen?«

Gefährlicher als bei den Schimpansen konnte es ja eigentlich kaum werden, dachte ich und schüttelte synchron mit Eva den Kopf.

»Nein, Frau Kotschenreuth, wir haben keine Blutprobe untersucht«, erklärte Weinmann. »Dafür waren die Vorkommnisse viel zu selten.«

»Wie oft wurden die Tiere denn auffällig?«

»Der Schneeleopard zum Beispiel ... vielleicht einmal im Monat. Höchstens. In ganz unterschiedlichen Abständen.«

»Und es war auch gleich wieder vorbei?«

»Richtig.«

»Was haben Sie dann unternommen?«

»Was hätten wir schon tun sollen? Wir haben den Direktor informiert.«

»Und?«

»Der sagte, er kümmere sich drum. Hat er aber nie, wenn Sie mich fragen.«

»Wie oft haben Sie ihm Bericht erstattet?«

»Vielleicht zehn Mal.«

»Und er hat nicht reagiert?«, fragte Eva skeptisch.

»Ich habe zumindest nichts bemerkt.«

»Dann sind Sie doch der Sache bestimmt weiter nachgegangen«, unterstellte Eva.

Weinmann hob hilflos die Schultern. »Was hätten wir tun sollen? Es waren zu wenige Fälle. Das auffällige Verhalten der Tiere war oft schon eine Stunde später verschwunden.«

»Sie hätten die Tiere beobachten können«, schlug Eva vor.

»Das haben wir doch, Frau Kotschenreuth«, entgegnete Weinmann gedehnt. »Wir haben eine Videoüberwachung installiert und viele Wochen lang die Aufnahmen jeder Nacht ausgewertet. Ohne Ergebnis.«

Natürlich. Hocke war ja kein Dummkopf.

»Und für eine Blutprobe ...«, begann Eva.

»Fehlt die Rechtfertigung. Vollkommen ausgeschlossen. Da war nichts zu machen.«

»Hatten Sie denn einen Verdacht, was hinter den Auffälligkeiten stecken könnte?«, wollte ich wissen.

Weinmann schaute mir bekümmert in die Augen. »Nein. Wir haben lange überlegt, aber uns ist keine Erklärung eingefallen.«

Ich hielt den Zeitpunkt für gekommen, ihm unser Foto zu zeigen. Also schob ich den Schneeleoparden Patan auf der Forstwalder Wiese über den Tisch.

Frau Weinmann kam mit dem zusätzlichen Kaffee aus der Küche zurück, stellte ihn lustlos vor ihrem Mann ab und betrachtete über dessen Schulter interessiert das Foto. »Was für ein majestätischer Anblick«, kommentierte sie unbeeindruckt.

Die Reaktion des zoologischen Beraters fiel vollkommen anders aus. Ohne seine Frau auch nur wahrzunehmen, starrte er, wie vom Donner gerührt, auf das Bild. Sein Mund klappte fast so weit auf wie bei einer Schlange, die ihren Kiefer ausrenken kann, um ein besonders großes Beutetier zu verschlingen.

»Das ... ist ungeheuerlich«, flüsterte Weinmann dann.

»Es gab einen Tierverleih im Zoo«, klärte ich ihn auf. »Peter Kunze war eine der Personen, die daran beteiligt waren.«

Er wurde blass und sagte: »Du lieber Himmel.«

Ich ließ mich von der Theatralik nicht beeindrucken und fragte: »Sie wussten nichts davon?«

»Wie hätte ich das wissen sollen?«, fragte Weinmann tonlos zurück. »Wer kommt denn auf so etwas?«

Zugegeben, wir hatten auch eine Weile gebraucht, um es herauszufinden. Aber die entscheidende Frage kam ja erst noch: »Herr Weinmann, glauben Sie, dass der Direktor von dem Tierverleih gewusst hat?«

Erst schaute er mich verständnislos an, begann schon, den Kopf zu schütteln, dann wurden seine Augen groß und sein Gesicht noch blasser. »Sie wollen doch nicht ... wollen Sie vielleicht ...« Er warf einen kurzen Seitenblick zu seiner Frau. »Bei diesem Mann muss man wahrscheinlich mit allem rechnen«, murmelte er dann.

Frau Weinmann starrte ihren Mann sprachlos an, dann

Eva, dann mich, dann wieder ihren Ehemann. Es war ein seltsames Verhalten, das ich der nicht unbedingt intakten Beziehung der beiden zuschrieb und nicht weiter beachtete. Wir bedankten uns, versicherten, wie sehr uns diese Auskünfte weiterhalfen, und verließen die Zweitwohnung der Weinmanns in Richtung Präsidium.

Kaum saßen wir wieder im Auto, zog ich mein Handy hervor.

»Was sagt der Berater?«, schnarrte Reinhold in mein Ohr.

»Sieht nicht gut aus für den Direktor«, sagte ich und berichtete kurz von unserem Gespräch. Eva setzte das Auto in Bewegung und ich fügte hinzu: »Ich fände es sinnvoll, wenn wir seine Frau mal unter die Lupe nehmen.«

»Warum das denn?«, fragte Reinhold.

»Nur so ein Gefühl«, antwortete ich unbestimmt.

Ich hörte, wie Reinhold sich etwas notierte und den Zettel vom Block abriss. »Wir haben auch Neuigkeiten. Unter den Spendengeldern für den Zoo findet sich eine regelmäßige Überweisung mit dem Betreff *Spende in Absprache mit Herrn Dr. Haddenhorst.*«

»Das Schweigegeld«, sagte ich mit einem Seitenblick auf Eva, die aufmerksam lauschte. »Dann sollten wir den Direktor einbestellen.«

Ich hörte Reinhold grinsen. »Der sitzt schon hier. Wir warten nur noch auf euch.«

Als wir im Präsidium eintrafen, war alles bereit. Der Zoodirektor hockte in einem Vernehmungsraum, offenkundig hin- und hergerissen zwischen dem stoischen Erdulden seines Schicksals und offenem Ärger über die ihm nun schon zum wiederholten Male widerfahrene Polizeiwillkür. Sein Anwalt redete mit begrenztem Erfolg beruhigend auf ihn ein.

Im Beobachtungsraum herrschte großer Bahnhof. Reinhold ging mit Staatsanwalt Macke einige Unterlagen durch, Lars und Oliver ließen den Direktor und seinen Anwalt durch den Einwegspiegel nicht aus den Augen.

Die Köpfe der Anwesenden drehten sich zu uns. »Dann kann die Show ja beginnen«, kommentierte Reinhold.

»Okay«, antwortete ich. Wir machten kehrt, um uns den Zoodirektor vorzuknöpfen.

Meine Hand lag bereits auf der Türklinke des Vernehmungsraums, als Simons Stimme durch den Flur hallte. »Markus! Moment! Das müsst ihr euch ansehen!«

Abermals Kommando zurück. Im Beobachtungsraum scharten wir uns alle um Simon, der ein Notebook aufklappte und dabei erklärte: »Wir hatten doch das Video von diesem schwarzen Mann, erinnert ihr euch? Der den Parkplatz für den weißen Lieferwagen markiert hat. Dessen Gesicht nicht zu erkennen ist und bei dem es so aussieht, als würde er sich nur die Schuhe zubinden, obwohl er mit Kreide auf den Asphalt malt.«

Ich erkannte auf seinem Bildschirm die Einstellung der Überwachungskamera des Grotenburgparkplatzes, aus der wir das Geschehen betrachtet hatten. »Es ist mir fast peinlich, dass ich nicht schon eher darauf gekommen bin, aber damit habe ich einfach nicht gerechnet. Ich meine, wer kann denn ahnen, dass gleich zwei Autos gezielt ... Aber seht selbst.«

»Das ist am frühen Abend«, stellte ich mit einem Blick auf die Zeitsignatur fest. Weder der schwarze Mann noch das Auto, das später sein Kreidekunstwerk verdecken würde, waren zu sehen, sondern nur leerer brüchiger Asphalt.

»Jetzt«, sagte Simon und wie auf sein Kommando erschien eine silberfarbene Limousine im Bild. Das Auto stoppte, der Fahrer stieß die Tür auf und stieg aus. Und war dabei so freundlich, direkt in die Überwachungskamera zu schauen.

»Das gibt es nicht«, sagte Eva verblüfft.

»Das ist Zoodirektor Haddenhorst«, konstatierte Staatsanwalt Macke nüchtern.

Mir fiel, ehrlich gesagt, kein Kommentar dazu ein. Hätte Haddenhorst nicht bereits nebenan gesessen, wir hätten ihn spätestens jetzt einkassieren müssen.

»Hast du …?«, setzte ich an.

Simon hatte mir einen Ausdruck des Standbildes in die Hand gedrückt, bevor ich meine Frage zu Ende formulieren konnte.

»Danke«, sagte ich.

Eva war schon an der Tür. »Nun komm schon, worauf wartest du?«

Ich versuchte immer noch, die neue Information einzuordnen. Hatten wir am Ende den Direktor gleich dreimal auf Video? Einmal mit offenem Visier beim Parken seines Autos, dann als schwarzen Mann mit Kreide und schließlich als mysteriösen Schatten, der die Hintertür des Zoos öffnete und dadurch sein späteres Opfer an den Tatort schaffte?

Ich folgte Eva, die bereits den Anwalt begrüßte. Als ich Umbachs Hand schüttelte, hielt er mich zwei Sekunden länger fest, als die Höflichkeit gebot, und brummte: »Ich hoffe, das ist nicht schon wieder so eine Zeitverschwendung.«

»Eine Mordermittlung ist niemals Zeitverschwendung«, beschied ich ihn.

Bevor der Anwalt sich bei mir festbeißen und damit erfolgreich vom Anlass der Befragung ablenken konnte, ergriff Eva die Initiative: »Herr Dr. Haddenhorst, bei unserem letzten Gespräch haben Sie uns erklärt, dass Sie nichts von dem Tierverleih gewusst haben, den die drei Tierpfleger betrieben haben.«

Der Direktor nickte würdevoll. »Das ist richtig.«

»Bleiben Sie dabei?«, wollte Eva wissen.

Nun stutzte er, sagte aber: »Selbstverständlich.«

Eva runzelte die Stirn. Erstklassige Vernehmungstechnik. »Wie oft wurden Sie denn darauf hingewiesen, dass die Tiere auffälliges Verhalten zeigen?«

Haddenhorst zuckte nicht mit der Wimper. »Das weiß ich nicht mehr.«

»Fünf Mal?«, versuchte es Eva.

»Sicher öfter«, räumte der Direktor ein.

»Zehn Mal?«

»Ungefähr. Ich kann mich im Detail wirklich nicht mehr erinnern.«

»Ihnen ist selbst auch etwas aufgefallen. Trotzdem behaupten Sie, nichts gewusst zu haben.«

»Ich wusste nichts von dem Tierverleih«, beharrte Haddenhorst.

»Doch Sie haben Herrn Hocke wegen der Tiere zur Rede gestellt«, versuchte Eva es.

Anwalt Umbach seufzte demonstrativ. »Frau Kotschenreuth, kommen Sie doch bitte zur Sache. Diese Fakten sind Ihnen schon lange bekannt.«

»Ich habe ihn darauf angesprochen«, antwortete der Direktor.

»Wie hat er reagiert?«

»Er hatte eine schlüssige Erklärung.«

»Ach so?«, wunderte sich Eva. »Und welche?«

»Daran kann ich mich nicht mehr erinnern, wissen Sie? Ich kann mir wirklich nicht alle biologischen Details merken, dafür habe ich meine Mitarbeiter.«

Ich fragte mich, warum der Mann eigentlich nicht in die Politik ging, so wie er sich aus unangenehmen Situationen herausreden konnte. Aber vielleicht hatte er seine zweite Laufbahn ja längst geplant.

»Wer ist im Zoo denn für die Finanzen zuständig, Herr Haddenhorst?«, wechselte Eva nun abrupt das Thema.

Der Direktor wirkte verdutzt, aber dann erfreut, wahrscheinlich, weil Eva das unangenehme Thema fallen gelassen hatte. »Ich. Das ist schließlich mein Fachgebiet.«

»Die ganze Verwaltung der Finanzen?«

»Das ist mein Bereich«, bestätigte Haddenhorst.

»Sie prüfen auch die Kontobewegungen?«

»Ja. Also, nicht die Details, ob jetzt das Tierfutter drei Euro mehr oder weniger kostet als im Vormonat. Aber die Zahlen werden von mir geprüft.«

»Auch die Spendengelder?«

Haddenhorst zögerte. Jetzt schien er zu verstehen, dass ihm auch beim neuen Thema Ungemach drohte. »Frau Kotschenreuth, verfolgen Sie mit Ihren Fragen ein Ziel oder stochern Sie nur im Nebel?«, schoss Umbach dazwischen.

»Ich prüfe auch die Spendengelder«, teilte Haddenhorst mit.

»Alle?«, hakte Eva nach.

Der Direktor lächelte mitleidig. »So viel ist das ja leider nicht.«

Eva zückte ein Blatt Papier und schob es Haddenhorst über den Tisch. »Dann kennen Sie sicherlich diese Spende hier.«

Die Hand des Anwalts lag plötzlich auf dem Arm des Direktors. Er warf einen Blick auf den Kontoauszug, dann gab er seinen Klienten frei.

Haddenhorst nickte. »Natürlich.«

»Eine regelmäßige Spende über zweitausend Euro im Monat«, stellte Eva fest. »Der Betreff verweist auf eine Absprache mit Ihnen.«

»Das ist korrekt«, erwiderte der Direktor steif.

»Von wem stammt die Spende?«

»Das weiß ich nicht«, behauptete Haddenhorst.

Eva lehnte sich entspannt zurück. »Ist das nicht seltsam?«, wunderte sie sich demonstrativ. »Im Verwendungszweck werden Sie namentlich erwähnt, aber Sie wissen nicht, wer das Geld überweist? Oder aus welchem Grund?«

Der Direktor rutschte unruhig hin und her. »Das Geld läuft über eine schweizerische Kanzlei, der Absender ist nicht so ohne Weiteres zurückzuverfolgen«, erklärte der Direktor mit unterdrücktem Ärger.

»Wir werden sehen«, sagte Eva ruhig.

»Es ist nicht illegal, Spenden anzunehmen«, erklärte Haddenhorst defensiv. »Ohne Spenden müssten wir den Zoo schließen.«

»Spenden sind legal, Schweigegeld ist es nicht«, stellte Eva klar.

Der Direktor wurde rot, sein Anwalt bissig. »Frau Kotschenreuth, wir sind nicht gekommen, um uns unbegründete Vorwürfe anzuhören. Ist das alles, was Sie haben? Einen großzügigen Spender, der auf Diskretion bedacht ist?«

»Die Spenden setzten kurz nach dem Zeitpunkt ein, zu dem Herr Haddenhorst Dennis Hocke zur Rede gestellt hat. Aufgrund der Vielzahl der Hinweise auf Auffälligkeiten und weil Ihr Mandant bereits zugegeben hat, selbst Verdacht geschöpft zu haben, ist es naheliegend, von einer mehr oder weniger stillschweigenden Übereinkunft der beiden Männer auszugehen.«

Der Anwalt winkte ab. »Reine Spekulation.«

Eva schaute fragend zu mir, aber ich winkte auch ab. Ich fand, dass sie alles vorbildlich unter Kontrolle hatte, ohne dass einer unserer beiden Gäste etwas davon bemerkte.

Prompt beugte sich Umbach angriffslustig vor. »Sind wir nur hier, um Ihnen zuzuhören, wie Sie vor uns wilde Fantasien ausbreiten? Unsere Zeit ist zu kostbar, um sie mit Hirngespinsten zu verschwenden, selbst wenn sie aus Ihrem hübschen Mund kommen. Der gute Ruf meines Mandanten hat bis jetzt schon erheblich unter Ihren Verdächtigungen gelitten. Ich muss Sie nicht erinnern, dass …«

Eva ließ ihn nicht ausreden, sondern legte einen Abzug des Fotos von Patan im Forstwald auf den Tisch. »Dieses Foto zeigt einen Schneeleoparden aus dem Zoo bei einem Kindergeburtstag im Forstwald«, verkündete sie.

Der Direktor schaute peinlich berührt zur Seite, Anwalt Umbach war vom abermaligen Themenwechsel überrumpelt.

»Wir haben das Foto im Haus von Lieselotte Wiedner gefunden, in deren Garten die Geburtstagsfeier stattgefunden hat. Leider wurde sie ermordet.«

Es war dem Anwalt deutlich anzusehen, dass er Eva am liebsten angeschrien hätte, aber er beherrschte sich und schwieg. Das hielt er erstaunlicherweise auch noch durch, als Eva triumphierend mitteilte: »Ihre Fingerabdrücke, Herr Dr. Haddenhorst, befanden sich darauf.«

Umbach bedeutete seinem Mandanten mit einer Geste, zu schweigen. So wie der Direktor aussah, war er darauf allerdings schon von selbst gekommen.

»Das beweist überhaupt nichts«, behauptete der Anwalt gepresst.

Natürlich hatte der Mann recht. Streng genommen, hatten wir nur bewiesen, dass der Zoodirektor den Bilderrahmen angefasst hatte.

Eva tat das einzig Richtige, um die beiden zu verunsichern. Sie sagte leichthin: »Wenn Sie meinen.« Und dabei beließ sie es. Der nächste Themenwechsel kam aus heiterem Himmel. Ein Foto vom schwarzen Mann auf dem Parkplatz landete auf dem Tisch vor Haddenhorst. »Das ist der Mörder von Peter Kunze«, verkündete Eva.

Die Gesichtsfarbe des Zoodirektors wechselte von weiß zu grün, der Anwalt brummte: »Wollen Sie meinem Mandanten etwa alle ungeklärten Morde der Stadt anhängen?«

»Es besteht kein Grund, unsachlich zu werden, Herr Dr. Umbach«, belehrte Eva den Anwalt. Der schnitt eine Grimasse, schwieg aber.

Eva suchte die Augen des Zoodirektors. »Sind Sie das, Herr Dr. Haddenhorst?«

»Mein Mandant verweigert die Aussage«, ging der Anwalt dazwischen.

»Tatsächlich?«, fragte Eva demonstrativ erstaunt. »Ein einfaches Nein hätte mir eigentlich gereicht.«

Wunderbar. Der Zoodirektor zitterte, der Anwalt kochte.

»Sie bestreiten also nicht, dass Sie dieser Mann hier sein könnten«, stellte Eva sachlich fest. »Wissen Sie was, ich könnte mir das auch vorstellen. Sehen Sie, was der Mörder hier gerade macht?«

Haddenhorst schwieg, sein Anwalt schoss einen genervten Blick auf Eva ab.

»Er markiert einen Parkplatz. Später am Abend wird genau dort ein Lieferwagen abgestellt, der den Blick der Überwachungskamera auf den Personaleingang des Zoos blockiert. Deshalb existieren keine Videoaufzeichnungen von Peter Kunze und seinem Mörder.«

»Ich sehe nichts von einer Markierung«, blaffte der Anwalt.

»Das liegt daran, dass dieses Fahrzeug hier die Sicht versperrt«, erklärte Eva geduldig. »Was natürlich äußerst praktisch für den Mörder ist. Würden Sie mir hierin zustimmen, Herr Dr. Umbach?«

Der Anwalt nickte unwillig. Eva lächelte. »Wenn dies der Mörder ist, möchte er natürlich möglichst unauffällig die Markierung aufbringen. Das ist nur durch dieses Fahrzeug hier möglich. Und stellen Sie sich vor, wie überrascht wir alle waren, als wir festgestellt haben, wem dieses Auto gehört.«

Für einen Moment breitete sich Schweigen im Raum aus. Dann sagte Haddenhorst tonlos: »Das ist mein Auto. Ich habe es am Abend selbst dort abgestellt.«

Der Anwalt schloss wie in Zeitlupe die Augen. Innerhalb von Sekunden eine vollkommen neue Verteidigungsstrategie zu entwerfen, war selbst für einen Spitzenprofi eine große Herausforderung. Umbach schlug sich wacker, konnte aber nicht darüber hinwegtäuschen, dass diese Runde eindeutig an Eva ging.

Bevor der Anwalt sich berappelt hatte, erklärte der Zoodirektor: »Ich war verabredet. Wir haben uns am Parkplatz getroffen.«

»Mit wem waren Sie verabredet? Zu welcher Uhrzeit und zu welchem Zweck?«, hakte Eva sofort nach.

Haddenhorsts Miene versteinerte. Er wandte seinen Blick ab.

»So kommen wir nicht weiter«, stellte Eva fest.

Umbach beschwor seinen Mandanten: »Wenn Sie Ihre Anwesenheit auf dem Parkplatz erklären können und warum Sie ausgerechnet dort geparkt haben, dann sollten Sie das tun.«

»Sie stehen unter Mordverdacht«, schob Eva hinterher.

Haddenhorst schluckte. »In Ordnung, ich verstehe. Es ist nur ... Es ist ein wenig peinlich.«

»Wir warten«, sagte Eva. Zweifellos eine Retourkutsche für die totale Verweigerungshaltung, mit der er uns in den vorangegangenen Befragungen hatte auflaufen lassen.

»Ich habe mich mit Weinmann getroffen.«

Das kam überraschend. »Aus welchem Grund?«

»Wir wollten uns aussprechen. Sozusagen von Mann zu Mann«, erklärte Haddenhorst gewunden. »Weinmann hat es verlangt. Ich habe eine Affäre mit seiner Frau.«

Es lag in der Natur der Sache, dass in einem Vernehmungsraum von Zeit zu Zeit eine Bombe platzte. Die Befragung des Zoodirektors stand deshalb in einer guten Tradition.

»Wie lange ging das schon?«, fragte Eva äußerlich unbeeindruckt.

»Ein Jahr.«

»Wie lange wusste Weinmann davon?«

»Er hat es erst vor Kurzem herausgefunden«, erklärte Haddenhorst matt. »Er sah Astrid aus meinem Auto steigen. Das war vor ungefähr drei Wochen.«

Und warum, fragte ich mich, hatte uns das bisher niemand gesagt?

»Welchem Zweck sollte das Treffen mit Weinmann dienen?«

Der Direktor schaute verlegen auf die Tischplatte. Ein seltsamer Anblick. »Das weiß ich nicht genau. Er rief mich an und sagte, wir müssten miteinander sprechen. Von Mann zu Mann. So hat er es ausgedrückt.«

Nun schaltete sich der Anwalt wieder ein. »Jetzt haben Sie ja Ihre Erklärung, Frau Kotschenreuth. Ich schlage also vor, Sie wenden sich an Herrn Weinmann. Sie wissen ja, wo Sie uns finden.«

»Wir sind noch nicht fertig und das wissen Sie genau«, erwiderte Eva schneidend.

Der Anwalt setzte sich wieder. Haddenhorst hatte ohnehin keine Anstalten gemacht, ihm zu folgen.

»Wie kam es, dass Sie genau *diesen* Parkplatz gewählt haben?«, fragte Eva.

»Ich habe direkt hinter Weinmann geparkt. Sehen Sie, das da ist sein Auto.« Der Direktor zeigte auf das Foto.

»Das wird sich prüfen lassen«, entgegnete Eva. »Wie verlief das Treffen?«

»Es war unappetitlich«, erklärte der Direktor matt. »Er bedrohte mich. Verlangte, dass ich seine Frau in Ruhe lassen soll.« Haddenhorst lachte auf. »Der hatte ja keine Ahnung.«

»Die Initiative ging von Frau Weinmann aus?«

»Und wie«, bestätigte der Direktor. »Sie benahm sich jedes Mal so, als hätte sie seit zehn Jahren keinen Mann gehabt.«

»Was ist bei Ihrem Treffen mit Herrn Weinmann noch geschehen? Außer Drohungen?«

»Nichts. Ich habe ihm gesagt, er solle sich doch einmal mit seiner Frau aussprechen und herausfinden, ob seine Ehe noch zu retten ist.«

»Das hat ihm nicht gefallen«, vermutete Eva.

»Überhaupt nicht. Aber das ist nicht mein Problem.«

»Waren Sie an einer Beziehung mit Frau Weinmann interessiert? War es Liebe?«

Haddenhorst schnaubte wieder. »Überhaupt nicht«, winkte er ab. »Ich bin verheiratet.«

Aha.

Eva unterbrach die Vernehmung und wir nutzten die Gelegenheit, im Beobachtungsraum die Lage zu diskutieren. Und bereits mit dem ersten Beitrag von Reinhold sah es nicht gut aus für den zoologischen Berater Weinmann.

»Eifersucht«, erklärte Reinhold. »Das älteste Motiv der Welt. Er will dem Direktor den Mord anhängen, um einen Rivalen loszuwerden. Er hat ihn absichtlich bestellt, damit das Auto auf dem Überwachungsvideo auftaucht.«

»Das würde Sinn ergeben«, stimmte Oliver zu.

»Nur mal angenommen, Weinmann ist der Mörder. Warum hat er aber dann Kunze ermordet und nicht direkt Haddenhorst?«, fragte ich.

»Wir wären sofort auf ihn gekommen«, entgegnete Oliver.

»Der Direktor hat genug Feinde, die infrage kämen«, gab ich zu bedenken.

Eva schüttelte den Kopf. »Er konnte zwei Fliegen mit einer Klappe schlagen. Weinmann wusste von dem Tierverleih. Er muss ihn entdeckt haben. Und er wusste, dass Haddenhorst zumindest etwas ahnte. Und er hat irgendwie herausgefunden, dass Kunze beim Direktor war. Er ermordete Kunze, stoppte damit den Tierverleih und konnte seinen Rivalen belasten.«

Ich ließ mir das durch den Kopf gehen. »Ziemlich raffiniert«, meinte ich. »Trauen wir ihm das zu?«

»Ein guter Punkt«, befand Reinhold. »Denn so richtig raffiniert wird es ja erst, wenn wir auch die Verbindungen zum Einbruch in Krefeld bedenken. Was hat er damit bezweckt? Hatte er ein eigenes Interesse an den Einbrüchen oder wollte er nur wieder eine falsche Fährte legen?«

»Das war auf jeden Fall von langer Hand vorbereitet, denn die Einbrecher haben ausgesagt, zuvor schon vier Mal im Auftrag gehandelt zu haben.«

»Das ist wirklich ausgefuchst«, gab Eva zu. »Vor allem, wenn man bedenkt, dass Lieselotte Wiedner ermordet wurde.«

»Vielleicht doch ein Zufallsopfer?«, fragte Lars.

Oliver nickte langsam. »Weinmann wollte es so aussehen lassen, als ob der Direktor das Foto angefasst hatte. Er hatte den Rahmen mit den Fingerabdrücken und schlich sich ins Haus, um das Foto hineinzuschieben. Ein fingierter Beweis.«

»Und Frau Wiedner überraschte ihn?«, fragte Reinhold zweifelnd.

»Warum nicht?«, entgegnete Oliver. »Es könnte sogar sein, dass er es gezielt so aussehen lassen wollte, als hätte Haddenhorst von dem Foto gewusst, die Einbrecher geschickt und wäre dann in der Nacht bei der Wiedner reingeschlichen, um es zu stehlen. Und als hätte die Witwe ihn überrascht und er sie ermordet.«

»Das wäre absolut kaltblütig«, meinte Staatsanwalt Macke.

»Deshalb nennt man es Mord«, kommentierte Oliver.

»Interessant wäre dann natürlich, woher Weinmann von dem Foto bei der Wiedner gewusst hat. Wenn er es nicht kannte, konnte er damit auch nicht planen«, gab Eva zu bedenken.

»Weinmann muss her. Sofort«, bestimmte Reinhold. »Durchsuchungsbeschluss für seine Wohnung und sein Haus. Und wir müssen den Hintergrund der Wiedner prüfen. Und zwar gründlich. Wenn es irgendwelche Verbindungen zwischen ihr und Weinmann gibt, müssen wir das wissen. Und die vorherigen Opfer der Einbrecher müssen auch überprüft werden.«

Lars und Oliver verließen mit eiligen Schritten den Beobachtungsraum. Noch im Hinausgehen hatte Oliver sein Handy am Ohr. »Hör zu, wir müssen sofort etwas überprüfen …«

»Was machen wir denn jetzt mit dem Zoodirektor?«, fragte ich.

Macke neigte seinen Kopf leicht zur Seite, als müsse er körperlich abwägen, wie es weitergehen sollte. Schließlich verkündete er: »Er kann gehen. Bis auf Weiteres bleibt er Beschuldigter im Mordfall Kunze. Falls sich der Verdacht nicht erhärtet, werden wir wegen Verstößen gegen das Tierschutzgesetz gegen ihn ermitteln oder irgendein Korruptionsdelikt hochziehen. Der kommt mir nicht so leicht davon.«

Haddenhorst nahm diese Neuigkeit ohne erkennbare Regung auf, als Eva sie ihm einige Augenblicke später mitteilte. Wie auch immer die Sache ausging, der Mann saß auf jeden Fall im Schlamassel. Selbst wenn er mit dem Mord an Kunze, mit dem Mord im Forstwald und sogar mit dem Tierverleih nichts zu tun hatte, konnte er seinen Beruf an den Nagel hängen. Der Krefelder Zoo würde ihn vor die Tür setzen und ein anderer ihn nicht aufnehmen. Für einen Mann Anfang fünfzig keine besonders guten Perspektiven. Und dann waren da natürlich noch die privaten Turbulenzen, die ihm bevorstanden, wenn seine Frau davon erfuhr, was die Ermittlungen zutage gefördert hatten.

»Er hat überhaupt nicht reagiert«, sagte Eva, als Haddenhorst mit seinem Anwalt außer Sichtweite war.

»Schock«, schätzte ich. »Für ihn ist so ziemlich alles schiefgelaufen. Der braucht erst mal eine Weile, um das überhaupt zu begreifen.«

Wir wurden von einem Tumult im Flur unterbrochen. »Lassen Sie mich los! Das ist unerhört!« Es war Weinmanns Stimme. Ein wenig schriller vielleicht als bei unserer letzten Begegnung in seiner Wohnung. Aber wer blieb schon die Gelassenheit in Person, wenn er von der Polizei als Beschuldigter in einer Mordsache mit Nachdruck ins Präsidium eingeladen wird.

»Das ging aber schnell«, meinte ich zu dem Uniformierten, der Weinmann unbarmherzig in einem schraubstockartigen Griff am Arm führte.

»War gerade auf dem Abflug, unser Mann«, brummte der Kollege.

»Ich wollte mit meiner Frau nach Hause fahren. Und Sie behandeln mich wie einen Schwerverbrecher!«, empörte sich Weinmann.

»Nun beruhigen Sie sich erst einmal«, sagte ich beschwichtigend. »Kommen Sie, wie wäre es mit etwas zu trinken?«

Weinmann schüttelte meine Hand von seiner Schulter. »Wie wäre es, wenn Sie mir die Tür zeigen und ich wieder gehe?!«, fuhr er mich an.

Ich deutete mit dem Kopf in den Verhörraum und einen Moment später war Weinmann auf denselben Stuhl verfrachtet, auf dem zuvor der Direktor die Befragung erduldet hatte.

»Das wird Folgen haben«, zischte Weinmann ohnmächtig.

»Sind Sie über Ihre Rechte belehrt worden?«, fragte ich.

»Ich bin doch kein Krimineller!«, schnauzte er.

Ich tauschte einen Blick mit Eva. Das konnte ja heiter werden.

»Haben Sie Ihren Anwalt angerufen?«, wollte ich wissen.

»Ich brauche keinen Anwalt, ich habe nichts verbrochen!«

»Sie wissen, warum wir Sie hergebeten haben?«

»Weil Sie den Falschen haben!«

Weinmann war alt genug, um selbst zu entscheiden, was gut für ihn war, und sogar bei mir schwand irgendwann die Hilfsbereitschaft, wenn man mich oft genug anschrie. Also machte ich es mir gegenüber von Weinmann bequem. Eva folgte meinem Beispiel und setzte sich neben mich, nun wieder in der klassischen Aufgabenteilung mit ihrem gefürchteten alles durchdringenden Beobachterblick.

»Herr Weinmann, unser Gespräch wird aufgezeichnet«, erklärte ich ihm.

Er zuckte mit den Achseln.

»Sie erklären ausdrücklich, dass Sie keinen Anwalt hinzuziehen möchten?«, hakte ich nach.

»Ich habe nichts zu befürchten«, behauptete er trotzig.

Also kam ich direkt zur Sache. Ich benutzte dasselbe Foto vom schwarzen Mann wie Eva zuvor. »Das ist der Mörder von Peter Kunze«, verriet ich Weinmann in sachlichem Ton.

Ich ließ das ein wenig wirken, aber außer Erstaunen war auf Weinmanns Gesicht nichts zu erkennen.

»Sind Sie dieser Mann?«, fragte ich unvermittelt.

Weinmann schreckte hoch. »Ich?!«, quiekte er. »Nein! Warum sollte ich …? Das bin ich nicht!«

Ich erklärte ungerührt: »Dieser Mann markiert einen Stellplatz, auf dem später am Abend ein Lieferwagen parkt, der den Personaleingang des Zoos vom Sichtbereich der Überwachungskamera abschirmt. Auf diese Weise konnte der Mörder mit seinem Opfer ungesehen in den Zoo gelangen. Und das Auto, das jetzt den Blick auf den Asphalt verdeckt, hindert uns daran, direkt zu sehen, wie er die verdächtigen Markierungen aufbringt.«

Ich vergewisserte mich mit einem forschenden Blick, dass Weinmann die Sachlage verstanden hatte. Dann fuhr ich fort. »Wissen Sie, wem dieses Auto hier gehört?«

Es war fast ein Wunder, dass überhaupt ein Laut zwischen seinen Zähnen hindurchpasste, aber irgendwie würgte er das Wort »Haddenhorst« hervor.

Ich nickte. »Und warum hat der Zoodirektor seinen Wagen gerade dort geparkt?«, fragte ich herausfordernd.

Weinmann schwieg. Der Anwalt Umbach hätte mich an dieser Stelle sicherlich dazu angehalten, seinen Mandanten nicht unnötig zu demütigen, aber Weinmann hatte sich nun einmal dazu entschlossen, für sich selbst einzustehen.

»Wissen Sie«, meinte ich freundschaftlich, »ich stelle mir das grauenvoll vor. Ich meine, Sie sind der Biologe, richtig? Sie haben die Fachkunde, einen Zoo zu leiten. Und doch setzt man diesen Wichtigtuer von einem Kaufmann auf den Chefsessel. Und hat der etwas mit Tieren am Hut? Mit dem Auftrag eines Zoos? Nicht die Bohne. Er kennt nur Zahlen und Bilanzen. Sie wissen, um wie viel besser Sie den Zoo führen könnten, aber doch können Sie nichts ausrichten, weil Haddenhorst sich mit den Verwaltungsjuristen und Politikern der Stadt arrangiert hat.«

Weinmanns Kiefermuskeln mahlten. Ich lehnte mich gemütlich zurück. »Doch damit nicht genug, denn das Beste kommt erst noch. Der Mann hat nicht nur Ihren Job, er hat auch noch Ihre Frau.«

Weinmann zuckte zusammen als hätte ich ihn geschlagen. Er geriet sichtlich in Aufruhr, doch ich gab ihm die Zeit, sich zu beherrschen, und er schwieg eisern.

Also fuhr ich im Plauderton fort: »Hand aufs Herz, ich kann verstehen, dass Sie wütend sind. Wer wäre das nicht. Meine Güte, Sie haben jedes Recht der Welt, wütend zu sein.«

Er schwieg weiter, was ihn wahrscheinlich ein beachtliches Maß an Selbstdisziplin kostete. Also legte ich nach.

»Wissen Sie, wie lange die Geschichte mit Haddenhorst und Ihrer Frau schon lief?«

Er verschränkte die Arme und presste seine Lippen so fest aufeinander, bis sie weiß wurden.

»Ein ganzes Jahr«, verriet ich ihm. »Das ist eine ganz schön lange Zeit.«

»Ein Jahr?!«, polterte Weinmann. »Sie lügen!«

»Haben Sie Ihre Frau nicht danach gefragt, nachdem Sie es herausgefunden hatten?«, wunderte ich mich.

Seine Wut verpuffte. Er schüttelte bedrückt den Kopf. Seine Schultern sanken nach vorn, die Hände gefaltet wie zu einem Gebet, mit dem man keine allzu großen Hoffnungen verbindet. »Ich habe mit meiner Frau nicht darüber gesprochen«, flüsterte er.

»Kein Wort?«

»Die haben doch überhaupt nicht bemerkt, dass ich sie entdeckt habe. Als sie aus seinem Auto gestiegen ist. Haben nur sich angeschaut.« Seine Stimme verlor sich im Verhörraum, er sackte noch weiter zusammen.

»Doch«, sagte ich. »Die haben Sie bemerkt.«

»Sie wusste, dass ich es weiß?«, meinte Weinmann ungläubig. »Sie hat nichts gesagt. Alles war wie immer. Dieselben … Lügen.«

So verloren, wie er dasaß, konnte er einem fast leidtun. Aber eben nur fast. »Sie sind wütend«, vermutete ich.

Er schüttelte den Kopf. »Ich bin nicht mehr wütend. Als ich es entdeckt habe, ja, da war ich außer mir.« Er schaute mich müde an. »Jetzt bin ich nur noch … erschöpft.«

Keine schlechte Idee, sich in diese Richtung rauszureden, dachte ich. »Was haben Sie unternommen?«

Er hob kraftlos die Schultern. »Was soll ich denn unternehmen? Meine Frau ist nicht mein Eigentum. Wenn Sie mich betrügt, kann ich nichts dagegen tun.«

Ich erinnerte ihn: »Sie wollten Haddenhorst zur Rede stellen.«

Er winkte ab. »Klar, ich habe ihn angerufen und beschimpft. Und ihm gesagt, er soll mich auf dem Parkplatz treffen.«

»Ich dachte, Sie waren nicht mehr wütend?«

»Ich war betrunken.«

Auch kein schlechtes Manöver. Wenn er uns das alles nur vorspielte, war ihm auch das raffinierte Mordkomplott zuzutrauen, um Haddenhorst aus dem Verkehr zu ziehen.

»Und der Direktor stellte sein Auto rein zufällig auf dem Parkplatz ab, der dem Mörder seine Pläne erleichterte?«, fragte ich skeptisch.

»Das weiß ich doch nicht«, giftete Weinmann. Dazu also war er immerhin nicht zu erschöpft.

»Wie lief das Treffen mit Haddenhorst denn so?«

Weinmann seufzte. »Wie soll es schon gewesen sein? Ich habe ihm gesagt, was ich von ihm halte. Und dass er die Finger von meiner Frau lassen soll. Aber er war eiskalt. Hat alles abgeblockt und dann auch noch gesagt, ich soll mich doch an meine Frau wenden.« Weinmann schüttelte den Kopf, dann sagte er schleppend: »Es ist die unglaubliche Arroganz dieses Mannes ... einfach unerträglich.«

»Und dann?«

»Wir trennten uns.«

»Einfach so?«, hakte ich nach.

»Ja klar, was meinen Sie denn?«

»Sie haben den Typen einfach so gehen lassen? Sie haben ihm noch nicht mal eine reingehauen?«

Er schnaubte. »Wozu wäre das gut gewesen?«

»Zum Aggressionsabbau. Genugtuung«, schlug ich vor.

Er schüttelte nur resigniert den Kopf. Zeit, das Thema zu wechseln. Ich brachte ein Foto von Lieselotte Wiedner zum Vorschein, der im Forstwald ermordeten Witwe. »Kennen Sie diese Frau?«

»Nein, wer soll das sein?«

Ich erklärte es ihm. Nun sah er noch verwirrter aus. »Was hat das mit mir zu tun?«

Ich visierte ihn mit meinem erbarmungslosen Ermittlerblick an. »Sie haben Peter Kunze und diese Frau ermordet, um Haddenhorst damit zu belasten und ihn auf diese Weise loszuwerden.«

Er schaute mich so entgeistert an, dass er ein exzellenter

Schauspieler sein musste oder vielleicht doch so ahnungslos, wie er tat. Welche Möglichkeit auch immer zutraf, er begriff zum ersten Mal den Ernst seiner Lage. Er nuschelte: »Ich möchte meinen Anwalt anrufen.«

Wir nutzten die Zeit bis zum Eintreffen des Anwalts, um den zoologischen Berater Manfred Weinmann nach allen Regeln der Kunst erkennungsdienstlich zu behandeln. Der Mann wurde vermessen, fotografiert, Proben vom Speichel genommen, Fusseln von seiner Kleidung und Dreck unter seinen Fingernägeln gesammelt und schließlich noch die Fingerabdrücke genommen. Für die meisten Menschen ist das eine verstörende Erfahrung und dementsprechend neben der Spur war auch Weinmann, als er vom Erkennungsdienst wieder in den Befragungsraum entlassen wurde.

»Was meinst du?«, fragte Reinhold, als wir uns zur Beratung trafen.

»Schwer zu sagen«, meinte ich. »Entweder er ist ein sehr guter Schauspieler oder er hat mit der ganzen Sache nichts zu tun.«

»Er weiß auf jeden Fall mehr, als er sagt«, meinte Eva.

»Das muss nicht für seine Beteiligung an den Morden sprechen«, wandte Staatsanwalt Macke ein. »Die ganze Angelegenheit ist ihm sichtlich peinlich.«

»Warten wir die Spurenanalyse ab«, entschied Reinhold.

Als Weinmanns Anwalt eintraf, tat er, was jeder brauchbare Anwalt an seiner Stelle gemacht hätte. Er beschwerte sich förmlich über so viele Dinge, dass ich den Überblick verlor und er erwirkte, dass wir ihm und Weinmann einen Raum ohne Beobachtungsmöglichkeit zur Verfügung stellten. Wir überließen die beiden ihren taktischen Absprachen für die nächste Befragungsrunde und warteten.

Die andere Mordkommission war in der Zwischenzeit nicht untätig geblieben, sondern hatte die drei Einbrecher einem weiteren zermürbenden Befragungsmarathon unterzogen.

»Und nach vier Stunden«, verriet Nina, als wir zusammen

in Reinholds Büro saßen, »war es so weit. Sie haben zugegeben, dass sie bei allen Einbrüchen den Auftrag hatten, nach Fotos zu suchen, die Zootiere zeigten.«

»Warum haben die das denn nicht gleich gesagt?«, wunderte sich Reinhold.

»Die hatten Angst vor ihrem Auftraggeber. Der hat nämlich gleich zu Beginn gedroht, dass sein Arm bis ins Gefängnis reicht und sie ihn niemals und unter keinen Umständen verraten sollten«, sagte Nina.

»Ein Bluff«, erkannte Reinhold.

»Aber sehr wirksam«, bestätigte Nina. »Die drei konnten nicht wissen, wie wichtig dieses kleine Detail für uns ist. Und doch mussten wir es mit allen Tricks versuchen, bevor sie damit rausgerückt sind.«

»Damit ist die Verbindung zum Tierverleih hergestellt«, verkündete Reinhold zufrieden.

Und wie auf ein Stichwort kam Oliver mit einem breiten Grinsen und einer Mappe in der Hand herein. »Hier ist die Liste der Personen, die Tiere ausgeliehen haben.«

»Du siehst aus, als hättest du einen Volltreffer gelandet«, meinte ich.

»Du bist ein Hellseher, Markus«, kommentierte Oliver trocken. »Alle vier Einbruchsopfer und Lieselotte Wiedner stehen auf der Liste. Und zwar sind es die Personen, die im letzten Jahr die, sagen wir mal, spektakulärsten Tiere ausgeliehen haben.«

»Was heißt das?«, fragte Eva.

»Neben dem Schneeleoparden noch ein Nashorn, ein Moschusochse, der schwarze Panther und ein Orang-Utan.«

Staatsanwalt Macke begann, auf seinem Tablet-PC herumzutippen. »Wir sollten prüfen, ob die drei Tierpfleger noch mehr Helfer hatten.«

Reinhold hob beschwichtigend seine Hände. »Die technischen Details werden wir aufklären. Ich denke, bei diesen Tieren hat der Auftraggeber der Einbrecher am ehesten ein Foto vermutet?«

»Davon gehe ich aus«, stimmte Oliver zu. »Ich meine, wenn meine Frau einen Moschusochsen reitet oder das Nashorn schrubbt, dann mache ich doch ein Foto, auch wenn das verboten ist, oder?«

Eva schüttelte sich. »Egon wäre in seinem Element.«

»Zweifellos«, bestätigte Reinhold kühl.

Nina fasste zusammen: »So viel wissen wir also, dass der Auftraggeber die Einbrecher gezielt nach Beweisen für den Tierverleih suchen ließ. Da sie bei Frau Wiedner fündig geworden sind, das Foto aber zurückgelassen haben, können wir außerdem vermuten, dass der Auftraggeber persönlich dort war, um es zu entfernen.«

Oliver runzelte die Stirn. »Aber warum denn das? Die Einbrecher wussten sowieso davon. Sie hätten es einfach mitnehmen können. Warum riskieren, von der Hausherrin überrascht und erkannt zu werden?«

»Vielleicht wollte er selbst ganz sicher gehen, auch kein Foto zu übersehen«, schlug Eva vor.

Nina schüttelte den Kopf. »Diese Einbrecher sind keine Anfänger. Sie hätten genauso gut gründlich suchen können.«

Ich verstand, worauf sie hinauswollte. »Mord«, sagte ich. »Es war kein Zufall, Frau Wiedner ist gezielt ermordet worden.«

»Aber dann hat er das Foto stehen lassen«, sagte Eva. »Hat er die Nerven verloren?«

»Wenn es der Direktor war, hat er die Nerven verloren«, antwortete ich. »Wenn es Weinmann war, hat er das Foto absichtlich platziert.«

Reinhold pfiff leise durch die Zähne. »Und der Mord an Kunze genauso. Alles nur, um Haddenhorst zu belasten.«

»Ziemlich ausgeklügelt«, gab ich zu.

Dann kam die nächste Überraschung. Ralf stand in der Tür und schwenkte eine Mappe. »Weinmann ist erledigt«, verkündete er. »Wir haben ein Haar von ihm auf dem Boden vor dem Kaminsims in Lieselotte Wiedners Haus gefunden.«

Natürlich bestritt Weinmann energisch, Lieselotte Wiedner zu kennen und erst recht, jemals in ihrem Haus gewesen zu sein. Wir ließen uns davon nicht beeindrucken, verhafteten den Kerl trotzdem und steckten ihn in unsere schönste Zelle. Reinhold entschied, die Befragung erst dann fortzusetzen, wenn alle Spuren analysiert und Weinmanns Krefelder Wohnung sowie sein Büro durchsucht und die Ergebnisse ausgewertet waren. Also erst am Freitag.

Reinhold war sehr zufrieden mit unserer Arbeit und sparte nicht am Lob, bevor er einen kollektiven Feierabend ausrief, obwohl es erst halb neun war. Zumindest in solchen Fragen widerspreche ich meinem Chef grundsätzlich nicht, deshalb gingen Nina und ich einen Augenblick später mit Staatsanwalt Macke zum Aufzug. Während wir auf die Kabine warteten, fragte Macke: »Glauben Sie, es war dieser Weinmann? Aus Eifersucht?«

»Schwer zu sagen«, meinte ich.

»Die Beweise sprechen eindeutig gegen ihn«, fügte Nina hinzu.

»Wir haben nur Indizien«, gab Macke zu bedenken.

So war es leider. Denn sogar Weinmanns Haar am Tatort bewies nicht, dass er selbst den Raum jemals betreten hatte.

Der Aufzug kam, die Türen öffneten sich und wir stiegen ein. »Immerhin haben wir massenhaft Indizien«, erinnerte ich.

»Das ist richtig«, stimmte Macke zu. »Aber einen Mordprozess führe ich lieber mit zwingenden Beweisen.«

»Oder einem Geständnis«, bot Nina an.

»Am allerliebsten.«

»Wird gleich morgen früh erledigt«, versprach ich.

Macke lächelte. »Dann möchte ich nicht mit Weinmann tauschen.«

Wir verabschiedeten uns auf dem Parkplatz und setzten die Diskussion auf dem Heimweg ohne ihn fort. »Das Vorgehen erscheint mir sehr kaltblütig und umsichtig für einen Mord aus Eifersucht«, sinnierte Nina.

»Keine spontane Tat«, räumte ich ein.

»Wir müssen herausfinden, ob es mehr als das eine Motiv gibt«, sagte Nina.

»Ein anderes war der Tierverleih. Mit dem Mord an Kunze konnte er den Tierverleih stoppen und gleichzeitig Haddenhorst aus dem Weg räumen«, fiel mir ein.

»Und was ist mit der Wiedner?«, fragte Nina.

»Das müssen wir ihn fragen«, gestand ich. Denn der Mord an der Hausbesitzerin im Forstwald war der eine Haken an unserer Version, den man nicht wegreden konnte.

»Aber nicht mehr heute«, sagte Nina entschieden, als sie das Auto in die Tiefgarage steuerte.

Wir gelangten in wenigen Augenblicken mit dem Aufzug in Ninas Wohnung und warfen uns auf das Sofa mit dem festen Vorsatz, das Denken für den Rest des Abends einzustellen. Das Fernsehprogramm unterstützte uns wunderbar dabei. Ein Krimi war noch das Beste, was der Äther zu bieten hatte. Dort wühlte sich ein mehr oder weniger psychisch gestörter Kommissar zwar vollkommen unrealistisch, aber doch systematisch durch allerlei Spuren, bis er den Täter hatte. Oder genauer gesagt, die Täterin.

»Da ist schon wieder so eine Frau, die nie zufrieden war«, brummte ich. »Ich hoffe, das steht mir nicht auch noch bevor.«

»Dass ich dich umbringe?«

»Wer weiß. Aber damit sich das richtig lohnt, müsstest du mich sowieso zuerst einmal heiraten.«

Nina stutzte. »Soll das ein Antrag sein?«

Wir schauten uns tief in die Augen. Plötzlich und ganz unverhofft, provoziert durch die Verausgabung einer Mordermittlung und einen schlechten Fernsehkrimi, war einer jener Momente entstanden, in denen Möglichkeiten aufscheinen, um ergriffen zu werden oder ungenutzt zu verstreichen.

Ich musste schwer schlucken. »Nicht jetzt«, krächzte ich. »Wir haben bis jetzt immer …«

»… einen würdevollen Moment abgewartet«, führte Nina meinen Satz zu Ende. Sie strich über meine Wange. »Also, ich weiß nicht, wie es dir geht, aber ich muss jetzt dringend ins Bett.«

Freitag

Ob es an der Erschöpfung oder den vielen Informationen unseres Mordfalls lag, in der Nacht jagte ein seltsamer Traum den anderen – obwohl Nina und ich wirklich alles unternommen hatten, um schlechte Träume zu vertreiben.

Den Auftakt machte eine Gruppe Schimpansen, die am Lagerfeuer saßen und darüber diskutierten, ob die Arme oder die Beine eines Menschen besser schmeckten und wie man sie zubereiten musste, gefolgt vom Zoodirektor, der dieselbe Schimpansenhorde auf seinen zoologischen Berater hetzte. Die restlichen Bilder verschwammen in meiner Erinnerung, ich wusste nur, dass Candy mit ihrer nützlichen Webcam, die Pressesprecherin, die Tierpfleger und Eva darin vorkamen.

Es war sehr verwirrend. Irgendwann saß ich an meinem Schreibtisch im Präsidium und hielt eine russische Matroschkapuppe in der Hand. Die große äußere Puppe zeigte den toten Kunze. Ich öffnete sie und stieß auf die drei Einbrecher. Die nächste Schicht brachte Patan zum Vorschein. Eine Häutung weiter hielt ich den Tierpfleger Hocke, den Chef des illegalen Tierverleihs in der Hand. Darunter fand ich den Zoodirektor. Auch diese Schachtelpuppe öffnete ich – Weinmann. Allerdings war diese Puppe immer noch zu groß, um schon das letzte Glied in der Kette zu sein. Ich griff die Weinmann-Matroschka am Kopf und an den Beinen, um sie zu öffnen und zu sehen, was sich darunter verbarg. Langsam glitten die beiden Holzteile auseinander.

Dann riss der Wecker mich aus dem Schlaf, das Bild der sich öffnenden Weinmann-Matroschka zerplatzte wie eine Seifenblase und die Offenbarung, die sich dahinter verbergen mochte, gleich mit ihr.

Ich fuhr im Bett hoch und stellte fest, dass ich nass geschwitzt war. Auf den Wecker zu fluchen, hatte keinen Sinn.

Wenn es noch etwas zu entdecken gab, würden wir es heute herausfinden. Mit klassischer und solider Polizeiarbeit und ganz ohne hellseherische Träume.

»Ich hasse Mordfälle«, murmelte Nina neben mir verschlafen und zog sich die Decke über den Kopf.

Nach einer heißen Dusche und einer akzeptablen Rasur brachte ich meine Haare in Form und ging Nina wecken. Sie stieß einen wüsten Fluch auf alle Mörder aus, dann pellte sie sich aus dem Bett. Eine Viertelstunde später saßen wir zusammen am Frühstückstisch. Mir kam es so vor, als träfen sich unsere Blicke öfter als sonst und ich dachte mehrmals an unseren Witz übers Heiraten. Aber immer, wenn ich mich dazu durchgerungen hatte, es anzusprechen, schluckte ich die Worte im letzten Moment wieder herunter. Irgendwie schien es mir kein gutes Vorzeichen, dass wir das Thema mit einer Unterhaltung über Frauen verknüpft hatten, die ihre Ehemänner ermordeten.

Wahrscheinlich wirkte ich deswegen ein wenig abwesend, denn Nina fragte mich: »Legst du dir schon deine Strategie für Weinmann zurecht?«

»Schwierige Gespräche müssen gut vorbereitet werden«, antwortete ich vage.

Nina antwortete mit einem Lächeln. Vielleicht hatte sie sogar erraten, worüber ich wirklich nachgedacht hatte. Auf jeden Fall blieben die wirklich gewichtigen Themen an diesem Morgen unausgesprochen, wir beendeten das Frühstück und kurz darauf befanden wir uns auf dem Weg ins Präsidium.

Ich erwähnte auch meine Träume nicht, denn in den meisten Fällen blieb die Bedeutung eines Traums ganz auf seine eigene Welt beschränkt und war für ernsthafte Ermittlungsarbeit nicht brauchbarer als das Gekreische einer Horde Affen.

Nach und nach liefen die Mitglieder der Mordkommissionen ein und nahmen die Ermittlungen wieder auf. Eva und ich hatten eine weitere Befragung von Weinmann auf unserer Liste. Aber vorher mussten wir uns noch auf den neuesten Stand bringen.

»Die Überprüfung der Hintergründe ist noch nicht abgeschlossen«, begrüßte uns Reinhold, als wir bei ihm anklopften.

»Dann können wir ihn uns direkt vorknöpfen?«, fragte ich hoffnungsvoll. Schließlich hatten wir dem Staatsanwalt ein Geständnis versprochen.

»Warum nicht«, antwortete Reinhold. »Macke wartet im Beobachtungsraum.«

»Und Weinmanns Anwalt?«, erkundigte sich Eva.

»Gerade eingetroffen.«

Ich ließ demonstrativ meine Knöchel knacken. »Worauf warten wir dann noch?«

Eva war bereits an der Tür. Ich folgte ihr zum Vernehmungsraum.

Dort angekommen, ließ Eva mir den Vortritt. Ein übernächtigter Weinmann schreckte hoch, als er mich eintreten sah. Dr. Hans Ferdinand, Weinmanns Anwalt, gehörte mit Sicherheit zu den furchteinflößendsten Strafverteidigern der Stadt. An die zwei Meter groß, mit Muskelbergen wie ein Stier und einem Gesicht wie ein Straßenboxer war mein erster Gedanke, dass er eigentlich eher ein Fall für Oliver war. Ferdinand baute sich wie ein Panzer vor mir auf, während seine Augen wie ein Laserzielgerät nach meiner verwundbarsten Stelle suchten. Da ich lediglich standardmäßig mit meiner Ermittlungsakte bewaffnet war, war ich froh, Eva als Verstärkung bei mir zu haben.

Also ging ich unerschrocken zum Angriff über, schüttelte zuerst die eiskalte Hand des zoologischen Beraters, dann die Stahlklaue seines Anwalts. Während der Höflichkeitsfloskeln machte sich Ferdinand gefechtsbereit, legte sich auf die Lauer, griff aber noch nicht ein. Auf meiner Seite tat Eva es ihm gleich.

»Herr Weinmann, ich gehe davon aus, dass Sie die Nacht genutzt haben, um sich Ihre Lage noch einmal durch den Kopf gehen zu lassen.«

Weinmann musste sichtlich schlucken, sein Anwalt hob eine riesige Hand wie zum Einspruch. »Wir haben die Zeit genutzt, um die von Ihnen erhobenen Vorwürfe zu analysieren, Herr Wegener«, sagte er mit einer Stimme, die so tief war, dass ich sie nicht nur hören, sondern mindestens genauso deutlich spüren konnte. »Wir haben eine Stellungnahme vorbereitet, in der mein Mandant alle Vorwürfe zurückweist.«

Er reichte ein Blatt Papier über den Tisch. In einem vertraulichen Tonfall fügte er hinzu: »Unter uns, Herr Wegener. Sie wissen doch genauso gut wie ich, dass irgendjemand Herrn Weinmann etwas anhängen will, oder?«

Diese Äußerung des Anwalts mochte auch noch vieles andere sein, ein geschicktes Manöver war sie in jedem Fall. Ich nahm das Blatt entgegen, kam aber nicht sehr weit damit, es zu lesen und auch nicht dazu, Ferdinand eine passende Antwort zu geben. Die Tür ging auf, Oliver steckte seinen Kopf herein. »Markus, es gibt Neuigkeiten.«

Im Beobachtungsraum kam Ralf gleich zur Sache. Er zeigte uns ein Foto. Ein eingetütetes Fleischermesser in einer Plastiktüte. »Dieses Messer haben wir in Weinmanns Wohnung hier in Krefeld gefunden. Es handelt sich um die Waffe, mit der auf Peter Kunze eingestochen wurde, bevor er vom Dach des Affenhauses in das Schimpansengehege gestürzt ist.«

Eva pfiff durch die Zähne. »Sieht ziemlich schlecht aus für Weinmann.«

Ich nickte langsam. »Zusammen mit dem Haar im Forstwald ...«

»Alles nur Indizien«, erklärte Staatsanwalt Macke nüchtern.

»Mit mehr kann ich nicht dienen«, Ralf zuckte mit den Schultern.

»Keine Fingerabdrücke?«, hakte Eva nach.

Ralf schüttelte den Kopf. »Nein, nur ein paar gerade noch nachweisbare Reste von Kunzes Blut in einer Ritze am Griff.«

Irgendwie gingen mir Ferdinands Worte nicht aus dem Kopf. »Trauen wir ihm das wirklich zu?«, hörte ich mich fragen. Ich sah Weinmann wieder vor mir. Wie desorientiert er am Tatort gewesen war. Die Überraschung in seinem Gesicht. Das Erschrecken. Sogar übergeben hatte er sich. Konnte man das spielen? Und wenn ja, war Weinmann dazu in der Lage?

»Wenn er der Mörder ist«, ging Eva den Gedanken mit, »war er raffiniert genug, die Diebesbande zu steuern, mit dem Fotorahmen eine falsche Spur zu legen, von den falschen Fährten im Zoo einmal ganz abgesehen. Und dann versteckt er das Messer, das ihn als Täter überführen kann, in seiner Wohnung?«

»Es war gar nicht versteckt«, sagte Ralf. »Es lag einfach in einer Küchenschublade.«

»Mir kommt das ziemlich seltsam vor«, beharrte Eva.

»So gesehen, wäre es genauso vorstellbar, dass es eine dritte Person gibt, die sowohl den Direktor als auch Weinmann belasten will«, führte ich aus.

Wieder konnten wir unsere Schlussfolgerungen nicht weiterentwickeln, denn in diesem Moment platzte Lars in den Raum. Nach seinen Augenringen zu urteilen, musste er die Nacht durchgemacht haben. Reinhold hatte dieselbe Beobachtung gemacht und tadelte: »Hatte ich dich nicht auch gestern zeitig nach Hause geschickt?«

Lars schüttelte den Kopf. »Es ging nicht. Ich habe eine Spur verfolgt. Und etwas Unglaubliches entdeckt.«

Reinhold hob die Augenbrauen. »Na, das will ich aber auch hoffen.«

»Nun mach es nicht so spannend«, drängte Eva.

Lars berichtete. Und was er zu berichten hatte, war tatsächlich unglaublich.

»Ach du meine Güte«, meinte Reinhold, als Lars fertig war.

»Das ändert alles«, sagte ich langsam. Eigentlich waren die Verbindungen, die Lars aufgedeckt hatte, so abwegig, dass ich alles für reine Fantasie gehalten hätte. Aber Lars hatte amtliche Dokumente ausgegraben, die alles bestätigten.

»Die Welt ist klein«, kommentierte Eva.

»Und Krefeld ein Dorf«, fügte Reinhold hinzu.

»Zeigen Sie mal her«, verlangte Staatsanwalt Macke mit ausgestrecktem Arm nach den Urkunden. »Die sollen wirklich verwandt sein?«

Die Informationen, die Lars ausgegraben hatte, stützten den Gedanken, den wir gerade zuvor gemeinsam entwickeln wollten. Haddenhorst, Weinmann, die drei Einbrecher, ja sogar die Tierpfleger gehörten plötzlich zu den Personen, die uns nacheinander präsentiert wurden, um uns zu bestimmten Schlüssen zu verleiten. Aber so viele Verdächtige, wie im Laufe der Ermittlungen auch aufgetaucht waren, immer hatte es einen entscheidenden Haken gegeben, Dinge, die einfach nicht zusammenpassten. Jetzt dachte ich an Astrid Weinmann, an die ermordete Lieselotte Wiedner, an ostpreußische Herkunft, an meinen Vater und seinen Klassenkameraden und daran, wie gefährlich Frauen werden konnten, die zwar die höchsten Ansprüche, aber keinen adäquaten Ehemann hatten. Und plötzlich ergab alles einen Sinn.

Staatsanwalt Macke fuhr sich nervös mit einer Hand durch die Haare. »Für diese Version haben wir noch nicht einmal Indizien, ganz zu schweigen von Beweisen. Ein Familienstammbaum allein wird keinen Richter beeindrucken.«

Auch Reinhold wirkte nicht unbedingt zufrieden. »Das muss irgendeine persönliche Sache sein. Wie sollen wir das jemals nachweisen?«

Ich war nicht bereit, mich dieser Skepsis anzuschließen. Ganz im Gegenteil. So wie sich der Fall jetzt präsentierte, konnten wir wertvolle Schlussfolgerungen anstellen. Und nicht zuletzt mein Instinkt sagte mir, dass unsere Chancen nicht schlecht standen. »Ich glaube, dass wir den Fall heute noch abschließen können«, sagte ich mit einem breiten Grinsen. »Wenn wir ein wenig unkonventionell vorgehen.«

Unkonventionelle Methoden in einer Mordermittlung sorgten meist für Magenverstimmungen oder erhöhten Blutdruck beim Staatsanwalt, der den Fall vor Gericht vertreten musste. Dementsprechend zurückhaltend reagierte Macke auf meine Worte.

In den nächsten Minuten erklärte ich meinen Plan in allen Details. Macke hörte konzentriert zu und als ich fertig war, fuhr er sich zwar immer noch grüblerisch über sein Kinn, nickte aber langsam. »Das könnte sogar funktionieren«, murmelte er und warf einen fragenden Blick zu Reinhold.

Der Leiter des KK 11 nickte bedächtig. »Wir probieren es. Mehr als schiefgehen kann es nicht. Oliver, bring uns diese Frau her. Sag ihr, dass wir ihre Hilfe benötigen, um einige Details aufzuklären. Du kannst ruhig andeuten, dass ihr Mann in Schwierigkeiten steckt.«

»Es wird mir ein Vergnügen sein«, sagte Oliver und verschwand grinsend durch die Tür.

»Meine Herren«, sagte Macke ein wenig steif, »dann wird es Zeit für eine Unterredung mit Herrn Dr. Ferdinand.«

Wir warteten, während Oliver auf der Jagd nach unserer neuen Hauptverdächtigen war und der Staatsanwalt eine vertrauliche und vollkommen unübliche Absprache mit dem Anwalt Ferdinand traf. Für meinen Plan war es notwendig, die Tatsachen ein wenig anders erscheinen zu lassen, als sie tatsächlich waren. Damit begaben wir uns in einen heiklen Graubereich, der vor Gericht von jedem auch nur halbwegs brauchbaren Strafverteidiger gegen uns eingesetzt werden konnte. Und das bedeutete, dass wir keine falschen Tatsachen vorspiegeln durften, keine fingierten Beweise vorlegen, keine gestellten Befragungen durchführen, kurz gesagt, stand uns kein einziger der großartigen Tricks zur Verfügung, mit denen die Kollegen im Fernsehen arbeiteten. Was einerseits frustrierend war, andererseits aber für unseren Rechtsstaat sprach. Und ein Ansporn für echt kreative Lösungen war.

Als Macke wieder den Raum betrat, verkündete er nüchtern: »Ich habe die notwendigen Arrangements getroffen.« Begeisterung sah anders aus.

Kurz darauf meldete sich Oliver zurück. »Ich habe sie aufgegabelt.«

»Ist sie auch nervös genug?«, fragte ich.

»Ich habe so viele dunkle Andeutungen gemacht über Beweismittel, die auch sie betreffen und darüber, wie sehr uns die Aussagen ihres Mannes verwirren, dass es hart an der Grenze war.«

»Solange Sie die Grenze nicht überschritten haben«, schaltete sich Macke ein.

»Und Ihnen damit den Spaß verderben?«, fragte Oliver gekränkt.

Macke seufzte. Reinhold klatschte in die Hände. »Worauf warten wir dann noch?«

Eva folgte mir über den Flur zum Verhörraum. Vor der Tür wartete der Rechtsanwalt Ferdinand mit einem breiten Grinsen im Gesicht, was ein seltsamer Anblick war. »Also, Ihr Staatsanwalt hat es faustdick hinter den Ohren, das muss ich schon sagen …« Ich meinte sogar, ihn kichern zu hören.

Weinmann wirkte gefasst, als wir den Raum betraten. Ihn schien die neue Wendung des Falls viel weniger überrascht zu haben als uns.

Was sich einige Augenblicke später auf dem Flur abspielte, kannte ich nur aus Olivers Schilderungen. Er geleitete Astrid Weinmann zu unserem zweiten Verhörraum. Ein fahriger Rechtsanwalt Ferdinand drückte sich mit seinem Handy am Ohr auf dem Flur herum. Als er die Weinmann sah, hellte sich seine Miene auf. Mit großen Schritten kam er auf sie zu.

»Bin ich froh, Sie zu sehen, Frau Weinmann. So etwas habe ich noch nicht erlebt. Die Polizei bringt alles durcheinander. Stellen Sie sich vor, die verdächtigen doch tatsächlich Ihren Mann, diese ganzen Morde begangen zu haben. Und einmal ist sogar Ihr Name gefallen.«

Die Weinmann zog unterkühlt eine Augenbraue hoch. »Ach so?«

»Ja, aber das Schlimmste ist, ich befürchte, er könnte wirklich gestehen. Können Sie sich das vorstellen? Ich meine, was die ihm vorwerfen, das ist doch viel zu raffiniert. Das traue ich ihm niemals zu.«

Und schon war es vorbei mit der unterkühlten Aura der Weinmann. »Er gesteht?«

»Ich befürchte es, ja. Irgendjemand muss ihn zur Vernunft bringen.«

Astrid Weinmann näherte sich mit zögerlichen Schritten der Tür des Vernehmungsraums, die ich nachlässigerweise nur angelehnt hatte. Aber schließlich befanden wir uns ja auch nicht in einer offiziellen Vernehmung. Um die Minuten zu überbrücken, in denen der Anwalt telefonierte, begann ich nämlich einen unverfänglichen Small Talk.

»Ein verzwickter Fall«, sagte ich zu Eva.

»Das kann man wohl sagen.«

An Weinmann gewandt, fuhr ich fort: »Erinnern Sie sich eigentlich noch an die Zimmermann-Morde? Das war doch genauso verzwickt.«

Der Fall lag einige Jahre zurück und hatte über Wochen die Schlagzeilen beherrscht. Ein kaltblütiger Mörder hatte nicht nur seine Ehefrau, sondern auch mehrere Unbeteiligte ermordet und dabei mit falschen Spuren nur so um sich geworfen.

Weinmann nickte mit einem abwesenden Blick. »Ich erinnere mich. Damals hatte man doch zuerst die Haushälterin im Verdacht, weil sie eine Affäre mit dem Ehemann hatte, oder?«

Ich brummte zustimmend. »Hätten Sie der das denn zugetraut?«

Weinmann schüttelte energisch den Kopf. »Nein, niemals. Das ist doch viel zu raffiniert. Der ganze Mordplan und was dahintersteckt. Sie ist doch nur ein ganz einfaches Mädchen vom Lande. Da lernt man Kühe melken, Hasen ausnehmen und Eier einsammeln. Und besonders berühmt für ihre geistigen Fähigkeiten sind die da ja auch nicht, wenn Sie verstehen, was ich meine. Also, bestimmt hat sie mit ihrer Affäre ehrgeizige Absichten verfolgt, aber das hätte sie niemals tun können. Dazu hatte sie einfach viel zu wenig ... Aber das kommt eben davon, wenn man sich mit einer Frau ohne Format einlässt, wissen Sie? Nein, nein, ich bitte Sie, Herr Wegener, das ist ein ganz unsinniger Gedanke.«

Anscheinend hatte Astrid Weinmann auf dem Flur im Vorübergehen ganz zufällig etwas von diesem harmlosen Small Talk mitbekommen und aus unerfindlichen Gründen falsch interpretiert. Denn in genau diesem Moment stürzte sie mit hochrotem Kopf in den Raum und ging mit erhobenen Fäusten auf ihren Mann los.

»Du Schwein! Wie kannst du es wagen?! Das könnte dir so passen! Lügner!!« Ihre Fäuste wirbelten durch die Luft. Ich ging pflichtgemäß dazwischen, wobei mir zugute kam, dass Astrid Weinmann eher eine Frau theatralischer Gesten als eine echte Kämpferin war und deshalb selbst im größten Blutrausch keine ernsthafte Bedrohung darstellte.

»Du wirst mich nicht einschüchtern«, flüsterte ein kalkweißer Weinmann.

»Ich bring dich um! Ich bring dich um!«, schrie Astrid Weinmann.

»Dass ich nicht lache«, krächzte Weinmann tapfer. »Warum sollte ich denn vor dir Angst haben? Du kannst doch noch nicht einmal ...«

Die Weinmann war außer sich vor Zorn. »Das stimmt nicht! Es war *mein* Plan! Ich habe es mir ausgedacht! Ich habe es getan! Von wegen Bauernmädchen, das wirst du mir büßen! Kunze, Wiedner und jetzt bist du dran!«

Sie ruderte mit den Armen, kratzte mir dabei durch das Gesicht und versuchte, irgendwie an mir vorbei zu ihrem Mann zu kommen. Aber das Spiel war aus. Ich bekam ihre Handgelenke zu fassen und Eva ließ die Handschellen mit einem kühlen metallischen Klicken zuschnappen.

Auszug aus dem Vernehmungsprotokoll von Astrid Weinmann

Kriminalhauptkommissar Markus Wegener: Wie lautet eigentlich Ihr korrekter Titel?

Astrid Weinmann: Freifrau von und zu Starck.

MW: Das klingt eindrucksvoll.

AW: Sie sollten unseren Landsitz in Ostpreußen sehen.

MW: Der ist nicht mehr im Familienbesitz.

AW: Das wird sich ändern. Alles wird wieder in Ordnung kommen.

MW: Woher kennen Sie das Familienanwesen?

AW: Mein Vater hat mich dorthin mitgenommen, als ich noch ein kleines Mädchen war.

MW: War das nicht gefährlich?

AW: Für ein paar Westmark gingen in Polen alle Schranken auf.

MW: Es war sehr schwierig, Ihre Herkunft aufzudecken.

AW: Meine Großeltern hatten zwei Kinder. Sie selbst konnten nicht fliehen, aber ihre Kinder konnten sie auf einen Treck in Richtung Westen setzen. Die beiden wurden getrennt und adoptiert.

MW: Sie wissen, warum Ihre Großeltern nicht fliehen konnten?

AW: Als Mitglied eines uralten deutschen Adelsgeschlechts kann man nicht einfach so untertauchen.

MW: Als Kriegsverbrecher, meinen Sie.

AW: Um uns vor solchen Verleumdungen zu schützen, erhielten die Kinder neue Namen.

MW: Und doch hat Ihr Vater immer um seine Herkunft gewusst.

AW: Wir haben eine stolze Familientradition.

MW: Die Pläne Ihres Vaters haben sich zerschlagen.

AW: Das macht nichts. Ich werde leben, wie es mir zusteht.

MW: Sie meinen wie eine Freifrau. Standesgemäß.

AW: Richtig.
MW: Dazu haben Sie den falschen Mann geheiratet.
AW: Jeder macht mal einen Fehler.
MW: Wie wichtig war es, dass Ihr Mann in Krefeld arbeitete?
AW: *(Achselzucken)*
MW: Sie sind aus Hamburg an den Niederrhein gezogen.
AW: *(schweigt)*
MW: Weil Sie Ihre Tante aufgespürt hatten. Die Schwester Ihres Vaters.
AW: Ich habe die Frau nie kennengelernt.
MW: Ihr ist es sehr viel besser ergangen als Ihrem Vater und Ihnen. Sie heiratete den richtigen Mann, sie lebte wohlhabend ohne materielle Sorgen. Sogar zu einer eigenen Villa hatte sie es gebracht.
AW: Das war ungerecht.
MW: So spielt das Leben.
AW: Es war nicht richtig. Sie hatte alles. Einfach alles. Und was hatte ich? Konnte ich etwa standesgemäß leben?
MW: Das wollten Sie nicht hinnehmen.
AW: Ich habe lange genug gewartet.
MW: Aber mussten Sie Lieselotte Wiedner denn gleich umbringen?
AW: Ich kannte sie nicht.
MW: Vielleicht hätte Ihre Tante Ihnen geholfen. Ihnen unter die Arme gegriffen. Glauben Sie nicht, sie wäre glücklich gewesen, nach so vielen Jahren der Tochter ihres Bruders zu begegnen?
AW: Ich nehme doch keine Almosen.
MW: Hatten Sie wirklich geglaubt, nach ihrem Tod die Villa übernehmen zu können? Hätten Sie sich nicht zu erkennen geben müssen?
AW: Sie haben meine Finanzen noch nicht überprüft.
MW: Die sind noch besser verschleiert als Ihre Herkunft.
AW: Dann strengen Sie sich mal hübsch an, Herr Kommissar.
MW: Und Kunze? Warum musste er sterben?
AW: Dieser lächerliche Tierpfleger? Er war ganz nützlich.

Hat sich mir anvertraut mit seinem schmierigen kleinen Tierverleih. Schon vor drei Jahren, als alles angefangen hat. Ich hatte ihn zufällig gesehen, wie er einen großen Käfig Tauben transportiert hat.

MW: Und da wussten Sie, wie Sie alles einfädeln wollten.

AW: Sie sind ja völlig ahnungslos. Das war doch nur ein kleiner Teil von meinem Plan.

MW: Die Affäre mit dem Zoodirektor? Alles aus Berechnung, um ihn in Ihre Pläne einzuspannen?

AW: Was glauben Sie denn? Ich gehe doch nicht freiwillig mit einem Kaufmann ins Bett. So einen stelle ich als Buchhalter ein, wenn er ganz viel Glück hat.

MW: Dann wussten Sie, dass er sich als nützlich erweisen würde.

AW: Und ich hatte recht.

MW: Wir wären beinahe nicht darauf gekommen.

AW: Ich habe extra noch einige Steine in den Weg gelegt, damit Sie sich auch schön schlau vorkommen können, wenn Sie den Fall gelöst haben.

MW: Alles hat mit den drei Einbrechern angefangen. Dann kamen die anderen Tierpfleger. Und dann hatten wir tatsächlich den Zoodirektor im Verdacht.

AW: *(lächelt)*

MW: Diese schwarze Gestalt mit dem hochgestellten Kragen und dem Hut – das waren Sie, oder?

AW: Herzlichen Glückwunsch, Herr Kommissar.

MW: Das war schon ganz schön ausgeklügelt. Aber dann das Küchenmesser bei Ihrem Mann – das war doch ein wenig plump.

AW: Ich konnte ja nicht ahnen, dass es bei der Polizei Männer mit so viel … feinem Gespür gibt wie Sie.

MW: *(räuspert sich)* Aber eines verstehe ich wirklich nicht: Wenn Sie das Geld haben, um diese Villa zu kaufen, warum haben Sie sich nicht scheiden lassen und aus eigener Kraft als Freifrau von Starck gelebt?

AW: Geschieden? Niemals. Das klingt so furchtbar ordinär.

MW: Und was klingt besser? Gangsterbraut?
AW: Witwe.
MW: Aber Ihr Mann wäre im Gefängnis gelandet.
AW: Gefängnisse sind so furchtbare Orte, finden Sie nicht auch, Herr Kommissar? Sie wissen doch selbst, was da immer wieder für betrübliche Unglücke passieren.
MW: Sehr raffiniert.
AW: Danke.
MW: Aber was hätten Sie gemacht, wenn wir nur die Einbrecher verhaftet hätten?
AW: Ich war mir ziemlich sicher, dass Sie den Tierverleih aufdecken. Aber wenn Sie bei den Einbrechern hängengeblieben wären, wäre das auch in Ordnung gewesen. Die hatten schließlich auch ein Motiv, richtig?
MW: Die haben Kunze gequält.
AW: Ist das nicht unglaublich, wie gut das zusammenpasst? Auf jeden Fall hätte ich das Haus bekommen. Und wenn ich dann noch den Tierverleih hätte auffliegen lassen, wäre auch der Direktor aus dem Weg gewesen.
MW: Und wenn wir uns die Tierpfleger geschnappt hätten?
AW: Genau dasselbe. Das Haus für mich, der Direktor weg.
MW: Und wenn wir bei dem hängen geblieben wären? Nur den Direktor verhaftet hätten? Und er hätte die Taten gestanden?
AW: Warum hätte er das tun sollen?
MW: Um Sie zu schützen? Aus Liebe?
AW: Der würde nie etwas tun, was ihm nicht selbst nutzt.
MW: Menschen tun manchmal überraschende Dinge.
AW: Dann wäre mein Mann Zoodirektor geworden.
MW: Ein gesellschaftlicher Aufstieg.
AW: Auf jeden Fall.
MW: Zugang zu besseren gesellschaftlichen Kreisen.
AW: *(schnaubt)* Es wäre immerhin ein Anfang gewesen.
MW: Aber eigentlich wollten Sie beide mit einem Schlag loswerden.
AW: Wäre das nicht praktisch gewesen?

MW: Wie sind Sie eigentlich an Kunze herangekommen?
AW: Das war nicht schwer. Ich habe die Einbrecher so gesteuert, dass sie einfach in die Kneipe gehen mussten. Kunze ist vor denen geflohen. Er war sehr berechenbar. Wie Männer eben so sind. Ich habe ihm in den letzten Monaten immer wieder Mut zugesprochen, doch endlich zum Direktor zu gehen. Deshalb hat er keinen Verdacht geschöpft, als ich bei ihm geklingelt habe.
MW: Und er folgte Ihnen in den Zoo? Ohne Verdacht zu schöpfen?
AW: Ich kann sehr überzeugend sein, wenn ich es möchte, Herr Wegener.
MW: Sicherlich. Aber mussten Sie ihn wirklich töten? Ich meine, er hatte Ihnen doch nichts getan.
AW: Er war nur ein kleiner Tierpfleger, ein Mittel zum Zweck, nichts weiter. Ein perfekter Plan. Ich habe so lange auf die Gelegenheit gewartet und jetzt bekomme ich endlich, was mir zusteht.
MW: Richtig. Jetzt kommen Sie selbst an diesen unerfreulichen Ort. Das Gefängnis.
AW: Das muss nicht sein.
MW: Natürlich.
AW: Mein Geständnis widerrufe ich, Herr Wegener. Und stellen Sie sich mal vor, es würde dann noch der eine oder andere Beweis verschwinden.
MW: *(schweigt)*
AW: Ich würde die Stadt und sogar das Land verlassen. Sie würden nie wieder von mir hören.
MW: *(schweigt)*
AW: Es sei denn, Sie möchten auch einmal etwas anderes sehen als immer nur Krefeld.
MW: *(schweigt)*
AW: Ich habe bereits ein Konto auf den Kaimaninseln für Sie einrichten lassen. Sie müssen mir nur Ihren Preis nennen.

Die Befragung von Astrid Weinmann zog sich unendlich in die Länge, weil sie immer wieder abwechselnd mit Geld oder Anzüglichkeiten versuchte, mich zur Manipulation der Beweise zu bewegen.

Am Ende jedoch war Reinhold zufrieden und der Staatsanwalt glücklich. Wir hatten Frau Weinmann mit einem gewagten Manöver aufs Glatteis geführt und der Erfolg war alles andere als sicher gewesen. Es war eine Ironie des Schicksals, dass Astrid Weinmann erst durch ihre Versuche, den Kopf doch noch aus der Schlinge zu ziehen, ihren eigenen Untergang besiegelte.

Als ich endlich das Präsidium verlassen konnte, die Haustür hinter mir schloss und es mir mit Nina im Wohnzimmer bequem machte, war es vor allem die unerträgliche Arroganz von Astrid Weinmann, die mir immer noch zusetzte.

»Am Ende war es wohl genau diese Arroganz, die sie zu Fall gebracht hat«, sagte Nina, als ich ihr davon erzählte.

Ich ließ mir das einen Augenblick durch den Kopf gehen. Immerhin hatte Astrid Weinmann eines der raffiniertesten Mordkomplotte ausgeheckt, das mir bisher untergekommen war. Die Verbindung der beiden Morde im Zoo und im Forstwald war so ausgeklügelt angelegt und so schwierig aufzudecken gewesen, dass es wie eine vollkommen echte Spur ausgesehen hatte. Sie hatte an so viele Details gedacht, bis hin zum Anheuern einer Einbrecherbande, die uns auf die Spur des Tierverleihs gebracht hatte, dass ich immer noch verblüfft war.

»Immerhin wissen wir jetzt, warum man Kunze nicht zu den Affen lassen wollte«, stellte ich fest.

Nina schaute mich fragend an.

Ich erklärte: »Ich bin mir nicht sicher, ob die anderen Tierpfleger etwas gewusst haben von dem Tierverleih, aber es gab sicher einen weitverbreiteten Verdacht, dass etwas nicht stimmt. Die Tiere, die Kunze betreut hat, veränderten sich, und zwar nicht positiv.«

»Der Tierverleih war ein offenes Geheimnis?«

Ich zuckte mit den Schultern. »Es lag dicht unter der Oberfläche. Der Tierarzt, die Pressesprecherin und sogar der Direktor haben etwas bemerkt. Bestimmt auch die anderen Tierpfleger. Die einen haben nicht genauer hingeschaut, weil es sie nicht interessiert hat, die anderen, weil sie sich vor dem fürchteten, was sie hätten entdecken können.«

»Alle haben es geahnt, aber trotzdem geschwiegen«, murmelte Nina.

»Denn wenn man nicht darüber spricht, ist es auch kein Problem«, bestätigte ich.

»Was ist eigentlich mit diesen Tierschützern, die den Zoo bedroht haben?«

»Hat sich zerschlagen«, antwortete ich. »Macke will sehen, was er daraus machen kann, immerhin gab es Drohungen.«

»Das wird zur Diskreditierung des Vereins reichen«, vermutete Nina.

»Das ist nicht gesagt. Da sind ohnehin nur stramme Ideologen Mitglieder. Die werden unsere Ermittlungen als staatliche Repressalien sehen und sich in ihrer Sache noch bestärkt fühlen.«

Wir schwiegen eine Weile und die Bilder der Vernehmung drängten wieder in mein Bewusstsein. Eine Mörderin, die sich über dem Gesetz sah. Ich hatte mich schon mehrfach gefragt, ob Astrid Weinmann den Kontakt zur Realität freiwillig aufgegeben hatte. Konnte sie nicht mehr verstehen, wie sehr sie im Unrecht war, oder wollte sie es nur nicht? Letztendlich würden sich mit dieser Frage das Gericht und einige Gutachter beschäftigen. Aber wenn ich mir vorstellte, wie die Mörderin aufgewachsen war, als kleines Mädchen in ärmlichen Verhältnissen, von ihrem Vater immer wieder indoktriniert, was ihr alles zustünde und wer dafür verantwortlich war, dass sie es nicht hatte, lief mir ein eiskalter Schauer über den Rücken.

Ich schüttelte langsam den Kopf. »Und das alles nur, weil sie nicht so leben konnte, wie sie meinte, dass es ihr zusteht.«

»Ich habe dich doch vor Frauen gewarnt, deren Ansprüche nicht befriedigt werden«, kommentierte Nina lapidar.

Natürlich hatte sie das. Auch das gesellschaftliche Phänomen einer immer weiter um sich greifenden Anspruchshaltung war nicht neu; man konnte inzwischen so vielen Menschen begegnen wie noch nie zuvor, die von ihrer eigenen Großartigkeit felsenfest überzeugt waren und zudem davon, nicht nur die Bewunderung der ganzen Menschheit, sondern auch noch jede Menge andere Zuwendungen zu verdienen. Natürlich ohne jemals etwas dafür leisten zu müssen. Aber ich hätte mir vor diesem Fall niemals vorstellen können, dies einmal in einer solchen Ausprägung zu erleben wie bei Astrid Weinmann.

Danach gaben wir uns unserer Erschöpfung hin und machten uns später ein schnelles Abendessen aus einem gerade noch essbaren Salat mit ein paar Broten.

Zwischen zwei Bissen dieses bescheidenen Mahls kam mir plötzlich ein irritierender Gedanke. »Sag mal«, fragte ich Nina, »wirst du eigentlich nicht unzufrieden, wenn wir immer nur zu Hause essen?«

»Was ist falsch daran?«, fragte sie zurück.

»Sollte ich dir nicht etwas mehr bieten?«

Sie schaute mich belustigt an. »Wie kommst du darauf, dass du mir etwas bieten musst?«

»Hast du nicht gesagt, dass der Mann die Frau zufriedenstellen muss?«

»Ach ja«, grinste sie. »Nerze, Diamanten, Jachten, Ferraris, Skiurlaub?«

Irgendwie hatte ich das Gefühl, dass sie sich über mich lustig machte. »Du meintest doch, dass eine Frau, die nicht standesgemäß behandelt wird, sehr gefährlich werden kann«, verteidigte ich mich.

Nina stellte ihren Teller beiseite und rückte näher. »Ich hoffe nicht, dass du mich für eine Frau hältst, deren Stand es vorsieht, für Liebe durch Geld entschädigt zu werden?«, schnurrte sie.

Ich hatte mich eindeutig selbst in die Ecke manövriert. Wieder einmal.

Sie ließ ihren Zeigefinger über meine Brust wandern. »Also ein Haus hast du ja immerhin schon«, stellte sie fest und sah sich demonstrativ um. »Ist zwar nicht gerade eine Villa …«

»Kernsaniert mit zweihundert Quadratmetern Wohnfläche«, nahm ich das Produkt meines eigenen Schweißes in Schutz.

»… und die Lage ist auch nicht optimal …«

»Bevorzugte Alleinlage«, warf ich ein.

»Genau das ist doch das Problem«, lächelte Nina.

»Wieso? Das ist Absicht!«

»Das sollten wir noch einmal überdenken«, sagte sie leichthin.

»Warum denn das?«

Sie strich sanft über meine Wange und schaute mir in die Augen. »Hast du überhaupt eine Ahnung, wie weit es von hier bis zum nächsten Kindergarten ist?«

Nachwort

In diesem Kriminalroman vermischen sich authentische und erfundene Elemente. Die örtlichen Gegebenheiten im Krefelder Zoo, insbesondere im Affentropenhaus, sind im Wesentlichen authentisch geschildert. Einzelne Abweichungen, zum Beispiel beim Personaleingang, dem Grotenburgparkplatz oder dem Zaun, sind den Bedürfnissen der Handlung geschuldet. Die Personen sind ohne Ausnahme frei erfunden. Um dies zu unterstreichen, habe ich auch die Organisationsstruktur innerhalb des Zoos verändert: Der Zoodirektor ist in Wirklichkeit kein Betriebswirt, die Position des zoologischen Beraters existiert nicht. Die hier geschilderten Anfragen an den Zoo, zu bestimmten Anlässen Tiere auszuleihen, gibt es jedoch tatsächlich.

Die Realität hinter der Fiktion aus Sicht des Zoos

Im vorliegenden Roman spielen das Menschenaffenhaus des Zoo Krefeld, seine Bewohner und ihre Betreuer eine zentrale Rolle. Auch wenn es sich bei den Geschehnissen um Fiktion handelt, ist die Basis der Geschichte real.

Das Affentropenhaus im Krefelder Zoo wurde 1975 eröffnet und war das modernste Haus dieser Art in Europa. Erstmals lebten Menschenaffen in einer Art Gewächshaus mit tropischen Temperaturen und Pflanzen, wie sie auch in ihrem natürlichen Lebensraum vorkommen. Fast alle neuen Bewohner wurden damals aus der freien Wildbahn nach Deutschland geholt. Heute werden die meisten Tiere in Zoos geboren und untereinander getauscht. Für viele besonders bedrohte Tierarten gibt es Zuchtprogramme, zum Beispiel das Europäische Erhaltungszuchtprogramm, deren Ziel es ist, eine stabile Population dieser Tierart in den Zoos aufzubauen. Zoos arbeiten dazu europaweit, teilweise sogar weltweit zusammen. Bei vielen bedrohten Tierarten ist die Zoopopulation inzwischen größer als die Population in freier Wildbahn.

Besonders unsere nächsten Verwandten, die Menschenaffen, sind vom Aussterben bedroht. In ihren natürlichen Lebensräumen herrscht Krieg, der Regenwald verschwindet rasend schnell durch massive Überbevölkerung und die Schaffung von Monokulturen, unter anderem für Palmöl, das in zahlreichen Lebensmitteln des täglichen Bedarfs genutzt wird. Abbau von Rohstoffen für den Bau von elektronischen Geräten ist ein weiterer bedeutender Faktor für ihre Bedrohung.

Sehr viel Wissen über das Verhalten von Menschenaffen in freier Wildbahn haben wir Langzeitstudien zu verdanken. Die bekanntesten Forscher sind George Schaller und Dian Fossey (Berggorillas), Birute Galdikas (Orang-Utans) und

Jane Goodall (Schimpansen). Besonders Jane Goodall machte Beobachtungen, die das Menschenbild ähnlich infrage stellten wie es Charles Darwin mit seiner Evolutionstheorie tat. So beobachtete sie, dass Schimpansen Werkzeuge anfertigen und nutzen. Bis dahin war Werkzeuggebrauch eine Domäne des Menschen gewesen. Eine weitere wichtige Entdeckung war die Tatsache, dass Schimpansen gemeinschaftlich zum Fleischverzehr jagen und in der Lage sind, systematisch Krieg gegen ihre Artgenossen zu führen.

Nach aktueller Systematik zählen zu den Menschenaffen (Familie Hominidae) Gorillas, Orang-Utans, Schimpansen, Bonobos (Zwergschimpansen) und streng genommen auch der moderne Mensch. Mit den Schimpansen teilen wir neunundneunzig Prozent unseres Erbgutes. Schimpansen leben in hoch sozialen Verbänden, deren kleinste Einheit Weibchen mit ihren Jungtieren sind. Verbände sind äußerst flexibel in ihrer Zusammensetzung und können bis zu siebzig Individuen umfassen. Trotz der Flexibilität gibt es eine Hierarchie mit Alphatieren. Die Erlangung des Status eines Alphatieres ist abhängig von der Persönlichkeit und der Geschicklichkeit des Individuums. Schafft ein schwaches Tier es, gute Koalitionen zu schließen, so ist es im Vorteil gegenüber einem starken Einzelkämpfer. Primatenforscher Frans de Waal hat Bonobos und Schimpansen in seinem Buch über Langzeitstudien an Zootieren daher auch als ›Wilde Diplomaten‹ bezeichnet. In den Verbänden gibt es eine Art Kultur, worunter die Weitergabe von erworbenem Wissen verstanden wird. Dazu zählt unter anderem das Termitenangeln: Tiere fertigen aus dünnen Ästen Stockangeln, mit denen sie Termiten aus ihren Bauten holen. Jungtiere lernen das Angeln erst durch jahrelange Beobachtung und Nachahmung. Auch ausgeprägter Altruismus (Unterstützung von nicht verwandten Tieren ohne Gegenleistung), Freude, Trauer und andere uns bekannte Verhaltensweisen wurden beobachtet.

Ihre Ähnlichkeit zu uns wurde den Affen oft zum Verhängnis. Nicht nur, dass sie bis heute in medizinischen Labors als Versuchstiere eingesetzt werden. Noch bis Mitte der Siebzigerjahre waren junge Schimpansen die Attraktion bei einem Zoobesuch, wenn sie sich zum ›Teetrinken‹ mit ihrem Pfleger an einem Tisch versammelten oder auf kleinen Fahrrädern ihre Runden durch den Zoo drehten. Dieses Bild setzte sich in den Köpfen vieler Menschen fest.

Heute wird kein seriöser, wissenschaftlich geführter Zoo seine Tiere für kommerzielle Zwecke wie im vorliegenden Roman zur Verfügung stellen. Trotzdem erreichen die Zoos immer wieder Anfragen, ob man als Besucher junge Menschaffen auf den Arm nehmen darf. Das andere Extrem ist der Wunsch einiger Tierrechtler, den Menschenaffen Menschenrechte zu verleihen und sie in Zoos gänzlich zu verbieten. Dies zeigt die große Spannweite des Verhältnisses zwischen Mensch und Tier. Tatsache ist, dass die Abschaffung von Zoos keinesfalls die Vernichtung natürlicher Lebensräume, die bestialische Wilderei und die zahlreichen anderen Bedrohungen, denen Tiere in der freien Natur durch den Menschen ausgesetzt sind, beendet. Sie verschwinden nur aus dem Blickfeld der Menschen.

Zootiere werden in modernen Zoos ihren Bedürfnissen und ihrer Art gemäß betreut. Sie sind Botschafter für ihre Artgenossen in der Wildnis. Menschen müssen Empathie empfinden, um etwas ändern zu wollen. Somit sind Zoos die wichtigsten Bildungseinrichtungen zum Schutz der Natur. In enger Zusammenarbeit mit Naturschutzorganisationen erreichen die Zoos alleine in Deutschland pro Jahr über dreißig Millionen Menschen. Tierpfleger durchlaufen eine dreijährige umfassende Ausbildung, die auch die Weitergabe von Hintergrundwissen an die Besucher beinhaltet. Viele Zoos haben eine eigene Abteilung für Zoopädagogik und nutzen auch die modernen Medien zur Vermittlung von Informationen über Tiere und Naturschutz.

Dass es der Natur, dazu zählt auch die freie Wildbahn direkt vor unserer Haustür, immer schlechter geht, hat mit unseren Lebensgewohnheiten zu tun. Versiegelung der Böden durch Bautätigkeit, Einsatz von Pestiziden – auch im eigenen Garten –, industrielle Lebensmittelproduktion, Rohstoffverbrauch für elektronische Geräte und vieles mehr verändern unsere Umwelt dauerhaft. Nur wenn wir uns unseres Einflusses bewusst werden und unser Verhalten ändern, wird es eine lebenswerte Zukunft für Tiere und letzten Endes auch für uns Menschen geben.

Petra Schwinn
Diplom-Biologin, Pressesprecherin Zoo Krefeld
im Juni 2014

Danksagung

Die Arbeit an *Affenfutter* hat sich über einen sehr langen Zeitraum erstreckt. Umso wichtiger war auch dieses Mal die Unterstützung meiner Frau Stefanie, der ersten Leserin und besten Kritikerin.

Auch bei der Arbeit an diesem Krimi war die Unterstützung von Freunden unverzichtbar, die mehr von den behandelten Themen verstehen als ich. Mein Dank gilt deshalb Petra Schwinn, der echten Pressesprecherin des Krefelder Zoos, die mich erst auf die Schimpansen gebracht, die Recherche vor Ort ermöglicht und mich während der Arbeit am Manuskript mit unzähligen Informationen unterstützt hat. Unschätzbare Hilfe habe ich erneut von Sebastian Wessel vom Landeskriminalamt Nordrhein-Westfalen erfahren, der durch seine unermüdlichen Hinweise ermöglichte, dass es auch bei *Affenfutter* zumindest einigermaßen realistisch zugeht.

Meiner Verlegerin Ulrike Rodi und meiner Lektorin Jana Puppala danke ich erneut für ihre große Geduld.

Mehr von der Krefelder Kripo

Sebastian Stammsen

Gegen jede Regel

ISBN 978-3-89425-379-0, E-Book-ISBN 978-3-89425-819-1

Der siebzehnjährige Tobias wird in seinem Elternhaus erstochen aufgefunden. Markus Wegener von der Krefelder Kripo muss sich mit einem Spiel vertraut machen, bei dem buchstäblich alle Regeln außer Kraft gesetzt werden.

»Man sieht diesen Krimi förmlich als nächsten ›Tatort‹-Dreh vor Augen.« Gießener Allgemeine Zeitung

Sebastian Stammsen

Kettenreaktion

ISBN 978-3-89425-388-2, E-Book-ISBN 978-3-89425-853-5

Woran ist der junge Elektriker David Krusekamp gestorben? Nina Gerling und Markus Wegener sind ratlos. Als sie den letzten Einsatzort Krusekamps aufsuchen, geschieht das Unglaubliche: Das Kraftwerk wird besetzt. Was mit einem mysteriösen Todesfall beginnt, endet in einer atomaren Bedrohung für ganz Deutschland.

»Spannend und sehr aktuell.« Lübecker Nachrichten

»Ein authentischer Krimi mit einem sympathischen Ermittlerduo.« Neue Rhein Zeitung

Sebastian Stammsen

Endlich sind sie tot!

ISBN 978-3-89425-412-4, E-Book-ISBN 978-3-89425-875-7

Alles ist klar: Der sechzehnjährige Marvin Brose hat seine Familie auf bestialische Weise umgebracht. Kommissar Oliver Busch und Psychologin Daniela Ellinger sollen den Fall nur noch gerichtsfertig abschließen. Doch die beiden fördern Unglaubliches zutage – ein jeder, der die Broses kannte, hat sie gehasst ...

»Wie Stammsen es schafft, über 376 Seiten die Spannung zu halten, obwohl der Mörder bereits gefasst zu sein scheint, ist eine Kunst für sich.« Rheinische Post

»Ein packender – wenn auch harter – Psychothriller.« WDR 2

Deutsch-niederländische Verbrechen

Thomas Hoeps & Jac. Toes

Schmugglerpfade

Grenzübergreifende Kriminalstorys

Eine deutsch-niederländische Koproduktion

ISBN 978-3-89425-438-4

E-Book-ISBN 978-3-89425-158-1

Illegales, Verbote und Grenzen haben den Menschen seit jeher angespornt: Illegales will probiert, Verbote wollen missachtet und Grenzen übertreten werden. Doch oft entsteht eine Schmugglerkarriere auch aus purer Not. Wie viel krimineller Einfallsreichtum gefragt ist und was beim Gang über die Grenze alles schiefgehen kann, zeigen je acht Autoren aus Deutschland und den Niederlanden in ihren Kurzgeschichten:

Michael Berg, Richard Birkefeld, Nina George, Gunter Gerlach, Corine Hartman, Thomas Hesse & Renate Wirth, Thomas Hoeps, Gisa Klönne, Arnold Küsters, Elvin Post, Jutta Profijt, Bert Spoelstra, Charles den Tex, Jac. Toes, Judith Visser und Felicita Vos

Thomas Hoeps & Jac. Toes

Höchstgebot

ISBN 978-3-89425-394-3

E-Book-ISBN 978-3-89425-860-3

Ein Gemälde René Magrittes wird zu einem absurd hohen Betrag versteigert – und bei dem anschließenden Transport gestohlen. Fast zeitgleich geht das Labor einer Medizintechnikfirma in Flammen auf. Restaurator Robert Patati und die Profilerin Micky Spijker ahnen, dass es einen Zusammenhang gibt. Wer will das Familienunternehmen *Roeder* in den Ruin treiben?

»Eine spannende Reise durch die Welt der Kunst und der Hightech: Lesenswert.« Münstersche Zeitung

»Spannend und temporeich verbinden die Autoren nicht nur Raub, Mord und internationale Politik zu einer interessanten Story, obendrein sorgen sie mit augenzwinkerndem Blick auf deutsch-niederländische Befindlichkeiten für ein Stück unverkitschtes Lokalkolorit.« Junge Welt

Großstadtkrimis mit Groove

Rainer Wittkamp

Schneckenkönig

ISBN 978-3-89425-416-2, E-Book-ISBN 978-3-89425-884-9

LKA-Kommissar Martin Nettelbeck wurde nach einem Angriff auf einen Kollegen ins Referat ›Versorgung‹ zu Bleistiftanspitzern und Druckerpapier verbannt. Ein Personalengpass ruft ihn nun wieder auf den Plan, obwohl ihm seine Vorgesetzte nach wie vor misstraut.

Die Ermittlungen in dem Mord an einem Ghanaer laufen nur schleppend an, schon die Identifizierung der Leiche ist schwierig: In der afrikanischen Gemeinschaft will den Mann niemand gekannt haben.

Nettelbeck taucht ein in eine faszinierende Welt und stößt auf ein dubioses Missionswerk. Doch ihm sitzt die Zeit im Nacken – er muss Ergebnisse liefern, sonst droht ihm die Rückversetzung.

»Cool ist ein überstrapaziertes Wort. Aber genau so schreibt Rainer Wittkamp. Saucool.« Buchjournal

Rainer Wittkamp

Kalter Hund

ISBN 978-3-89425-430-8, E-Book-ISBN 978-3-89425-154-3

Der Kleinkriminelle Bilal Gösemann braucht Geld für eine Luxusbestattung, der libanesische Clanchef Walid Sharif arrangiert für seine Tochter eine Ehe rein wirtschaftlicher Natur, der alternde Playboy Hasso Rohloff löst seine Eheprobleme mit einem beherzten Stoß und Kriminalrätin Koschke gibt eine falsche Anweisung.

Vier Menschen – vier folgenschwere Entscheidungen. LKA-Ermittler Martin Nettelbeck hat Mühe, alle Leichen einzusammeln, die plötzlich Berlins Straßen pflastern ...

»›Kalter Hund‹ ist einer der besten deutschen Großstadt-Noirs der letzten Jahre, ohne Frage tolle Unterhaltung.«
Ulrich Noller, WDR-Magazin Piazza

»Die große Leistung des Autors liegt darin, ... die gelungene Balance zwischen Komödie und Spannung zu halten und so den ›Kalten Hund‹ zu etwas werden zu lassen, was weit über das 08/15 der deutschen Krimiproduktion herausragt.«
Lars Schafft, Krimi-Couch

Ein sturköpfiger Ermittler

Martin Calsow

Quercher und die Thomasnacht

ISBN 978-3-89425-423-0, E-Book-ISBN 978-3-89425-975-4

Ein harmloser Auftrag führt LKA-Ermittler Max Quercher zurück in seine alte Heimat am Tegernsee. Doch die örtliche Politprominenz formiert sich und für Quercher beginnt ein Kampf ums nackte Überleben.

»Gegen Max Quercher ist Schimanski so spießig wie eine mit Wolle umhäkelte Klorolle, die einen hinter der Heckscheibe anlacht.« Kerstin Halstenbach, Stadtspiegel Herten

»Ein Krimidebüt der Extraklasse.« Recklinghäuser Zeitung

»Man wird fragen dürfen, ob der Buchmarkt eigentlich noch ein Mehr an Regionalkrimi verkraften kann. – Er kann. Gesetzt den Fall, er kommt so engagiert recherchiert, so süffig erzählt, so temporeich getaktet wie dieser daher.« Lars von der Gönna, WAZ Kultur

»Ein Regional- oder Dorfkrimi, klar. Aber was für einer!« WDR 5 Mordsberatung

Martin Calsow

Quercher und der Volkszorn

ISBN 978-3-89425-441-4, E-Book-ISBN 978-3-89425-160-4

Bei einem Ausflug werden vier Kinder entführt, ihre Erzieherin brutal getötet. Trotz einer beispiellos aufwendigen Suche bleiben die Kinder wie vom Erdboden verschluckt. Aufgrund unterschiedlicher Indizien keimt in LKA-Ermittler Max Quercher der Verdacht, dass irgendjemand Rache nimmt wie einst der Rattenfänger von Hameln. Aber niemand schenkt dieser ›spinnerten‹ Idee Gehör.

Quercher sieht nur einen Weg, die Kinder zu retten – und der führt weit an den offiziellen Ermittlungen vorbei …